LIOBA WERRELMANN

Tödlicher Winter

Weitere Titel der Autorin:

Tod in Siebenbürgen
Hinterhaus

LIOBA WERRELMANN

TÖDLICHER WINTER

Paul Schwartzmüller ermittelt

eichborn

NACHHALTIG PRODUZIERT

Die Bastei Lübbe AG verfolgt eine nachhaltige Buchproduktion. Wir verwenden Papiere aus nachhaltiger Forstwirtschaft und verzichten darauf, Bücher einzeln in Folie zu verpacken. Wir stellen unsere Bücher in Deutschland und Europa (EU) her und arbeiten mit den Druckereien kontinuierlich an einer positiven Ökobilanz.

FSC www.fsc.org MIX Papier | Fördert gute Waldnutzung FSC® C014496

Eichborn Verlag

Originalausgabe

Die Veröffentlichung dieses Werkes erfolgt auf Vermittlung der literarischen Agentur Peter Molden, Köln.

Textredaktion: Christiane Branscheid, Bremervörde
Umschlaggestaltung: Guter Punkt, München | www.guter-punkt.de
Einband-/Umschlagmotive: © iStock/Getty Images Plus: Pilat666 | Vera_Petrunina | CalinStan | Shaiith
Satz: two-up, Düsseldorf
Gesetzt aus der Baskerville
Druck und Einband: GGP Media GmbH, Pößneck

Printed in Germany
ISBN 978-3-8479-0154-9

1 3 5 4 2

Sie finden uns im Internet unter eichborn.de

PROLOG

Dies war der Tag, an dem er sterben würde. Er wusste es in dem Moment, in dem er sie hinter sich bemerkte.

Sie machten sich nicht einmal die Mühe, sich zu verbergen. Ihre Stimmen zerschnitten die Stille des frühen Morgens, ihre schweren Schritte hallten in der schmalen Gasse zwischen den Hauswänden wider. Sie würden ihm folgen, wie sie ihm schon so oft gefolgt waren, die Hälse vorgereckt, die Nasen aufgebläht, als witterten sie bereits das Geld, das ihr schäbiges Tun ihnen einbrachte.

Wer, dachte er bei sich und beschleunigte seinen Schritt, konnte es ihnen verdenken? Der Lohn, der auf sie wartete, war um ein Vielfaches höher als das, was sie mit ihrer Hände Arbeit erwirtschaften konnten. Sie führten Befehle aus, wie sie es seit Jahr und Tag taten, schon ihre Väter und Vorväter hatten es so gehalten. Skrupel waren ihnen fremd, ein Gewissen konnte sich keiner von ihnen leisten.

Das Töten gehörte zu ihrem Geschäft.

Nur einmal noch, dachte er und lief schneller. Das Dorf lag jetzt hinter ihm, ein schmaler Trampelpfad führte durch brachliegendes Land. Wenige Hundert Meter waren es bis zu der Stelle, wo der Wald begann.

Wenn es ihm doch nur ein einziges Mal noch gelingen könnte, sie abzuschütteln! Sein Leben war ihm schon lange nicht mehr viel wert. Nicht, seit er diese verhängnisvolle Entscheidung getroffen hatte. Doch wenn er an das dachte, was sich nicht weit von hier verbarg, spürte er eine Verzweiflung in sich aufsteigen, die ihm den Atem nahm. Es gab etwas, das er schützen musste, komme, was wolle.

Ein einziges Mal noch! Er keuchte, stolperte die letzten Meter über das freie Feld. Er wusste, es war aussichtslos, ein heilloses Unterfangen. Doch etwas, das stärker war als der Verstand, viel stärker, trieb ihn weiter an.

Endlich tauchte er ein in den dichten Wald. Kurz flackerte Hoffnung in ihm auf. Doch im nächsten Augenblick hörte er sie wieder ganz nah hinter sich. Viel zu nah.

Ein Gefühl, als griffe die Verzweiflung nun nach seiner Gurgel, als würge sie ihn.

Es war alles vergebens. Dieser Wald war ihm fremd. Er kannte die geheimen Wege nicht, die Abkürzungen. Er kannte den einen Weg. Doch den durfte er nicht wählen, nicht, wenn sie ihm auf den Fersen waren.

Sein Schritt wurde stolpernd. Kurz dachte er daran, umzukehren, wie er es so oft getan hatte, mit einem bitteren Geschmack auf der Zunge, den Bauch voller Wut. Sie würden ihm noch eine Weile folgen und ihn dann in Ruhe lassen.

Bis zum nächsten Mal.

Er keuchte. Er war nahe daran, zu weinen. Dass es aber auch keinen Ausweg gab!

Und die Entscheidung, die ihn retten sollte, hatte ihn nur noch tiefer in sein Elend gestürzt.

Er war verloren auf alle Zeit.

Sie kamen näher, immer näher.

Da. Dort vorne war das Gebüsch so dicht, dort konnte er sich für einen Moment verbergen. Schon kroch er hinein.

Ein letzter Gedanke, so berückend wie irre.

Und dann fühlte er nichts mehr außer Finsternis. Er hieß sie willkommen wie einen vertrauten Freund.

EINS

Wenige Stunden zuvor …

Paul zog den Bauch ein und bemühte sich, ruhig zu atmen. Ein. Aus. Ein. Aus. Doch zu seinem Entsetzen entfuhr seinem Mund ein Schnaufen, als sei er vom Flughafen bis hierher gerannt und nicht von Sorin in dessen klapprigem Geländewagen kutschiert worden. Auf seiner Stirn bildete sich ein feuchter Film. Und das neue Hemd, das er trug, konnte den Bauch, der in den letzten Monaten ein ganzes Stück gewachsen war – die Weihnachtstage hatten das ihrige dazu getan –, kein bisschen verbergen. Schlimmer noch, er wölbte sich gut sichtbar über den Gürtel. Das war selbst im spärlichen Licht der drei einzigen Straßenlaternen, die die stille Gasse beleuchteten, gut zu erkennen.

Am liebsten hätte er auf der Stelle kehrtgemacht.

»Lass uns weiterfahren!«, hörte er Sorin in seinem Rücken jammern. »Ich habe Hunger! Ich weiß, du hast sie lange nicht gesehen. Aber kannst du das nicht auf morgen verschieben?«

Paul zwang sich, so zu tun, als habe er Sorin nicht gehört. Wie sehr hatte er diesen Augenblick herbeigesehnt! Sechs Monate und dreizehn Tage, um genau zu sein. Denn so lange war es her, dass er von Maia Abschied genommen hatte, auf der Lügenbrücke in Hermannstadt, und ihm war, als habe es kaum einen Moment gegeben, an dem er seither nicht an sie gedacht hätte. Der neue Job hatte ihm einiges abverlangt, die Chefredakteurin auch. Doch Maia aus dem Kopf zu bekommen, und sei es auch nur für ein Stündchen, das war ihm nicht gelungen.

Er hätte es auch gar nicht gewollt.

Und nun war er da, der große Augenblick. Er brauchte nur an die niedrige Tür neben dem hölzernen Tor zu klopfen und einzutreten.

Wenn er bloß nicht so schwitzen würde! Er schwitzte sonst nie. Aber die Hand, mit der er sich gerade über die Stirn gefahren war, musste er umgehend an seiner Hose abwischen, so nass war sie. Zugleich bibberte er von Kopf bis Fuß, was kein Wunder war. Die Jacke hatte er vor lauter Aufregung im Auto gelassen. Dabei hatte ihn schon bei seiner Ankunft am Flughafen ein schneidender Wind begrüßt. Und je weiter sie Hermannstadt, oder Sibiu, wie die Rumänen die Stadt nannten, hinter sich gelassen hatten, je tiefer der *ARO 240* sich ins transsilvanische Hinterland gegraben hatte, desto kälter war es geworden. Das neue Jahr war erst wenige Tage alt, und offenbar bereitete sich ein sehr grimmiger Winter darauf vor, in den allernächsten Stunden über Siebenbürgen herzufallen.

Paul unternahm einen weiteren Versuch, den Bauch einzuziehen, und stellte sich gerader hin. Kopf hoch, Schultern zurück. Vermied es, an sich herabzublicken. Trocknete die nasse Hand noch einmal, so gut es eben ging, an der Jeans.

»Sie schläft wahrscheinlich längst«, meldete Sorin sich erneut zu Wort. »Lass uns morgen früh hingehen, wenn wir Glück haben, kocht sie uns *Mămăligă*. Das wird super. Jetzt aber …«

»Ach, sei doch still!«

Es kam brüsker heraus, als es gemeint war. Paul japste. Merkte, dass er den Bauch mittlerweile so sehr einzog, dass er fast keine Luft mehr bekam. Er wollte jetzt nicht an *Mămăligă* denken, oder *Palukes*, wie die Siebenbürger Sachsen den Maisbrei nannten. Dabei liebte er dieses warme, sämige Gericht. Vor allem so, wie Maia es zubereitete, mit einem Schuss frischer Milch obenauf. Und, bei aller Freundschaft, er wollte auch Sorins Genöle nicht länger ertragen.

Alles, was er wollte, war, diesen einen Moment auszukosten. Still die Luft einzusaugen, die ihm hier, in dieser Straße, vor diesem Haus, so süß und betörend schien wie nirgendwo sonst auf der Welt. Ihm war beinahe, als könne er den Schnee, der für die nächsten Tage angekündigt war, schon riechen. Der Geruch von Holzfeuern mischte sich mit dem des nahen Waldes.

Die Hunde hatten ihr abendliches Konzert bereits begonnen, das heisere Kläffen derer, die auf den Höfen an ihren Ketten zerrten, mischte sich mit dem der wild umherstreifenden Meute. Und trotz des schwindenden Lichts sah Paul die einzelnen Häuser ganz genau vor sich. Eins an das andere gebaut, die Giebel zur Straße, darunter die hohen Tore, groß genug, um während der Sommermonate das Vieh morgens und abends hindurchzulassen. An den meisten waren die Farben, in denen sie vormals gestrichen worden waren, längst verblasst, fast überall bröckelte der Putz. Und doch war noch zu erahnen, wie sie einst die schnurgerade Gasse geziert hatten, in Pastellgrün, Zitronengelb, Rosarot. Auch dieses hier, vor dem er stand, war früher bunt erstrahlt, in einem ganz sanften Violett, wie soeben erblühter Flieder. Jetzt war es vollkommen grau. Die Rose, die es geschmückt hatte, als er im Sommer zum ersten Mal seit vielen Jahren wieder hierhergekommen war, und die er sogleich aus den glücklichen Tagen seiner Kindheit wiedererkannt hatte, schlängelte sich noch bis unters Dach. Doch an diesem kalten Januartag war von ihr nichts geblieben als ein dicker, knorriger Trieb, dem man kaum noch zutraute, dass Leben in ihm steckte.

Wie sehr hatte er sich hierher zurückgesehnt! Nun musste er nur genügend Mut fassen, um sich endlich bemerkbar zu machen.

Wenige Details hatten sich verändert seit seinem letzten Besuch. In das einzige Fenster, das zur Straße zeigte – im Sommer war es mit Brettern vernagelt gewesen –, hatte jemand ein neues

Glas eingesetzt. Und auch das Tor hing nicht mehr so schief in den Angeln. Mehr noch. Ein recht neuer, silbern glänzender Riegel verschloss es, als sei dahinter womöglich etwas Wertvolles verborgen. Auch die schmale Tür daneben, die bei seinem letzten Besuch nur einen zarten Windstoß benötigt hatte, um aufzuschwingen, schien fest verrammelt. Dabei führten Tür und Tor doch nur in Maias Hof, wo es, wie Paul wusste, allerhand Wunderliches gab, aber doch ganz sicher nichts von Wert.

Maia.

Paul schmeckte den Namen auf seinen Lippen, spürte, wie er sich aus ihm heraus flüsterte. So lange schon trug er ihn mit sich. Er wachte mit diesem Namen auf und schlief mit ihm ein, er dachte ihn Hunderte Male am Tag. Es war sogar beinahe schon vorgekommen, dass er die Chefredakteurin so angesprochen hätte. Sie duzten sich mittlerweile, wofür es Gründe gab, aber natürlich hieß sie nicht Maia, und zum Glück hatte sie es nicht bemerkt.

Maia. Paul spürte immer noch ihre Hand an seiner Wange an jenem Tag, an dem sie voneinander Abschied genommen hatten. Eine Geste, so flüchtig, dass man hätte meinen können, sie hätte keinerlei Erinnerung hinterlassen. Doch das Versprechen, das darin lag, raubte ihm seit Monaten den Schlaf.

Kommst du wieder?, hatte sie ihn gefragt.

Und er hatte es bejaht.

»Ich fahr dann mal vor.« Paul hörte, wie Sorin seinen *ARO 240* anließ. Der Geländewagen aus Ceauşescu-Zeiten klang, als würde ein altersschwacher Generator gestartet. »Kannst ja hinterherkommen«, brüllte Sorin über den Lärm hinweg. »Carry wartet bestimmt schon mit dem Essen. Du weißt ja, wie sie ist!«

Der *ARO* machte jetzt einen solchen Krach, dass ein Dutzend Vögel, das sich auf der über die Straße gespannten Stromleitung zum Schlafen niedergelassen hatte, krächzend davonflog.

»Nun komm!« Aus den Augenwinkeln sah Paul, wie Sorin sich weit aus dem Autofenster lehnte. »Es reicht, wenn du sie morgen siehst! Das ist früh genug für«, er unterbrach sich, fluchte, der *ARO* war stotternd ausgegangen, startete den Wagen neu. »Das ist früh genug für alles!«

Paul schnaufte ein letztes Mal. Sollte Sorin ruhig schon mal vorfahren. Keine Minute länger wollte er mehr warten und schon gar nicht bis morgen früh. Er musste sich nur endlich durchringen, an die niedrige Tür zu klopfen. Das konnte doch nicht so schwer sein!

Und ehe er sichs versah, hatte er fest dagegengepocht. So laut, dass die Hunde auf einen Schlag verstummten. Der *ARO* ging, als habe auch er sich erschrocken, gleich wieder aus, kurz röchelte er noch, dann wurde es vollkommen still.

Paul kam es so vor, als schlage sein Herz ihm nun zum Halse hinaus. Verdammt, er war beinahe fünfzig Jahre alt. Ein gestandener Mann, einer, der schon bei einer ganzen Reihe von Frauen an die Tür geklopft hatte. Kein Grund, wie ein Siebtklässler von einem Bein aufs andere zu treten! Wobei, den Bauch würde er jetzt doch gern noch ein bisschen mehr einziehen. Vielleicht, wenn er das eine Bein vor das andere schob und sich ein wenig zur Seite lehnte … Da hörte er es. Schritte. Auf der anderen Seite der niedrigen Tür näherte sich jemand.

Paul wusste mit einem Mal nicht mehr, wohin mit seinen Händen. Wo waren die Pralinen, die er extra aus Köln mitgebracht hatte? Lagen die etwa noch im Auto? Er konnte Maia doch unmöglich ohne Gastgeschenk gegenübertreten. Wenn er ganz schnell die wenigen Meter zurücklief …

Ein Zittern, als hätte jemand auf der anderen Seite mit dem Fuß gegen die Tür getreten. Das Klimpern eines Schlüssels. Die Tür schwang auf.

Doch es war nicht Maia, die ihm öffnete. Es war ein junger Mann. Halb bekleidet und sehr mürrisch dreinblickend.

»Da?«, fragte er, was so viel bedeutete wie »ja?«, und beugte sich ein wenig vor, als wolle er schauen, ob hinter Paul noch weitere Besucher standen.

»Ich bin Paul«, beeilte Paul sich zu sagen, wechselte kurz ins Rumänische, *»eu sunt Paul«*, um vor lauter Verwirrung gleich wieder auf Deutsch weiterzusprechen. »Ich bin ein Freund von Maia. Und ich, ähm, ich komme zu Besuch.«

Der Fremde schien kein Wort zu verstehen. Nicht besonders groß war er, einen ganzen Kopf kleiner als Paul, aber sehr muskulös. Breite Schultern, schweißglänzende Arme. Ein so imposanter Brustkorb, dass das eng anliegende Unterhemd, das er trug, sich bei jeder Atembewegung so sehr spannte, als wolle es gleich reißen. Ein glatt rasiertes, sehr markantes Kinn. Eine vollkommen gerade Nase. Die Augen, beinahe schwarz, waren von einem dichten Wimpernkranz umgeben, das dunkle Haar so kurz geschnitten, dass kaum mehr als ein feiner Flaum übrig geblieben war. Ein Flaum, der das Ebenmaß seiner Gesichtszüge nur noch deutlicher hervortreten ließ.

»Da?«, fragte er noch einmal und zog an seinem Hosenbund. Eine sehr weite Hose trug er, blau-weiß gestreift.

Paul war, als lege sich eine Schlinge um seinen Hals. Dieser Typ, schoss es ihm durch den Kopf, der da in Maias Hoftür lehnt, sieht aus wie eine griechische Statue. Und er trägt, oh nein, das darf nicht wahr sein, eine Pyjamahose.

Paul japste nicht mehr, er röchelte.

»Ich«, flüsterte er, immer noch auf Deutsch, »ich hatte mich angekündigt.«

Der Mann lehnte sich noch ein wenig weiter vor, er schien tatsächlich zu prüfen, ob Paul allein war. Als er den *ARO 240* erblickte, verzog er die Lippen zu einem Flunsch.

»Dispăreţi!«, rief er, was Paul sofort verstand, es hieß, sie sollten verschwinden. Im nächsten Augenblick schlug der Kerl ihm die Tür vor der Nase zu.

Paul war, als könne er plötzlich nicht mehr richtig sehen. Alles verschwamm. Gottverflucht, was hatte das zu bedeuten?

»Nun komm schon.«

Paul wischte sich über die Augen. Sorin war ausgestiegen und um seinen *ARO* herumgelaufen, nun hielt er die Beifahrertür für ihn auf.

Den Kopf tief zwischen den Schultern vergraben, schlich Paul die wenigen Meter über die Straße, kletterte ins Auto.

»Das hättest du mir sagen müssen.«

»Mmh«, murmelte Sorin, schloss ganz sanft, als wolle er Paul nicht noch mehr erschrecken, die Beifahrertür, lief noch einmal um den *ARO* herum, sprang auf den Fahrersitz und startete abermals den Wagen.

»Lass uns endlich was essen und später drüber reden«, brummte er über den Motorenlärm hinweg. »Aber ich kann dir sagen, hier im Dorf sind Sachen passiert …«

Was?, wollte Paul fragen. Was ist hier passiert? Und wer ist dieser Typ in Maias Hoftür? Aber Sorin, das war offensichtlich, wollte einfach nur weg.

ZWEI

Sie fuhren genau zwanzig Meter weit. Carry lebte nur ein Stückchen die Gasse hinauf, direkt gegenüber der Kirchenburg. Das uralte Gemäuer, umgeben von einer gut sechs Meter hohen Ringmauer, strahlte golden in der hereinbrechenden Nacht. Offensichtlich hatte jemand Scheinwerfer aufgestellt, um es im Dunkeln zu beleuchten.

Paul schaute lieber nicht so genau hin. An die Kirchenburg und das, was sich im vergangenen Sommer darin abgespielt hatte, hatte er keine allzu guten Erinnerungen. Und sowieso wurde ihm gerade schrecklich übel.

Wem war er da gerade bei Maia begegnet?, fragte er sich. Doch Sorin, der die Antwort ganz bestimmt wusste, war schon ausgestiegen. Mit einem einzigen großen Schritt nahm er die drei ausgetretenen Stufen, die in Carrys kleinen Dorfladen führten, irgendeinem komischen Kasten neben der Tür schenkte er ein vergnügtes Winken.

In Carrys Laden hatte sich seit Pauls letztem Besuch nichts verändert. Kaum hatte er sich hinter Sorin hineingeschleppt – ihm war, als wären seine Beine zentnerschwer –, hörte er die von der Decke herabhängende Glocke, die schon in seiner Kindheit jeden Kunden begrüßt hatte. Damals hatte Carrys Mutter das Geschäft geführt.

»Da seid ihr ja! Willkommen, Paul!«

Mit einem Juchzer schoss Carry aus dem Hinterzimmer hervor, das blonde Haar hatte sie wie stets zu einem kunstvollen Knoten aufgesteckt, die blauen Augen funkelten.

»Welch eine Freude!«

Schnell küsste sie ihn links und rechts auf die Wangen, sie roch, das merkte Paul trotz seiner Verwirrung, verlockend nach Gebackenem und Gebratenem, und hielt ihn dann auf Armlänge auf Abstand.

»Ist dir nicht gut? Du siehst ein wenig mitgenommen aus!«

»Ihm geht's prima«, tönte Sorin, schob Paul zur Seite und überreichte zu Pauls Verblüffung Carry die Pralinen, die doch eigentlich für Maia bestimmt gewesen waren. Wann hatte er die denn an sich genommen?

Kurz ärgerte Paul sich über den alten Freund. Dieser Schlawiner! Doch schon im nächsten Augenblick, als er sah, wie Carry strahlte, ärgerte er sich nur noch über sich selbst. Wo hatte er seinen Kopf gelassen, dass er kein Gastgeschenk für Carry dabeihatte?

Bei Maia, gab er sich selbst zur Antwort. Seine Gedanken waren immer nur bei Maia gewesen. In deren Hoftür ein fremder Kerl stand.

»Oh, ich sehe schon, du bist müde von der langen Reise. Gleich wirst du munterer!« Carry nahm seinen Arm und zog ihn mit sich. Der Gang zwischen den Warengestellen war so eng, dass ein Stapel Tüten mit Sonnenblumenkernen hinter Paul gefährlich ins Rutschen geriet. Sowieso gab es im ganzen Laden, etwa halb so groß wie eine Garage, kaum einen Quadratzentimeter, der nicht ausgenutzt wäre. Die Regale waren vollgestellt mit Kisten, Körben und Kanistern: Öl, Mehl und Konserven aller Art, Sprudelwasser, Spiritus und Rasierschaum. Gläser mit Fischrogen wechselten sich ab mit Dosen voller Presswurst, Schokoladentafeln stapelten sich neben Säcken voller Hirse. Die Akkuratesse, mit der alles arrangiert war, verriet Carrys fleißige Hand, doch Paul nahm all das nur durch einen Schleier wahr. Wer, Himmelherrgott noch mal, war ihm da gerade bei Maia begegnet?

Vorbei am Verkaufstresen mit der altertümlichen, sehr wuchtigen Registrierkasse ging es in das Hinterzimmer, von dem Paul wusste, dass Carry hier kochte und buk, genauer in Augenschein hatte er es noch nie genommen. Jetzt drangen ihm Lachen und Stimmengewirr entgegen, der Raum war voller Menschen. Offensichtlich diente das Zimmer Carry auch zum Wohnen und Schlafen, es gab einen bullernden Ofen, einen steinernen Waschtisch und eine hübsch bemalte Mitgifttruhe, einen etwas verschossenen Bodenteppich und bestickte Wandbehänge, vor allem aber war es auch hier sehr eng.

Der mit dicken Decken und zahlreichen Kissen ausstaffierte Diwan an der hinteren Wand diente an diesem Abend als Sitzgelegenheit, denn sonst hätten all die Besucher, die sich um den reich gedeckten Tisch versammelt hatten, kaum Platz gefunden. Paul begrüßte den alten Ion, Maias Nachbar, neben ihm saß seine winzig kleine Ehefrau, sie guckte so griesgrämig wie immer. Eugen war da, der Vulkaniseur, er brachte gerade Alma zum Lachen, eine ältere Dame, die Paul ebenfalls bei seinem letzten Besuch kennengelernt hatte. Und war der Glatzkopf dort drüben etwa Oliver, der Tierschützer vom Bärenpark? Ja, er war es, das riesengroße Tatzen-Emblem auf seinem T-Shirt verriet ihn. Nun stand er auf und drückte Paul an seine Brust, als seien sie alte Freunde. Es gab ein großes Hallo, Paul schüttelte Hände, von vielen wusste er nicht, zu wem sie gehörten, man klopfte ihm auf die Schulter, und noch bevor Carry ihm einen der Plastikstühle zurechtgerückt hatte, die sommers vor dem Laden auf der Straße standen – offensichtlich hatte sie alles herbeigeschafft, was sie an Mobiliar besaß –, hielt er auch schon den ersten *Ţuică* in der Hand. Nachbar Ion schenkte den Pflaumenschnaps aus einer anderthalb Liter fassenden Plastikflasche aus.

»Selbst gebrannt, mein Junge, der wird dir schmecken!«

Paul roch vorsichtig daran. Bei seinem letzten Besuch hatte

er sich gleich am zweiten Abend so heftig mit Sorin betrunken, dass ihm an die darauffolgende Nacht nur noch schemenhafte Erinnerungen geblieben waren. Was wiederum zu einer ganzen Vielzahl von Verwicklungen geführt hatte. Wäre Maia nicht gewesen, die Sache hätte übel enden können.

Maia. Die nicht einmal auf seinen Brief geantwortet hatte, in dem er seinen Besuch ankündigte. Natürlich hatte ihn das stutzig gemacht, doch er hatte das ungute Gefühl beiseitegewischt. Denn da war dieses stumme Versprechen, das sie ihm gegeben hatte. Und war sie nicht immer so still und zurückhaltend gewesen? Eine Frau voller Geheimnisse, so hatte er sie erlebt. Eine Frau, die nicht viel sprach, die für sich blieb. Die sogar ihre Schönheit versteckte. Ihr fein gezeichnetes Gesicht, ihr rotes Haar, ihre alabasterfarbene Haut …

»*Noroc*«, hörte er wie von fern den alten Ion rufen, dabei saß er direkt an seiner rechten Seite. »Wir trinken darauf, dass unser Freund Paul wieder in der alten Heimat ist!«

»*Noroc*«, ertönte es rund um den Tisch. »Zum Wohl!«

Paul hob sein Glas, nippte vorsichtig daran, sah vor seinem inneren Auge wieder den Kerl in der Schlafanzughose in Maias Tor stehen und nahm gleich einen zweiten Schluck, einen größeren diesmal. Heiß rann der Schnaps seine Kehle hinab.

Mmh, das tat gut. Mit einem Mal war das Glas nur noch halb voll. Und noch bevor er es abstellen konnte, hatte Ion es wieder aufgefüllt, ebenso wie das Glas von Sorin, der links von ihm Platz genommen hatte.

»Wie ist es dir ergangen?«, wollte Ion wissen. »Sorin sagt, du bist befördert worden bei der Zeitung. Nicht einmal über Weihnachten hast du freibekommen.«

»Ja, das stimmt. Als Chef gibst du den Mitarbeitern frei, damit sie die Feiertage mit ihren Familien verbringen können.« Paul sprach gern über das, was er tat, er liebte seine Arbeit als Journalist. Und so erzählte er von langen Tagen und kurzen

Nächten, von der Verantwortung, die man ihm als Chef vom Dienst übertragen hatte. Die Kopfschmerzen, die ihn neuerdings plagten, und das Grummeln im Bauch ließ er lieber aus. Ion hörte zu und schenkte reichlich nach.

Mit dem *Ţuică* kam der Hunger. Was hatte Carry nicht alles aufgetischt! Direkt vor Paul stand eine Schüssel *Zacuscă*, jenes köstliche Mus aus Auberginen, Paprika und Tomaten, von dem er schon als kleiner Junge nie genug bekommen konnte.

Das Brot, das Carry dazu reichte, dampfte noch, offensichtlich hatte sie es gerade erst aus dem Ofen gezogen. Es gab mild geräucherten Käse, Oliven, sauer eingelegtes Gemüse und eine Wurstplatte, bei deren Anblick Paul das Wasser im Munde zusammenlief. Vollends aber quollen ihm die Augen über, als er realisierte, dass dies erst die Vorspeisen waren und Carry begann, die Hauptgerichte aufzutragen. Nach einer klaren Brühe, für die sie, wie Ion Paul augenzwinkernd zu verstehen gab, am Vortag extra ein Huhn geschlachtet hatte, zauberte sie eine tiefe Schüssel voller Sülze hervor. Die hatte Paul zuletzt in seiner Kindheit gegessen, als er alle Sommerferien bei seiner Tante Zinzi hier im Dorf verbrachte. Er wusste genau, was in eine Sülze gehörte, neben reichlich Knoblauch, Salz und Pfeffer waren das jede Menge Schwarten vom Schwein, dazu die Füße und der Kopf. Ein echtes Festessen. Einen Moment lang rang er mit sich, dann aber nahm er eine ordentliche Gabel voll von dem, was Carry ihm bereits auf den Teller geladen hatte. Mmh, köstlich! Paul entfuhr ein Seufzen. So eine gute Sülze hatte er seit Jahrzehnten nicht mehr gegessen.

Womöglich, dachte Paul und ließ sich von Carry noch einmal reichlich nachgeben, gibt es für den Kerl in Maias Hoftür eine ganz einfache Erklärung. Vielleicht ist es ihr Cousin oder so. Und je mehr sein Bauch sich füllte, er erwischte sich dabei, wie er voller Wohlgefallen darüberstrich und den Gürtel ein wenig lockerte, desto zuversichtlicher wurde er. Sorin würde mehr wissen. Bloß dass der gerade auch den Mund voller Sülze hatte, und sowieso würde er ihn lieber ausfragen, wenn sie allein waren. Alma, die Sommersächsin, wie sie genannt wurde, weil sie meist die Sommermonate im Haus ihrer Vorfahren in Siebenbürgen verbrachte, während sie den Rest des Jahres in Deutschland lebte, hatte gerade den alten Ion verscheucht und sich neben Paul gesetzt.

»Wie geht es Ihnen?«, fragte sie und legte prüfend eine Hand auf seine. »Als Sie vorhin hereinkamen, sahen Sie beinahe so aus, als wäre Ihnen bereits ein *Strigoi* begegnet.«

»Nein, nein«, beeilte Paul sich zu sagen. »An diesen Quatsch mit den Untoten glaube ich nicht. Ich bin nur ein wenig erschöpft von der Anreise.«

»Soso.« Ihr Gesicht legte sich in lauter feine Runzeln. »Ein Mann wie Sie erschöpft von der Reise. Da glaube ich doch eher noch an *Strigoi*.«

Einen Moment lang wusste Paul nicht, was er darauf antworten sollte, dann aber begann Alma zu lachen, und er fiel darin ein. Eugen, der Vulkaniseur, rief von der anderen Seite des Tisches etwas, das Paul nicht verstand, was aber dazu führte, dass Alma die Augen auf eine Art niederschlug, als sei sie noch ein junges Mädchen und nicht weit über siebzig, genau wie Eugen.

Und dann gab es Nachtisch.

Carry zauberte ein süß duftendes Blech aus dem Bauch des Ofens hervor, darauf ein flacher viereckiger Kuchen, bedeckt mit einem golden glänzenden Guss.

»Hanklich!«, entfuhr es Paul. »Du hast *Hanklich* gebacken!«

»Selbstverständlich.« Carry schnitt ein Stück für ihn ab, so groß, dass Paul protestieren wollte, aber als der Teller vor ihm stand, war der Kuchen blitzschnell in seinem Mund verschwunden. Mmh. Wundervoll.

Er spürte, wie ihm mit jedem Bissen, der ihm auf der Zunge zerging, ein bisschen wohliger zumute wurde. Wie tröstlich doch so ein gutes Essen war! Und wie schön, wieder in Siebenbürgen zu sein!

Der alte Ion lachte gerade so sehr, dass die goldenen Zähne in seinem Mund nur so funkelten, offensichtlich verstand er sich prächtig mit Oliver vom Bärenpark. Gleichzeitig wurde Ion nicht müde, eine Runde *Ţuică* nach der nächsten auszuschenken, neben seinem Stuhl entdeckte Paul einen ganzen Vorrat gut gefüllter Plastikflaschen vom Selbstgebrannten. Selbst Ions Ehefrau hatte mittlerweile lustige rote Bäckchen bekommen, auch wenn sie nach wie vor griesgrämig guckte. Alma kicherte mit Eugen, und Sorin ließ sich gerade das zweite Stück *Hanklich* geben. Dabei verfolgte er jede von Carrys Bewegungen mit einem so sehnsuchtsvollen Blick, dass Paul sich unwillkürlich an ihr letztes Gespräch vor seiner Abreise erinnerte.

Hatte Sorin da nicht angedeutet, dass er Carry schon lange Zeit mehr oder weniger vergeblich begehrte? Und hatten die beiden nicht immerhin einmal …? Verdammt, wieso kam ihm ausgerechnet jetzt wieder der Kerl in der Pyjamahose in den Sinn? Paul merkte, wie ihm der Schweiß ausbrach. Er würde Sorin gleich hier und jetzt fragen, was es mit dem Typen auf sich hatte, länger hielt er diese Ungewissheit nicht mehr aus.

Doch in genau dem Moment, in dem Paul sich zu seinem alten Freund hinüberlehnte, darauf bedacht, dass auch niemand mitbekam, was er von ihm wissen wollte, wurde Sorin kreidebleich. Rund um seinen Mund, der gerade noch genüsslich *Hanklich* gekaut hatte, bekam er einen harten Zug, seine Augen verzogen sich zu schmalen Schlitzen.

Es war noch ein Besucher gekommen. Und während Paul Sorins Blick folgte, war auch ihm, als schmecke der *Hanklich* plötzlich nicht mehr ganz so gut.

Der neue Besucher schien ein Ebenbild des Mannes in Maias Hoftür zu sein. Ebenfalls nicht besonders groß, aber genauso muskulös. Die Haare weniger dunkel, jedoch der gleiche kurze

Schnitt, das Kinn, nicht ganz so kantig, ganz glatt rasiert. Immerhin trug er mehr als nur ein Schlafanzugunterteil, aber das leicht schimmernde Hemd und die wie auf Maß geschneiderte Hose betonten seinen Körper auf eine Weise, die beinahe ein bisschen anstößig war.

Hatte Sorin das gemeint, als er gesagt hatte, im Dorf seien seltsame Sachen passiert? Dass hier plötzlich muskelbepackte Schönlinge herumliefen, neben denen normale Männer wie Paul und er aussahen wie ausgefranste Waschlappen?

»Wer«, zischte Paul Sorin ins Ohr, »ist das denn?«

Doch da hatte Carry den Kerl schon hinter sich her zu ihnen herübergezerrt.

»Darf ich vorstellen?«, rief sie, die Wangen gerötet, die Stimme ein bisschen schriller als sonst. »Dies ist Toma, mein Verlobter. Toma, das ist Paul, ich habe dir von ihm erzählt.«

Paul schüttelte eine nicht allzu große, aber doch fest zupackende Hand und merkte, wie Sorin neben ihm in sich zusammensackte. Und während Toma von den anderen Gästen mit großem Hallo und viel Schulterklopfen begrüßt wurde, kam Paul endlich dazu, Sorin die Frage zu stellen, die ihm so unter den Nägeln brannte.

»Wo kommen diese Typen her, dieser Toma und der, den wir bei Maia angetroffen haben?«

»Aus Sibiu«, murmelte Sorin in sein Glas hinein, es war bis auf eine letzte Pfütze Pflaumenschnaps schon wieder leer. »Sind wohl sowas wie Kumpel. Sie haben das alte Pfarrhaus gekauft und wollen Ferienwohnungen draus machen, mit Restaurant und so.«

Paul schluckte. An das alte Pfarrhaus hatte er nicht allzu gute Erinnerungen. Und der Gedanke, dass womöglich bald Touristen das kleine Dorf bevölkerten, behagte ihm auch nicht. Am allerwenigsten aber gefiel ihm, wie Sorin guckte – als habe man ihn gerade fest gehauen.

»Verlobter?«, fragte er deshalb leise. »Carry und dieser Toma sind tatsächlich verlobt?«

Sorin nickte, und Paul sah, wie er sich auf die Zunge biss, als wolle er eigentlich noch mehr sagen.

»Und Maia?«, fragte Paul deshalb schnell. »Ist sie etwa auch verlobt?«

»Nein, nein, nicht verlobt«, gab Sorin zur Antwort. Er schien noch an seinen nächsten Worten zu kauen, als wieder Carrys ungewöhnlich schrille Stimme ertönte.

»Meine lieben Gäste«, rief sie und schlug mit einem Messer gegen eine Kaffeetasse, »einen Moment Ruhe, bitte!«

Paul sah auf. Carry stand am Kopfende des Tisches, sie strahlte. Mit ihren blauen Augen und der Hochsteckfrisur sah sie in diesem Moment, fand Paul, haargenau so aus wie ihre Mutter. Viktoria Laurenzi galt, als Paul noch ein Junge war, als die schönste Siebenbürger Sächsin weit und breit, Sorin hatte sie damals die siebenbürgische Brigitte Bardot genannt.

Wie gut Paul den alten Freund verstehen konnte, dass er für Carry entflammt war! Er selbst hatte damals als Junge kaum ein Wort herausgebracht, wenn Tante Zinzi ihn zum Laden schickte, Öl oder Sodapulver kaufen. Und Carry war eine solche Schönheit, dass wohl jeder Mann ihr einfach hinterherschauen musste. Ausgenommen, man dachte unentwegt an Maia, so wie er. Und ausgenommen der Kerl, der neben ihr stand, dieser Toma. Der guckte vor sich auf den Boden, als wäre er lieber ganz woanders.

Carry schien es nicht zu bemerken.

»Ich habe«, setzte sie an, hickste und begann von vorn, »also, wir haben eine Ankündigung zu machen.«

Paul hörte, wie Sorin scharf die Luft einzog. Eine hagere Hand mit einer Plastikflasche schoss an Paul vorbei, es war die des alten Ion. Mit geübtem Schwung füllte er Sorins Glas bis knapp unter den Rand.

»Ihr habt es euch sicherlich schon gedacht«, japste Carry, genau wie Sorin schien sie plötzlich schlecht Luft zu bekommen. »Vor allem, nachdem ja zunächst eine Doppelhochzeit im Gespräch war. Aber nachdem Petre und Maia«, sie machte eine kurze Pause, und Paul kam es so vor, als hätte sie diesen Namen mit einer gewissen Missbilligung ausgesprochen, »nicht warten konnten, haben wir nun unseren eigenen Termin gefunden. Am 24. Januar, am Tag der Vereinigung, treten wir vor den Traualtar. Ihr seid alle herzlich eingeladen!«

Carry hob die Kaffeetasse, an die sie eben geklopft hatte, merkte es, griff kichernd nach einem Glas voller *Ţuică*, prostete ihrem Verlobten zu, der immer noch geradeaus guckte, und nahm einen ordentlichen Schluck. Da gab es kein Halten mehr, die Gäste sprangen auf und küssten und herzten Carry, sodass sie schon bald hinter der Schar der Gratulanten verschwunden war. Einzig Alma blieb auf ihrem Stuhl sitzen.

Paul merkte, wie seine Brust dort, wo er sein Herz vermutete, ganz hart wurde. Als schleppe er einen Stein mit sich herum.

Neben ihm leerte Sorin sein Glas in einem einzigen Zug.

»Ist das wahr?«, flüsterte Paul, und noch während sein Mund die Worte formte, fragte er sich, ob er diese Frage überhaupt stellen wollte. Ob er nicht einfach aufstehen, hinausgehen und abreisen wollte, diesen Ort, den er doch eigentlich so liebte, verlassen, bevor ihm bestätigt würde, was er niemals hören wollte. Was er sich nicht hätte ausmalen können in seinen schlimmsten Albträumen.

Aber da waren die Worte schon aus ihm heraus.

»Ist es wahr?«, flüsterte er noch einmal. »Maia ist mit diesem Petre verheiratet?«

Sorin sagte nichts, doch der Blick, mit dem der alte Freund ihn bedachte, war Paul Antwort genug.

Pušomori stand auf den Zehen, blinzelte zum Fenster hinein und spitzte die Ohren. Außer ihr war niemand mehr auf der Gasse unterwegs, und wenn man sich ganz dicht an die Hauswand schmiegte, wurde man auch nicht entdeckt.

Soso, Carry würde also auch heiraten. Solcherlei Liebesdinge interessierten Pušomori kein bisschen.

»Du bist so dünn und hässlich«, hatte ihre Mutter ihr von klein auf gepredigt. »Dich will eh keiner.« Pušomori war es nur recht gewesen. Sie hatte anderes vor mit ihrem Leben. Und seit genau drei Tagen, seit ihre Brüder aus dem Wald zurückgekehrt waren und von etwas erzählt hatten, nebenbei, während sie ihre Beute sortierten, dessen Bedeutung sie kein bisschen verstanden hatten, glaubte Pušomori, dass es möglich wäre. Dass ihr Traum Wahrheit werden könnte. Wenn sie nur achtgab, dass niemand mitbekam, was sie trieb.

Aber darin war sie schließlich eine Meisterin.

Sie warf einen letzten Blick auf den Heruntergekommenen. Er trank schon wieder zu viel, und er sah ziemlich mitgenommen aus.

Sie würde ihn im Blick behalten, allein, damit er ihr nicht in die Quere kam.

DREI

Paul hatte den alten Ion schon bei ihrer ersten Begegnung gemocht. Damals hatten sie eine ganze Nacht lang gemeinsam Totenwache gehalten, während der Leichnam eines Nachbarn auf einer aus den Angeln gehobenen Wohnzimmertür aufgebahrt gewesen war. Schon in diesen langen Stunden hatte Ions selbstgebrannter *Ţuică* wahre Wunder vollbracht. Er hatte die Zungen der Männer, die mit ihnen wachten, gelöst, er hatte Paul, der sich nach seiner langen Abwesenheit fremd im Dorf gefühlt hatte, von innen gewärmt, und zum Schluss hatte er sie alle einschlafen lassen, die Köpfe selig gebettet auf den Schößen der neben ihnen Sitzenden.

Am heutigen Abend jedoch kam es ihm so vor, als wären Sorin und er verloren, gäbe es nicht Ion, der ihre Gläser unermüdlich auffüllte. Sie stürzten den *Ţuică* hinunter wie zwei Verdurstende. Und während es draußen vor dem Fenster tiefe Nacht wurde, während um sie herum Pläne geschmiedet wurden, wie die Hochzeit am besten zu begehen sei, wer für die Musik verantwortlich sein sollte und wer für das Essen, denn selbstverständlich durfte das in diesem Fall nicht Carry sein, die sonst immer für alle kochte und buk, war Paul, als tobten in seinem Innern Gefühle, die er sich sonst, in seinem normalen Alltag, niemals erlaubte.

Da war der Schock über die Nachricht. Die Trauer, etwas verloren zu haben, was er nie besessen hatte. Die verstörende Frage, ob er sich getäuscht hatte, als er glaubte, zwischen ihm und Maia habe sich etwas entsponnen. Und die Selbstvorwürfe, ein ganzes halbes Jahr fort gewesen zu sein und sie alleingelassen zu haben. Warum, hämmerte es in seinem Kopf, war er nicht früher nach Siebenbürgen zurückgekehrt? War es wirklich die Arbeit, die ihn in Köln festgehalten hatte, die Chefredakteurin gar? Er wusste es nicht.

Was für ein Glück, dass der Pflaumenschnaps all diese unerfreulichen Gedanken und Gefühle weich und warm umhüllte.

»*Noroc*«, hörte er den alten Ion neben sich rufen. »Lasst uns anstoßen auf die Frauen und auf die Liebe!«

Und so trank Paul. Die Gespräche am Tisch wurden zu einzelnen Wortfetzen, die sein Ohr nur noch ab und an erreichten. Offenbar ging es nun um einen Waldarbeiter, der kürzlich bei einem Unfall zu Tode gekommen war. Paul hörte nicht hin. Er trank. Und mit jeder Stunde, die verging, sackte er mehr in sich zusammen. Sorin lag schon beinahe mit dem Kopf auf der Tischplatte.

Wie zwei bucklige alte Männlein, dachte Paul, hocken wir nebeneinander auf unseren Plastikstühlen. Zwei Loser, denen zwei Schönlinge die Frauen weggeschnappt haben. Und plötzlich reichten die Wärme und die Weichheit des *Ţuică* nicht mehr, um den Frust in seinem Innern zu übertünchen.

Am besten, dachte er, ich reise so bald wie möglich wieder ab.

Da richtete Sorin sich auf.

Aus schmal zusammengekniffenen Augen fixierte er jemanden, der nicht wie alle anderen am Tisch saß, sondern ein wenig abseits stand.

»Dieser Schnösel«, stieß Sorin hervor. »Der hat eine Frau wie Carry doch gar nicht verdient! Schau ihn dir an! Er würdigt sie keines Blickes!«

Paul, dem es schwerfiel, geradeaus zu gucken, kniff nun ebenfalls die Augen zusammen. Sein Blick verirrte sich nach rechts, wo der alte Ion sich genüsslich ein Pfeifchen stopfte, seine für gewöhnlich sehr missmutig dreinschauende Ehefrau hatte ebenfalls eins zwischen den Lippen und schaute nicht mehr ganz so missmutig. Links von den beiden saß Carry, mit Alma und Eugen plappernd, aus ihrer Frisur hatte sich eine Strähne gelöst. Oliver, der Tierschützer, redete auf einen Mann ein, den Paul nicht kannte. Und hinter den beiden, in der offenen Tür zum Laden, lehnte, als sei er schon beinahe auf dem Heimweg, Toma. Er hatte sich halb von der Gesellschaft abgewandt, zog hektisch an einer Zigarette und tippte unablässig auf seinem Mobiltelefon herum.

»Das ist doch kein Benehmen!«, knurrte Sorin. »Warum sitzt er nicht bei seiner Braut?«

Paul konnte ihm nur beipflichten. Wäre an diesem Abend sein Hochzeitstermin verkündet worden, er würde seiner Liebsten nicht von der Seite weichen. Bloß dass die, die er sich als Liebste erträumt hatte, schon jemanden an ihrer Seite hatte.

»Und dieser Petre«, fragte er Sorin leise. »Ist der wenigstens gut zu Maia?«

»Glaub nicht. Man sieht sie kaum noch. Und wenn, dann huscht sie über die Straße, als wäre jemand hinter ihr her.«

»Ist nicht dein Ernst!«

»Doch, glaub mir.«

Paul merkte, wie ihn schon wieder ein Gefühl überkam, das er gar nicht von sich kannte. Eine Welle heißen Zorns, die sich scharf und beißend anfühlte.

»Verdammt!«, entfuhr es ihm. »Wie können Maia und Carry auf solche Typen stehen?«

Sorin sagte nichts dazu, doch er rieb Daumen und Zeigefinger aneinander und guckte vielsagend.

»Nie im Leben«, knurrte Paul. »Sie wohnt mietfrei auf dem Hof, sie muss niemanden heiraten wegen des Geldes …«

Doch dann verstummte er. Denn tatsächlich wusste er fast nichts über die Frau, an die er seit Monaten unentwegt dachte.

Sie waren unter den Ersten, die aufbrachen. Carry küsste sie zum Abschied auf beide Wangen, und als Paul Sorins sehnsuchtsvollen Gesichtsausdruck sah, tat der alte Freund ihm von Herzen leid. Erst recht, als sie sich an Toma vorbei nach draußen drückten. Der Kerl würdigte sie weiterhin keines Blickes und tippte immer noch auf seinem Mobiltelefon herum, neben ihm auf der Ladentheke stand ein Teller mit einem halb aufgegessenen Stück *Hanklich*, auf dem Rand eine ausgedrückte Zigarettenkippe.

»Was für ein Barbar«, schimpfte Paul, als sie die ausgetretenen Stufen, die vom Laden auf die Straße führten, heruntertorkelten. »Diesem Toma sollte dringend mal einer Bescheid stoßen. Aber zuerst knöpfe ich mir das Jüngelchen vor, das bei Maia eingezogen ist, diesen Petre. Keine Nacht mehr soll der mit Maia unter einem Dach verbringen, dass du es nur weißt! Und wenn ich ihm dafür eigenhändig den Hals umdrehen muss!«

Sorin sagte nichts dazu, womöglich hatte er ihn gar nicht gehört. Denn er war vollauf damit beschäftigt, sich gegen den starken Wind zu stemmen, der aufgekommen war und der ihnen mit eisigen Klauen unter die Jacken fuhr. So schwankten sie, reichlich betrunken und sehr missmutig, die stille Straße entlang. Den *ARO* ließen sie stehen.

Paul schlief schlecht in dieser Nacht. Wie hatte er sich darauf gefreut, wieder im Altenteil von Maias Hof zu wohnen, wo er im vergangenen Sommer in dem uralten, wuchtigen Holzbett mit dem imposanten Kopfteil hatte schlafen dürfen, wo er jeden Morgen vom Gesang der Feldlerchen geweckt worden war, die in den brachliegenden Äckern vor dem Fenster ihr Konzert anstimmten. Und wo, das vor allem, Maia nicht weit war, nämlich nur ein paar Schritte über den Innenhof im Haupthaus.

Nun aber hatte Sorin ihn mit nach Hause genommen. Und weil der nach seiner letzten Scheidung wieder bei seiner Mutter eingezogen war, schliefen sie in Sorins altem Jugendzimmer.

In den Jahren, als sie noch Jungs gewesen waren, und in denen Paul stets die Schulferien bei seiner Tante Zinzi auf dem Dorf verbracht hatte, hatte er dieses Zimmer kaum je betreten. Sie waren von früh bis spät durchs Dorf geflitzt, über die Felder und durch den Wald, barfuß und braun gebrannt vom Scheitel bis zu den Zehen. Dass sie tagsüber drinnen hockten, war so gut wie nie vorgekommen. Und so war Paul dieses Zimmer auf vielerlei Weise fremd.

Auch Sorin schien nicht wirklich hierher zu passen. Er schlief in einem schmalen Bett unter einem bestickten Wandbehang, für Paul hatte er eine Liegestuhlauflage auf dem Boden ausgebreitet, dazu eine dünne Decke und ein aufwendig verziertes Kissen, das furchtbar kratzte. Vor allem aber war Paul so betrunken, dass es ihm, sobald er die Augen schloss, so vorkam, als säße er auf einem sich rasend schnell drehenden Karussell.

So lag er lange wach, lauschte dem Bellen der Hunde und Sorins Atemzügen und versuchte, das Bild von dem Kerl in der Pyjamahose aus dem Kopf zu bekommen. Es gelang ihm nicht.

Viel später, als er endlich schlief, fühlte er eine Hand auf seiner Stirn, zärtlich und warm. Sie gehörte zu einer Frau, die tief über ihn gebeugt stand. Er sah zu ihr auf, betrachtete sie genau. Die Augen so grün wie die einer Katze. Die Lippen rot wie die Weichseln, die letzten Sommer in Tante Zinzis Garten gereift waren. Ihr Mund formte Worte, die er nicht verstand. Ihr Haar war verborgen unter einem dunklen Tuch. Er konnte nicht anders, er streckte die Hand aus, um es ihr vom Kopf zu streifen, wie sehr sehnte er sich danach, ihr Haar zu sehen, es zu berühren! Da wandte sie sich von ihm ab und verschwand. Das Letzte, was er von ihr sah, war ihre Hand, wie sie vorsichtig die Tür hinter sich zuzog, weiß wie Alabaster.

»Maia«, flüsterte er, »endlich.« Dann sank er zurück in die Kissen.

Irgendwann war ihm, als höre er im Schlaf Sirenen, und als er erwachte, war er sicher, Sorin wäre fort. Aber als er sich zu dessen Bett umwandte, lag er laut schnarchend unter dem Wandbehang. Ein wenig angenehmer Geruch ging von ihm aus, und Paul fürchtete, dass er mindestens genauso stank.

Mühsam kam er auf die Beine, seine Glieder waren komplett steif und durchgefroren. Die Liegestuhlauflage war viel zu kurz für einen Mann seiner Größe, die Decke ebenfalls.

»Das Badezimmer ist gleich links«, hatte Sorin gesagt, als sie gestern Abend ins Zimmer gestolpert waren. Als Paul sich nun dort hineinschleppte, stieß er einen leisen Pfiff aus.

Es war so neu, dass er die frische Wandfarbe riechen konnte, auf dem elektrischen Lüfter unter der Decke klebte noch Verpackungsfolie. Vor allem aber waren die Fliesen, das Klo und der Waschtisch aus feinster Keramik; die Chefredakteurin hatte sich in ihrer Eigentumswohnung in Köln ein neues Bad einbauen lassen, und Paul, hilfsbereit wie er war, war Samstag für Samstag mit ihr durch die Badausstellungen großer Möbelhäuser gelaufen. Dieses Bad hier mitten im transsilvanischen Nirgendwo, da war er sich sicher, hatte eine ordentliche Stange Geld gekostet. Oh Mann, hatte Sorin wieder irgendeine ominöse Einnahmequelle aufgetan? Er kannte doch den alten Freund und seinen Hang für zwielichtige Geschäfte!

Paul beschloss, Sorin später mal auf den Zahn zu fühlen. Hoffentlich war alles ganz harmlos.

Er duschte herrlich heiß, zog sich leise neben dem immer noch schlafenden Sorin an und traf in der Küche auf eine Frau, die er beinahe nicht wiedererkannt hätte.

Sorins Mutter ging, wie er sie kannte, sehr gebückt, was sie noch kleiner wirken ließ, als sie eh schon war, doch als sie sich zu ihm umwandte, sah er kaum noch Ähnlichkeiten mit der Frau, der er im Sommer begegnet war. Damals hatte Sorin im Gefängnis gesessen, und sie war vom Kummer gezeichnet gewesen.

Doch diese schwere Zeit schien sie vollkommen hinter sich gelassen zu haben, sie strahlte übers ganze Gesicht.

»Bună dimineața, băiatul meu«, rief sie und reichte Paul eine kleine Tasse starken Kaffees, während auf dem mit Wachstuch bedeckten Küchentisch der Fernseher plärrte. »Guten Morgen, mein Junge! Ich habe auch *Mămăligă* für dich gekocht, aber ein Vögelchen hat mir gezwitschert, dass eine junge Frau ebenfalls Frühstück für dich zubereitet hat.«

»Eine junge Frau?«, fragte Paul und nahm einen Schluck. »Aber ich kenne doch gar keine …«

»Du Dummkopf!«, unterbrach sie ihn, und ihre kleinen Augen unter dem straff geknoteten Kopftuch funkelten vor Vergnügen. »Ich rede natürlich von Maia!«

»Maia?«, stotterte Paul und hätte sich beinahe den Kaffee übers frische Hemd gekippt. Das im Übrigen auch ein wenig zu eng geworden war.

»Selbstverständlich Maia. Und sie wartet bestimmt schon. Also mach dich schleunigst auf den Weg!«

Paul trank aus, schnappte sich seine Jacke und lief zur Tür. Im letzten Moment kehrte er noch einmal in die Küche zurück. Sorins Mutter saß am Tisch, die Nase ganz dicht am Bildschirm des Fernsehers. Paul küsste sie herzhaft auf die Wange.

»Mulțumesc«, murmelte er, »danke schön.« Ganz zart fühlte sich ihre runzlige Haut unter seinen Lippen an, und als sie sich zu ihm umwandte, funkelten ihre Augen noch ein bisschen mehr.

Dieser Tag, dachte Paul, als er schließlich auf die enge Gasse trat, würde sehr viel besser werden als der vorherige. Und wie erfrischend ihm der eiskalte Wind erschien, der ihm vor dem Haus um die Nase fuhr! Er war seit der vergangenen Nacht noch stärker geworden und hatte die Richtung geändert. Paul spürte ihn jetzt im Rücken, als er direkt loslief.

Den kleinen schwarzen Hund nahm er erst wahr, als er ihn laut kläffend von hinten überholte.

Konnte das sein?, fragte er sich. War das etwa derselbe kleine Kerl, der ihm im Sommer auf Schritt und Tritt gefolgt war? Womöglich, dachte er, und rannte weiter.

Im Laufen fiel ihm ein, dass er sein Handy in Sorins Schlafzimmer gelassen hatte. Egal, er würde es nicht brauchen.

Die schmale Straße, die durchs Dorf führte, mehr als diese eine gab es nicht, war wie leer gefegt. Eine besonders starke Windböe ließ ihn gleich noch schneller laufen.

Maia wartete mit dem Frühstück auf ihn! War sie womöglich auch heute Nacht bei ihm gewesen, hatte sich über ihn gebeugt, seine Stirn berührt und leise mit ihm gesprochen? Das Traumbild war ihm so real erschienen! Paul merkte, wie ihm trotz der schneidenden Kälte ganz warm wurde.

In diesem Moment begann es zu schneien. Flocken, so groß wie Wattebäusche. Nur dass sie sich kein bisschen weich anfühlten, wie dicke Käfer prallten sie gegen Pauls Stirn.

Kein Problem, er war ja gleich da.

Die alten Häuser rechts und links der Gasse, vor Hunderten von Jahren von den Siebenbürger Sachsen dicht an dicht erbaut, schienen völlig unbewohnt. Die Hofeinfahrten machten den Eindruck, als seien sie alle fest verrammelt, ebenso die Türen daneben. Selbst die Fenster, die jedes der Häuser im ersten Stock zierten, unter einem ein wenig plattgedrückten Giebel, schienen leer und trüb. Dabei sah Paul aus so manchem Schornstein Rauch aufsteigen. Auch der typische Geruch nach Holzfeuer und Tierdung lag in der Luft.

Paul merkte, wie ihn trotz der Freude über Maias Einladung ein Frösteln überkam. Genauso hatte er das Dorf und seine Bewohner bei seinem letzten Besuch im Sommer erlebt. Doch damals hatte es gute Gründe, oder, genauer gesagt, grausliche Gründe gegeben, weshalb die Menschen so verschlossen gewesen waren. Gründe, die er aus der Welt geschafft hatte.

Egal, sagte er sich, schüttelte sich wie ein Hund nach einem

Bad und rannte weiter. Er würde Maia sehen, jetzt gleich, in wenigen Augenblicken.

Immerhin, bei Carry war mehr los. Neben Sorins *ARO* parkte eine dunkle Limousine, und auf den Stufen zum Laden standen einige Männer, die Paul nicht kannte – bis auf Toma, Carrys Verlobten. Sie schienen ziemlich aufgeregt irgendetwas zu besprechen, einer von ihnen zeigte immer wieder nach oben.

Paul hörte nicht hin und machte, dass er weiterkam. Über diesen unfreundlichen Toma mochte er jetzt nicht nachdenken.

Ob ihm bei Maia wieder ihr frisch angetrauter Ehemann über den Weg laufen würde? Hoffentlich nicht!

Wie um diesen Gedanken loszuwerden, sprintete er noch ein bisschen schneller an der Kirchenburg vorbei, der kleine Kläffer lief ihm voraus.

Ein Stückchen weiter, neben der hohen Mauer zum evangelischen Friedhof, verlangsamte Paul dann doch seinen Schritt. Ein kurzer Abstecher nur, und er stünde an Tante Zinzis Grab. Am Grab der Frau, die er geliebt hatte wie eine Mutter.

Am Rande Bukarests allein mit dem Vater aufgewachsen, war sie die wichtigste Frau in seinem Leben gewesen. Bis zu dem Tag Mitte der Achtziger, als die westdeutsche Regierung ihn und den Vater als Deutschstämmige aus Rumänien freikaufte. Tante Zinzi hatte er niemals wiedergesehen.

Später, dachte Paul und bezwang die Wehmut, die er in sich aufsteigen spürte, später gehe ich zum Grab.

Er lief weiter, die Luft so eisig, dass sie ihm beinahe den Atem nahm. Auch der Schnee fiel immer dichter. Er keuchte, wischte sich das kalte Nass von der Stirn.

Und dann war er da.

Tante Zinzis Hof lag ganz am Ende des Dorfes, dahinter erstreckten sich Wiesen und Felder. Und am Horizont, verschwommen vom zunehmenden Schneeschauer, erhoben sich die Karpaten. Paul hatte sie vom letzten Sommer und all den Sommern seiner Kindheit begrünt in Erinnerung, zumindest die unteren Hänge. Nun waren sie vollkommen kahl, und das Eis, in das ihre Gipfel getaucht waren, schien sich weiter hinabzubewegen wie eine Mütze, die man tief in die Stirn zieht.

Paul stand still und staunte. Er liebte die Karpaten, diese gigantische, steinerne Gebirgskette, die das Land seiner Vorfahren umschloss, hatte sich niemals sattsehen können an ihrer rauen Pracht. Aber er hatte sie nie zuvor im Winter erlebt, und gestern Abend war es schon dunkel gewesen.

Niemals hätte er gedacht, dass die Karpaten ihr Gesicht so sehr verändern konnten! Sie schienen ihm noch rauer, noch majestätischer. Und ehe er sichs versah, erwischte er sich bei dem Gedanken, wie es wohl wäre, jeden Morgen auf die Karpaten zu blicken und jeden Abend. Sie zu jeder Jahreszeit bestaunen zu dürfen, jeden Tag mit einem Blick zum Horizont zu beginnen und zu beenden.

Wie es wohl wäre, hier zu leben auf Tante Zinzis altem Hof? Mit Maia?

Sei nicht dämlich, schalt er sich im nächsten Moment. Maia ist verheiratet. Du wirst jetzt mit ihr frühstücken, womöglich ist dieser Petre sogar dabei, und danach wirst du dich um ein Rückflugticket kümmern.

Doch als er die Hand hob, um an die niedrige Tür zu klopfen, schlug sein Herz schneller.

Nichts geschah. Paul klopfte noch einmal, fester diesmal. Da gab die Tür von ganz allein nach und schwang auf, als wollte sie ihm bedeuten, einzutreten. Der kleine schwarze Hund ließ sich das nicht zweimal sagen und schlüpfte voraus.

Aus einem Grund, den er selbst nicht verstand, sah Paul sich um. Die Straße war immer noch menschenleer, nur die Stimmen der Männer vor Carrys Laden schallten, gedämpft vom Schnee, bis zu ihm herüber.

Ob er einfach so hineingehen sollte? Immerhin hatte Maias Ehemann ihn erst gestern davongejagt.

Aber heute bin ich eingeladen, sagte er sich, zog den Kopf ein, um sich nicht am Türbalken zu stoßen, und folgte dem Hund.

Der Innenhof lag so verlassen da, wie er ihn in Erinnerung hatte. Sorgfältig gefegt wie immer, jemand hatte sogar neues Pflaster verlegt, das in diesem Moment unter einer Schicht frischen Schnees verschwand. Linker Hand das Altenteil, dicht von Efeu bewachsen, doch die Tür war freigeschnitten. Rechter Hand das Wohnhaus. Das Loch im Dach, im vergangenen Sommer nur notdürftig geflickt, war, das war trotz des herabfallenden Schnees noch zu erkennen, verschwunden, der gesamte Dachstuhl mit matt glänzenden Schindeln neu gedeckt.

Das, dachte Paul, war offensichtlich Petres Werk. Denn auch wenn Maia über sehr besondere Fähigkeiten verfügte, ein Dach zu decken und einen Hof zu pflastern, nein, das war nicht ihr Ding. Offensichtlich sorgte der neue Mann in ihrem Leben sich um Haus und Hof.

Paul versuchte, die Bitterkeit, die in ihm hochstieg, nicht wahrzunehmen, aber es half nichts. Er bekam einen ganz unangenehmen Geschmack im Mund und war nahe daran, einfach wieder zu gehen.

War überhaupt jemand zu Hause?

»Hallo?«, rief er leise. »Ich bin's, Paul. Maia, bist du da?«

Keine Antwort. Nur der Hund, der zwischen Wohnhaus und Altenteil hin und her wetzte, gab ein kurzes Kläffen von sich. Was prompt mit einem erbosten Meckern beantwortet wurde. Es kam aus der Richtung des Stalls, der sich hinter dem Werkzeugschuppen an das Wohnhaus anschloss und wo offensichtlich wie schon im Sommer ein paar Ziegen ihr Heim hatten.

Paul machte ein paar unsichere Schritte auf das Wohnhaus zu, der Schnee fiel ihm in den Kragen seiner Jacke und in die

Augen, weshalb er schon beinahe direkt davorstand, als er es schließlich entdeckte. Ein Stück Pappe, es war auf die niedrige und wohl an die zweihundert Jahre alte Eingangstür gepinnt. Paul musste ein wenig in die Knie gehen, um es zu lesen.

Früstük fertig, stand darauf, *komme wider, Maia.*

Was sollte das denn nun bedeuten? Paul zog die Pappe von dem Nagel, mit dem sie befestigt war, drehte sie hin und her. Die Schrift war so krakelig wie die eines Kindes. Hatte Maia das geschrieben? Und dann noch auf Deutsch? Er konnte sich nicht erinnern, jemals etwas anderes als Rumänisch mit ihr gesprochen zu haben. Kein Wunder, dass ihr Fehler unterlaufen waren. Und doch. Dass Maia sich bemühte, für ihn etwas in seiner Sprache zu schreiben, rührte ihn. Einen Moment lang war Paul versucht, die Pappe an sich zu nehmen und zu behalten, als Souvenir sozusagen. Doch dann verwarf er diese ihm doch reichlich kitschig erscheinende Idee, pinnte die Pappe wieder an die Tür und drückte vorsichtig auf die Klinke.

Einen Atemzug später war er zurück in seiner Kindheit.

Nur wenig hatte sich in Tante Zinzis Wohnküche verändert. Er erkannte sogleich den alten Dielenboden, die rußgeschwärzten Balken unter der Decke. Es roch sogar wie einst, nach altem Holz und frisch Gekochtem. Der ausladende Tisch in der Mitte des Raumes war noch derselbe, die beiden Stühle ebenfalls, ihm war beinahe, als wäre ihm das fein bestickte Tischtuch noch vertraut. An der rückwärtigen Wand stand wie einst der Alkoven, in dem Paul als Junge geschlafen hatte. Reichlich zerwühlt schienen Laken und Kissen.

Paul wandte schnell den Kopf ab, zu intim war ihm dieser Anblick, zu unangenehm. Ob Maia und Petre in diesem schmalen Bett … bloß nicht dran denken!

Er schaute sich weiter um. Die Feuerstelle war einem elektrischen Herd gewichen, offensichtlich gab es hier mittlerweile Strom. Auch der Spülstein war durch eine moderne Spüle ersetzt, eine über Putz verlegte Wasserleitung führte dorthin. Doch die Bank links davon, auf der Tante Zinzi sich abends, wenn es in der Sommerküche zu kühl wurde, ausgeruht hatte, war noch die alte.

Wie gern hatte Paul neben ihr gesessen! Er war es nie müde geworden, ihre Füße zu massieren, ganz krumm und schrumpelig waren sie gewesen, und die kleine Menge Melkfett, mit der er sie einreiben durfte, hatte nie gereicht.

Paul merkte, wie ihn schon wieder ein sehnsüchtiges Ziehen überkam. Als Junge hatte er die Zeit bei der Tante aufgesogen wie ein Schwamm das Wasser. Zurück in der kleinen Wohnung in Bukarest, wo er mit dem Vater lebte, musste er bis zum nächsten Sommer von der Liebe und Fürsorge zehren, die es nur bei Tante Zinzi gab.

Er konnte nicht anders, er strich sich über die Augen. Sie waren ein bisschen feucht, ganz bestimmt vom Schnee. Da fuhr ihm wieder der Geruch in die Nase, den er schon beim Eintreten bemerkt hatte. Sehr vertraut, sehr köstlich.

Er schnupperte, wandte sich noch einmal um, mühte sich, nicht auf das zerwühlte Bett zu starren. Tatsächlich, rechts davon, auf der Kredenz, die auch dieselbe war wie früher, er erkannte das feine Geschirr hinter dem verglasten Aufsatz, stand ein Topf mit Deckel, daneben ein Teller, ein Löffel, ein Krug.

War das etwa ... mit einem großen Schritt war Paul bei der Anrichte, hob den Deckel an. Mmh! Der Topf war voller frisch gekochtem Maisbrei, er dampfte sogar noch! Und im Krug befand sich frische Milch.

»Oh, Maia«, stöhnte Paul, »du weißt einfach, wie ich *Palukes* am allerliebsten mag!«

Und jetzt merkte er auch, wie hungrig er war.

Flugs hatte er Topf, Teller und Kanne auf den Tisch gestellt. Ob er auf Maia warten sollte? Eher nicht, sie hatte ihm ja extra die Nachricht an der Tür hinterlassen. Und so nahm er Platz auf dem Stuhl, auf dem er als Junge schon so gern gesessen hatte, füllte den Teller beinahe randvoll mit Maisbrei und schüttete so viel Milch darüber, wie es eben ging. Die Milch wiederum war so frisch, dass obenauf eine kleine Fettschicht schwamm.

Paul beugte sich weit über den Teller, schnüffelte genüsslich. Maia war zwar nicht da, außerdem war sie verheiratet, aber sie hatte ihm sein Lieblingsessen gekocht.

Ich nehme, was ich kriege, dachte er, und genieße es, so gut es geht.

Draußen begann der kleine Hund wie irre zu bellen. Egal.

Paul lehnte sich zurück, strich sich voller Vorfreude über den Bauch und wollte gerade den Löffel tief in den Brei tauchen, den Mund hatte er bereits geöffnet, die Augen sehnsuchtsvoll verdreht, als es einen gewaltigen Knall gab. Die Tür zum Hof flog auf, Qualm drang ins Haus, ein Mann stürmte herein, dicht gefolgt von einem weiteren. Der erste schrie etwas, der zweite ebenfalls, Paul verstand kein Wort. Aber er sah trotz des Qualms genau, was der Mann, der jetzt direkt vor ihm stand, in der Hand hielt. Es war eine Waffe, und sie zielte auf seinen Kopf.

Pušomori stöhnte. Dass der Heruntergekommene aber auch gleich wieder in so einen Schlamassel hineingeraten musste!

Selbstverständlich war sie über alles, was er tat, im Bilde, so, wie sie immer über alles im Bilde war, was im Dorf geschah. Als sie noch ein Kind war, hatte sie sich ein Spiel daraus gemacht, die Erwachsenen heimlich bei ihrem Tun zu beobachten. Klein und dünn, wie sie war, fiel sie nicht auf. Mit der Zeit war sie eine Meisterin darin geworden, sich unsichtbar zu machen. So entging sie den Schlägen des Vaters, solange er noch lebte, und so entging sie den gierigen Blicken der jungen Männer, als sie älter wurde. Die Mutter hatte es irgendwann aufgegeben, Pušomori verheiraten zu wollen. Jedes Mal, wenn es ihr gelungen war, einen möglichen Bräutigam für ihre, wie sie fand, hässlichste Tochter anzulocken, war Pušomori tagelang verschwunden. Sie zeterte, dass dieses Kind ihr noch bis zu ihrem Tod auf der Tasche liegen würde. Pušomori hatte das immer mit Scham erfüllt.

Bis jetzt. Denn nun wusste sie einen Ausweg. Und sie arbeitete hart daran.

Dem Heruntergekommenen, den ein jedermann so nannte, weil er zu den Siebenbürger Sachsen zählte, die während der Ceaușescu-Zeit ausgewandert und nun zurückgekommen waren, war sie auch heute Morgen gefolgt, trotz der ganzen Aufregung in der letzten Nacht. Doch als er erneut bei Maia um Einlass bettelte, da hatte sie sich davongemacht.

Dieser Idiot! Dem war einfach nicht zu helfen.

Und sie musste sich dringend dieser Sache annehmen, bevor es jemand anders tat. Um Maias Hof machte sie eh lieber einen großen Bogen. Sie hatte in den vergangenen Monaten eine Menge Informationen über diese

Frau und ihr Tun zusammengetragen, und je mehr sie herausbekam, desto unheimlicher wurde sie ihr. Der arme Petre war nicht zu beneiden. Sollte der Heruntergekommene doch sehen, was er davon hatte!

Dass nur wenig später eine Detonation ertönen würde, die bis zu ihrer Siedlung zu hören war, gefolgt von einer beträchtlichen, weithin sichtbaren Staubwolke, damit hatte selbst Pušomori nicht gerechnet.

Als jetzt ihre Mutter und ihre Schwestern alles liegen ließen, sich die Kleinsten auf die Hüften setzten und durchs Schneegestöber zum Dorf eilten, da rannte sie hinterher.

Sie kam gerade rechtzeitig, um zu sehen, wie der Heruntergekommene aus Maias Haus geführt wurde, völlig verstört sah er aus, die Hände auf dem Rücken gefesselt. Einen Moment lang glaubte Pušomori, er habe sie hinter den anderen Frauen bemerkt, aber da musste sie sich getäuscht haben. Schließlich war sie eine Meisterin darin, sich zu verbergen. Niemand nahm sie wahr, niemals.

VIER

Paul schrie. »Hilfe!«, schrie er. »Polizei!«

Doch die Gestalten, die sich auf der Gasse versammelt hatten, er konnte sie nur schemenhaft sehen im Schneegestöber und im dichten Rauch, machten nicht die geringsten Anzeichen, ihm zu helfen. Oh verdammt, wahrscheinlich hatten sie ihn nicht einmal verstanden.

»Ajutaţi-mă!«, versuchte er es auf Rumänisch. »Helfen Sie mir!« Seine Stimme überschlug sich. *»Poliţia! Chemaţi poliţia!* Polizei! Holen Sie die Polizei!«

Ihm war, als hörte er jemanden kichern. Was sollte das denn?

Der Kerl, der ihn mit der Waffe bedroht und gefesselt hatte, zerrte Paul hinter sich her, als sei er ein störrisches Stück Vieh. Paul strauchelte, stolperte über den wie irre hin und her rennenden Hund, spürte, wie die Kabelbinder scharf in seine Handgelenke schnitten.

Das durfte doch alles nicht wahr sein, schoss es ihm durch den Kopf. Entführt am helllichten Tag! Und niemand unternahm etwas!

»Sorin!«, brüllte er aus Leibeskräften. »Kannst du mich hören? Sorin!«

Doch er war sich ganz und gar nicht sicher, ob seine Stimme bis zum Haus von Sorins Mutter tragen würde, und es war anzunehmen, dass der Freund noch seinen Rausch ausschlief. Oh, verdammt!

Für einen Moment verringerte sich der Schneefall, und im abziehenden Rauch konnte Paul erkennen, wer dort auf der

Straße stand und dem Schauspiel stumm zusah. Es waren lauter Frauen in weiten Gewändern, Tücher um den Kopf geknotet. Fast jede hatte ein Kind dabei. Offensichtlich kamen sie aus der nahen Roma-Siedlung.

Paul drehte und wandte den Kopf, konnte er denn wirklich kein einziges vertrautes Gesicht entdecken? Wo waren die Leute aus dem Dorf, mit denen er gestern gefeiert und getrunken hatte? Doch da war niemand, und die umstehenden Häuser schienen noch unbewohnter als auf seinem Weg hierher. Ganz kurz, immerhin, meinte er Pušomori zu erblicken, das Roma-Mädchen, das er im letzten Sommer kennengelernt hatte. Doch kaum hatte er einmal geblinzelt, war sie auch schon wieder verschwunden. Wahrscheinlich war es reines Wunschdenken gewesen.

»*Grăbeşte-te!*«, schnauzte ihn der Kerl an, der ihn aus Maias Haus geholt hatte, »beeil dich gefälligst!« Er packte grob seinen Kopf und stieß ihn in einen wartenden Wagen. Paul landete auf der hinteren Bank, dort saß schon jemand, halb abgewandt tippte er auf einem Handy herum. Der Mann, der Paul gefangen genommen hatte, sprang auf den Beifahrersitz, ein weiterer Mann am Steuer gab Gas.

»Hilfe!«, brüllte Paul. Er knallte, als der Wagen scharf wendete, mit dem Gesicht gegen das Seitenfenster, schmeckte Blut im Mund. »So helft mir doch!«

Doch sein Flehen war vergebens. Schon schoss der Wagen die enge Gasse hinab, vorbei am Friedhof, an der Kirchenburg, an Carrys Laden, scheinbar so verwaist wie das ganze Dorf. Als sie das Haus von Sorins Mutter passierten, hämmerte Paul diesmal in voller Absicht mit der Stirn gegen das Fenster.

»Sorin!«, tobte er. »Rette mich!«

Doch im nächsten Moment hatten sie das Dorf hinter sich gelassen. Der Wagen machte einen gewaltigen Satz, als er durch eines der typischen Schlaglöcher schoss, von denen die Straßen in diesem Landstrich übersät waren. Es knirschte und krachte, Paul wurde nach vorn geschleudert, schmeckte wieder Blut im Mund. Er riss den Kopf herum, ein letzter Versuch, zu sehen, ob ihm nicht doch jemand aus dem Dorf hinterherfuhr, die Verfolgung dieser Verbrecher aufgenommen hatte. Doch alles, was er sah, war weiße Gischt. Ein Sturm war aufgekommen und peitschte den Schnee übers Land.

»Anhalten!«, rief Paul und wandte sich den Männern vorne zu. »Ich bin Journalist! Sie kriegen Riesenärger, das verspreche ich Ihnen!«

Die Typen, Allerweltsgesichter, Allwetterjacken, schauten stur geradeaus.

»Beruhigen Sie sich!«

Eine Berührung an seinem Arm. Eine Stimme, die ihm vage bekannt vorkam. Paul wandte noch einmal den Kopf, diesmal nach links. Und schnappte nach Luft.

Die Person neben ihm reichte ihm gerade einmal bis zur Schulter. Dünnes, kurz geschnittenes Haar. Ein Gesicht, so blass, dass es beinahe leblos wirkte. Sehr klare dunkle Augen. Eine winzige Stupsnase. Die schmalen Lippen fest aufeinandergepresst, so wie meistens.

Konnte das sein? Oder spielte sein Gehirn ihm gerade einen Streich?

Vorsichtig lehnte er sich zu der Person herüber, berührte mit seiner Schulter die ihre. War sie wirklich echt?

Offensichtlich, denn sie schubste ihn sofort beiseite.

»Was fällt Ihnen ein?!«

»Frau Hatmanu!«, stöhnte Paul und merkte, wie die Panik, die ihn gepackt hatte, ein wenig von ihm wich. Wenn er gekonnt hätte, er hätte die Frau womöglich umarmt, vielleicht aber auch nicht. Schrecklich genervt hatte sie ihn im vergangenen Sommer, als Sorin im Gefängnis gesessen und sie die Ermittlungen in einem sehr undurchsichtigen Mordfall geleitet hatte. Doch in diesem Augenblick schien ihm die Polizistin Hatmanu der netteste Mensch der Welt.

»Hat man Sie etwa auch entführt?«, zischte er. »Was wollen die von uns? Geld? Also, ich habe ja schon viel gehört über die rumänische Mafia, aber so etwas? Das hätte ich nicht für möglich gehalten!«

Die Polizistin Hatmanu schwieg, was auch sonst. Das war er ja bereits von ihr gewohnt. Auf ihren Schläfen sah er feine Schweißtropfen.

»Haben Sie das eben mitbekommen?«, fuhr Paul leise fort. »Diese Typen haben bei Maia die Tür aufgesprengt, dabei war sie doch gar nicht verschlossen. Ich saß gerade beim Frühstück, es gab einen Riesenknall und furchtbar viel Rauch. Sie haben mich mit einer Waffe bedroht und gefesselt, hier, sehen Sie nur!« Er mühte sich, ihr seine Hände mit den Kabelbindern zu zeigen. Einen Moment lang wunderte er sich, dass sie nicht gefesselt war. Sie trug sogar, das erkannte er jetzt, ihre Uniform, und kein einziges Fältchen war darauf zu sehen.

Aber das war wieder einmal typisch für die Polizistin Hatmanu, dass sie selbst dann versuchte, Haltung zu bewahren, wenn sie ein Entführungsopfer war.

»Tut mir leid, Sie unter solchen Umständen wiederzutreffen«, raunte er und meinte es ernst. Eigentlich konnte er diese Frau, wenn er es sich genau überlegte, nicht gut leiden, sie schien auch reichlich überfordert mit der Situation. Aber allein ihre Anwesenheit würde dem Spuk bald ein Ende bereiten.

»Ihre Kollegen«, flüsterte er leise und rutschte so dicht an sie heran, dass sich sein Mund ganz nah an ihrem Ohr befand, »sind uns doch bestimmt schon auf den Fersen, nicht wahr?«

Paul beäugte sie prüfend von der Seite, doch alles, was sie tat, war, von ihm abzurücken. Ihr Gesicht blieb völlig ausdruckslos. Ach, egal, so guckte sie halt. Aber ein, zwei Worte könnte sie sich schon abringen, auch wenn sie dieser Situation offensichtlich nicht gewachsen war. Die Schweißtröpfchen auf ihrer Schläfe waren zu einem kleinen Rinnsal geworden. Na ja, sie war ja noch ziemlich jung und nicht so erfahren.

Paul lehnte sich zurück, mühte sich, ruhiger zu atmen.

Das alles hier, sagte er sich, ist gleich vorbei. Jetzt gilt es nur, die Nerven zu behalten.

Dann aber schien die Frau neben ihm sich einen Ruck zu geben und begann zu sprechen.

»Herr Schwartzmüller«, sagte die Polizistin Hatmanu, und sie dehnte, während sie redete, jedes Wort, als spräche sie zu einem Kleinkind. »Sie sind nicht entführt worden. Und ich brauche meine Kollegen auch nicht zu rufen. Die sind nämlich schon da.« Sie nickte Richtung Vordersitze, zu den Typen in den Allwetterjacken. »Und Sie, Herr Schwartzmüller, wurden soeben verhaftet.«

Paul glaubte seinen Ohren nicht zu trauen.

»Verhaftet?«, japste er. »Ich? Ist das ein Witz?«

»Kein Witz.«

»Aber wieso denn?«

»Wegen Mordverdachts«, antwortete die Polizistin Hatmanu in einem Tonfall, als sei das eine ziemlich dumme Frage.

»Mord?« Paul bemühte sich, nicht zu lachen. Das war nun beinahe komisch. Nur dass Frau Hatmanu immer noch furchtbar ernst guckte.

»Wen«, fragte er und merkte, wie er zu stottern begann, »wen soll ich denn ermordet haben?«

»Petre Dobre«, antwortete sie.

Paul überlegte einen Moment. Den Vornamen hatte er letzte Nacht das erste Mal gehört.

»Ist das Maias Ehemann?«

»Korrekt.«

»Und er ist tot?«

»Vollkommen.«

»Und ich soll …?« Paul merkte, wie die Gedanken in seinem Gehirn sich überschlugen. Verhaftet wegen Mordverdachts? Das wurde ja immer besser! Er sandte einen weiteren Blick zur Polizistin Hatmanu. Es wäre das erste Mal, seit sie sich kannten, dass sie sich einen Scherz erlaubte.

Aber nein, sie guckte so streng wie immer, auch wenn der Schweiß ihr mittlerweile in den Kragen der Uniform lief.

Kein Scherz also. Paul merkte, wie er zu zittern begann.

Draußen fiel der Schnee nun so dicht, dass es ihm so vorkam, als tauchte das Auto hinab in eine weiße Hölle. Als führen sie geradewegs an einen Ort, von dem es kein Entrinnen gab. Der Sturm heulte und mühte sich, den Wagen von der Straße zu drücken. Einer der beiden Männer vorne legte sich hektisch einen Sicherheitsgurt um, den er wohl bislang für überflüssig gehalten hatte, der andere umklammerte das Lenkrad, als gelte es, eine Rallye zu fahren.

Der Sturm brauste noch lauter, übertönte sogar das Geräusch des Motors. Der Wagen brach nach links aus.

Paul atmete ein. Und aus. Er wollte weg hier, raus aus diesem Auto, aus dieser völlig irrsinnigen Situation, sofort.

»Das, das ist doch totaler Quatsch!«, stieß er hervor. »Warum sollte ich Maias Ehemann umbringen?«

»Nun«, gab die Polizistin zurück, doch weiter kam sie nicht. Das Auto brach erneut aus und krachte gegen ein im Schneegestöber unsichtbares Hindernis, dabei versenkte es seine Schnauze tief in die Erde wie ein Schwein, das nach Trüffeln gräbt. Paul flog gegen den Vordersitz, der Typ, in dessen Nacken er hing, hielt sich die Stirn. Der Mann am Lenkrad war unter der Polizistin Hatmanu begraben, sie war so dünn, dass sich ihr Körper zwischen Kopfstütze und Dach geschoben hatte. Irgendjemand fluchte derbe.

Paul bewegte vorsichtig den Kopf, die Hände hinter seinem Rücken, streckte sich, so gut es ging. Alles heil, nichts verletzt.

Normalerweise hätte er sich jetzt den anderen Personen zugewandt, hätte versucht, zu helfen.

Normalerweise. Denn zum einen war er ja gefesselt, und zum anderen hatte der Aufprall das Karussell, in dem seine Gedanken in den letzten Minuten gesteckt hatten, abrupt zum Stehen gebracht. Plötzlich kannten sie eine sehr klare Richtung.

Die beiden Typen auf den Vordersitzen würden einen Moment brauchen, um sich zu sortieren, ebenso die Polizistin. Schwer verletzt schien niemand zu sein. Wenn nötig, konnten sie sich gegenseitig helfen. Und die Tür neben ihm, nur wenige Zentimeter entfernt, war durch den Aufprall aufgeflogen. Eiskalt zog der Wind herein.

Paul kannte Frau Hatmanu. Sie hatte ihm schon im Sommer nie richtig zugehört, nicht verstanden, wenn er ihr etwas erklärt hatte, war immer nur ihrem Dickkopf gefolgt. Von ihr verhaftet zu werden verhieß nichts Gutes.

Weiß der Geier, schoss es ihm durch den Kopf, wie lange es dauern kann, bis diese doofe Sache sich aufklärt. Wenn überhaupt.

Jetzt, dachte er, jetzt oder nie.

Und so schob er ein Bein nach dem anderen aus dem Wagen, ließ sich in den bereits mehrere Zentimeter tiefen Schnee fallen, rappelte sich auf, was nicht ganz einfach war mit auf dem Rücken zusammengebundenen Händen. Er blickte kurz zurück zum Dorf, aber von dort war offensichtlich keine Hilfe zu erwarten, also wandte er sich in die entgegengesetzte Richtung. Wenn es ihm gelänge, bis zur E68 zu kommen, der großen Schnellstraße, die den Osten Siebenbürgens mit dem Westen verband, käme er vielleicht per Anhalter bis nach Hermannstadt. Und da gab es, das wusste er, ein deutsches Konsulat. So, jetzt aber erst einmal weg von hier.

Er warf einen letzten Blick auf das Auto. Es war in einen

Baum gekracht, der quer über der Straße lag. Den hatte wohl der Sturm umgerissen. Paul hörte ihn heulen wie ein Rudel wütender Wölfe.

Na dann, dachte er sich, schob die Stirn vor und stürmte los.

Er hatte gerade einen halben Schritt gemacht, als sich etwas Dünnes, Festes um sein rechtes Fußgelenk schloss.

»Hiergeblieben!«, keuchte die Polizistin Hatmanu. Ihre Stimme klang ein wenig gedämpft, was damit zu tun haben mochte, dass sie bäuchlings im Schnee lag. Anscheinend war sie aus dem Auto herausgehechtet und hatte ihn gerade noch zu fassen gekriegt. Und sie hatte offensichtlich nicht vor, ihn so bald wieder laufen zu lassen. Ihr Griff um Pauls Fessel fühlte sich an wie aus purem Stahl.

So ein verdammter Mist aber auch.

Es dauerte, bis die Männer in ihren Allwetterjacken den Baum von der Straße gezerrt hatten. Paul beobachtete, wie sie mächtig ins Schwitzen gerieten. Er selbst stand neben der hektisch telefonierenden Polizistin Hatmanu, die Arme immer noch auf dem Rücken gefesselt, den Kopf gesenkt, zitternd vor Kälte. Seine Stimmung war auf dem Tiefpunkt.

Was war er doch für ein erbärmlicher Kerl! In ein paar Tagen wurde er fünfzig, ein gestandener Mann, einer, der zu Hause eine ganze Zeitungsredaktion unter sich hatte. Doch hier, in Siebenbürgen, schien sich wieder einmal alles gegen ihn verschworen zu haben.

Warum war er überhaupt hierhergekommen?

Wegen Maia, gab er sich selbst zur Antwort. Die er bislang nicht einmal zu Gesicht bekommen hatte. Und wegen der, mehr oder weniger, er jetzt tief in der Patsche saß.

Die Landstraße, die angrenzenden Felder und Wiesen, alles verschwand jetzt komplett hinter einer weißen Wand. Im Sommer hatte Paul hier Hirten mit ihren Schafen beobachtet, er war Pferdefuhrwerken begegnet, mehr als haushoch beladen mit Heu. Er war mit Sorin auf seinem röchelnden Motorrad, einer original *Mobra* aus den Siebzigerjahren, durch schattige Wälder und enge Schluchten gerumpelt. Am Straßenrand hatten alte Männer mit der Sense Heu gemacht, und alle Kinder, die ihnen begegneten, liefen barfuß, so wie damals Sorin und er, alle Sommer lang.

Paul hatte sich verliebt in dieses Land seiner Kindheit, in dem die Zeit stillzustehen schien. Nun aber war Siebenbürgen dabei, in einem weißen Nichts zu versinken. Schon konnte er nicht mehr viel weiter sehen, als sein Arm reichte. Der Wind pfiff ihm um die Ohren, der Schnee peitschte in sein Gesicht. Nicht mehr lange, und er wäre zur Eissäule erstarrt.

»Haben Sie mich nicht gehört?«, drang eine Stimme an sein Ohr. »Weiter geht's!«

Die Polizistin hatte ihr Telefonat beendet, sie stand neben dem Auto und hielt die Tür für ihn auf, die beiden Männer schienen schon wieder auf den Vordersitzen Platz genommen zu haben. Ganz offenbar traute man ihm keinen weiteren Fluchtversuch zu.

Paul zog Kopf und Schultern ein und kletterte neben Hatmanu auf den Rücksitz.

»Hören Sie«, begann er, doch sie fuhr ihm sogleich über den Mund.

»Bis gerade eben«, dozierte sie, »hätte man noch überlegen können, Sie nach der Vernehmung erst einmal laufen zu lassen, auch wenn die Beweise, die wir gegen Sie haben, wirklich erdrückend sind.«

»Welche Beweise?«, fuhr Paul hoch, langsam reichte es ihm. Doch sie redete einfach weiter, als habe er gar nichts gesagt.

»Wenn's nach mir ginge, würde ich Sie auch jetzt noch auf freien Fuß setzen. Ich würde Sie sogar bei Ihrem nichtsnutzigen Kumpel Lupu absetzen …«

»Tun Sie das!«, rief Paul. Tatsächlich hatte der Wagen gewendet und fuhr zurück ins Dorf. »Ich bleibe bei Sorin und halte mich zur Verfügung, versprochen!«

»Ich persönlich bin nämlich der festen Überzeugung, dass jemand wie Sie niemals in der Lage wäre, sich abzusetzen oder gar das Land zu verlassen«, redete Frau Hatmanu einfach weiter. »Das hat man ja gerade bei Ihrem mehr als dilettantischen Fluchtversuch gesehen.«

Paul war ein bisschen beleidigt, doch er bemühte sich, einen überzeugenden Gesichtsausdruck aufzusetzen.

»Ich laufe nicht mehr weg, ganz bestimmt nicht.«

»Aber nach mir geht's nicht.« Die Polizistin wischte sich den Schweiß aus dem Gesicht, ihr schien kein bisschen kalt zu sein. »Und weil wir es wegen des Schneesturms da draußen heute nicht mehr bis nach Sibiu schaffen, muss man halt improvisieren.«

»Und das bedeutet?«, fragte Paul.

»Nun«, antwortete die Polizistin Hatmanu, und wieder dehnte sie jedes Wort, als müsse sie Sorge tragen, dass Paul sie auch ja verstand, »in diesem Land hat man schon immer gewusst, wie man Leute wegsperrt. Unsere Väter und Vorväter waren Meister darin. Wenn man noch weiter in der Geschichte zurückgeht, sieht man, dass auch die deutschen Einwanderer so ihre Tricks hatten, ihre Leute zur Räson zu bringen. Und manche dieser Orte gibt es heute noch. Was in diesem Fall, also in Ihrem, ein Glück ist. Für mich, nicht für Sie, versteht sich.«

»Was soll das denn heißen?«, rief Paul, doch Hatmanu antwortete nicht mehr. Natürlich nicht.

Pušomori rannte. Sie hatte mit dem Schnee gerechnet, ihre Bunica, *ihre Oma, die von sich sagte, sie spüre jeden Wetterumschwung in ihren Knochen, hatte ihn schon seit Tagen vorausgesagt. Pušomori war sich nicht sicher gewesen, ob das gut oder schlecht wäre. Einerseits würde der Schnee so einiges überdecken, von dem sie hoffte, dass es ihr Geheimnis bliebe. Andererseits würde er ihr die Arbeit womöglich erschweren. So hatte sie, während sie noch mit den anderen Frauen vor Maias Hof stand, hin und her überlegt. Zu lange, wie sie nun feststellte. Die* Bunica *hatte aber auch nichts von einem Sturm gesagt, erst recht nicht von einem, wie er nun über das Dorf herfiel. Wenn sie Pech hatte, würde er mehr aufwirbeln, als ihr lieb war. Schon bald könnte ein jeder wissen, was sie so eifrig zu verbergen suchte. Und wenn schon nicht ein jeder, dann doch ganz bestimmt die, die es auf gar keinen Fall erfahren durften.*

Und so rannte Pušomori. Sie rannte vorbei an dem Streifenwagen, der seit dem frühen Morgen am Waldrand stand, vorbei am Flatterband, das man dort gezogen hatte, wo die Leiche entdeckt worden war, und das bereits zum Teil in Fetzen an den Bäumen hing.

Armer Petre. Pušomori schlug drei schnelle Kreuzzeichen, verfluchte im Stillen Maia, die ganz gewiss Schuld an seinem Schicksal trug, auch wenn das außer ihr niemand zu begreifen schien. Sie verfluchte auch ein wenig ihre kurzen Beine. Wäre sie nur ein kleines bisschen größer, sie könnte noch viel schneller rennen. Immerhin, nun tauchte sie ein in den dichten Wald. Über ihr knarzten die Äste unter dem stürmisch herabfallenden Schnee. Wenn ihr bloß keiner auf den Kopf krachte! Pušomori rannte, sie keuchte. An einer Stelle, von der sie wusste, dass man hier besonders vorsichtig sein musste, duckte sie sich. Hoffentlich kam sie nicht zu spät.

FÜNF

Paul stellte keine weiteren Fragen, als die Polizistin Hatmanu den Mann am Steuer anwies, vor dem früheren Pfarrhaus zu halten. Er sah sie hineingehen, drinnen brannte Licht, offensichtlich war der neue Eigentümer, Toma, zu Hause, und kurz darauf wieder herauskommen.

Schon aus Hatmanus Gesichtsausdruck schloss Paul, dass sie ihm keinerlei Auskunft geben würde. Sie war genauso störrisch, wie er sie in Erinnerung hatte. Was für eine fürchterliche Person! Und ausgerechnet ihr war er vollkommen ausgeliefert. War denn niemand zu sehen, der ihm zu Hilfe eilen konnte?

Nein. Die Gasse zwischen den eng stehenden Häusern war so leer wie vorhin, als man ihn geholt hatte.

Das Auto fuhr noch die wenigen Meter bis zur Kirchenburg, dann hieß sie ihn aussteigen. Den Schlüssel, den Hatmanu aus ihrer perfekt gebügelten Uniformjacke hervorholte, sehr lang und mit einem aufwendig gestalteten Bart, erkannte Paul sofort. Schließlich hatte er die Kirchenburg schon im letzten Sommer besucht. Und so wunderte es ihn auch kein bisschen, als Hatmanu damit eine schmale Tür in der äußeren Mauer aufschloss, die das Bauwerk mehrere Meter hoch umschloss.

Er trat hinter ihr in den ringförmigen Hof. Wenige Schritte, und sie standen vor der zweiten, noch höheren Schutzmauer. Das unebene, uralte Kopfsteinpflaster war längst unter der dicken Schneeschicht verschwunden. Die Polizistin drehte sich zu Paul um und bedachte ihn mit einem triumphierenden Blick.

»Ich sagte ja, schon unsere Vorväter, oder, in diesem Fall, Ihre Vorväter wussten, wie man jemanden wegschließt.«

Diese dumme Schnepfe, dachte Paul, hat wirklich von nichts eine Ahnung.

»Wenn ich richtig informiert bin«, setzte er an, »suchten meine Vorfahren, die deutschen Siedler, in ihren Kirchenburgen Schutz, wenn ihre Dörfer von Räuberbanden überfallen wurden. Sie harrten hinter den gewaltigen Schutzmauern aus, bis sie sich wieder heraustrauen konnten. Dass jemand hier weggeschlossen wurde, das habe ich noch nie gehört.«

»Falsch«, gab Hatmanu zurück, »ganz falsch.« Sie zückte einen weiteren, ebenfalls sehr großen, sehr alt wirkenden Schlüssel, der Paul auch sogleich bekannt vorkam, und machte sich damit am Schloss eines doppelflügeligen, massiven Tores zu schaffen.

Paul konnte nicht anders, sein Blick flackerte aufwärts. Links und rechts des Tores waren zwei tiefe Rinnen in die Mauer gemeißelt. In ihnen, das hatte ihm der frühere Pfarrer erzählt, sauste einst das Fallgitter herab, sobald alle Dorfbewohner sicher in der Kirchenburg versammelt waren. Nun gut, das Gitter gab es nicht mehr. Und doch war ihm, während er die beiden anderen Polizisten viel zu nah hinter sich spürte, als höre er das metallische Kreischen, wenn es einst hinunterkrachte.

Die Polizistin öffnete das Tor, sie traten in den innersten Hof. Eigentlich, das wusste Paul noch, führten hier dunkle Steinplatten bis zum marmornen Portal der Kirchenburg. Von all den Füßen, die im Lauf der Jahrhunderte darauf entlanggegangen waren, waren sie ganz glatt geschliffen. Doch auch dieser Weg war unter einer dicken Schneeschicht verschwunden. Die Kirchenburg erhob sich wie eine stolze alte Dame vor dem schneeverhangenen Himmel. Die Quader, aus denen sie vor Hunderten von Jahren erbaut worden war, waren an mancher Stelle beschädigt und doch von einem so vornehmen, hellen Ton, als habe ihnen die Zeit nur wenig anhaben können. Sehr hohe, oben mit einem Spitzbogen abschließende Fenster zierten das Gotteshaus, darin zig kleine, bunte Glasscheiben, aufwendig eingefasst. Bei Sonnenschein, dachte Paul, mussten sie diese altehrwürdige Schönheit zum Strahlen bringen. Nur dass es an diesem Tag keine Sonne gab, nur Düsternis, Schnee und Kälte.

»Und«, brüllte er gegen den Sturm an und bemühte sich gleichzeitig um einen möglichst lockeren Tonfall, »sperren Sie mich jetzt ins Kirchenschiff?«

Die Polizistin aber stapfte an der Kirche vorbei und lief geradewegs ans andere Ende des Kirchhofs. Dorthin, wo, wie Paul wusste, die beiden Ringmauern viele Meter tief Richtung Wald abfielen.

Das gefiel ihm nicht, ganz und gar nicht. Und jetzt schlossen auch noch die beiden Männer in seinem Rücken so dicht zu ihm auf, dass er meinte, ihren Atem in seinem Nacken zu spüren.

»Okay«, rief er, immer noch bemüht, nicht allzu besorgt zu klingen. »Frau Hatmanu, das geht zu weit! Sie bezichtigen mich eines Mordes, den ich nicht begangen habe. Sie verhaften mich, ohne mir einen Haftbefehl zu präsentieren. Ich möchte nun wirklich einen Anwalt anrufen!«

Die Polizistin blieb stehen, wandte sich zu ihm um und schien einen Moment zu überlegen. Dann holte sie ihr Handy hervor, tippte etwas hinein und bekam augenscheinlich prompt Antwort, ein greller Signalton war trotz des brausenden Windes deutlich zu hören.

»Nein«, befand sie nach einem kurzen Blick aufs Display. »Keinen Anwalt.«

Sie drehte sich von ihm weg und lief weiter voraus.

»Das geht so nicht«, setzte Paul an, doch weiter kam er nicht, denn nun packten ihn die beiden Männer sehr unsanft rechts und links unter den Achseln und bugsierten ihn über den Kirchhof, seine Füße kamen kaum mit, er stolperte, sie schleiften ihn weiter.

»Halt!«, brüllte er. »Wir sind in einem europäischen Land! Ich bin deutscher Staatsbürger! Ich habe Rechte! Ich bin«, stammelte er, verdammt, tat das weh, ihm war fast, als rissen sie ihm die Arme aus, »ich bin Journalist!«

Die beiden blieben völlig unbeeindruckt. Sie schleppten ihn bis vor ein kleines Gebäude am Ende des Hofes. Ein winziges Häuschen, kleiner noch als das Altenteil auf Maias Hof, das direkt an die Ringmauer grenzte. Diese war von hier, vom Hof aus gesehen, so niedrig, dass es sie sogar ein ganzes Stück überragte. Paul war das Häuschen bei seinen vorherigen Besuchen gar nicht aufgefallen. Es hatte etwa die Größe eines geräumigen Wohnwagens mit einem schmalen, vergitterten Fenster an der Stirnseite. Die Wände waren dunkelgelb verputzt und stockfleckig, das Dach so niedrig, dass Paul die vermutlich uralten Schindeln hätte zählen können, wären sie nicht längst unter der Schneeschicht verschwunden. Eine flache Stufe führte an der Längsseite zu einem schmalen Eingang hinauf.

Die Polizistin Hatmanu holte einen dritten Schlüssel hervor.

»Ich entnehme Ihren Worten von vorhin«, rief sie über den Sturm hinweg und machte sich an der Tür zu schaffen, »dass Sie dieses Gebäude noch nicht kennen. Gern will ich Ihre doch recht überschaubaren Geschichtskenntnisse etwas erweitern. Ihre Vorfahren, Herr Schwartzmüller, die Siebenbürger Sachsen, nutzten dieses heimelige Häuschen als Ehegefängnis. Paare, die sich trennen wollten, wurden vom Pfarrer hier eingeschlossen, und zwar so lange, bis sie ihren Streit beigelegt hatten.«

»Das ist nicht Ihr Ernst!«

»Durchaus. Man sagt, nur ein einziges Ehepaar habe sich in diesem Haus nicht versöhnt, alle anderen blieben, wenn sie wieder herauskamen, glücklich verheiratet bis an ihr Lebensende.«

»Das meinte ich nicht!«, brüllte Paul. »Ich wollte sagen, dass Sie es doch wohl nicht wagen, mich hier einzusperren! Wie gesagt, Ihr Land ist in der EU, Sie müssen sich an Recht und Gesetz halten!«

»Tun wir, tun wir«, murmelte die Polizistin, während sich die Tür des kleinen Hauses mit einem lang gezogenen Quietschen öffnete. »Dies ist allerdings eine polizeiliche Notlage. Wir haben einen Mord, wir haben einen Verdächtigen, der versucht hat zu fliehen, und wir haben einen Schneesturm, der es uns unmöglich macht, den nächstgrößeren Ort mit einer Polizeiwache und einer Arrestzelle zu erreichen. Und da ich in meiner Aufgabe als Staatsdienerin die Pflicht habe, die Allgemeinheit vor Subjekten wie Ihnen zu schützen, bringe ich Sie provisorisch hier unter.« Sie unterbrach sich, steckte den Kopf ins Innere des Hauses, schien zu schnüffeln. »Na ja, es müffelt ein wenig, allzu sauber ist es auch nicht, aber das wird schon gehen. Sie müssen wissen, die wenigen Touristen, die sich hierher verirren, lieben das Ehegefängnis. Sie finden es so romantisch. Sie, Herr Schwartzmüller, werden schon klarkommen. Schauen Sie nur, sogar Brennholz ist da, eigentlich zu Dekorationszwecken. Aber eins sage ich Ihnen: Kommen Sie bloß nicht auf die Idee, das Haus anzuzünden, um auf sich aufmerksam zu machen oder so. Erstens würden Sie damit ein unwiederbringliches Kulturerbe Ihrer Vorfahren zerstören, und zweitens würde davon keiner was mitkriegen, dazu sind Sie hier viel zu weitab vom Schuss.«

Sagte es, drückte Paul eine Packung Streichhölzer in die Hand und gab den beiden Typen, die ihn immer noch links und rechts gepackt hielten, ein Zeichen. Sie versetzten Paul einen ordentlichen Schubs, und einen Atemzug später fand er sich im Innern des Hauses wieder, die Tür fiel mit einem lauten Knall hinter ihm ins Schloss.

»Das ist nicht Ihr Ernst!«, brüllte Paul noch einmal. Mit aller

Macht warf er sich gegen die geschlossene Tür, doch sie hielt stand.

»Verausgaben Sie sich nicht!«, hörte er die Polizistin Hatmanu rufen. »In all den Jahrhunderten ist es niemandem gelungen, dem Ehegefängnis zu entkommen. Hören Sie? Niemandem.«

Paul vernahm ein hämisches Lachen, es musste von den anderen Polizisten stammen, die die ganze Zeit über kaum einen Ton von sich gegeben hatten. Dann wurde es still. Das Einzige, was er noch hören konnte, war der Sturm. Er schien an dem Häuschen zu rütteln, als sei es ein Spielzeug in der Hand eines übermütigen Kindes, die Dachbalken gaben ein unheilvolles Stöhnen von sich.

Paul stand da, wie gelähmt.

Diese Vollidioten! Das waren doch keine Polizisten, Verbrecher waren das! Denen würde er die Hölle heißmachen! Wenn er nur erst hier rauskam.

Bebend vor Wut sah er sich um.

Ein Bett, wie er nie zuvor eins gesehen hatte. Es wirkte mehr wie eine Bank mit seinem hohen Kopf- und Fußteil, den tiefen Schubfächern in seinem Sockel und den bunten Malereien überall, Blumen über Blumen, umrahmt von Girlanden und Kränzen. Es war ganz schmal und so kurz, ein Kind hätte darin Platz gefunden, aber doch niemals ein erwachsener Mann – geschweige denn zwei Eheleute!

Daneben stand eine reich verzierte Truhe, eine typische Hochzeitstruhe, wie sie heute noch in vielen Siebenbürger Wohnstuben zu finden war. Hatte er nicht auch bei Carry eine ähnliche gesehen?

Der Gedanke, dass er vor gerade einmal zwölf Stunden mit Carry und Sorin, dem alten Ion und all den anderen getrunken und gegessen hatte, und dass er nun in einem Verlies auf der Kirchenburg eingesperrt war, ließ Paul beinahe laut aufheulen.

Der kalte Schweiß brach ihm aus. Ihm war danach, sich kurz auf den einzigen Stuhl zu setzen, der halb unter einen hölzernen Tisch geschoben war, aber dort saß schon jemand.

Eine Frau, gekleidet in eine einfache blaue Bluse, dazu ein blauer Rock mit weißen Punkten, die Haare unter einem Tuch verborgen. Neben ihr stand ein Mann, schwarze Hose, helles, an Ärmelaufschlägen und Kragen besticktes Hemd, auf dem Kopf ein dunkler Hut mit breiter Krempe. Es waren Schaufensterfiguren, aufgestellt für die Touristen, die die Kirchenburg besuchten. Und dennoch jagte ihr Anblick Paul einen kalten Schauer über den Rücken.

Unwillkürlich trat er einen Schritt zurück und stieß sich prompt an einem der Dachbalken. Er hielt sich den Kopf, nieste. Hier roch es, als sei schon lange nicht mehr gelüftet worden. Und eiskalt war es auch. Er schlang die Arme um seinen Oberkörper, warf einen Blick auf den gemauerten Ofen in der Ecke, gleich neben der Tür zu einem einfachen Abort. Einen Teufel würde er tun und hier einheizen. Sorin suchte bestimmt schon nach ihm, und lange konnte es nicht dauern, bis sich im Dorf herumgesprochen hatte, dass er hier oben eingesperrt war. Die Leute mochten noch so verschlossen wirken, ein Geheimnis flüsterte sich wie von selbst von Hof zu Hof.

Sorin würde ihn hier rausholen, er würde einen Weg finden, ganz bestimmt. Was diese Hatmanu sich erlaubte!

Da, hatte er vor dem einzigen Fenster nicht gerade etwas vorbeihuschen sehen? Er machte einen Schritt darauf zu und sah tatsächlich einen Schatten über den Hof hasten. Es war der kleine schwarze Hund, der plötzlich aus dem Schneegestöber auftauchte. Als er Paul erblickte, begann er eifrig mit dem Schwanz zu wedeln und vergnügt vor dem Fenster hin und her zu laufen. Am liebsten hätte Paul sich zu ihm hinausgebeugt, ihn gestreichelt, was er nie zuvor getan hatte. Doch das Fenster war vergittert, natürlich. Es bot, wenn man den Kopf ein wenig verrenkte, über die beiden Ringmauern hinweg einen herrlichen Blick auf den Wald am Fuße der Kirchenburg. Aber es gab kein Entkommen.

Der Sturm nahm zu, das Schneetreiben wurde dichter.

Paul setzte sich jetzt doch auf das hohe Bett, es knarzte bedenklich unter seinem Gewicht.

Verhaftet und unter Mordverdacht. Welcher Irre war auf diese Idee gekommen? Als wenn er, Paul, auch nur einer Fliege etwas zuleide tun könnte! Natürlich hatte er diesen Petre nicht gemocht, auch wenn er ihn gar nicht kannte, das verstand sich doch von selbst. Aber umbringen? Und was hatte die verrückte Polizistin da von Beweisen gefaselt?

Was war überhaupt passiert? Erst jetzt wurde Paul bewusst, dass er gar nicht dazu gekommen war, sie danach zu fragen. Und sie hatte ihm auch nichts erklärt. Typisch.

Mit wem sie wohl zwischendurch telefoniert und gesimst hatte? Wer hatte entschieden, dass er keinen Anwalt kriegen sollte?

Paul merkte, wie ihm noch kälter wurde. Und das lag nicht nur an der Temperatur im Ehegefängnis, die sich vermutlich kaum von der unterschied, die draußen herrschte, wo der Sturm tobte. Nein, es lag an dem Gedanken, der ihn plötzlich ansprang, beinahe höhnisch, weil er nicht längst drauf gekommen war.

Diese verdammte korrupte rumänische Polizei. Man hörte doch allenthalben davon. Im letzten Sommer war es ihm so vorgekommen, als würde die Polizistin Hatmanu da nicht mitmachen, als hätte sie eine reine Weste. Er erinnerte sich genau, dass er ihr einen Schein hatte zustecken wollen, damit sie ihn an einen Tatort ließ. Und was hatte sie getan? Sie hatte ihm doch tatsächlich das Geld aus der Hand geschlagen.

Aber seitdem war ein halbes Jahr vergangen. Wer sagte ihm, dass Hatmanu nicht in der Zwischenzeit die Seiten gewechselt hatte? Dass sie nicht mittlerweile bei irgendjemandem auf der Gehaltsliste stand, wie so viele Polizisten?

Aber wer wiederum sollte ein Interesse daran haben, ihn, Paul, hinter Gittern zu sehen?

Nein, das ergab wirklich überhaupt keinen Sinn.

Paul sprang wieder auf, tigerte im Zimmer auf und ab. Merkte, wie die Kälte von allen Seiten in ihn hineinkroch.

Vielleicht, dachte er, heize ich doch lieber ein.

Er brauchte eine Weile, um ein halbwegs loderndes Feuer in Gang zu bringen. Als er damit endlich fertig war, merkte er, wie hungrig er war. Nicht einmal Frühstück hatte er gehabt! Und dass die Hatmanu ihn hier verköstigen würde, daran glaubte er keine Sekunde.

Er trat wieder ans Fenster. Der kleine schwarze Hund hatte sich im Schneegestöber in einen Schemen verwandelt, der scheinbar Gefallen daran fand, über den Hof zu toben.

Rechts vom Fenster befand sich die innere Ringmauer, ein Stück weiter die äußere. Tief darunter erahnte Paul die letzten Häuser des Dorfes. Er versuchte, sich zu orientieren. Noch ein bisschen weiter weg musste die Siedlung der Roma sein, oder auch der *Ţigani*, wie sie sich selbst nannten. Paul erinnerte sich an rechteckige Hütten, eine an die andere gebaut. Und gleich neben der äußersten Ringmauer begann der Wald. Mächtige Bäume, ihre Äste vom Schnee wie mit Puderzucker bestäubt. Die Karpaten, die er eigentlich von hier aus hätte sehen müssen, waren verschwunden. Überall nichts als undurchdringliches, eisiges Weiß.

Paul öffnete das Fenster und lehnte sich, soweit es die Gitterstäbe erlaubten, hinaus.

»Hallo?«, rief er. Und dann gleich noch einmal, lauter diesmal: »Hallo? Hört mich jemand?«

Aber das war natürlich völlig sinnlos. Niemand würde ihn hier oben hören, wie die Polizistin Hatmanu es prophezeit hatte.

Sorin, sagte er sich und schloss das Fenster, Sorin kommt. Bald. Er hilft mir.

Wieder setzte er sich aufs Bett. Versuchte, seinen grummelnden Magen zu ignorieren.

Soso, ein Ehegefängnis. Wie musste es sich angefühlt haben, hier zu zweit eingesperrt zu sein? Mit einem Ehepartner, den man gar nicht mehr haben wollte?

Paul musste an die Frauen denken, mit denen er eine Beziehung gehabt hatte. Viele waren es nicht. Und eine jede hatte ihn früher oder später vor die Tür gesetzt. Er war niemals gegangen, dazu war er viel zu treu, zu anhänglich.

Vielleicht, weil er nie eine Mutter gehabt hatte und Tante Zinzi auch viel zu früh aus seinem Leben verschwunden war.

Paul verwarf den Gedanken, sah sich genauer um.

Ein Bett. Ein Stuhl. Ein Tisch.

Darauf ein Teller, ein Löffel. Es gab noch nicht einmal für jeden einen eigenen Becher!

Oje, die zerstrittenen Eheleute mussten sich hier furchtbar auf den Geist gegangen sein.

Oder auch nicht. Was hatte die Polizistin gesagt? Nur ein einziges Ehepaar hatte sich hier nicht versöhnt?

Wie, fragte Paul sich, konnte das zugegangen sein? Was mochte dieser Ort an sich haben, dass er aus Streitenden Liebende machte? Er konnte es sich beim besten Willen nicht vorstellen.

Allein der Gedanke, sich mit jemandem diesen engen Raum teilen zu müssen, schnürte ihm die Luft ab.

Was wiederum auch an dem Ofen liegen konnte, der fürchterlich angefangen hatte zu rußen. Paul bückte sich gerade, um noch einmal nachzustochern, als er es hörte.

»Paul! Bist du hier?«

Sorin, endlich!

Mit einem Satz war Paul am Fenster. Und da stand er, sein

bester Freund aus Kindertagen, die Nase rot gefroren, in der Hand einen dampfenden Henkelmann.

»'tschuldigung«, brüllte Sorin über den Sturm hinweg, »hab lange geschlafen und gar nichts mitbekommen. Mutter hat mich eben erst geweckt, Ion und seine Frau haben es ihr erzählt. Und alles andere auch. Aber iss erst mal.«

Und damit reichte er ihm den Blechbehälter, er passte wie durch ein Wunder durch die Gitterstäbe vor dem Fenster und war bis oben hin angefüllt mit *Palukes*.

Mit dem Blechbehälter zog ein eiskalter Wind durchs Fenster herein, aber das war Paul in diesem Moment egal. Von Maias *Palukes* hatte er nicht einmal kosten können, bevor man ihn verhaftet hatte. Er fing sogleich an zu essen und merkte, wie er mit jedem Löffel ruhiger wurde. Immer schon hatte Essen diese Wirkung auf ihn gehabt.

»Du musst mir helfen!«, rief er mit vollem Mund. »Am besten, du findest erst mal raus, was passiert ist. Wieso ist dieser Petre tot? Und was haben sie gegen mich in der Hand? Die Hatmanu erzählt irgendwas von Beweisen, die soll sie mal vorlegen. Und zugleich«, er leckte sich über die Lippen, dieser *Palukes* war einfach zu köstlich, »rufen wir meine Chefredakteurin an, jetzt direkt. Ich blicke nicht durch, wer hier von wem bestochen wird, sie wird Mittel und Wege kennen, ordentlich Druck zu machen. Gibst du mir dein Handy?«

Paul sah auf. Sorin stand vor dem Fenster und trat von einem Bein auf das andere. Er schien sehr zu frieren. Und zugleich guckte er wie damals, als sie noch Jungs gewesen waren, wenn sie etwas ausgefressen hatten.

»Was hast du denn?«

»Du weißt es wirklich nicht?«

Sorin sah aus, als wäre er lieber ganz woanders.

»Was denn?«

»Nun ja, die, die Beweise?«

»Welche Beweise? Das ist doch alles Kokolores!«

»Ach, Paul«, stöhnte Sorin. »Du hast laut und deutlich gesagt, dass du Petre am liebsten den Hals umdrehen willst!«

»Ich habe was …?«

»Als wir gestern bei Carry aufgebrochen sind. Es heißt, die Kamera über der Ladentür hat alles aufgezeichnet.«

SECHS

Einen Augenblick lang war Paul vollkommen verdattert. Was sollte er gesagt haben? Und von welcher Kamera redete Sorin?

Dann aber fiel es ihm wie Schuppen von den Augen. Ja, er hatte beim Hinausgehen vor sich hin gemurmelt, dass er Petre am liebsten den Hals umdrehen würde, aber das war doch nur so dahingesagt gewesen!

»Und das wurde aufgezeichnet?«, fragte er ungläubig.

»Leider ja.« Sorin trat immer noch von einem Fuß auf den anderen. »Erinnerst du dich nicht? Carry hatte doch schon immer diese uralte Kamera neben der Tür, die meiste Zeit hat sie nicht funktioniert. Irgendwelche bescheuerten Gesetze schreiben so was vor, wenn man einen Laden hat. Toma hat sie wieder instand gesetzt und als Wetterschutz einen Kasten drum herum gebaut, seitdem tut's die Kamera. Ich mache mir einen Spaß draus und winke jedes Mal, wenn ich vorbeikomme.«

»Ausgerechnet dieser Unsympath Toma!«, zischte Paul. »Sag nichts, ich kann es mir denken: Der hat auch gehört, was ich gesagt habe, und es den Bullen gesteckt, stimmt's?«

Sorin erwiderte nichts, doch die Art, wie er guckte, ziemlich zerknirscht nämlich, war Paul Antwort genug.

»So eine verdammte Scheiße!«, entfuhr es Paul. »Ich fasse es nicht! Und Petre ist wirklich tot? Ermordet?«

»Man fand ihn heute am frühen Morgen im Wald«, nuschelte Sorin. »Mit gebrochenem Genick, wie es heißt.«

»Verdammt, verdammt, verdammt!«, fluchte Paul. In seinem Kopf überschlugen sich die Gedanken. Eins war klar:

Er brauchte jetzt jemanden mit einem kühlen Kopf. Jemand, der eine solche Situation meistern konnte. »Gibst du mir dein Handy?«

Sorin reichte es ihm, es war, das erkannte Paul sofort, ein iPhone 15 Pro, und wieder fragte er sich, wieso der sonst so klamme Sorin plötzlich genug Geld hatte, um sich das zu leisten. Er würde ihm wirklich mal auf den Zahn fühlen, später, das musste warten.

Flugs hatte er die Nummer der Chefredakteurin eingetippt, er kannte sie auswendig.

Drei Klingelzeichen, dann ihre Stimme, rau und vertraut.

»Guten Tag, hinterlassen Sie eine Nachricht.«

»Ich bin's«, sagte er knapp. »Könntest du mich bitte zurückrufen, wenn du das hörst? Es ist dringend.«

Er gab Sorin das Handy zurück.

»Kannst du mir meins bringen? Es müsste noch in deinem Zimmer liegen.«

»Mache ich. Seit der alte Pfarrer tot ist, haben sie Carry als Burghüterin eingestellt. Sie lässt mich bestimmt noch mal rein.«

»Ein Glück. Und wenn du was Neues hörst, auch wenn es dir noch so nebensächlich erscheint, sagst du es mir, ja?«

»Klar.« Sorins Nase war mittlerweile feuerrot, und auch seine Wangen glühten im eisigen Wind. Er wandte sich zum Gehen, drehte sich dann aber noch einmal um. »Halt die Ohren steif, ja?«

»Klar.«

Paul hob die Hand. Nach wenigen Schritten hatte das Schneegestöber den Freund verschluckt.

Es wurde ein langer Tag. Der Sturm schien von Stunde zu Stunde grimmiger zu werden. Er rüttelte an dem alten Häuschen, ließ die Dachschindeln scheppern und stahl sich unter der Tür und durch die Fensterritzen ins Innere. Das Feuer drohte immer wieder auszugehen, es rußte und qualmte.

Der Henkelmann mit dem *Palukes* wiederum war allzu bald leer gegessen, und Paul wünschte inständig, Sorin käme bald zurück. Wo er bloß blieb?

Paul rieb sich die klammen Hände, lief auf und ab. Acht kleine Schritte bis zur einen Wand und fünfeinhalb bis zur anderen, größer war seine Behausung nicht.

Der Sturm hielt an.

Seine Unruhe wuchs.

Verhaftet wegen Mordes. Eingeschlossen in einem jahrhundertealten Gemäuer. Und das alles, wie ihm schien, am Ende der Welt.

Dann, endlich, ein Klopfen am Fenster. Aber es war nicht Sorin, der draußen im Schneegestöber stand, einen dunklen Umhang um sich geworfen. Es war Carry.

»Sorin lässt sich entschuldigen, ein Waldarbeiter wird vermisst, er hilft bei der Suche. Geht es dir gut, Paul?«

»Ja, ja, alles in Ordnung. Mach dir keine Gedanken um mich, ich bin hier bald wieder raus.«

»Das will ich hoffen! Eine Schande ist das, was sie mit dir machen. Schau, ich habe dir Schweinesülze mitgebracht, von gestern, und *Hanklich*. Von Ion soll ich dich grüßen, er schickt dir etwas vom Selbstgebrannten und ein Pfeifchen, das soll dir die Zeit vertreiben.«

Während sie sprach, schob Carry eine Köstlichkeit nach der nächsten durch die Gitterstäbe des Fensters, Paul traute seinen Augen kaum.

»Mmh!«, rief er, als er den länglichen Topf öffnete, der bis oben hin gefüllt war. »Danke schön! Aber sag, was hat es mit diesem verschwundenen Waldarbeiter auf sich? Meinst du, es gibt einen Zusammenhang mit Petre? Ich meine, der eine ist im Wald verschwunden, den anderen findet man dort, tot …«

»Ich weiß es doch auch nicht.« Für einen Moment streckte Carry ihre Hand durch die Gitterstäbe, legte sie auf Pauls. »Aber es gibt immer mal wieder Unfälle, das kennen wir. Und dich lassen sie bestimmt bald frei.« Sie zog ihre Hand zurück, bemühte sich um ein Lächeln, auch wenn es ein bisschen angestrengt wirkte. »Morgen komme ich wieder und bringe dir Frühstück. Du musst wissen, ich bin die Einzige, die außer der Polizei über Schlüssel zur Kirchenburg verfügt. Gottesdienste werden hier ja keine mehr gehalten, so ohne Pfarrer. Als Burgwächterin führe ich Touristen herum, wenn sich denn zu dieser Jahreszeit mal welche zu uns verirren. Zu dir werde ich so lange kommen, bis sie dich rauslassen. Eine himmelschreiende Ungerechtigkeit ist das!«

»Danke«, murmelte Paul. Er war auf eine Weise gerührt, die er gar nicht von sich kannte. »Vielen Dank, Carry.«

Carry nickte, wickelte sich fester in ihren Umhang und machte sich auf den Rückweg. Sie war schon beinahe im Schneegestöber verschwunden, als sie noch einmal umkehrte.

»Ich Dummerchen«, lachte sie. »Sorin hat mir dein Handy mitgegeben. Bitte schön.«

»Danke.« Paul nahm das Telefon und blickte ihr noch hinterher, als sie schon längst nicht mehr zu sehen war. Wie gut er Sorin verstehen konnte, dass er in Carry verliebt war!

Flugs wählte er die vertraute Nummer.

»Guten Tag, hinterlassen Sie eine Nachricht.«

Mist, jetzt fiel es ihm wieder ein. Die Chefredakteurin war bei ihrer Mutter, sie hatte ihm vor seiner Abreise erzählt, es gebe da irgendein Problem, so genau hatte er es nicht verstanden. Aber wenn sie in ihrem Elternhaus war, war es schwierig, sie ans Telefon zu kriegen, das kannte er schon. Ob er stattdessen in der Redaktion anrufen sollte? Paul überlegte. Seit er Chef vom Dienst war, durchdrücken musste, was von oben, von der Geschäftsleitung, verkündet wurde, ging niemand seiner alten Kollegen noch mit ihm in die Kantine. Auch die Einladungen zum Feierabendbier hatten aufgehört. Noch dazu galt er als Günstling der Chefredakteurin.

Paul legte das Handy beiseite. Sie würde hoffentlich bald zurückrufen.

Ab dem späten Nachmittag wandelte das Weiß draußen sich nach und nach in tiefes Grau. Immerhin, der Wind nahm ab, auch schneite es nicht mehr ganz so heftig. Von seinem Platz am Fenster sah Paul, klein wie Spielzeugfiguren, die Trupps, die am Waldrand nach dem vermissten Waldarbeiter suchten. Ausgerüstet mit leuchtenden Warnwesten, Megafonen und Scheinwerfern, durchkämmten sie das Gelände. Und obwohl Paul so weit weg war, konnte er doch bis hier oben spüren, wie aufgeregt, wie angstvoll die Menschen bei ihrer Suche agierten. Als treibe sie eine böse Vorahnung voran.

Was war da passiert? Wie konnte ein Waldarbeiter einfach verschwinden? Und da er selbst es nicht getan hatte – wer hatte einen Grund, Petre zu ermorden?

Das Grau wurde dunkler, die Nacht brach herein. Die Hunde begannen ihr abendliches Konzert.

Paul fand ein Öllicht, entzündete es. Tigerte auf und ab. Es machte ihn nervös, dass er hier drin festsaß, ohne irgendetwas tun zu können.

Abermals rief er die Chefredakteurin an, viele Male. Vergebens.

Wen könnte er noch um Hilfe bitten? Als Reporter hatte er eine Vielzahl von Kontakten gepflegt, kannte in seiner Heimatstadt Köln Polizisten, Politiker, Anwälte und Unternehmer. Noch vor wenigen Monaten hätte er jeden von ihnen jederzeit anrufen können, auch um diese späte Stunde, wenn die meisten sehr wahrscheinlich mit ihren Familien beim Abendessen saßen. Man kannte sich, man half sich, so hielt man das in Köln. Der Mann aber, auf den er immer hatte zählen können, Rechtsanwalt Meurer, war vor vier Wochen gestorben. Eine Herzattacke. Wenn er jetzt einen Anwalt brauchte, musste er erst die Gewerkschaft einschalten, und das dauerte. Noch dazu hatte er sich rargemacht im Kölner Klüngel. Er war nicht mehr Reporter und auch nicht mehr ständig auf Achse. Der neue Job, Chef vom Dienst, fesselte ihn an den Schreibtisch, wo er von früh bis spät den Kollegen Aufträge erteilte, Artikel gegenlas, bestimmte, was ins Blatt kam und was nicht. Oft kam er erst nachts aus der Redaktion, wankend vor Müdigkeit. Er hatte keine Zeit mehr gehabt, seine alten Kontakte zu pflegen.

Paul scrollte durch die Adressliste seines Handys. Stieß auf den Namen Josef Höfken. Jupp, wie er von allen genannt wurde, saß für die Grünen im Kölner Stadtrat und kannte Gott und die Welt. Von Haus aus war er Zahnarzt und mit allen Wassern gewaschen. Paul überlegte. Sie hatten sich schon eine ganze Weile nicht mehr gesehen, aber früher, vor Corona, im Äußeren Grüngürtel gemeinsam Fußball gespielt. Und beim FC war er mit Jupp auch mal gewesen, das verband.

»Hej, Schwartzmüllller!«, meldete Höfken sich nach dem zweiten Klingeln. »Womit verdiene ich die Ehre, dass du mich mal wieder anrufst?«

»Ähm, tja«, nuschelte Paul, um dann ziemlich schnell zur Sache zu kommen. Das war eigentlich nicht die kölsche Art, aber das übliche Geplänkel musste diesmal hintenanstehen.

»Mannomann«, staunte Höfken, als Paul fertig war. »Das is ja ’n Ding. Ich weiß jetzt auch nicht, was ich tun soll, also, auf Anhieb. Aber ich geh gleich ein Bierchen trinken, mit dem Pitter, du weißt schon. Der kennt bestimmt ’nen guten Anwalt.«

Paul nickte. Pitter, oder Peter, wie er richtig hieß, war der größte Metzger von Köln, fünf Filialen, und außerdem stellvertretender Bürgermeister. Was Pitter nicht geregelt bekam, das bekam niemand geregelt. Dass der einen guten Anwalt kannte, daran zweifelte Paul keine Minute.

»Mach dir mal keinen Kopp«, hörte er Jupp noch sagen. »Wir holen dich da raus, schneller, als du denkst.«

Und damit hatte er aufgelegt.

Paul scrollte noch einmal durch seine Kontaktliste. Er kannte auch Leute in der Staatskanzlei in Düsseldorf. Aber da würde er morgen anrufen, zur normalen Bürozeit, ebenso beim deutschen Konsulat in Hermannstadt.

Dem Ofen gelang es nicht, das kleine Haus zu heizen, auf der Fensterscheibe bildeten sich Eisblumen. Paul wünschte sich, er hätte etwas Wärmeres dabei als seine Jacke. Kurz überlegte er, ob die Kleidung der männlichen Schaufensterpuppe ihm passen könnte, vielleicht unter seinen anderen Klamotten. Nein, keine Chance, dafür war er zu groß und zu breit.

Sowieso wurden ihm die Puppen immer unheimlicher, je dunkler es draußen wurde, je wüster der Sturm tobte. Sie waren von ganz einfacher Qualität, das Gesicht der Frau hatte nicht einmal Konturen, es war einfach nur glatt, ihre Hände fehlten ganz. Und doch war es gerade dieses Angedeutete, dieses nicht Vorhandene, das seine Fantasie herausforderte. Das vor seinem inneren Auge zig Frauengesichter auftauchen ließ, die in diesem Verlies eingesperrt gewesen waren, zig Hände, die sich mit dem ungeliebten, womöglich sogar verhassten oder gefürchteten Ehemann einen Becher, einen Teller und einen Löffel teilen mussten. Einen Stuhl. Und ein Bett.

Die Siebenbürger Sachsen. Dieses seltsame Völkchen, der Abstammung nach war er einer von ihnen, und doch waren sie ihm immer fremd geblieben. In Bukarest hatte er als Junge Rumänisch gesprochen, nur seine Tante Zinzi lehrte ihn das siebenbürgische Sächsisch. Als er nach seiner Ankunft in Westdeutschland versucht hatte, sich damit zu verständigen, hatte er bei seinen Klassenkameraden nur Gelächter geerntet. Also hatte er es sich schnellstens abtrainiert. Paul war damals fünfzehn gewesen, er hatte sich vollkommen fremd gefühlt in dem Land, aus dem seine Vorfahren vor Hunderten von Jahren ausgewandert waren. Und so hatte er jenen ersten Teil seiner Geschichte abgestreift wie ein altes Kleidungsstück, das nicht mehr passte.

Im vergangenen Sommer, als er nach über dreißig Jahren zurückgekehrt war, um sein Erbe anzutreten, Tante Zinzis Hof, hatte ihn die urwüchsige Landschaft begeistert, das köstliche Essen, die Freundlichkeit der Menschen. Und, natürlich, vor allem, Maia. Maia, die Rumänin war, keine Sächsin, und die Tante Zinzi an Kindes statt angenommen hatte, nachdem er, Paul, fort war.

Tante Zinzi hatte Maia in ihrem Testament lebenslanges Wohnrecht auf Pauls Hof zugesprochen. So waren sie aneinandergebunden, ob sie es wollten oder nicht.

Wie die Eheleute, die hier eingesperrt worden waren, dachte Paul. Für die hatte es auch kein Entkommen gegeben.

Er allerdings wollte Maia kein bisschen entkommen. Wenn er sie nur endlich zu Gesicht bekäme!

Er aß alles auf, was Carry ihm gebracht hatte, rief die Chefredakteurin noch einmal an. Stellte zu seinem Entsetzen fest, dass der Akku des Handys beinahe leer war. Und natürlich gab es hier oben keine Steckdose. Wie auch?

Vor lauter Langeweile zündete er sich die Pfeife an, die Ion Carry mitgegeben hatte. Du lieber Scholli, was war das denn für ein Kraut? Paul musste bei den ersten Zügen ordentlich husten, doch schon bald fand er Gefallen an dem würzigen Geschmack. Das war kein Haschisch, da war er sich ziemlich sicher, aber irgendetwas war da drin und sorgte dafür, dass ihm leichter ums Herz wurde und sein Blick etwas angenehm Verschwommenes bekam.

Das Bett erschien ihm nun, wo er sich vorsichtig darauf niederließ, erstaunlich bequem. Na gut, es war so kurz, er passte nur hinein, wenn er die Knie beinahe bis ans Kinn zog, und mit dem Steiß lag er direkt an der eiskalten Wand. Aber irgendwie kam es ihm dann doch ganz gemütlich vor, auch wenn die Bettwäsche aus ungefärbtem Leinen ein bisschen fleckig war. Aber das mussten uralte Flecken sein, wer kam denn schon auf die Idee, im Ehegefängnis zu schlafen?

Er musste eingenickt sein. Später hätte er nicht zu sagen gewusst, was ihn geweckt hatte. Aber eine Art Unruhe, eine Neugier, die er sich nicht erklären konnte, ließ ihn aus dem Bett kriechen und mit steifen Gliedern zum Fenster humpeln.

Das Schneetreiben hatte aufgehört. Doch nach wie vor fegte der Sturm übers Land, wirbelte den über Nacht gefallenen Schnee auf. Im Licht der aufziehenden Morgendämmerung sah Paul eine Cola-Büchse übers Kopfsteinpflaster des Kirchhofs kullern. Und noch etwas bewegte sich dort, direkt unterhalb des Fensters. Du liebe Güte, es war der kleine schwarze Hund! Bibbernd vor Kälte stand er da. Ganz offensichtlich suchte er sogar jetzt noch, in eiskalter Nacht, Pauls Nähe.

Wieder verspürte Paul den Wunsch, dem treuen Wesen das Fell zu tätscheln. Dabei hatte er sich nie etwas aus Tieren gemacht, schon gar nicht aus Hunden, von denen es, wie er fand, in seiner Heimatstadt Köln viel zu viele gab, ständig trat man in ihre Hinterlassenschaften. Aber dieser kleine Kerl …

Werd nicht sentimental, schimpfte er mit sich selbst, und wollte gerade wieder ins Bett kriechen, als etwas anderes seine Aufmerksamkeit erregte. Weit unterhalb der Burgmauer, dort, wo er tags zuvor die Trupps gesehen hatte, die nach dem vermissten Waldarbeiter suchten, waren schon wieder Menschen zugange. Direkt am Waldrand konnte er schemenhaft eine Gruppe von zehn, fünfzehn Leuten ausmachen, um sie herum wuselten ein paar aufgeregte Hunde. Aber niemand trug eine Warnweste, sie hatten auch keine Scheinwerfer oder Megafone dabei, sondern nur schwach leuchtende Taschenlampen. Und sie bewegten sich, Paul rückte näher an das vergitterte Fenster und kniff die Augen zusammen, auf allen vieren. Wenn er es richtig erkannte, krochen sie durch den Schnee und gruben darin, einige mit, wie es aussah, kurzen Schaufeln, andere mit bloßen Händen.

Paul wurde allein vom Zusehen bitterkalt. Er wandte sich kurz vom Fenster ab, stocherte den Ofen neu an, der wieder dabei war, auszugehen. Viel würde es nicht helfen, aber immerhin.

Als er das nächste Mal hinausschaute, war der kleine schwarze Hund verschwunden. Die Menschen unten am Waldrand hatten sich einige Meter vorwärtsbewegt, es schien tatsächlich so, als suchten sie den Waldboden Stück für Stück ab. Paul wurde beklommen zumute. Was war das für eine Geschichte mit den Waldarbeitern, einer verunglückt, ein anderer verschwunden? Was war denn bloß in diesem Wald los?

Ich rufe noch einmal die Chefredakteurin an, sagte er sich, sie schläft bestimmt noch, aber egal. Sobald sie weiß, in welchen Schwierigkeiten ich stecke, wird sie etwas unternehmen.

Er griff nach dem Handy, doch das Display blieb schwarz. Der Akku war endgültig leer. Verdammter Mist!

In diesem Augenblick wurde es draußen totenstill. Und obwohl er so lange weg gewesen war, ganze sechs Monate, wusste Paul sofort, was das bedeutete.

Keine Nacht verging in Rumänien ohne das Gebell der Hunde. Sie kläfften ohne Unterlass, die wilden ebenso wie die, die auf den Höfen lebten, sie forderten sich gegenseitig heraus, antworteten einander, belagerten und stritten sich. Sie verstummten so gut wie nie. Eigentlich gab es nur eine einzige Situation, in der dies geschah. Paul merkte, wie ihm das Blut in den Adern stockte.

Die Menschen unten am Waldrand wussten die plötzliche Stille offensichtlich auch zu deuten. Innerhalb eines Wimpernschlags waren sie allesamt im Dickicht des Waldes verschwunden.

Paul blickte aus dem Fenster, hielt die Luft an. Und dann tauchte er auf.

Er lief mitten auf der inneren Ringmauer, den Kopf erhoben, als erschnüffele er etwas. Mindestens einen Meter lang schätzte Paul seinen Rumpf, vielleicht auch länger. Den Schwanz hatte er lang ausgestreckt, als sei er ein wachsamer Hund. Aber es war kein Hund, auch kein besonders großer Schäferhund, das war Paul sofort klar. Auf der Ringmauer der Kirchenburg lief ein Wolf.

Paul wusste, dass es in diesem Teil der Karpaten Wölfe gab. Er hatte sie heulen gehört, im vergangenen Sommer, früher, als Junge. Aber nie, niemals zuvor war er einem von ihnen so nahe gekommen. Gerade einmal fünf, sechs Meter lagen zwischen ihnen. Und ein vergittertes Fenster.

Paul hielt immer noch die Luft an. Das Tier verlangsamte seinen Schritt, stoppte. Es wandte den Kopf. Und für die Zeit eines Wimpernschlags standen sie sich direkt gegenüber. Im ersten Licht des Wintermorgens sah Paul die Pupillen des mächtigen Tieres, die schwarze Schnauze, den üppig behaarten Hals, beinahe, als trage es einen Kragen.

Paul hatte nicht nur nichts übrig für Hunde, er hatte sich auch nie für Wölfe interessiert. Doch dieser Blick hatte etwas so Majestätisches, dass er sich unwillkürlich ans Herz griff. So standen sie, Auge in Auge. Dann schüttelte das Tier sich und trabte in raumgreifenden Schritten davon.

Paul verharrte noch lange am Fenster, hörte, wie die Hunde langsam wieder lauter wurden, das Kläffen setzte wieder ein, ließ jedoch noch die Anspannung spüren, die die Tiere beim Erscheinen des übermächtigen Jägers erfasst hatte. Paul sah die Menschen unten aus dem Wald herauskommen, weiter im Erdreich graben – sie wussten genau, wie sie die Sprache der Tiere zu deuten hatten –, und beobachtete, wie die Dämmerung voranschritt. Er atmete die eiskalte Nachtluft, ihm war, als könnten seine Lungen gar nicht genug davon bekommen. Der Ofen brannte nur noch auf ganz kleiner Flamme, er rußte schlimmer als zuvor, doch Paul nahm es kaum wahr. Ihm war nicht mehr kalt. Eine Hitze hatte von ihm Besitz ergriffen, die ihm fremd und verheißungsvoll zugleich erschien. Und er wusste, diesen Moment, Auge in Auge mit dem Wolf, würde er sein Lebtag nicht mehr vergessen.

Vielleicht, dachte er, gehöre ich doch hierher. Ins Land meiner Vorfahren.

Die Polizistin Hatmanu hörte er lange, bevor sie auf dem Kirchhof auftauchte. Sie sprach unentwegt und sehr hektisch in ihr Mobiltelefon. Hinter ihr liefen ihre Kollegen. Wieder hatten sie jemanden zwischen sich, Paul konnte nicht erkennen, wer es war. Was auch daran lag, dass Sorin sie von hinten überholte, den Arm lang ausgestreckt hin und her wedelnd, kam er angerannt.

»Paul!«, rief er. »Endlich! Ich hab sie dran!«

Die Polizisten hatten das Verlies erreicht, Paul hörte, wie sich der Schlüssel im Schloss drehte, dann wurde eine Person hineingeschoben. Nicht allzu groß, in alte, abgewetzte Armeeklamotten gekleidet, auf dem Kopf eine Pelzmütze, deren beste Zeit lange vorüber war. Der tief in die Stirn gezogene Schirm und die festgezurrten Ohrenklappen verbargen beinahe das ganze Gesicht.

Und doch. Paul merkte, wie sein Herz einen Satz machte.

»Es tut mir schrecklich leid«, sagte die Polizistin Hatmanu in einem Ton, der ihre Worte Lügen strafte, »aber für den heutigen Tag sind weitere Schneestürme angekündigt, sodass ich es nicht wagen will, erneut mit dem Fahrzeug stecken zu bleiben. Sie müssen sich den Platz deshalb teilen. Ich denke, das wird Ihnen nicht allzu schwerfallen, denn nach allem, was ich mittlerweile herausfinden konnte, haben Sie die Mordpläne zusammen ausgeheckt, wenn nicht sogar die Tat gemeinschaftlich begangen!«

»Sie spinnen doch!«, rief Sorin, drückte die Polizistin wenig respektvoll beiseite, quetschte sich an ihr vorbei ins Ehegefängnis und reichte Paul sein iPhone. »Deine Chefredakteurin! Sie hat endlich zurückgerufen!«

»Paul!« Ein hektisches Ziehen an der Zigarette, die vertraute, raue Stimme. »Wieso ist dein Handy tot? Dein Kumpel, dieser Sorin, sagt, du bist verhaftet worden? Das darf doch wohl nicht wahr sein! Ich hole dich da raus, verlass dich drauf! Sag mir nur schnell, wie es dir geht. Behandeln sie dich wenigstens anständig?«

»Ich«, begann Paul, aber sein Hals war plötzlich so eng, dass er sich erst einmal räuspern musste. Und noch während er nach Worten suchte, kein einziges fiel ihm ein, strich die Person neben ihm sich die Mütze vom Kopf. Kupferrotes Haar kam darunter zum Vorschein, es fiel ihr bis auf die Schultern. Ihre Wangen, so zart, als seien sie aus Alabaster, zierten zwei rote Flecken, die hatte offensichtlich die Wut dorthin gemalt. Und ihre grünen Augen funkelten, als wollte sie jetzt gleich jemandem an die Gurgel gehen.

»Das«, stieß Maia hervor und bedachte die Polizistin mit einem Blick, der selbst Hatmanu zurückweichen ließ, »werden Sie bitter bereuen!«

»Paul?«, rief die Chefredakteurin durchs Telefon. »Was ist denn nun?«

»Nichts«, antwortete Paul. »Es geht mir gut. Du brauchst nichts zu unternehmen. Hörst du? Gar nichts.«

Und damit gab er Sorin das Handy zurück.

Pušomori mochte den Heruntergekommenen, ob sie wollte oder nicht. Sie hatte sogar ein kleines bisschen Mitgefühl empfunden, als die übereifrige Polizistin ihn ins Ehegefängnis gesteckt hatte. Aber sie hatte keinen Moment darüber nachgedacht, ihm da rauszuhelfen, für so etwas hatte sie einfach keine Zeit. Und was sollte es auch schon bringen? Sie würden ihn direkt wieder verhaften, noch bevor er das Dorf verlassen hätte. Die Hatmanu war nämlich auf Zack, das musste man ihr lassen. Und ganz bestimmt bekam sie ordentlich Druck von Petres Familie. Die würden den Mord an ihrem Sohn nicht ungesühnt lassen, die nicht.

Sie hielt kurz inne, wischte sich den Schweiß von der Stirn. Jetzt, am Morgen, war die beste Zeit für ihr Tun. Die Brüder und ihre Kumpane waren alle an der Sammelstelle, niemand, der ihr hier in die Quere kommen konnte.

Es war mächtig viel Schnee gefallen in der vergangenen Nacht, aber sie hatte den Ort gut genug markiert, um ihn wiederzufinden. Womöglich wäre nicht einmal das nötig gewesen. Ihr war nämlich, als läge hier, an dieser Stelle, ein riesenhafter Magnet tief im Erdreich verborgen, der sie magisch anzog. Aber es war kein Magnet, den sie hier auszugraben hoffte, ganz vorsichtig, mit bloßen Händen. Es war etwas viel Besseres.

Die Zunge vor Konzentration zwischen die Zähne geklemmt, grub Pušomori. Bislang hatte sie erst eine einzige Sache gefunden, was bereits eine Sensation war. Aber sie war sich nahezu sicher, dass es mehr davon geben musste. Sie hatte im Internet recherchiert, immer wenn es Strom gab und die Brüder ihr den alten Laptop überließen. Und so hatte sie eine ziemlich genaue Vorstellung davon gewonnen, welchen Dingen sie hier auf der Spur war. Dingen, die ihr Leben von Grund auf verändern würden.

Die Brüder, einfältig wie sie waren, hatten ihren Zufallsfund für billigen Tand gehalten. Pušomori hatte sie in ihrem Glauben gelassen.

Jetzt spitzte sie die Ohren. Auf der Kirchenburg, ganz nah in ihrem Rücken, hörte sie einen Wagen davonfahren. Das mussten die Polizisten sein, die Maia verhaftet hatten. Was immerhin mal ein Anfang war. Dass sie sie ausgerechnet ins Ehegefängnis steckten, das jedoch erfüllte Pušomori mit Sorge. Wieder fühlte sie Mitleid mit dem Heruntergekommenen. Ob sie ihm vielleicht doch einen klitzekleinen Hinweis zukommen lassen sollte auf das, was sich direkt vor seiner Nase befand, was er aber offensichtlich nicht zu sehen in der Lage war? Vielleicht, dachte sie, später.

SIEBEN

Die Tür fiel ins Schloss, der Schlüssel drehte sich. Kurz noch war Sorin zu hören, wie er sich empörte. Dann Stiefel, die sich entfernten, Motorengeräusch.

Pauls Hals war wie zugeschnürt. Wie hatte er diesen Augenblick herbeigesehnt! Und nun, wo er da war, stand er mitten in diesem elenden Ehegefängnis, wusste nicht, wohin mit sich und seinen Händen, fühlte sich zu groß und zu breit, dachte kurz darüber nach, den Bauch einzuziehen, ließ es. Das würde jetzt auch nichts mehr ändern. Und, oje, gewaschen hatte er sich heute auch noch nicht, geschweige denn Zähne geputzt. Womit auch, er hatte ja nur bei sich, was er am Leibe trug.

»Paul.« Maia machte einen Schritt auf ihn zu. Das Gesicht völlig unbewegt, gab sie ihm die Hand, kühl und fest. Sie nickte kurz, wandte sich ab.

Paul war, als kröchen zigtausend Ameisen seine Beine hinauf. Maia trug wie immer ihre Armeeklamotten, Camouflagehose und dick gefütterte Jacke. Von fern hätte man sie für einen Kerl halten können, wenn auch für einen nicht allzu großen. Aber da war etwas an der Art, wie sie seinem Blick auswich, das sein Herz schon wieder stocken ließ. Verdammter Mist, sie hielt ihn doch nicht etwa auch für den Mörder ihres Mannes?

»Maia, du musst wissen, dass ich nie, niemals …«

»Petre etwas angetan hättest?«, fiel sie ihm ins Wort. »Natürlich nicht. Das weiß ich.«

»Ja?«, fragte Paul und kam sich ein bisschen dämlich vor, zugleich fühlte er, wie ihm ein Stein vom Herzen fiel.

»Aber ja doch.« Sie setzte sich auf das kleine Bett, schwieg. Die roten Flecken, die vorhin noch ihre Wangen geziert hatten, verschwanden. Ihr Gesicht wurde so weiß wie die Wand.

»Pscht!«, tönte es von draußen.

Sorin stand vor dem Fenster, die Augen beinahe verdeckt unter seiner dicken Mütze, die Nase schon wieder rot gefroren.

»Du musst hier weg«, zischte er, als Paul sich zu ihm hinausbeugte. »Bitte schön!« Er reichte ihm sein Mobiltelefon. »Ruf deine Chefredakteurin noch mal an!«

»Das hat Zeit«, sagte Paul und dachte in der gleichen Sekunde, dass dies die blödsinnigste Entscheidung war, die er je getroffen hatte.

»Spinnst du?« Sorins Augen flackerten zu Maia und zurück. »Ich mag sie ja auch, aber ich habe da so Sachen gehört …«

Paul horchte auf und bedeutete dem Freund sogleich, den Mund zu halten. Verdammt, das Ehegefängnis war so klein, so leise konnte Sorin gar nicht sprechen, dass Maia nichts mitbekam!

»Sie erbt einen ganzen Batzen Geld«, fuhr der völlig ungerührt fort, die Stimme nur wenig gedämpft. »Behauptet, sie hätte gar nicht gewusst, dass Petre ihr so viel vermacht hat. Na ja, wer's glaubt! Ich sag ja nur, ganze zwei Wochen waren die verheiratet, und jetzt ist sie eine reiche Frau! Komm, nimm mein Handy, ruf deine Chefredakteurin noch mal an, sie soll alle Hebel in Bewegung setzen, damit du freikommst und nach Hause kannst.«

Paul zögerte. Er war sich sicher, Maia hatte jedes von Sorins Worten gehört, auch wenn es in seinem Rücken mucksmäuschenstill war.

»Jetzt spiel hier nicht den Helden!« Sorins Gesicht wurde noch röter, ob vor Kälte oder vor Wut wusste Paul nicht zu sagen. »Ich weiß doch, dass du in sie verknallt bist! Und ja, ich weiß auch, man soll niemanden zu Unrecht verdächtigen, ich hab am eigenen Leib erfahren, wie so was ist. Aber echt jetzt, Paul, ich hab kein gutes Gefühl bei der Sache! Los, ruf an!«

Paul merkte, wie er rot wurde. Wie ein Schuljunge! Er wagte einen schnellen Blick über die Schulter. Maia saß immer noch ganz still da, ohne sich auch nur einen Millimeter zu bewegen, das Gesicht, scheinbar ausdruckslos, ihm zugewandt. Sie schaute ihn geradeheraus an.

Paul hätte nicht zu sagen gewusst, was er empfand, tief in seinem Innern, aber es sorgte dafür, dass er Sorins Warnungen in den Wind schlug. Nichts wollte er davon hören. Maia war bei ihm, endlich, und er würde sich jetzt auf gar keinen Fall von ihr abwenden. Nein, das würde er nicht.

Paul gab das Handy, das der Freund ihm schon in die Hand gedrückt hatte, zurück.

»Lass mal, ich weiß, du meinst es gut.«

»Paul, bitte …«

»Ich könnte tatsächlich etwas gebrauchen. Hast du eine Powerbank, damit ich mein eigenes Handy aufladen kann? Ich würde gern ein, zwei Sachen recherchieren.«

»Klar, bringe ich dir. Sonst noch was?« Sorin war sichtlich eingeschnappt.

»Meine Klamotten, mein Waschzeug und warme Decken. Vielleicht noch etwas Holz? Und lass dich mal wieder blicken, ja?«

»Hm, geht klar«, murmelte Sorin und machte sich auf den Heimweg. Die Mütze auf seinem Kopf war bereits vollkommen vereist.

Paul schloss das Fenster. Still war es mit einem Mal im Ehegefängnis, sehr still. Viel stiller als in den Stunden, während der er allein gewesen war. Nur der Sturm heulte über den Hof der Kirchenburg und fing sich im Kamin, das Feuer qualmte weiterhin, spendete kaum Wärme.

Maia saß immer noch auf dem Bett, die Hände halb geöffnet

in ihrem Schoß. Sie schaute ihn nicht mehr an, sie schien in sich zusammengesunken. Paul wusste plötzlich nicht mehr, wohin mit sich. Sich neben sie zu setzen kam nicht infrage, dazu war das Bett viel zu klein. Mitten im Raum stehen zu bleiben fühlte sich auch falsch an. Aber auf dem einzigen Stuhl saß die Schaufensterpuppe in siebenbürgischer Tracht.

Kurz entschlossen griff er ihr unter die Achseln, um sie in einer Ecke zu platzieren, als zuerst die Schuhe abfielen und dann die Beine, der Kopf sackte nach vorn und landete auf seiner Brust. Paul hielt sie vor Schreck einen Arm weit von sich fort, da fiel der Kopf auf den Boden und kullerte einmal quer durch den Raum, bis er endlich liegen blieb, das konturlose Gesicht unter dem immer noch ordentlich geknüpften Kopftuch zur Wand gedreht. Verdammt. Bei der Figur handelte es sich gar nicht um eine Schaufensterpuppe. Wer auch immer dieses Wesen erschaffen hatte, hatte einen Kopf aus einer Art Dämmmaterial geschnitzt und für den restlichen Körper Kleidungsstücke mit Lumpen ausgestopft. Nun lag ein Teil davon verstreut auf dem Boden, eine dunkle wollene Strumpfhose, aus der gräulicher Stoff quoll, schwarze Halbschuhe, so fein geputzt, als habe ihre Trägerin heute noch etwas Besonderes vor. Den Oberkörper hielt Paul immer noch unter den Achseln, verblüffend schwer fühlte er sich an, so, als halte er tatsächlich eine Frau im Arm, oder zumindest einen Teil davon.

Paul konnte nicht anders, er musste unwillkürlich an die Sagen über Untote und Vampire denken, die man sich in diesem Landstrich erzählte, nachts, wenn der Wind um die Häuser strich. War nicht eine Methode, ihrer Herr zu werden, indem man sie zerstückelte? Und sahen sie dann nicht ganz ähnlich aus wie das bedauernswerte Wesen, dessen Überreste er im Arm hielt? Jetzt gerade, in diesem Moment, löste sich ein Teil der Masse, mit der die Bluse ausgestopft war, und sackte langsam zu Boden. Mannomann, das Ding fühlte sich nahezu lebendig an!

Paul schüttelte sich, wie um diese irren Gedanken loszuwerden, ging in die Knie, sammelte Kleidungsstücke, Lumpen, Kopf und Schuhe ein und verfrachtete alles in eine Ecke des Raumes. Und weil ihm der Anblick der einzelnen ausgestopften Gliedmaßen recht grauslich schien, legte er schnell ein Deckchen darüber, das den Tisch geschmückt hatte. *Siebenbürgen, süße Heimat* war mit feiner Nadel darauf gestickt, was die Sache kein bisschen besser machte.

Er ließ sich auf den jetzt immerhin freien Stuhl fallen, griff sich an den Kopf. Was für ein Irrsinn! Es war helllichter Tag, und er ließ sich hier von ein paar Stofffetzen ins Bockshorn jagen. Zeit, den Verstand einzuschalten und die Situation klar zu durchdenken.

Bloß dass keine zwei Meter von ihm entfernt Maia saß, immer noch ganz still. Sie schien nach wie vor völlig versunken in den Anblick ihrer Hände.

Verdammt, dachte er, wenn ich bloß etwas tun könnte, damit sie sich besser fühlt!

»Du kannst nichts tun«, antwortete sie, die Stimme so tonlos, als spreche keine lebendige Frau, sondern ein Automat. Offensichtlich hatte er laut gedacht.

»Ach was, ich kann eine Menge tun!« Paul sprang auf, begann, in dem kleinen Raum auf und ab zu laufen. »Warte mal ab, was ich in Bewegung setze! Später, wenn mein Handy wieder Strom hat, fange ich direkt an zu recherchieren. Die werden schon kapieren, dass wir beide unschuldig sind. Selbst die Hatmanu wird das einsehen. Du musst mir zuallererst mal sagen, was für ein Mensch dein«, er schluckte, das Wort auszusprechen fiel ihm schwer, »dein Ehemann war. Ob er vielleicht Feinde hatte, wer ihm womöglich was anhaben wollte. Ich muss alles wissen, hörst du? Und dann finden wir den wahren Mörder!«

»Den wahren Mörder?« Maia sah zu ihm auf. Ihr Blick war

ruhig und klar. Und zugleich glomm etwas darin, das Paul unwillkürlich einen Schritt von ihr wegtreten ließ.

»Die wahre Mörderin«, sagte Maia, »bin ich.«

In diesem Moment klopfte jemand ans Fenster und ließ Paul herumfahren.

Carry brachte *Palukes*, Brot, *Zacuscă*, Rohmilchkäse, ein paar Teebeutel, Instantkaffee und etwas Tabak vom alten Ion.

»Ich habe auch deine Sachen, Sorin hat sie mir für dich mitgegeben. Irgendwie hat die Polizei spitzbekommen, dass ich ihn reingelassen habe. Das haben sie mir jetzt verboten. Und ich darf auch nur noch einmal am Tag kommen, um dich mit dem Nötigsten, wie sie sagen, zu versorgen.«

Carry schlug die Augen nieder. Maia würdigte sie keines Blickes.

Sie hatte eine Powerbank fürs Handy dabei sowie zwei dicke Decken und Pauls Reisetasche. Die passte nicht durch die Gitterstäbe, weshalb sie hastig, im Schneegestöber stehend – es hatte erneut angefangen zu schneien, während der Wind kein bisschen nachgelassen hatte –, alles auspackte und einzeln durchs Fenster schob, auch die langen Unterhosen, die er für den rumänischen Winter eingepackt hatte. Himmel, wie peinlich.

»Ich muss dann auch mal wieder los«, verabschiedete sie sich knapp und verschwand wieder.

Es wurde ein langer Tag. Die Zeit dehnte sich wie Kaugummi. Maia saß auf dem Bett, Paul auf dem einzigen Stuhl. Sie sprachen kein Wort mehr miteinander.

Paul hätte gern so vieles gefragt, vor allem, was Maia gemeint hatte, als sie sagte, sie sei die wahre Mörderin. Aber er kannte ihre Art und wusste genau, dass sie ihm keine Antwort geben würde.

Einmal stand sie auf, um kurz in dem kleinen Abort zu verschwinden. Ein zweites Mal, um das Feuer anzustochern. Sie beugte sich weit vor, sah hinauf und zog dann eine Art Sack aus dem Kamin. Einen Moment lang starrte sie den Sack an, als habe sie ihn schon einmal gesehen, dann warf sie ihn in eine Ecke. Paul ärgerte sich. Warum war er nicht selbst auf die Idee gekommen, im Kamin nachzusehen? Sofort hörte das Feuer auf zu qualmen und zu rußen, stattdessen tanzten rote und gelbe Flammen um die Holzscheite und ließen sie knistern. Im Raum wurde es ein bisschen wärmer.

Ansonsten passierte nichts.

Als draußen vor dem Fenster eine frühe Dämmerung aufzog, entzündeten sie die Petroleumlampe und teilten sich das Essen. Sie aßen nacheinander von dem einen Teller, reichten sich den einen Löffel, auch dies wortlos.

Paul wurde immer beklommener zumute. Wie hatte er sich auf das Wiedersehen mit Maia gefreut! Und nun erwischte er sich bei dem Gedanken, doch lieber ganz woanders zu sein.

Wenn er nur hier rauskönnte! Die Polizistin Hatmanu, da war er sich ganz sicher, war keinesfalls in der Lage, den Mörder von Petre zu finden. Maia war es nicht, sagte er sich selbst, niemals. Und überhaupt schienen sich die Unfälle und Todesfälle draußen im Wald zu häufen. Wenn er nur ein bisschen umherstreifen, beobachten, Leute befragen könnte … Aber daran war kein Denken.

Die Chefredakteurin rief er nicht an, er bekam auch keinen Anruf, denn sein Handy war immer noch leer, die Powerbank, die Carry ihm mitgebracht hatte, offensichtlich defekt.

Um seine schlechte Laune zu übertünchen, stopfte er sich die Pfeife mit Ions Tabak. Mmh. Was immer darin war, ließ die Last auf seinen Schultern gleich ein wenig leichter werden.

Der Schlaf musste ihn übermannt haben, denn er schreckte davon auf, dass jemand gegen das Fenster klopfte. Aber wer sollte das gewesen sein? Es kam doch niemand mehr in die Kirchenburg hinein! Er stand auf, die Knie ganz steif, rieb sich die

Augen. Der Kirchhof lag im Dunkeln, nichts zu sehen. Nein, da draußen konnte niemand sein. Wahrscheinlich hatte er nur geträumt.

Maia lag auf dem Bett, eingerollt wie ein Fötus, und schien tief und fest zu schlafen. Mit einem Unterarm verdeckte sie ihr Gesicht, als wolle sie das, was sich im Schlaf darin zeigen könnte, verbergen.

Paul konnte nicht anders, plötzlich erinnerte er sich an die Tage im letzten Sommer, als sie einander das erste Mal begegnet waren. Was hatte diese Frau ihm für einen Schrecken eingejagt! Unwirsch war sie gewesen und abweisend, und ständig hatte sie irgendwelche seltsamen Dinge getan, die ihn verstört hatten. Bis heute rätselte er, was Maia eigentlich bezweckte, wenn sie geheimnisvolle Zeichen in Türrahmen ritzte, unverständliche Laute vor sich hin flüsterte oder gar kleine Stoffsäckchen mit Dingen befüllte, von denen er annahm, dass sich darunter auch Knochen und andere Überbleibsel von Tieren befanden. Er war ihr anfangs, so gut es eben ging, aus dem Weg gegangen – bis er ihr dann doch nähergekommen war. Sie hatte ihn umsorgt, mehr, als ihm zunächst bewusst gewesen war. Sie hatte ihn beschützt. Ab und an ganz zart berührt. Und zu seinem Erstaunen verbarg sich unter den mehr als unvorteilhaften Kleidungsstücken aus altem Armeebestand eine Frau, deren Anmut ihm den Atem raubte. Wenngleich nicht wirklich etwas zwischen ihnen passiert war – um Paul war es seitdem geschehen.

Vielleicht, dachte er jetzt, während er zum Abort wankte, ihm war schwindelig, und seine Blase drückte sehr, war das nicht unbedingt zu seinem Vorteil.

Das altertümliche Klo verfügte immerhin über eine Wasserspülung und über ein kleines Handwaschbecken, doch da er die Lampe im Zimmer gelassen hatte, war es hier stockdunkel. Er hielt trotzdem die Hände unters eiskalte Wasser, spritzte sich ein wenig davon ins Gesicht.

Ich muss, dachte er, wieder klarer denken.

Verdammt, er war Journalist, daran gewöhnt, schwierige Zusammenhänge zu recherchieren! Diese ganze Gefühlsduselei wegen Maia musste er dringend abstellen.

Und natürlich war es ein Fehler gewesen, die Chefredakteurin abzuwimmeln. Immerhin, so, wie er sie kannte, würde sie eh nicht lockerlassen.

Paul strich sich die Haare aus der Stirn. In was hatte er sich da hineinmanövriert?

Da hörte er es, schon wieder. Ein Klopfen. Draußen im Hof musste jemand sein.

So schnell es ging, ohne Maia zu wecken, schlich er zurück ins Zimmer, zum Fenster, drückte die Stirn dagegen. Sofort begannen die Eisblumen zu schmelzen, seine Stirn wurde noch nasser, aber draußen war immer noch niemand zu sehen. Nur Schnee und Eis und Dunkelheit. Ganz leise öffnete er das Fenster, lehnte sich weit hinaus. In genau diesem Moment gaben die Wolken den Mond frei, und in seinem Schein sah er es plötzlich ganz deutlich. Da waren unverkennbar Spuren im Schnee, kleine und etwas größere. Die kleinen stammten ganz offensichtlich von einem Hund, wahrscheinlich von dem kleinen schwarzen, der ihm stets folgte. Die größeren schienen von Stiefeln zu stammen, wenn auch von nicht allzu großen. Es sah so aus, als sei ein Kind durch den Schnee gestapft.

Paul kannte in Siebenbürgen nur eine Person, die so kleine Füße hatte. Und die zudem die Angewohnheit hatte, sich unsichtbar zu machen. Die überall ein und aus ging, ohne dass jemand bemerkte, dass sie überhaupt da gewesen war. Und die sich unter Umständen die Mühe machen würde, nach ihm zu sehen.

Suchend sah er sich um. Denn diese eine Person machte nur dann auf sich aufmerksam, wenn sie es unbedingt für nötig hielt.

Und tatsächlich. Direkt auf dem Fensterbrett, mitten im

Schnee, lagen zwei flache Steine. Ganz vorsichtig, damit auch ja nichts verrutschte, hob Paul den oberen an. Und siehe da: Zwischen den Steinen steckte ein gelber Zettel, ein Post-it. Paul hatte solche Zettel schon zuvor bekommen, im vergangenen Sommer.

Unter dem Bett, stand darauf geschrieben.

Was immer das nun bedeuten sollte – Pušomori hatte ihm eine Nachricht hinterlassen.

ACHT

»Was hast du da?«, fragte Maia.

Erschrocken fuhr er zu ihr herum und schlug noch in der Bewegung das Fenster zu. Sie schaute ihn aus hellwachen Augen an und entdeckte sogleich den gelben Zettel in seiner Hand.

»Wir müssen das Bett beiseiteschieben«, antwortete er.

Es war nicht ganz leicht, sie davon zu überzeugen, und als er es endlich schaffte, dass sie zumindest ihren Schlafplatz räumte und ihn machen ließ, erwies sich diese Aufgabe als wahre Plackerei. So kurz und schmal das Bett war, so maß es doch mit dem Sockel darunter beinahe einen Meter in der Höhe und bestand aus massivem Holz.

Dann war es erledigt. Inzwischen stand ihm der Schweiß auf der Stirn, während Maia mit verschränkten Armen danebenstand und ihn beobachtete. Zunächst glaubte Paul, Pušomori habe sich einen Scherz mit ihm erlaubt. Denn unter dem Möbel kamen ganz normale Bodendielen zum Vorschein, lediglich ein klein bisschen weniger abgewetzt als die drum herum.

»Wir müssen das Bett anheben«, schlug er deshalb vor. »Vielleicht befindet sich etwas unter dem Kasten.«

»Ich glaube, das ist nicht nötig«, gab Maia zurück. »Was hast du erwartet, unter dem Bett zu finden? Einen Geheimgang? Ernsthaft? Denk doch mal nach! Über Jahrhunderte hinweg wurden hier zerstrittene Ehepaare eingeschlossen. Was hätte das für einen Sinn gehabt, wenn sie sich hätten heimlich hinausschleichen können? Außerdem wurde hier alles ganz genau untersucht, als sie vor ein paar Jahren die Kirchenburg für die

Touristen geöffnet haben. So etwas hätte man nicht übersehen.« Sie hielt sich die Hand vor den Mund, gähnte ausgiebig. »Es ist mitten in der Nacht, und ich bin müde. Hilf mir, das Bett wieder an seinen Platz zu schieben, so, wie es jetzt steht, ist es zu weit entfernt vom Ofen. Und natürlich«, sie gähnte noch einmal, »kannst du auch im Bett schlafen, wir wechseln uns ab, einverstanden?«

»Einen Moment noch.«

Paul betrachtete sie von der Seite. Was war in Maia gefahren, dass sie plötzlich redete wie ein Wasserfall? Hatte sie etwas entdeckt, was er übersehen hatte, und versuchte nun, ihn abzulenken? Er griff sich die Petroleumlampe, ging in die Knie. Da war doch ganz bestimmt etwas … Er untersuchte den freigelegten Boden aus der Nähe, fuhr mit den Fingerkuppen über die Dielen. Da. Eines der Bretter stand ein klein bisschen hervor. Nur wenige Millimeter, aber immerhin. Beinahe so, als könnte man es anheben. Nur, womit?

Er stand auf, sah sich suchend um. Der eine Löffel lag sauber abgeleckt auf dem Tisch. Damit könnte es gehen, vielleicht.

Er griff danach, kniete sich wieder hin, schob den Stiel des Löffels in den schmalen Spalt zwischen der etwas erhöhten Diele und der danebenliegenden. Nichts geschah. Er versuchte es noch einmal, mit mehr Druck. Der Stiel, er war aus ganz einfachem Blech, verbog sich. Aber das war auch alles.

»Mach nicht auch noch den einzigen Löffel kaputt, den wir hier haben!« Maia machte einen Schritt auf ihn zu. »Hier ist nichts, rein gar nichts!« Wie um ihren Unwillen kundzutun, stapfte sie fest mit dem Fuß auf. Sie trug wieder ihre Armeestiefel, und die Bewegung ließ sogleich eine Staubwolke aufsteigen. Paul, der immer noch auf dem Boden hockte, musste kräftig niesen. Und noch etwas geschah, Paul merkte es sofort. Der Boden unter ihrem Fuß hatte sich ein kleines bisschen bewegt.

»Mach noch mal!«

»Was denn?«

»Mit dem Fuß aufstampfen! Hier!«

Paul zeigte auf die Stelle.

»Ja, klar.« Maias Augen verzogen sich zu schmalen Schlitzen. »Man trampelt ein bisschen herum, und schon öffnet sich das Tor zu einer geheimen Unterwelt. Sag mal, womit verdienst du dein Geld bei der deutschen Zeitung? Mit dem Verfassen von Märchen?«

Sie zeigte ihm einen Vogel und drehte sich von ihm weg, als plötzlich unter ihr der Boden nachgab. Es geschah so schnell, dass Paul nicht rechtzeitig auf die Beine kam, um sie zu halten. Und so musste er zusehen, wie sie in ein Loch stürzte, so tief, dass sie bis zur Brust darin versank. Gerade eben noch konnte sie sich mit ausgebreiteten Armen fangen, sonst wäre sie womöglich ganz darin verschwunden.

»Ce dracu!«, brüllte Maia, »zum Teufel aber auch!«

Er wollte ihr helfen, aber Maia lehnte jede Hilfe ab.

»Nun denn«, sagte sie, nachdem sie sich herausgestemmt hatte. »Da hast du dann wohl doch deinen Geheimgang.«

»Und du hast dich auch ganz sicher nicht verletzt?«

»Sehe ich etwa so aus?«

Paul schüttelte stumm den Kopf. Das war wieder einmal so typisch Maia. Sich nicht helfen lassen. Cool bleiben, wenn andere anfangen würden zu zetern. Und über welche Kräfte sie verfügte! Er an ihrer Stelle hätte sehr viel länger gebraucht, um sich aus dieser misslichen Lage zu befreien, und es hätte längst nicht so mühelos ausgesehen.

»Ein ziemlich einfacher Mechanismus«, hörte er sie murmeln, sie kniete neben ihm, tief über das Loch gebeugt, das sich im Boden aufgetan hatte. »Siehst du das? Zwei Federn geben nach, sobald man fest genug auf die richtige Stelle tritt. Dadurch schwingen dann diese beiden Bretter nach innen und geben den Eingang frei. Und schau dir diese Schrauben an!

Wie aus einer anderen Welt. Uralt scheint mir die ganze Konstruktion, wobei«, sie beugte sich noch ein bisschen tiefer hinab, »sie offensichtlich bis in die heutige Zeit instand gehalten wurde.«

Maia richtete sich auf, an ihren Fingern klebte ein frischer Ölfilm.

Das konnte nur Pušomoris Werk sein, schoss es Paul durch den Kopf. Er hatte ja im letzten Sommer erlebt, wie sie war, was sie alles wusste, wo sie überall auftauchte, wo man sie niemals vermutet hätte, um dann genauso unauffällig wieder zu verschwinden. Aber wieso hielt sie eine geheime Bodenklappe im Ehegefängnis in Schuss?

»Wir schieben das Bett wieder zurück«, hörte er Maia sagen, während sie wie nebenbei mit der linken Hand irgendwelche Buchstaben in den staubigen Boden schrieb. »Und wenn das nächste Mal jemand vorbeikommt, tun wir so, als hätten wir nichts bemerkt.«

»Wieso das denn?«

»Mensch, Paul, kapierst du nicht?«

Sie blickte ihn an, ihre Nasenspitze nur wenige Zentimeter von Pauls entfernt. Wie meistens bemühte sie sich um einen mürrischen Gesichtsausdruck. Doch da war noch etwas anderes, etwas in ihren Augen, was Paul nie zuvor bemerkt hatte.

Maia hatte Angst.

»Du denkst, es ist eine Falle?«

»Ja, klar doch!«, stöhnte Maia. »Ich meine, wir sitzen hier in einem jahrhundertealten Gefängnis, ohne Haftbefehl, ohne Anwalt, eingelocht von einer Provinzpolizistin, die garantiert von irgendwem ihre Befehle kriegt. Mitten in der Nacht dann diese mysteriöse Nachricht auf einem Notizzettel. Was meinst du, was passiert, wenn wir da runterklettern?«

Sie wies auf das Loch, und erst jetzt, als Paul mit der Lampe hineinleuchtete, sah er die Stufen, die in die Tiefe führten. Unwillkürlich fuhr ihm ein kalter Schauer über den Rücken. Allzu einladend sah das nicht aus.

»Auf gar keinen Fall geht einer von uns da runter«, erklärte Maia. »Auf gar keinen Fall!«

Mehr brauchte es nicht. Paul stand auf, zog die Jacke über, griff die Lampe fester.

»Ängstige dich nicht«, sagte er möglichst leichthin. »Ich bin bald wieder zurück.«

Wenn er gehofft hatte, Maia würde versuchen, ihn von seinem Vorhaben abzuhalten, oder ihm wenigstens sorgenvoll hinterhersehen, dann hatte er sich getäuscht. Sie bedachte ihn lediglich mit einem ihrer vernichtenden Blicke und legte sich demonstrativ ins Bett, wobei sie ihm den Rücken zukehrte.

»Mach, was du willst«, hörte er sie noch grummeln. »Mir doch egal.«

Und so stieg Paul hinab.

Die Stufen waren offenbar direkt in den Fels gehauen, auf dem die Kirchenburg stand, und dadurch recht stabil, aber doch so kurz, dass er Mühe hatte, mit seinen Winterstiefeln Größe 46 darauf Halt zu finden. Es gab auch kein Geländer oder irgendetwas, an dem er sich hätte festhalten können. Und das Licht der Lampe reichte immer nur gut einen Meter weit. Wo es, wie er erkennen konnte, immer weiter hinabging.

Paul brach schon nach wenigen Stufen der Schweiß aus. Ihm schwindelte. Stell dich nicht so an, schimpfte er im Stillen mit sich selbst, was kann denn schon passieren? Doch je weiter es ihn hinunterzog, desto unheimlicher wurde ihm zumute. Hatte es dort vorne gerade geraschelt? Und was war das für ein Schatten neben ihm an der Wand? Stammte der wirklich nur von ihm, oder befand sich noch jemand in dieser engen, tief in den Berg führenden Röhre? Es kam ihm beinahe so vor, als würde er beobachtet. Und hatte da nicht gerade jemand laut geatmet?

Nein, sagte er sich, das war er selbst, er schnaufte ja beinahe wie eine alte Dampflok.

An den meisten Stellen war der Gang so niedrig, dass Paul mit seinen eins dreiundneunzig den Kopf einziehen musste. Bald schon waren seine Haare voller Spinnweben, die sich wie ein klebriges Netz auf seinen Schädel legten. Einmal blieb er mit dem Ohr an einer schlafenden Fledermaus hängen, die hektisch flatternd davonstob.

Und kalt war es! Nicht so kalt wie draußen, aber er hatte Mühe, mit seinen klammen Fingern die Lampe zu halten.

Am liebsten wäre er umgekehrt, aber dann hätte er sich vor Maia blamiert. Also lief er weiter.

Nach einer ganzen Weile, er hätte nicht zu sagen gewusst, wie lange er schon unterwegs war, endete die Treppe vor einer niedrigen Tür.

Na super, dachte Paul, die wird verschlossen sein. Aber dann habe ich wenigstens einen Grund, zurückzugehen.

Bloß dass die Tür, ganz ohne Widerstand zu leisten, mit einem leisen Quietschen den Weg freigab in einen, wie er meinte erkennen zu können, recht eben verlaufenden Gang.

Hier war die Decke noch niedriger, nur gebückt ging es voran, und an einer Stelle musste Paul sogar auf allen vieren kriechen. Der Boden war feucht und schmierig, und einen Moment lang überlegte er, in welch zerzaustem Zustand er wohl später zu Maia zurückkehren würde. Dabei kämmte er sich normalerweise nur zu besonderen Anlässen die Haare, es reichte ihm meist, die dunklen Locken nach dem Waschen trocken zu rubbeln, und schon so manches Mal hatte ihn die Chefredakteurin darauf hinweisen müssen, dass er seine löchrigen Jeans mal wieder gegen neue eintauschen könnte.

Die Chefredakteurin. Hätte er doch gestern bloß mit ihr gesprochen!

Paul schüttelte sich, lief weiter, tief gebückt.

Immer noch reichte das Licht der Lampe nur wenige Schritte. Links und rechts nichts als Felswand. Was musste es für ein Aufwand gewesen sein, diesen Tunnel zu bauen? Wofür hatte man sich diese Mühe gemacht? Und wann war dies alles geschehen?

Seine Schritte hallten von den Wänden wider. Ansonsten umschloss ihn vollkommene Stille. Paul spitzte die Ohren. Kein Geräusch, nirgends. Als sei er bereits tief im Bauch des Berges begraben. Er ging weiter, folgte dem Gang.

Und dann drang doch etwas an sein Ohr. Ein Rauschen und Plätschern wie von fließendem Wasser. Mit jedem Schritt wurde es lauter. Und noch etwas veränderte sich. Die Luft. Etwas Neues, Frisches umwehte seine Nase. Paul schnüffelte. Ihm war nicht bewusst gewesen, wie abgestanden die Luft im Ehegefängnis und erst recht hier unten gewesen war. Unwillkürlich lief er schneller, noch immer geduckt.

Mit einem Mal öffnete sich der Gang, über ihm schien plötzlich Platz zu sein, sehr viel Platz. Paul richtete sich auf, hob die Laterne.

Er stand in einer Höhle, beinahe kreisrund, mit einem Durchmesser von vielleicht vier, fünf Metern. Weit oben, sodass er sie mehr erahnen als erkennen konnte, gab es wohl eine Öffnung, denn zu seinen Füßen befand sich frisch gefallener Schnee. An der Wand erkannte er seltsame Muster. Es handelte sich, er streckte sich, strich mit dem Finger darüber, um schwarzen Ruß. Paul trat einen Schritt zurück, drehte sich einmal um sich selbst. Offensichtlich hatten Menschen in dieser Höhle Zeit verbracht und sich an einem Feuer gewärmt.

Und da war noch etwas, was sein Interesse erregte. Ein wenig fahles Licht, das hinter einem Felsvorsprung hervorkroch. Von dort kam auch das Rauschen, das er schon auf den letzten Metern gehört hatte.

Paul ging, die Lampe am ausgestreckten Arm vor sich haltend, darauf zu. Das Rauschen wurde lauter.

Er musste ein wenig den Bauch einziehen, um sich seitlich durch die schmale Öffnung zu quetschen, die sich hier auftat.

Und dann war er draußen, im Freien.

Er fand sich auf einer Art Felsvorsprung wieder, es gab gerade genug Platz für einen ausgewachsenen Mann. Vier, fünf Meter unter ihm rauschte ein Fluss. Das Brausen war so gewaltig, dass er meinte, die Gischt bis hier oben spüren zu können. Doch tatsächlich war es der Schnee, den der Sturm durch die Nacht peitschte und der sein Gesicht, seine Hände traf wie tausend Glassplitter. Die Kälte traf ihn mit voller Wucht. Sofort begannen seine Zähne zu klappern, und er bebte von Kopf bis Fuß. Seine dicke Jacke, die ihm in Köln stets gute Dienste leistete, hatte diesem siebenbürgischen Wintersturm nichts entgegenzusetzen.

Noch dazu hatte er keine Ahnung, wo er sich befand. Jenseits des Flusses ragte dichter Wald auf, die Baumspitzen bogen sich im Wind. Immer wieder sah er etwas Weißes lautlos zu Boden krachen, beinahe, als fielen vermummte Gestalten von den Wipfeln hinab in den immer tiefer werdenden Schnee. Ein bleicher Mond tauchte die Szenerie in fahles Licht. Paul fasste sich ans Herz. Aber nein, das waren keine transsilvanischen Schreckgespenster, sondern lediglich Schneebretter, die sich von den Zweigen lösten.

Vorsichtig beugte er sich ein wenig vor, hob die Leuchte über den Abgrund unter sich. Viel konnte er nicht erkennen, die Lampe flog in seiner Hand nur so hin und her, er musste aufpassen, dass der Sturm sie ihm nicht entriss. Doch was er sah, ließ ihn sogleich zurücktreten. Denn da war nichts als schroffer Fels. Ein falscher Schritt, und er stürzte in den wild rauschenden, eisigen Fluss.

So ein verdammter Mist. Er war dem Ehegefängnis entkommen und dennoch gefangen auf diesem winzigen Felsplateau irgendwo im transsilvanischen Hinterland.

Paul betastete den Felsen in seinem Rücken, zu seiner Rechten, zu seiner Linken. Suchte eine Leiter, eine Stufe, ein in den Stein gehauenes Eisen, das ihm den Abstieg ermöglichen würde. Aber er fand nichts.

Wenn er wenigstens wüsste, wo er war! Ihm schien, als sei er weit entfernt von jeder menschlichen Siedlung.

Der Wind heulte nun so sehr, dass es Paul so vorkam, als mischte sich darunter ein schmerzvolles Stöhnen. Aber Moment mal, das war keine Einbildung.

Jemand stöhnte tatsächlich. Oder war es eher ein Heulen? Und war das überhaupt ein Mensch oder doch eher der Klagelaut eines verwundeten Tieres? Tief aus dem Wald scholl es zu Paul herüber, so grauslich, dass sich ihm die Nackenhaare aufstellten. Was um Himmels willen sollte das denn sein?

Nicht mehr nur wegen der Kälte zitternd, lehnte er sich noch einmal vor, nur ein wenig, und horchte. Zuerst war da wieder nur der Wind, dann aber erscholl der Klagelaut erneut. Und noch etwas bemerkte er jetzt – wer oder was auch immer da so jammerte, schien näher zu kommen.

Pauls erster Gedanke war, sich in die Höhle zurückzuziehen. Dann aber entschied er sich anders. Löschte aus einem Grund, den er selbst nicht kannte, das Licht seiner Laterne. Blieb ganz still stehen, eng an den Felsen gelehnt, lauschte.

Bald schon mischten sich unter das Klagen weitere Laute. Getrappel wie von Hufen. Es hielt direkt auf ihn zu. Wieder spürte er den Impuls zu fliehen, wieder widerstand er. Lauschte. Kniff die Augen zusammen, um besser sehen zu können. Vor ihm nichts als Wald. Oder?

Im nächsten Augenblick meinte er hinter den Bäumen auf der anderen Seite des Flusses ein Wesen vorbeihetzen zu sehen, wie er es allenfalls aus den Erzählungen seiner Tante Zinzi kannte. Es war etliche Meter von ihm entfernt und furchtbar schnell. Auch war die Nacht dunkel und das Licht des Mondes schwach. Und doch. Paul griff sich unwillkürlich ans Herz.

Es war ein Pferd und doch wieder keins. Denn dort, wo sich eigentlich der Kopf des Tieres befinden müsste, ragte etwas anderes in die Höhe, etwas sehr Massives, beinahe Menschliches. Und nun stieß dieses Wesen ein Geheul aus, so markerschütternd, dass Paul vor Schreck die Lampe fallen ließ.

»Die *Sântoaderi*«, hatte Tante Zinzi erzählt, wenn sie abends gemeinsam auf der Bank in der Sommerküche gesessen hatten, »suchen die Menschen in der Karwoche heim, in der Woche vor Ostern. Sie passen auf, dass niemand in dieser heiligen Zeit einer Arbeit nachgeht. Männer, die noch auf dem Weg zur Mühle sind, oder Mädchen, die mit ihrer Spinnarbeit nicht fertig wurden, werden von ihnen entführt. Manche kehren reich beschenkt zurück, andere verschwinden für immer. Das Beste, was man tun kann, ist, sich im Haus zu verstecken. Ganz wichtig ist, dass man alle Dinge, die man besitzt, auf den Kopf stellt. Hörst du, Paul? Denn die *Sântoaderi* sprechen mit dem Unbelebten und fordern den Topf, den Tisch oder den Stuhl auf, ihnen die Tür zu öffnen. Dem können diese Dinge nur dann nicht nachkommen, wenn man sie vorher umgedreht hat. Merk dir das, mein Kind!«

Paul hatte niemals genug bekommen von Tante Zinzis Schauergeschichten. Wie herrlich man sich dabei gruseln konnte! Jetzt aber wünschte er, er hätte diese eine Geschichte niemals gehört.

»Die *Sântoaderi*«, pflegte Zinzi ihre Erzählung zu schließen, »erkennst du ganz leicht, denn sie sind halb Mann und halb Pferd. Sie sind wirklich ganz und gar unverwechselbar. Sie suchen dich heim, wenn du am wenigsten mit ihnen rechnest. Wenn du ihnen jemals draußen begegnest, dann lauf, so schnell zu kannst!«

Es war Jahrzehnte her, dass Paul mit seiner Tante Zinzi in der Sommerküche gesessen hatte. Der wohlige Schauer, den er damals gespürt hatte, war Geschichte. Nun spürte er etwas anderes. Blankes Entsetzen.

Dreh nicht durch, versuchte er sich selbst zu beruhigen. Es gibt keine Fabelwesen, halb Mensch, halb Tier. Es ist noch nicht einmal Karwoche, sondern Anfang Januar.

Mit zitternden Beinen ging er in die Knie, tastete nach der Lampe. Irgendwo hier musste sie doch sein!

Da hörte er das Wesen erneut, diesmal näherte es sich von der anderen Seite des Waldes, kehrte zurück. Das Mondlicht war noch ein wenig fahler geworden, das Rauschen des Flusses noch lauter. Und doch dröhnte über all das ein Klagen hinweg, so gespenstisch, dass Paul die Lampe, die er endlich zu fassen bekommen hatte, gleich wieder entglitt.

Und dann war es da. Blitzschnell schoss es unten auf der anderen Flussseite vorbei. Paul, immer noch auf den Knien, glaubte, das Herz müsse ihm stehen bleiben.

Ein Pferd ohne Kopf. Denn dort befand sich der nackte Oberkörper eines Mannes. Und statt einer Mähne sah Paul zwei weit ausgestreckte Arme.

Ein *Sântoaderi*, kein Zweifel.

Paul sprang auf, um sogleich wieder in die Hocke zu gehen. Hatte das Wesen ihn entdeckt? Er musste zurück in die Höhle, jetzt, sofort. Doch der Durchgang war so schmal, auf allen vieren passte er nicht hindurch. Also kam er noch einmal auf die Füße, so sehr zitternd, dass er schon glaubte, das Gleichgewicht zu verlieren und in den Fluss zu stürzen. Er stieß mit dem Fuß gegen etwas, das auf dem Boden lag. Scheppernd krachte es die Felswand hinab. Die Lampe. Er hörte, wie ihr Glas in tausend Stücke zerbrach.

Im gleichen Moment verstummte das Geheul. Stille brach über ihn herein, eine schrecklich unheilvolle Stille.

Paul keuchte. So schnell es ging, schob er sich durch die Felsöffnung zurück in die Höhle. Wie dunkel es hier war ohne die Lampe! Nicht einmal den Schnee in ihrer Mitte sah er jetzt noch schimmern.

Wo war der Gang, der ihn zurück zu den Stufen und ins Ehegefängnis führte, wo bloß? Er tastete sich an schroffem Fels entlang, riss sich die Hand an einer scharfen Steinkante auf, spürte das Blut warm seinen eiskalten Arm hinablaufen und fühlte zugleich keinen Schmerz. Zu groß waren Angst und Entsetzen. Verdammt, wenn er nur endlich den Gang finden würde! Er musste hier weg, so schnell wie möglich!

Da. Seine Hand griff ins Leere. Hier musste es sein. Ihm entfuhr beinahe ein Schluchzen, so groß war die Erleichterung, die über ihn hereinbrach. Jetzt galt es, sich zu beeilen. Immerhin, er hatte einen Vorsprung. Denn so schnell würde das Pferd den Fluss nicht überqueren können, oder doch?

Du Spinner, sagte er sich selbst. Wir reden hier von keinem Pferd, sondern von einem Fabelwesen. Und das sollte, wenn es denn wirklich existiert, dazu in der Lage sein, über den Fluss zu springen, wahrscheinlich sogar in Windeseile.

Im nächsten Moment spürte er es. Wie aus dem Nichts. Eine Hand an seinem Oberarm. Oder war es eine Klaue? Sie griff so fest nach ihm, es gab kein Entkommen.

Pušomori lauschte. Sie war auf dem Heimweg gewesen, als sie die Fahrzeuge hinter sich hörte, und hatte sich gerade noch rechtzeitig ins Gebüsch neben dem Waldweg gerettet, bevor sie mit abgeblendeten Scheinwerfern an ihr vorbeibretterten. Wenige Meter später stoppten die beiden Jeeps, Männer stiegen aus. Pušomori kannte keinen von ihnen, und doch wusste sie, um wen es sich handelte. Sie war ja nicht blöd. Sicherheitshalber duckte sie sich noch ein wenig tiefer.

Sie bekam genau mit, was im Dunkel der Nacht geschah. Was aus einem der Wagen ausgeladen, wie es gleich am Rande des Weges abgelegt wurde. Sie hörte die Männer diskutieren, wie sie am besten vorgehen sollten. Als sie begriff, was sie miteinander besprachen, hörte sie auf zu lauschen. Sie presste beide Hände fest auf ihre Ohren und wünschte sich sehr weit weg. Doch das Geräusch, das bald darauf erklang, als trampelte man fest auf einem morschen Baumstumpf herum, hörte sie trotzdem.

Beinahe hätte sie sich übergeben. Doch es gelang ihr, sich abzulenken. Sie richtete all ihre Konzentration auf den kleinen Rucksack, den sie auf ihrem Rücken trug. Ihre Brüder hatten ihn eines Tages von der Müllkippe mitgebracht, bevor sie geschlossen wurde, und gemeint, er sei so klein, er passe genau zu ihrer Schwester. Pušomori hatte ihn nie benutzt. Was besaß sie schon, was sich lohnte, es mit sich herumzutragen?

Jetzt aber war das anders. Sie besaß etwas. Etwas winzig Kleines. Ganz leicht war es, zugleich sehr, sehr kostbar. Und seit der vergangenen Nacht besaß sie schon zwei davon. Pušomori hörte, wie die Männer davonfuhren. Später musste sie an dem vorbei, was sie zurückgelassen hatten. Sie lief ein bisschen schneller, schaute nicht hin, konzentrierte sich voll und ganz auf das, was in ihrem Rucksack war.

NEUN

»Ach, Mensch, du bist das!«

Jemand knipste eine Taschenlampe an und leuchtete ihm damit direkt in die Augen. »Sag bloß, du bist getürmt!«

Paul hielt sich die Hand vors Gesicht. Er sah nichts, in seinem Rücken spürte er den nackten Fels. Sein Herz pochte ihm zum Halse heraus. Verdammt, einen Moment lang hatte er doch tatsächlich gedacht, ein *Sântoaderi* sei hinter ihm her, hätte ihn gefunden, erwischt! Immerhin, die Stimme kam ihm bekannt vor.

»*Sorry*, ich wollte dich nicht erschrecken.«

Der Lichtkegel der Lampe wanderte Richtung Decke.

»*Are you all right?* Du siehst ein bisschen blass aus.«

Jetzt, endlich, konnte Paul erkennen, wer ihm hier aufgelauert hatte. Ein Glatzkopf in einem dicken Parka, den der Abdruck einer riesigen Pfote zierte. Oliver, der Tierschützer vom Bärenpark.

»Was machst du denn hier?«, brachte Paul heraus.

»Das Gleiche könnte ich dich fragen!« Oliver fuhr sich mit der flachen Hand über den Kopf. »Ich sah dich auf dem Felsvorsprung mit der Laterne herumhantieren, da bin ich zu dir hochgeklettert. Wo ist Maia?«

»Maia?«

»Haben sie euch nicht zusammen ins Ehegefängnis gesteckt?«

»Ja, schon. Aber da gab es diesen Geheimgang …«

»Und da bist du raus und hast sie zurückgelassen?«

»Ich wollte doch nur kurz …«

»Paul, Paul«, knurrte Oliver. »Zeig mir, wo dieser Geheimgang ist!«

»Gleich hier …« Paul wies hinter sich.

»Worauf wartest du noch?« Oliver war schon aufgesprungen. »Keine Minute lasse ich sie da länger allein!«

Paul schaffte es kaum, mit ihm Schritt zu halten. Oliver war nicht nur ein paar Jahre jünger als er, sondern auch viel fitter. Paul erinnerte sich an ihre erste Begegnung in dem Reservat für Bären, das der Amerikaner in den Karpaten betrieb. Damals schon war ihm schwer aufgestoßen, wie vertraut er mit Maia war. Hatten die beiden was miteinander? Oder warum machte er so ein Gewese? Wo Maia doch ganz bestimmt unter allen Frauen, denen Paul jemals begegnet war, diejenige war, die am allerbesten ohne einen Mann an ihrer Seite klarkam!

Um Luft ringend hastete er hinter Oliver den Gang entlang, er schien ihm noch enger und niedriger als vorhin.

»Du hast mir nicht geantwortet«, stieß er hervor. »Was machst du hier eigentlich?«

Erst hatte er den Eindruck, Oliver wolle so tun, als habe er ihn nicht gehört. Dann aber verharrte der andere kurz.

»Ich bin da was auf der Spur.«

»Auf der Spur? Wie meinst du das?«

Oliver drehte sich zu ihm herum. Um seinen Mund hatte sich ein harter Zug gelegt.

»Hier im Wald passieren Sachen …«, er fuhr sich noch einmal mit der Hand über den Schädel. »Irgendeiner muss da mal was machen!«

»Ja, klar!«, rief Paul. »Ich habe auch so einiges beobachtet vom Ehegefängnis aus! Diese Leute, die frühmorgens durchs Dunkle kriechen und den Boden umgraben. Diese Sache mit den Waldarbeitern, einer verunglückt, ein anderer vermisst. Und Petre wurde auch tot im Wald aufgefunden, nicht wahr? Wenn das mal nicht alles irgendwie zusammenhängt!«

»Mmh.« Oliver musterte ihn.

»Ich bin Journalist«, beeilte Paul sich zu sagen, »und ziemlich gut darin, Hintergründe zu recherchieren. Sag mir, was du weißt, und ich treibe die Sache voran. Ich kenne auch eine Menge Leute«, er versuchte, sich ein bisschen größer zu machen, und stieß prompt mit dem Kopf gegen die niedrige Decke. »Publicity kann manchmal ordentlich was ausrichten! Also, wenn ich helfen kann …«

Dass es ihm vor allem darum ging, sich und Maia von jedem Verdacht reinzuwaschen, das verschwieg er lieber.

»Mmh«, sagte Oliver noch einmal. Er schien Paul im Licht der Taschenlampe jetzt noch ein bisschen eindringlicher zu mustern. Schließlich blieb der Lichtkegel unangenehm lange an seiner doch recht unförmigen Mitte hängen, irrlichterte weiter zu seiner Hand.

»Hast du dich verletzt?«

»Ja, ein bisschen. Ich dachte doch tatsächlich, ich hätte einen *Sântoaderi* gesehen, da habe ich mich erschrocken und bin irgendwo gegen geschlagen.«

»Mmh«, sagte Oliver ein drittes Mal. »Lass uns machen, dass wir weiterkommen.«

Und damit drehte er sich wieder von ihm weg und lief weiter voraus.

Paul merkte, wie ihm die Röte den Hals hochkroch. Verdammt, er konnte sich nicht erinnern, wann ihm so etwas jemals passiert war. Und so zog er den Bauch ein, wischte das Blut, das immer noch von seiner Hand lief, so gut es ging an der Jeans ab und hastete Oliver hinterher.

Was für ein Schnösel!

Den Aufstieg die schmale Treppe hinauf schaffte er nur keuchend. Oben angekommen, sah er Oliver, der ihm um Meter voraus war, im Schein des glimmenden Feuers über das schmale Bett gebeugt.

»Sie schläft«, flüsterte er, und in diesen zwei Worten meinte Paul eine solche Zärtlichkeit wahrzunehmen, dass er stumm die Hände zu Fäusten ballte, auch die verletzte. Was hatte der bloß mit Maia zu schaffen?

»Pass gut auf sie auf, ja?« Oliver machte sich an den Abstieg. Sein Kopf war bereits durch die Luke im Boden verschwunden, als Paul ihn an der Schulter zu packen kriegte.

»Hör zu!«, raunte er dem Tierschützer ins Ohr. »Du hältst anscheinend nicht viel von mir. Ist mir egal. Du hast irgendwas mit Maia am Laufen, ist mir auch egal. Aber Maia sitzt hier drin wegen Mordverdacht, genau wie ich. Und außer nachts herumzuschleichen, kriegst du offensichtlich nichts auf die Reihe. Ich hingegen kann uns hier rausholen, wenn du mich mit Infos versorgst. Denn dass hier was gewaltig stinkt, das ist doch sonnenklar!«

Oliver schien ihn zu mustern, so genau konnte Paul das im Halbdunkel nicht sehen.

»Was willst du von mir?«, fragte er schließlich.

»Morgen Abend«, antwortete Paul, »eine Stunde nach Sonnenuntergang. Ich werde unten in der Höhle auf dich warten, und du zeigst mir, was für Sachen hier im Wald passieren.«

»Und wenn ich Nein sage?«

»Das wirst du nicht.«

Oliver verharrte noch einen Moment, dann schüttelte er Pauls Hand ab und verschwand.

»Mistkerl«, flüsterte Paul ihm noch hinterher. Er hatte nämlich ganz und gar nicht den Eindruck, dass Oliver sich auf seinen Vorschlag einlassen würde.

Maia lag immer noch im Bett und erweckte den Eindruck, als schlafe sie. Paul war sich da nicht so sicher.

Er setzte sich auf den Stuhl, stopfte sich die Pfeife mit dem Kraut des alten Ion, zog daran. Seine Nerven beruhigten sich.

Er nahm noch einen Zug, lehnte sich zurück.

Ein Geheimgang, der aus dem Ehegefängnis heraus mitten in den Wald führte. Wer hätte das für möglich gehalten! Aber wenn er genau nachdachte, dann hatte er etwas Ähnliches gehört, vor langer Zeit. Und plötzlich erinnerte er sich.

Die Pfaffenlöcher. Als Sorin und er noch Jungs waren, hatten sie sich einen Spaß daraus gemacht, nach ihnen zu suchen. Denn angeblich hatten die Zisterzienser, die vor vielen Hundert Jahren dort, wo nun die Kirchenburg stand, ein Kloster errichteten, über Geheimgänge verfügt, die zu verborgenen Höhlen führten. Es hieß, sie hätten sich so in Sicherheit gebracht, wenn die Türken aus dem Osten kamen und sie überfielen. Lange Zeit soll das gut gegangen sein. Bis zu dem Tag, an dem die Türken mitten aus dem Fels, auf dem das Kloster stand, Rauch aufsteigen sahen. Das waren die Mönche, die sich in einer ihrer Höhlen etwas zu essen kochten. Sie waren schnell ausfindig gemacht und wurden allesamt gemeuchelt. Seither, so hatte Paul es in seiner Kindheit gehört, sollen die Pfaffenlöcher nie mehr genutzt worden sein. Es war eine Legende, mit der er aufwuchs und die auch seine Tante Zinzi ihm abends erzählte, wenn sie in der Sommerküche am Feuer saßen, auf seinem Schoß der kleine Kater.

»Später hat man dann das Kloster zur Kirchenburg ausgebaut und sich bei Gefahr in ihr eingeschlossen«, hörte er sie noch raunen. »Die Pfaffenlöcher hat niemals jemand ausfindig gemacht.«

Nun, dachte Paul, zumindest Pušomori, die ihm ganz bestimmt den Zettel vors Fenster gelegt hatte, wusste davon. Und hatte ihn tatsächlich zu einem der sagenumwobenen Pfaffenlöcher geführt.

Oliver kannte es auch, er kannte sogar den Aufstieg aus dem Wald.

Wer wohl noch davon wusste?

Und ob es mehr als diesen einen Gang gab?

Denn dass die Zisterzienser aus einem so abgelegenen Gebäude wie dem Ehegefängnis flüchteten, wenn Gefahr in Verzug war, das konnte er sich beim besten Willen nicht vorstellen. Falls es dieses Häuschen zu ihrer Zeit überhaupt schon gegeben hatte. Nein, ganz bestimmt existierten damals weitere Geheimgänge, die direkt aus dem Innern des früheren Klosters herausführten, aus dem Altarraum etwa oder aus dem Refektorium.

Und vielleicht war der Gang, den er gefunden hatte, erst in jüngster Zeit gebaut worden. Denn sonst wäre die ganze Sache mit dem Ehegefängnis ein Riesenbetrug. Ein Betrug, der in einer so gläubigen Gemeinschaft, wie es die Siebenbürger Sachsen waren, keinesfalls geduldet worden wäre.

Ich muss noch einmal da runter, dachte Paul. Herausfinden, ob der Gang, den ich entlanggelaufen bin, in andere mündet. Ob es die Hinterlassenschaften der Zisterzienser noch gibt. Und vor allem muss ich wissen, wer alles noch davon weiß. Und wofür es heute genutzt wird.

Carry brachte kein Frühstück. Stattdessen erschien die Polizistin Hatmanu. Sie kam allein, ohne ihre Kollegen, und nachdem sie die Tür zum Ehegefängnis aufgeschlossen hatte, blieb sie draußen stehen.

»*Vă rog!*«, rief sie über den Sturm hinweg, der sich immer noch kaum gelegt hatte. »Bitte schön! Sie können gehen!«

Paul glaubte, er habe sich verhört. Erst recht, als er Maias Gesichtsausdruck sah. Sie war gerade dabei, das Feuer, das Paul hatte ausgehen lassen, weil ihn nach dem Genuss der Pfeife der Schlaf übermannt hatte, wieder zu entfachen. Jetzt blickte sie abwechselnd ihn und die Polizistin an. In ihren Augen stand der pure Schrecken.

»*De ce?*«, flüsterte sie. »Warum?«

Die Polizistin konnte sie draußen nicht gehört haben, doch sie antwortete auch nicht, als Paul die Frage wiederholte, lauter diesmal.

»Warum lassen Sie uns auf einmal frei?«

»Nun machen Sie schon, ich habe auch nicht alle Tage Zeit!«, rief Hatmanu stattdessen.

Und so erstickte Maia das Feuer, und sie verließen das Ehegefängnis. Paul trug die Kleidung, die Carry ihm gebracht hatte, sowie die Decken unterm Arm, Maia die Behälter, in denen ihr Essen gewesen war.

Während sie sich gegen den Wind stemmten, mühte er sich, zu ihr aufzuschließen, doch Maia stürmte voran, als sei der Teufel persönlich ihr auf den Fersen. Die Polizistin wiederum schlenderte langsam hinterher und tat so, als habe sie mit alldem nichts mehr zu schaffen.

»Warum werden wir freigelassen?«, rief Paul, er stolperte über den tief verschneiten Kirchhof zu ihr zurück. »Haben Sie den Mord aufgeklärt? Gibt es einen Täter?«

Doch Hatmanu schaute so unbeteiligt, wie er es von ihr gewohnt war.

»Kriegen wir wenigstens eine Entschädigung?«

Keine Antwort.

Paul schnaubte vor Wut. Was die sich erlaubte! Der würde er den Marsch blasen, die würde sich noch wundern!

»Na warte«, zischte er leise, während er erneut versuchte, Maia einzuholen. »Damit kommt die mir nicht davon!«

Als sie aus dem äußeren Tor traten, geschah etwas, womit Paul niemals gerechnet hätte. Gegenüber, in Carrys Laden, flog die Tür auf, und Carry stürmte heraus, direkt auf ihn zu, gefolgt von zwei Frauen, die wohl gerade beim Einkaufen gewesen waren.

Ein wenig die Gasse herunter sah er Ion herbeirennen gemeinsam mit seiner Frau, sie überholte ihren Ehemann sogar auf ihren kurzen Beinen. Und auch in den anderen Häusern öffneten sich nun Türen, kamen Menschen angerannt.

»Aber, aber!«, rief Paul. »Das ist nett von euch, wirklich, aber es war nicht so schlimm, wie ihr vielleicht denkt, eigentlich …«

Er verstummte mitten im Satz, denn Carry war gerade an ihm vorbeigestürmt, ohne ihn auch nur eines Blickes zu würdigen. Die anderen taten es ihr gleich. Niemand nahm Notiz von ihm.

»Ce dracu?«, hörte er Maia neben sich murmeln. »Was zum Teufel?«

Er folgte ihrem Blick. Und erstarrte.

Eine Gruppe von Männern näherte sich von der anderen Seite des Dorfes. Einer lief vorweg und sprach unentwegt in ein Mobiltelefon, die anderen schleppten etwas in ihrer Mitte. Paul dachte zunächst an ein Stück Wild oder dergleichen, denn soweit er es erkennen konnte, war es in eine Plane gewickelt. Doch als er den Männern in die Augen sah, schwante ihm Schlimmes.

Sie trugen alle die typische Kleidung der Waldarbeiter, schwere Stiefel, grünes, festes Zeug. Ihre Gesichter, wettergegerbt, erzählten von den transsilvanischen Jahreszeiten, von Sonne und Wind, Regen und Eis. Ihre Münder schienen ihm hart, verschlossen. Doch auf ihren Wangen sah er Tränen.

Maia neben ihm begann, Unverständliches zu flüstern.

Carry, die als Erste bei der Gruppe angekommen war, bekreuzigte sich blitzschnell, drei Mal hintereinander.

Die Männer gingen noch ein paar Schritte, bis sie fast vor Paul und Maia standen, dann legten sie das, was sie trugen, zu Boden. Einer schlug die Plane beiseite.

Darauf lag ein Mensch, kaum noch als solcher zu erkennen. Bauch und Gesicht so aufgedunsen, dass er vollkommen entstellt war. Die Haare strähnig, die Hände zu Fäusten geballt. Das Schlimmste aber war das, was mit seinen Beinen passiert war. Es gab sie nicht mehr. Zwei Stümpfe ragten aus dem Torso, daran zerfetztes, ausgefranstes Fleisch. Als sei eine Dampfwalze darüber hinweggefahren.

Der vermisste Waldarbeiter, schoss es Paul durch den Kopf. Was, um Himmels willen, war ihm Grässliches widerfahren?

ZEHN

»Schuld sind diese neumodischen Maschinen«, sagte der alte Ion und stopfte sich die Pfeife. Sie saßen in seiner Stube, vor sich auf dem mit Resopal bezogenen Tisch zwei Gläser *Ţuică*. Gemeinsam hatten sie den Waldarbeitern geholfen, ihren toten Kollegen ins Pfarrhaus zu tragen. Dort war, seitdem es keinen Pfarrer mehr gab, viel Platz, und Toma, der neue Besitzer, hatte mit dem Umbau noch nicht begonnen. Die Männer vom Suchtrupp, sichtlich erschöpft, hatten sich zurückgezogen, und Ion hatte Paul ein Zeichen gegeben, ihm zu folgen.

»Die Frauen werden ihn waschen und einkleiden. Wir kommen später dazu, zur Totenwache.«

Paul hatte Ions Einladung dankbar angenommen, ebenso wie den Schnaps. Den Anblick des Toten, dessen war er sich ganz sicher, würde er für sein Lebtag nicht mehr vergessen.

»Mit dem Pferd wäre das nicht passiert«, sinnierte Ion.

»Wie meinst du das?«

»Na ja, früher haben wir doch mit den Pferden das Holz geholt. Ach, was sage ich, früher! Manche haben ihre immer noch. Oliver zum Beispiel, der besitzt ja auch ein ordentliches Stück Wald. Der handhabt das noch ganz traditionell.«

»Oliver?«

»Ja, ja. Halbblüter sind das, ruhig und gehorsam. Natürlich hat so ein Tier eine Kraft, der Mensch kann es nicht bändigen. Man muss es mit Worten hinbekommen, mit Worten und, wenn nötig, mit der Peitsche. Das Pferd muss verstehen, dass du der Chef bist. Dann hört es, kommt auf Befehl.«

»Moment mal. Redest du von den Rückepferden, mit denen man früher das geschlagene Holz aus dem Wald holte?«

Paul konnte sich erinnern, dies als Kind ab und an beobachtet zu haben, aus respektvollem Abstand.

»Ja, genau. Man legt dem Pferd ein Geschirr um, es zieht seine Kraft aus der Brust. Davon gehen zwei Stangen nach hinten, an ein Holzkreuz, und daran hängen die Ketten für den Baumstamm. Du selbst hast die Zügel in der Hand und natürlich die Verantwortung. Das ist Schwerstarbeit. Aber auf diese Weise kriegst du das Holz auch aus unwegsamem Gelände heraus. Und so was wie heute, so was wäre nie passiert.«

»Du meinst …«

»Ich meine, der arme Kerl ist von einer dieser riesigen Maschinen überfahren worden, die sie heutzutage zum Roden einsetzen, das sah man doch. Baumstämme so lang wie Personenzüge laden sie da drauf. Wenn dann einer unter die Räder gerät … Früher hat man die Bäume auf vier Meter geschlagen, so einen Stamm konnten zwei Männer anheben, der passte genau auf einen Pferdewagen. Aber die kriegen ja den Hals nicht voll!«

»Wer kriegt den Hals nicht voll?«

»Ach, die halt.« Ion füllte die Gläser noch einmal auf. »Der arme Kerl. Frau und Tochter sind in Italien, arbeiten. Sie werden es kaum rechtzeitig zur Beerdigung nach Hause schaffen.«

Paul nippte an seinem Glas. Die arme Familie, dachte er, der arme Mann. Das musste ein grauenvoller Tod gewesen sein. Aber wie konnte jemand von einer Forstmaschine überfahren werden, ohne dass es einer mitkriegte? Und war der Mann nicht tagelang vermisst gewesen? Warum fand man ihn erst jetzt?

Noch dazu gab es nun schon wieder einen Toten im Wald. Paul nippte an seinem Pflaumenschnaps. Er stieg ihm schnell zu

Kopf, so früh am Morgen, ganz ohne Frühstück. Und doch war ihm, als sehe er mehr und mehr klar.

Er musste in den Wald.

Später, bei der Totenwache, vermisste er Sorin. Der Freund war auch nicht zu Hause gewesen, als Paul seine Sachen dorthin gebracht und eine schnelle Dusche in dem frisch renovierten Badezimmer genommen hatte. In der leeren Küche plärrte der Fernseher, eine Runde von Herren in feinen Anzügen diskutierte erregt, es ging wohl um irgendeine Bürgermeisterwahl. Wobei einer der Kandidaten eine wirklich unangenehme Stimme hatte, wie ein übellauniges Kind.

Paul lud sein Handy auf und versuchte, die Chefredakteurin zu erreichen, vergebens. Auch sein Fußballkumpel Jupp nahm nicht ab.

Sorins Mutter, die sonst so oft zu Hause vor dem Fernseher saß, traf Paul im Pfarrhaus wieder. Toma hatte es zur Verfügung gestellt. Schon draußen auf der Straße standen die Menschen dick eingemummelt im eisigen Wind Schlange, um dem Verstorbenen die letzte Ehre zu erweisen. Offenbar waren sie auch aus den Nachbardörfern gekommen. Frau Lupu brachte gerade gemeinsam mit Alma zwei Bleche köstlich duftender Kuchenstücke aus der Küche in das große Speisezimmer, wo der Waldarbeiter aufgebahrt war.

»Sorin?«, antwortete sie auf Pauls Frage. »Er geht seinen Geschäften nach, was sonst?«

Was für Geschäfte?, wollte Paul fragen, doch in diesem Augenblick entstand neben der Eingangstür ein kleiner Tumult. Ein Trupp Männer drängte die dort Wartenden beiseite, zwei von ihnen trugen einen Sarg aus hellem Fichtenholz.

Neben sich hörte er Alma, die er im letzten Sommer als sehr kultivierte alte Dame kennengelernt hatte, einen derben Fluch ausstoßen.

»Was ist los?«, fragte er.

»Diese Geier«, sagte sie leise. »Nun bringen sie die Leute auch noch um ihre Totenwache.«

»Wie meinen Sie das?«

»Schauen Sie doch nur!«

Jetzt begriff er. Die Männer, die mit dem Sarg trugen billige schwarze Anzüge, die anderen schienen unter ihren ballonseidenen Trainingsanzügen sehr muskelbepackt, marschierten geradewegs zu der ausgehangenen Tür, auf der der Tote lag. Sein Leichnam war vollkommen bedeckt mit Tüchern. Paul kannte es so, dass man normalerweise wenigstens das Gesicht frei ließ. Darauf hatten die Frauen, die ihn hergerichtet hatten, in diesem Fall verzichtet.

Die Kerle, die sich nun an ihm zu schaffen machten, waren weniger pietätvoll. Als sie den Leichnam packten, zwei an der Hüfte, einer an den Schultern, rutschten die Tücher hinab und gaben den geschundenen Körper frei. Ein Raunen ging durch die Trauernden, die das Speisezimmer bis auf den letzten Platz füllten, Gebete wurden ausgestoßen, Kreuzzeichen geschlagen.

Paul, der immer noch im Flur stand, mit seinen eins dreiundneunzig aber alle überragte, wandte sich schnell ab. Er hatte an diesem Tag schon mehr gesehen, als ihm lieb war.

Im Nu war die Leiche in den Sarg gelegt und draußen auf einen glänzend schwarzen Pick-up geschoben worden. Ein Logo mit den Buchstaben *DD* stand außen drauf. Das Gefährt war so monströs, auf seine überdachte Ladefläche hätten ohne Weiteres mehrere Särge gepasst, und seine beinahe meterdicken Reifen bretterten vollkommen mühelos über die dick verschneite Dorfgasse davon.

Keine zehn Minuten hatte es gedauert vom Eintreffen der Männer bis zu dem Moment, in dem sie auch schon wieder im Schneegestöber verschwunden waren.

»Wer war das?«, fragte Paul Alma, die neben ihm stand.

»Leute von der Holzfirma«, antwortete sie.

»Und warum holen sie den Toten ab?«

»Tja, warum.«

Sie kniff ihren Mund zu einem dünnen Strich zusammen.

»Paul!«

Ein Mann kam auf sie zu, der nicht weit entfernt von ihnen gestanden hatte. Nicht allzu groß gewachsen war er, sehr kurz geschnittenes, mittelbraunes Haar, ein weiches Kinn. Toma.

»Wie schön, dich hier zu sehen. Offensichtlich haben sie dich rausgelassen. Ich wusste gleich, dass du mit Petres Tod nichts zu tun hast, aber auf mich hört ja keiner.«

Er lachte ein Lächeln, bei dem er zwei Reihen sehr weißer Zähne entblößte, doch seine Mundwinkel waren eingerissen, und unter den Augen hatte er tiefe Ringe.

Moment mal, dachte Paul, war es nicht Toma gewesen, der ihm die Polizei erst auf den Hals gehetzt hatte?

»Du fragst dich, was sie mit dem Verstorbenen machen?«, fuhr der andere fort. »Nun, die Firma, für die er gearbeitet hat, kümmert sich um ihre Angestellten. Seine Leiche wird eingeäschert und nach Italien überführt, zu Frau und Tochter. Die Familie wünscht es so.«

»Wer's glaubt«, schnaubte Alma, schnappte Toma das Blech mit Kuchenstücken, von dem er sich gerade eins nehmen wollte, vor der Nase weg und verschwand damit in der Küche.

»Die gute Alma.« Toma steckte die Hände in die Taschen, Paul schien es, als zitterten sie, oder täuschte er sich? Auch war das Hemd, das Toma trug, reichlich zerknittert und die enge, ganz auf Figur geschnittene Stoffhose an den Säumen schmutzig. »Sie hängt an der Vergangenheit, wer kann es ihr verdenken?«, fuhr Toma fort und schnäuzte sich in ein Taschentuch, erkältet schien er auch. »Sie ist eine der letzten Siebenbürger Sachsen, die auf diesem Landstrich noch leben, und auch das nur im Sommer. Die Welt, die sie sich zurückwünscht, die gibt es längst nicht mehr.«

Paul bezweifelte, dass Toma damit recht hatte. Er wusste um die Sehnsucht der ausgewanderten Siebenbürger Sachsen nach dem sogenannten Königsboden, jenem Hochplateau, das der ungarische König ihnen vor ziemlich genau achthundert Jahren überlassen hatte, zusammen mit einer Vielzahl von Sonderrechten und weitgehender Autonomie. Er kannte den Kummer derer, die ihre Heimat im Herzen Rumäniens verlassen hatten, weil sie hier keine Zukunft mehr sahen oder von den Schergen Ceauşescus verfolgt wurden. Sein eigener Vater gehörte dazu. Aber Alma hatte etwas anderes aufgebracht, da war er sich sicher.

»Und du?«, fragte er geradeaus, wobei ihm das Du nur schwer über die Lippen kam. »Was hast du mit der Holzfirma zu schaffen?«

»Nichts«, antwortete Toma. »Ich habe gemeinsam mit Petre dieses Haus hier gekauft«, er machte eine raumgreifende Geste, »und ich werde es in ein Hotel umwandeln. In ein Hotel der Luxusklasse! Alles vom Feinsten, das sage ich dir!«

Wieder zeigte er seine gepflegten Zähne und lächelte ein Lächeln, das Paul vollkommen falsch vorkam.

Vor der Tür traf er auf Oliver.

»Hast du Maia gesehen?«, wollte der wissen.

»Nein, aber ich muss dich was fragen …«

»Mist!« Oliver drehte auf dem Absatz um und lief die Dorfstraße hinab in die Richtung, in der Maias Hof lag. Alles, was Paul noch von ihm sah, war das Bärentatzen-Emblem auf der Rückseite seines Parkas.

Was der nur wieder hatte? Paul zog den Reißverschluss seines Anoraks zu, duckte sich gegen den schneidenden Wind und rannte hinterher.

Er hatte keine Chance, Oliver einzuholen. Der Wind peitschte ihm ins Gesicht, und auf der Gasse, schon im Sommer mit ihren vielen Schlaglöchern die reinste Stolperfalle, hatte sich unter dem Schnee eine feste Eisschicht gebildet, die ihn sofort ins Schlittern brachte. Paul ruderte hilflos mit den Armen, drehte sich einmal um sich selbst und fiel dann, ganz langsam, wie ein frisch gefällter Baum, der Länge nach hin. Oliver, der leichtfüßig wie ein Hase davongerannt war, hatte es offenbar mitbekommen, denn er machte kehrt und rannte genauso leichtfüßig zurück.

»Mensch, Paul«, murmelte er, während er ihm aufhalf. »Geht's?«

»Ja, ja.« Paul unterdrückte einen Fluch. Er kam sich vor wie ein alter, steifer Bär. Aber als er jetzt Olivers Hand in der seinen spürte, hielt er sie fest gepackt.

Normalerweise machte Paul mit seinen Händen kaum etwas anderes, als von morgens bis abends auf dem Computer herumzutippen. Er war nicht besonders sportlich, er war nicht einmal besonders geschickt. Aber er war ein Baum von einem Kerl und hatte Hände wie die Schaufeln eines Baggers, zumindest hatte eine seiner Ex-Freundinnen das mal so ausgedrückt. Nicht, dass Oliver ihm schon wieder entwischte!

»Was machst du?«, fragte der und versuchte, sich zu entziehen. »Die werden uns für schwul halten!«, fügte er mit einem Blick auf die Menschen hinzu, die nur wenige Meter entfernt vor dem Pfarrhaus standen. »Und Schwule sieht man hier nicht gern!«

»Mir doch egal«, zischte Paul. »Ich will wissen, was du nachts im Wald beobachtest!«

»Wieso?«

»Weil das hier zum Himmel stinkt! Schon als ich ankam, war die Rede von einem verunglückten Waldarbeiter. Jetzt sind es bereits zwei. Den letzten haben sie gerade blitzschnell verschwinden lassen. Ich wette, der ist bereits so gut wie eingeäschert. Mannomann, wie der aussah! Das war doch kein normaler Unfall! Petre wurde auch im Wald gefunden, da haben sie direkt mal Maia und mich verhaftet. Ich will wissen, was hier los ist!«

»Publicity«, sagte Oliver vor sich hin. Dann vollführte er eine kleine Drehung, offenbar hatte er mal Kampfsport betrieben, denn im nächsten Moment hatte er seine Hand befreit, und Paul rieb sich die Schulter. Verdammt, beinahe hätte der Kerl sie ihm ausgekugelt!

»*Sorry*, wollte dir nicht wehtun. Aber *Publicity* wäre vielleicht wirklich nicht schlecht.«

Oliver betrachtete ihn, lange. Öffnete die Finger der Hand, die Paul festgehalten hatte, schloss sie zur Faust.

»Du sagst, du kannst darüber schreiben, was hier geschieht?« Nun sah er ihn geradeheraus an. »Öffentlichkeit schaffen?«

»Klar.«

»Mmh.« Oliver schien immer noch mit sich zu ringen. Dann gab er sich einen Ruck. »Kennst du die Steineiche am Ortsausgang?«

»Selbstverständlich.«

»Wir treffen uns dort, heute Nacht um elf. Und pass auf, dass dir keiner folgt, hast du verstanden?«

»Verstanden.«

»Mir sind das auch zu viele Tote«, sagte die Chefredakteurin, als er sie endlich erreichte. »Ich bin deiner Meinung, irgendwas geht da nicht mit rechten Dingen zu. Allein, dass sie dich da in dieses mittelalterliche Gefängnis gesteckt haben! Unfassbar! Und dann sagst du noch, ich soll nichts unternehmen. Hätte ich gewusst, in welcher Klemme du steckst, ich hätte Himmel und Hölle in Bewegung gesetzt. Aber dieser Kumpel von dir, den ich am Telefon hatte, wie hieß der noch …?«

»Sorin.«

»Ja, genau, also der ist auch nicht richtig mit der Sprache rausgerückt. Fast, als hättest du da in diesem Verlies ein heimliches Stelldichein. Hattest du eins?«, fragte sie und lachte dieses raue Lachen, das er so mochte.

Paul schluckte. Die Chefredakteurin hatte die Fähigkeit, aus den winzigsten Details eine ganze Geschichte herauszulesen, immer schon.

»Nein, natürlich nicht«, sagte er schnell.

»Ja dann.« Ein langer Zug an der Zigarette. Unmöglich zu sagen, ob sie ihm glaubte.

»Ich gehe dem nach«, sagte Paul. »Als Erstes checke ich den Hintergrund von diesem Petre. Dann finde ich heraus, für welche Firmen die Waldarbeiter tätig waren. Und dann …«

Am anderen Ende der Leitung war im Hintergrund ein lautes Poltern zu hören, gefolgt von einem Klirren, als zerbreche Geschirr.

»Mama!«, hörte er die Chefredakteurin schreien. »Ich hatte dir doch gesagt, du sollst nicht allein aufstehen!«

»Alles in Ordnung?«

»Nichts ist in Ordnung!«, rief sie. »Danuta, die Pflegerin, ist zurück nach Polen, angeblich ist irgendwas mit ihren Kindern, aber, ganz ehrlich, ich glaube, sie hat das ewige Gemeckere einfach nicht mehr ausgehalten. Ich halte es ja auch nicht aus, und sie ist immerhin meine Mutter!« Ein tiefer Atemzug. Paul sah sie vor sich, wie sie an ihrer Zigarette zog, so heftig, dass der Glimmstängel gleich einen Zentimeter kürzer wurde. »Muss jetzt nach dem Rechten sehen. Du hältst mich auf dem Laufenden, ja?«

»Selbstverständlich«, antwortete Paul, aber sie hatte schon aufgelegt.

Ein Blick auf das Handy zeigte eine Eins-a-Internetverbindung. Warum, dachte Paul, kriegen wir das in Deutschland nicht hin? Hier haben sie in jedem Dorf 5G. Er öffnete den Browser und begann zu recherchieren.

Zu Petre, Maias totem Ehemann, fand er eine frühere Adresse in Hermannstadt sowie ein sehr nichtssagendes Profil auf Facebook. Kein Beruf, nichts zur Familie, nicht einmal Hobbys.

Dieser Typ, dachte Paul, ist entweder todlangweilig, oder er hat dafür gesorgt, dass man über ihn so schnell nichts findet.

Die Berichte über rumänischen Holzhandel hingegen füllten Webseite um Webseite. Paul las, dass in Rumänien jedes Jahr ungefähr genauso viele Bäume illegal gefällt wurden wie legal. Internationale Konzerne verdienten daran eifrig mit. Denn während früher vor allem rumänische Haushalte mit heimlich geschlagenem Holz feuerten, wurde es mittlerweile zu einem großen Teil exportiert.

Der Krieg in der Ukraine hatte fossile Brennstoffe überall in Europa extrem verteuert, zugleich waren Kamine in Privathäusern hoch in Mode, auch mehr und mehr Kraftwerke stellten auf Holzpellets um.

Na super, dachte Paul. Um Heizkosten zu sparen und für ein bisschen Gemütlichkeit verfeuern wir Rumäniens Wälder.

Angeblich war es in jüngster Zeit gelungen, den Raubbau ein wenig einzudämmen, las er. Ein GPS-System sollte dafür sorgen, dass nur noch die Bäume gefällt wurden, die zuvor dafür freigegeben waren. Aber auch dieses System hatte offenbar Lücken.

Am meisten erschrak Paul über das, was er über die Situation der rumänischen Forstarbeiter fand. Er sah Bilder von in Bukarest demonstrierenden Männern in genau der Arbeitskleidung, wie sie auch die Arbeiter im Dorf trugen. Der Grund: Mehrere von ihnen waren in den letzten Jahren zu Tode gekommen. Einige starben bei Unfällen, andere wurden erschossen, einem hatte man mit einem Beil den Schädel eingeschlagen. Es hieß, vor allem diejenigen, die sich über schlechte Arbeitsbedingungen beschwerten, lebten gefährlich, sowie Förster, die sich gegen illegale Abholzung und Korruption wehrten.

Paul ließ das Handy sinken. Er musste unbedingt herausfinden, welche Firma hier vor Ort das Sagen hatte. Wer verantwortlich dafür war, dass man gerade eben vor Dutzenden Zeugen eine Leiche hatte verschwinden lassen. Wer besaß so viel Macht, wer konnte sich das erlauben?

Oliver würde es wissen, und auch so manch anderes.

Aber Oliver kam nicht.

Paul war schon eine halbe Stunde früher am vereinbarten Treffpunkt, was er schnell bereute. Er hatte zwei Pullover unter den Anorak gezogen und sogar die lange Unterhose unter die Jeans, doch schon nach wenigen Minuten war er komplett durchgefroren. Dass der Sturm aber auch immer noch so wüten musste! Er trat von einem Fuß auf den anderen, rieb sich die Hände in den ledernen Handschuhen. Seine Finger waren bereits eiskalt.

Voller Wehmut wanderte sein Blick hoch in die kahlen Äste des Baumes, unter dem er stand. Uralt war die Steineiche hier am Ortsausgang. Als sie noch Jungs waren, hatten Sorin und er ein Baumhaus darin gebaut. Im letzten Sommer hatte er festgestellt, dass es noch existierte. Wenn er ganz genau hinguckte, konnte er sogar einzelne Planken von hier unten erkennen. Was waren das für glückliche Zeiten gewesen! Jetzt schien Sorin ständig unterwegs zu sein, immer noch hatte Paul ihn nicht zu Gesicht bekommen.

»Geschäfte«, hatte seine Mutter wieder einmal gemurmelt, als er sie erneut fragte, wo ihr Sohn sei. »Geschäfte, was sonst?«

Paul überlegte, ob er wissen wollte, um was für eine Art von Geschäften es sich handelte. Er war sich nicht sicher. Denn es war durchaus zu befürchten, dass es sich um kleinere Gaunereien handeln könnte. Verdammt, Sorin!

Der Sturm nahm zu. Er peitschte ihm ins Gesicht, trieb ihm die Tränen in die Augen. Nahezu waagerecht wehten die Schneeflocken über die Gasse, jede einzelne ein Geschoss, das sich spitz in seine Wangen bohrte, in die Stirn, die Ohren. Dass er noch nicht einmal eine Mütze mit nach Siebenbürgen genommen hatte! Er war wirklich schlecht auf das alles vorbereitet.

Nun ja. Er hatte gehofft, bei Maia zu sein. Mit ihr auf ihrem gemeinsamen Hof am Feuer zu sitzen. Doch Maia hatte er nicht mehr gesehen, seit sie das Ehegefängnis verlassen hatten, nur ein schmaler Lichtschein hinter den geschlossenen Läden des einzigen Fensters, das nach vorne raus ging, hatte ihm vorhin, auf dem Weg hierher, verraten, dass sie zu Hause war.

Er schmiegte sich so dicht wie möglich an den Stamm der Steineiche. Sofort rieselte ihm das Eis, mit dem der Baumstamm bedeckt war, von hinten auf den Kragen. Und aus dem Dach der Eiche, deren Blätter im Sommer so herrlich in der Sonne geglitzert hatten, lösten sich feuchte Schneeklumpen, die ihm unbarmherzig auf Kopf und Schultern klatschten.

Und dennoch hielt er durch. Er fühlte seine Zehen nicht mehr und hatte zugleich den Eindruck, seine Schuhe seien plötzlich zu klein geworden. Sein Kopf war komplett gefühllos, ebenso seine Finger. Wie ein alter Mann humpelte er ein paar Schritte in die eine Richtung, dann ein paar in die nächste. Es kam ihm so vor, als seien seine Füße und Beine aus Holz.

Mittlerweile fiel der Schnee so dicht, dass er kaum einen Meter weit sehen konnte. Das gesamte Dorf verschwand, es gab nur noch ihn, die Steineiche und den Sturm.

Noch ein bisschen, sagte er sich, nur noch ein paar Minuten. Er kommt bestimmt noch.

Aber Oliver kam nicht.

Einmal war ihm, als hörte er eine Art Donnern. Beinahe hätte man es für Schüsse halten können. Aber wer ging bei solch einem Wetter auf die Jagd?

Es war bereits lange nach Mitternacht, als er schließlich aufgab, seine Beine nur noch gefühllose Klumpen. Nirgendwo brannte noch Licht, auch nicht bei Maia. Plötzlich ein Hecheln dicht neben ihm, ein Schatten, ganz klein. Der schwarze Hund schloss zu ihm auf, versuchte, als Paul Sorins Haus erreicht hatte, mit ihm hineinzuschlüpfen.

»Tut mir echt leid, kleiner Freund«, brachte er heraus, seine Lippen rissen sofort. Er spürte Blut herausschießen, trotz des Schmerzes angenehm warm auf seinem zu Eis erstarrten Kinn.

Und so schloss er die Tür hinter sich, ignorierte das wütende Gebell des Hundes, schleppte sich, eine Hand unter dem Kinn, über den Hof, durch die Wohnküche in Sorins Zimmer. Das Bett an der Wand war leer, die Liegestuhlauflage auf dem Boden immer noch zu kurz und viel zu hart. Aber warm war es hier, einigermaßen warm. Paul rollte sich so wie er war zusammen, zog nur die Stiefel aus. Er spürte, wie es in seinen Adern zu pochen begann, griff nach einem Taschentuch, betupfte damit seine aufgesprungenen Lippen. Er war müde, durchgefroren, verwirrt.

Ich hätte nicht aufgeben sollen, dachte er noch. Irgendetwas stimmte da doch nicht!

Dann übermannte ihn der Schlaf.

Er träumte, er sei wieder draußen, unter der Steineiche. Der kleine schwarze Hund war bei ihm, aber er bellte nicht mehr. Er war ganz still, schmiegte sich dicht an ihn. Und Pauls Füße, die die ganze Zeit so schrecklich kalt gewesen waren, wurden plötzlich warm, herrlich warm. Aber auch ein bisschen feucht. Warum bloß? Paul wusste es nicht zu sagen.

Aus der Ferne war wieder das Donnern zu hören, jetzt klang es schon viel mehr nach Schüssen. Paul lachte. Dass jemand so verrückt war, bei diesem Sturm zu jagen! Das war einfach zu lustig.

Und nun hörte er zu allem Überfluss auch noch das Trappeln eines Pferdes. Hufe, die dumpf im dichten Schnee aufschlugen. Wiehern.

Oh nein, nicht schon wieder ein *Sântoaderi!* Paul wand sich, wollte davonlaufen. Aber seine Beine schienen wie gelähmt, noch dazu kauerte der kleine Hund auf seinen Füßen. Wenn er doch bloß hier wegkäme!

Zu spät. Schon galoppierte ein Pferd auf ihn zu, direkt aus dem Wald kam es, mit wild wehender Mähne. Kein *Sântoaderi*, immerhin. Aber ein seltsames Geschirr hatte es um, und von diesem Geschirr ging irgendetwas nach hinten. Ketten oder so. Und an diesen Ketten hing etwas.

Oh nein, oh nein, oh nein. Das war nun wirklich zu grausig.

Und das konnte doch gar nicht sein!

Ein Albtraum, nichts als ein Albtraum. Paul wusste plötzlich, dass er schlief. Dass er nur aufwachen musste, damit der Spuk ein Ende nahm. Jetzt, sofort.

Wach auf!, schrie er sich selber zu. Wach auf!

Aber er wachte nicht auf, oder?

Er stand immer noch unter der Steineiche. Zu seinen Füßen der kleine schwarze Hund. Verblüffend hell schien der Mond, und so konnte er erkennen, was seine Füße so schön wärmte. Blut. Der kleine schwarze Hund, der sich so eng an ihn schmiegte, blutete wie verrückt, Pauls Strümpfe waren ganz voll davon. Stiefel trug er nämlich keine.

Paul stöhnte. Was geschah hier? Was war mit ihm?

Dann sah er das Pferd. Es stand nur wenige Meter von ihm entfernt. Sein Atem bildete kleine Wolken in der Luft.

Ein Rückepferd, kein Zweifel.

Denn es sah ganz genau so aus, wie der alte Ion es beschrieben hatte. Ein Geschirr um die Brust, zwei Stangen, die nach hinten führten zu einem Holzkreuz, daran Ketten. Aber an diese Ketten hatte niemand einen Baumstamm gehängt. Nein, daran hing etwas anderes.

Ein Mensch, glatzköpfig, in einem Parka, auf dem eine große Bärentatze aufgedruckt war.

Paul schrie. Er fiel. Auf allen vieren kroch er durch den Schnee, in seinen Ohren das Winseln des Hundes. Wie konnte ihm so kalt sein, wo er doch schlief?

Die Zeit, bis er den Menschen, der an den Ketten hing, die Hände über dem Kopf zusammengebunden, erreicht hatte, dehnte sich.

»Hilfe!«, schrie er. »Hilfe! Hört mich denn keiner!«

Da war ihm, als falle in seinem Rücken etwas aus dem Himmel. Ein Wesen, ganz klein und wendig. Im Nu hatte es ihn überholt, kniete nun neben dem Mann. Machte irgendetwas mit seinem Kopf. Und brüllte.

»Er ist es nicht!«, meinte er Pušomori brüllen zu hören. »Er ist es nicht!«

Pušomori fror meistens nur ein bisschen. Sie hatte schon zu Beginn des Winters einen Stapel dicker Decken im alten Baumhaus deponiert, später sogar einen Schlafsack mit echten Daunen. Die Brüder hatten auch ihn von der früheren Müllkippe mitgebracht. Er hatte ein Loch, das sich stopfen ließ, und war so lang und breit, dass sie ihn einmal umschlagen konnte, und sie passte immer noch hinein. Außerdem hatte sie stets eine Wärmflasche mit heißem Wasser dabei und eine Pelzmütze, die ihr so groß war, dass sie sie bei Bedarf bis über die Augen ziehen konnte. Was ziemlich praktisch war, wenn sie bei klirrender Kälte im alten Baumhaus übernachtete, wie sie es schon so manches Mal getan hatte. Das Baumhaus war ein ausgezeichneter Ort, um die Vorkommnisse auf der Dorfgasse im Auge zu behalten, ohne selbst entdeckt zu werden. Pušomori verfügte über eine ganze Reihe solcher Verstecke, und dies war eins ihrer liebsten.

Dass der Bärenschützer nicht auftauchte, hatte sie kein bisschen verwundert. Die beiden hatten sich allzu auffällig miteinander verabredet, du meine Güte, das halbe Dorf hatte in Rufweite vor dem alten Pfarrhaus gestanden! Wenn Oliver noch alle Sinne beisammenhatte, dann ließ er diese Verabredung platzen.

Dass der Heruntergekommene dann aber doch ziemlich lange ausharrte, sogar, als sie vor lauter Langeweile begann, Schneeklumpen aus dem Geäst der Steineiche auf ihn runterplumpsen zu lassen, das nötigte ihr durchaus Respekt ab. Allem Anschein nach war er dabei, sich in diese Sache zu verbeißen. Was unbedingt beobachtet werden musste. Denn so gern Pušomori dem Heruntergekommenen auf die Sprünge half, so sehr achtete sie zugleich darauf, dass er nicht ausgerechnet ihr hinterherspionierte. Nein, es galt, sein Augenmerk geschickt zu lenken.

Sie war schon ziemlich müde, als der Heruntergekommene sich endlich von dannen machte.

Zu ihrer großen Verwunderung kam er nach nicht allzu langer Zeit zurück, diesmal auf Socken. Pušomori rollte mit den Augen. War er jetzt vollkommen übergeschnappt?

Er schien tatsächlich nicht ganz bei Sinnen. Pušomori sah ihn im Mondlicht hin und her schwanken, was auch daran lag, dass seine bestrumpften Füße bei jedem Schritt direkt festfroren. Und sprach er etwa mit sich selbst? Ja, es machte ganz den Anschein. Wie zuvor stand er nun unter der Steineiche, schien sich emsig umzuschauen.

Pušomori wollte gerade aus dem Baumhaus herunterklettern, um nach ihm zu sehen, er würde sich noch den Tod holen so ohne Schuhe, als sie die Schüsse hörte. Sie klangen ziemlich nah, und während sie noch überlegte, wer von den üblichen Verdächtigen da wohl gerade wilderte, sah sie auch schon ein Pferd herbeigaloppieren. Offensichtlich hatten die Schüsse es aufgeschreckt, denn es rannte für ein Halbblut ziemlich schnell, bevor es dann doch ganz in der Nähe zum Stehen kam.

Was Pušomori die Gelegenheit gab, das, was da an langen Ketten hinter dem Pferd im Schnee lag, genauer zu betrachten.

Pušomori kannte niemanden, der schärfere Augen hatte als sie. Jetzt kniff sie ihre fest zusammen. Es war immer noch Nacht. Allein der Mond spendete ein wenig Licht. Und doch ahnte sie auf Anhieb, dass da etwas nicht stimmte.

Abgesehen von der gesamten Szenerie an sich – ein offensichtlich toter Mann, der an den Ketten eines Rückepferdes hing. Nein, da stimmte noch mehr nicht.

»Pentru numele lui Dumnezeu!«, *flüsterte sie. »Um Himmels willen!«*

Sie schlug drei schnelle Kreuzzeichen und kletterte so schnell wie möglich aus dem Baum herab, das letzte Stück sprang sie. Den Heruntergekommenen, der laut schreiend auf allen vieren durch den Schnee kroch, überholte sie auf halber Strecke.

Sie kniete nieder, betrachtete die leblose Gestalt.

Der Mann trug Olivers Jacke, die mit dem Bärentatzen-Emblem. Er war glatzköpfig, genau wie Oliver, aber das Gesicht war das eines anderen. Pušomori kannte es, sie wusste nur so schnell nicht, woher. Es war sehr, sehr blass, beinahe so weiß wie der Schnee. Die Kopfhaut hingegen schimmerte im Mondlicht gelblich. Und die Falten auf der Stirn warfen unnatürlich tiefe Schatten.

Moment mal!

Pušomori musste sich ein wenig überwinden. Dann aber fasste sie sich ein Herz, packte dem Toten mitten ins Gesicht und zog fest an seinen Stirnfalten. Beim ersten Versuch flutschten sie ihr aus der Hand. Sie griff noch einmal zu, fester diesmal. Zog energisch daran. Und hatte im nächsten Moment ein Stück Latex in der Hand. Es war, sie kniff noch einmal die Augen zusammen, eine künstliche Glatze.

Jetzt erkannte sie auch, wer der Tote war.

»Er ist es nicht!«, rief sie dem Heruntergekommenen zu. »Es ist nicht Oliver! Es ist Toma!«

ELF

»Ist das in letzter Zeit öfter vorgekommen?«, fragte Maia.

»Was denn?«

»Dass du geschlafwandelt bist?«

»Ich bin nicht geschlafwandelt!«

»Aber natürlich bist du das!« Sie wandte sich kurz zu ihm um, stemmte beide Hände in die Hüften. »Nun erzähl mir doch nichts! Auf Socken in eisiger Kälte unterwegs! Vollkommen durcheinander warst du! Genau wie letzten Sommer!«

Paul schwieg und wickelte sich fester in die Decke, die sie ihm gegeben hatte. Sie hatte ja recht. Aber darum ging es doch jetzt gar nicht! Außerdem schämte er sich. Als Junge war er regelmäßig geschlafwandelt, während der Ferien bei Tante Zinzi. Danach nie mehr. Bis auf letzten Sommer. Hier in Siebenbürgen war es erneut aufgetreten. Allem Anschein nach ging es jetzt wieder los. Ob die anderen es auch mitbekommen hatten? Sie mussten ihn ja für verrückt halten!

Eine ganze Reihe von Dorfbewohnern war herbeigerannt, nachdem er lauthals um Hilfe gerufen hatte. Sie hatten um den Toten herumgestanden, dicke Mäntel über die Schlafanzüge und Nachthemden geworfen, die Hände auf die Münder gepresst, erstarrt in ihrem Schrecken. Lange hatte niemand ein Wort herausgebracht. Die einzigen Geräusche waren der Wind und das Schnauben des Pferdes.

Bis sich eine weitere Gestalt auf der Gasse näherte. Nicht allzu groß, in einen dunklen Umhang gewickelt, die blonden Haare ungekämmt. Carry.

Erst da war er sich ganz sicher gewesen, dass er nicht mehr schlief, dass dies alles Realität war, kein Traum. Er hatte sich aufgerappelt, war Carry entgegengerannt, immer noch auf Socken. Plötzlich spürte er die Kälte nicht mehr, den Schock. Alles, was er wollte, war, sie zu stoppen. Verhindern, dass sie sah, was mit Toma geschehen war, ihrem Verlobten.

Es gelang ihm nicht. Sie musste geahnt haben, was sie erwartete, denn sie stieß ihn mit einer Kraft, die er ihr nicht zugetraut hätte, beiseite, rannte weiter, ließ sich in den Schnee fallen. Beugte sich über den Toten. Schrie.

Ion war gekommen, Ions Frau. Sie hatten Carry mit sich gezogen. Andere kümmerten sich um den Leichnam und das Pferd. Pušomori war so plötzlich verschwunden, wie sie aufgetaucht war. Und dann war Maia da. Er sah, wie sie ein schwarzes Bündel hochhob, das ganz still unter der Steineiche gelegen hatte.

Der kleine schwarze Hund. Sein Fell war vollkommen verklebt von Blut.

»Kommst du?«, hatte sie ihn gefragt, und er war ihr gefolgt.

Nun saß er in Maias Küche auf der Bank, auf der er einst abends Tante Zinzis Füße massiert hatte. Maia stand ein paar Schritte weiter über den Tisch gebeugt, kümmerte sich um den Hund.

»Was hat das alles zu bedeuten?«, fragte Paul leise. »Ein Toter, der Olivers Jacke trägt. Sogar eine künstliche Glatze hat man ihm über den Schädel gezogen! Was soll das?«

»Keine Ahnung.«

»Aber überleg doch mal! Das sieht aus wie eine Warnung! Als wäre Oliver in was hineingeraten. Und irgendjemand ist der Meinung, dass er sich raushalten soll. Jemand, der nicht davor zurückschreckt, einen Mord zu begehen! Ich versuche, mir zusammenzureimen, wie das alles zusammenpasst. Und was Toma damit zu tun haben könnte.«

Der Hund winselte erbärmlich. Immerhin, er lebte.

Von Maia kam kein Wort.

»Ich war mit Oliver verabredet«, fuhr Paul fort. »Um Himmels willen, ich muss sofort zu ihm! Hoffentlich geht es ihm gut!«

»Nicht nötig.« Maia drehte ihm weiterhin den Rücken zu. »Er hat das Land verlassen.«

»Wie bitte?«

»Seine Mutter ist plötzlich krank geworden, da musste er zurück in die Staaten.«

Paul horchte auf. Monatelang hatte er an Maia gedacht. Jedes Wort, das sie miteinander gesprochen hatten, rekapituliert. Hatte sich jeden Blick, den sie getauscht hatten, in Erinnerung gerufen, jede ihrer Gesten.

Jetzt tat sie etwas, was sie nie zuvor getan hatte, er war sich sicher.

Sie log.

»Soso, eine kranke Mutter«, sagte er. Er strich sich über das Kinn. »Oliver hat also gewusst, dass er jemandem zu nahegekommen ist«, fuhr er fort. »Und hat sich in Sicherheit gebracht, noch bevor diese üble Warnung ihn erreichen konnte.«

Sie wandte ihm immer noch den Rücken zu und sagte kein Wort.

Paul musste daran denken, wie sehr ihn die Vertrautheit zwischen Maia und Oliver gestört hatte. Wie viel wusste Maia? Hing sie womöglich in dieser Sache, die er so große Schwierigkeiten hatte zu durchschauen, mit drin?

Der Hund gab ein Jaulen von sich, so kläglich, dass es Paul durch Mark und Bein ging. Auch Maia zuckte sichtlich zusammen.

»Was ist eigentlich mit ihm passiert?«

»Mit ihr«, antwortete Maia. »Ich denke, ein Wolf hat sie erwischt.«

»Ein Wolf?«

»Ja, es gibt da einen noch recht jungen, der nachts durchs Dorf streicht. Der hat schon so manchen Hund auf dem Gewissen.«

Paul musste an den Wolf denken, den er auf der Ringmauer der Kirchenburg gesehen hatte. Und daran, wie der kleine schwarze Hund, von dem er nun wusste, dass es eine Hündin war, versucht hatte, mit ihm zusammen bei Sorin durch die Hoftür zu schlüpfen.

»Solche Hunde haben, wenn der Wolf hinter ihnen her ist, kaum eine Chance«, sagte Maia in dem Moment. »Allein die Nähe des Menschen schützt sie, da hat der Wolf Respekt.«

Wieder jaulte die kleine Hündin, wieder ging es Paul durch Mark und Bein. Hätte er sie letzte Nacht bloß mit reingenommen!

Er stand auf, tapste barfuß bis zum großen Esstisch, die blutgetränkten Socken hatte er ausgezogen.

»Meinst du, sie wird wieder?«

Er hatte noch nicht zu Ende gesprochen, als er merkte, wie Maia mit der flachen Hand etwas vom Tisch strich und es in einer der vielen Taschen ihrer Armeehose verschwinden ließ. Eine blitzschnelle Bewegung, und doch hatte er genau gesehen, was sie tat.

Sie verbarg etwas mehr als ein Dutzend kleiner, runder Dinger vor ihm, höchstens drei, vier Millimeter groß und ein wenig verformt.

Schrotkugeln.

Erst vor gut zwei Wochen hatte die Chefredakteurin ganz ähnliche aus dem Hasen herausgepult, den ein befreundeter Jäger ihr als Weihnachtsbraten vorbeigebracht hatte.

Von wegen, ein Wolf!

Maia log schon wieder.

Aber warum?

Paul betrachtete sie von der Seite. Maia war gerade dabei,

der Hündin mithilfe eines kleinen Löffels eine dunkle Flüssigkeit einzuflößen. Das Tier lag hechelnd auf der Seite, um den Bauch einen dicken Verband. Maias Bewegungen wirkten ruhig, kontrolliert. Er hatte sie schon letzten Sommer kranke Tiere versorgen sehen, damals waren es Ziegen, die die Leute ihr brachten. Maia war gut darin, sie wusste, was sie tat, sie kannte manch geheimes Rezept. Jetzt aber zitterte sie. Nur ganz wenig, aber Paul bemerkte es. Und in ihren Augen, die seinem Blick auswichen, sah er abermals etwas, was er von ihr nicht kannte.

Angst.

Paul ging zurück zur Bank, setzte sich, zog die Socken über. Sie waren ganz steif vom Blut. Dann machte er, dass er hinauskam.

Der scharfe Wind nahm ihm dem Atem, noch bevor er den Hof verlassen hatte. Das Tor, das auf die Gasse führte, war immer noch komplett aus den Angeln gerissen.

Dieser idiotische Polizeieinsatz, bei dem sie mich verhaftet haben, dachte Paul. Maia und ich haben gar nicht darüber gesprochen. Aber was soll es auch bringen? Sie sagt mir eh nicht die Wahrheit.

Nur mit Mühe kam er voran. Die Socken wollten sich vom Eis, das die Gasse bedeckte, kaum lösen. Noch schlimmer, sie hinterließen blutige Abdrücke.

Habe ich das, was letzte Nacht passiert ist, ins Rollen gebracht?, fragte er sich. Habe ich Oliver mit meinem Drängen, mir zu zeigen, was er im Wald entdeckt hatte, gefährdet? Bin ich womöglich sogar Schuld am Tod von Toma?

Im Geiste sah er dessen blasses Gesicht vor sich, die makabre Glatzenmaske in Pušomoris Hand. Und ihm war fast, als höre er die Hündin noch winseln.

Paul schüttelte sich, machte, dass er weiterkam, mehr humpelnd als laufend.

Bei Carry schien alles dunkel und verlassen. Gegenüber, im Pfarrhaus, sah er Licht, Stimmen drangen heraus. Die Frauen des Dorfes waren dabei, einen weiteren Toten zu waschen und aufzubahren.

Paul humpelte schneller.

Als er bei Sorins Haus ankam, spürte er seine Füße nicht mehr, und durch seine Ohren schnitt ein scharfer Schmerz. Drinnen, immerhin, lag Sorin in seinem Bett, laut schnarchend und ein bisschen müffelnd, nach Zigaretten und Alkohol.

Paul duschte, wie froh er war, sich aufzuwärmen und das Blut an seinen Füßen loszuwerden! Er zog saubere Kleidung an, dann rüttelte er den Freund wach.

»Lass mich schlafen«, lallte Sorin. »Nur noch ein bisschen.«

»Vergiss es! Es gibt schon wieder einen Toten, und wir beide müssen dringend miteinander reden!«

»Noch ein Toter?« Sorin öffnete die Augen einen Spalt breit, es fiel ihm sichtlich schwer. »Wer denn?«

»Toma.«

»Toma ist tot?« Sorin schnellte hoch. »Und Carry? Was ist mit Carry?«

»Es geht ihr gut«, antwortete Paul und korrigierte sich sofort. »Also, sie ist natürlich am Boden zerstört, aber ihr ist nichts passiert. Hör zu …«

»Ich muss zu ihr.« Sorin war schon auf den Beinen, stieg mit einem Bein in seine Jeans, die vor dem Bett gelegen hatte, merkte, dass es das falsche Hosenbein war, fluchte, versuchte es erneut.

»Stopp mal!« Paul packte ihn am Arm. »Hältst du es für eine gute Idee, so bei ihr aufzutauchen? Halb betrunken und stinkend?«

»Ich …«

»Du duschst jetzt, währenddessen koche ich dir einen Kaffee. Und sobald du halbwegs nüchtern bist, reden wir.«

Sorin sank auf das Bett. Sah zu Paul auf, als werde er erst jetzt wach.

»In Ordnung.«

Als Sorin aus dem Bad kam, hatte Paul Kaffee gekocht, Brot und Käse aufgeschnitten und sich an verlorenen Eiern versucht. Er wusste, dass Sorins Mutter sie ihm oft zubereitete, nur dass sie jetzt aller Wahrscheinlichkeit nach bei den anderen Frauen im Pfarrhaus war. Also brachte er Wasser zum Sieden, schlug nacheinander vier Eier auf und ließ ihr Inneres vorsichtig in den Topf gleiten. Sie gerieten ihm zu seiner Überraschung recht gut, und als Sorin erschien, die blonden Haare noch nass und strubbelig, ließ Paul gerade die fluffigen Köstlichkeiten auf zwei tiefe Teller gleiten.

»Und Carry ist wirklich nichts passiert?«, war das Erste, was Sorin fragte.

»Nein, nein, sie ist gesund.«

»Und Toma ist tot? Erzähl!«

Und so erzählte Paul. Mit Mühe nur bekam er Brot, Käse und Eier herunter, zu grauenvoll waren die Erinnerungen an die vergangene Nacht. Und zugleich war er wirklich sehr hungrig.

»Ich kann es nicht fassen«, sagte Sorin, als Paul geendet hatte. »Wer macht so was?«

»Das frage ich mich auch. Zählt man die beiden toten Waldarbeiter dazu, dann ist Toma die vierte Leiche, die innerhalb kurzer Zeit aus dem Wald kommt oder dort gefunden wird. Und war er mit Petre nicht eng befreundet? Immerhin haben sie zusammen das alte Pfarrhaus gekauft, nicht wahr?«

»Stimmt. Sie tauchten ungefähr zur gleichen Zeit im Dorf auf, Petre, wenn ich mich recht erinnere, etwas früher. Tatsächlich zusammen gesehen hat man sie eher selten. Und Petre war dann ja auch schnell verheiratet.«

Paul merkte, wie Brot und Käse sich in seinem Mund in eine

zähe Masse verwandelten. Eigentlich wollte er gar nichts wissen über die kurze Ehe, die Maia geführt hatte. Aber womöglich hing ja alles irgendwie zusammen?

»Was weißt du über Petre?«, fragte er deshalb.

»Na ja«, antwortete Sorin. »Er war ein verwöhntes Jüngelchen. Reicher Erbe halt. Richtig gearbeitet hat der, glaube ich, nie. Sein Vater ist Geschäftsmann in Sibiu. Das Söhnchen ist gern ausgeritten, spazieren gegangen. Kaum ein Tag, an dem man ihn nicht schon vormittags im Wald verschwinden sah.«

»Er war also viel dort unterwegs?«

»Kann man so sagen.«

»Und Maia, hat sie ihn begleitet?«

»Nie.«

»Nie?«

»Nein, ich glaube nicht.«

Paul kaute. Was Sorin da über Maias Ehe andeutete, gefiel ihm und zugleich auch wieder nicht.

»Was hat sie bloß an ihm gefunden?«, brach es aus ihm heraus.

»Maia? An Petre?«, fragte Sorin mit vollem Mund.

»Genau. Der taucht hier auf, und schwupp sind die beiden verheiratet. Waren sie denn so«, Paul würgte an dem Wort, bekam es kaum über die Lippen, »so verliebt?«

»Keine Ahnung.« Sorin bedachte ihn mit einem mitleidigen Blick. »Ehrlich gesagt, hat keiner von uns kapiert, was die aneinander fanden.«

»Hm.« Paul nahm einen Schluck Kaffee, versuchte, den bitteren Geschmack in seinem Mund herunterzuspülen. »Und Toma? Was war das für einer?«

»Der war nicht reich, das hat man gemerkt. Ihm fehlte dieses gewisse Selbstvertrauen, das Petre hatte. Toma war irgendwie immer nur so halb da. Du hast ihn ja erlebt an dem Abend bei Carry. Stets mit seinem Telefon beschäftigt, mit den Gedanken woanders. Als führte er zwei Leben auf einmal. Wobei er das zweite schön geheim hielt.«

Sorin schob sich noch eine ordentlich gehäufte Gabel in den Mund. Der Freund war, dachte Paul, immer schon ein guter Beobachter gewesen. Aber welches geheime Leben mochte Toma verborgen haben?

»Und Oliver?«, fragte er weiter. »Hat der mit den beiden was zu tun?«

»Weiß nicht.« Sorin sprach wieder mit vollem Mund, er schien auch sehr hungrig. »Oliver ist in Ordnung, aber halt ein bisschen übergenau, wenn du verstehst, was ich meine.«

»Nein, das verstehe ich nicht.«

»Er nervt. Steckt ständig irgendwo seine Nase rein. Hält einem Vorträge, was man tun und was man lassen soll. Ich meine, was soll das? Kann er sich nicht ein bisschen anpassen? Dabei ist er von der Abstammung her ein Siebenbürger Sachse, genau wie du. Wusstest du das?«

»Nein, das wusste ich nicht.«

»Seine Vorfahren sind einst nach Amerika ausgewandert. Nach dem Ende der Diktatur bekamen sie ihre Wälder zurück. Und mit irgendwelchem Geld, von dem keiner weiß, woher es stammt, hat Oliver da sein Bärenreservat aufgezogen. Versteh mich nicht falsch, was er da macht, ist eine gute Sache. Die armen Tiere steckten früher in kleinen, dreckigen Käfigen, jedes Restaurant, jede Tankstelle hatte ihren eigenen Bären, zur Belustigung der Kundschaft. Die Tiere haben es jetzt gut. Aber unsereins muss doch auch irgendwie leben. Ich meine, wenn Oliver so ein großes Herz für Bären hat, dann kann er doch auch mit den Menschen ein bisschen nachsichtiger sein, oder?«

Paul kaute auf seinem Brot, schluckte, biss erneut davon ab. Wägte die Worte in seinem Kopf ab, die schon so lange herauswollten. Jetzt, das spürte er deutlich, war die Gelegenheit dazu.

»Ist er dir auch auf die Füße getreten?«, fragte er schließlich.

»Wie meinst du das?«

»Bei deinen Geschäften. Du bist viel unterwegs, ich weiß nicht mal, was du eigentlich machst.«

»Nichts Großes. Import, Export halt.«

»Import, Export? Wovon denn?«

»Es ist nichts Schlimmes, wenn du das denkst!«

»Dann sag's mir doch einfach.«

»Nun ja.« Sorin griff nach der Fernbedienung, stellte den Fernseher an, der direkt neben ihm auf dem Tisch stand, sofort erscholl lautes Gerede, stellte ihn wieder aus. »Ich bin nur ein kleiner Zulieferer. Was andere mit dem, was ich ihnen bringe, machen, dafür kann ich nichts.«

»Mensch, Sorin!«, rief Paul. »Hast du sie noch alle? Letzten Sommer erst musste ich dich aus dem Knast holen! Was hast du jetzt schon wieder angestellt?«

»Nichts! Es ist ganz harmlos! Reg dich ab!«

»Das könnte dir so passen. Sag mir nur eins: Hat es mit dem Wald zu tun?«

Sorin griff noch einmal nach der Fernbedienung, legte sie wieder hin.

»Ja, irgendwie schon.«

»Verdammte Scheiße.« Paul wurde schon wieder übel. »Seit Tagen frage ich mich, wie du an das Geld kommst, mit dem du das neue Badezimmer bezahlst, das Handy. Ich hatte so gehofft …«

»Genau das meine ich!«, fiel Sorin ihm ins Wort. »Du bist wie Oliver! Ein verdammter Besserwisser!«

»Geht's noch?«

»Ach, ich bin es leid. Komm, zieh dir was Warmes an. Ich zeige dir, was ich tue. Und dann kannst du dir dein neunmalkluges Großtun sonst wohin stecken!«

»Du zeigst es mir?«
»Ja, klar!«
»Jetzt?«
»Jetzt!«

ZWÖLF

Es roch ein bisschen seltsam im *ARO*, doch Sorin schien es nicht zu stören. Er hatte die Lippen fest aufeinandergepresst und machte auch sonst ein so mürrisches Gesicht, dass Paul davon absah, ihn weiter mit Fragen zu belästigen. Sowieso hatte Paul, kaum, dass sie in den mit Rostflecken übersäten Geländewagen gestiegen waren, ein flaues Gefühl überkommen. Es verstärkte sich, als Sorin das uralte Gefährt, es hatte mindestens vier Jahrzehnte auf dem Buckel, aus dem Dorf herauslenkte.

Sie fuhren geradewegs in den Wald.

Was würde er hier entdecken?

Die dick verschneite Piste war mehr als buckelig, doch zu Pauls Erstaunen meisterte der *ARO* sie verblüffend leicht, wenn auch mit heulendem Motor und einer Gangschaltung, die jedes Mal, wenn Sorin sie betätigte, ein widerspenstiges Knirschen von sich gab.

Der Sturm hatte sich gelegt. Die Bäume rechts und links des Weges waren so voller Schnee, dass ihre Äste weit herabhingen und über die Plane schrammten, die über die Ladefläche des *ARO* gespannt war. Paul duckte sich unwillkürlich und legte zugleich den Kopf in den Nacken. Nur wenige Meter von ihnen entfernt floh ein Reh vor dem Lärm des *ARO*, in großen Sprüngen machte es, dass es davonkam.

Sofort musste Paul an das Pferd denken, das in wilder Panik Tomas Leiche hinter sich hergezogen, an die Schüsse, die er in der vergangenen Nacht gehört hatte, an die Kugeln, die Maia aus dem kleinen Körper der Hündin geholt hatte. Während er noch überlegte, ob er Sorin fragen könnte, wer hier wohl nachts mit einer Schrotflinte herumlief, bog der Freund an einer Abzweigung halbrechts ab, verließ den Wald und steuerte geradewegs auf ein paar Hütten zu. Dicht an dicht standen sie auf einem öden Platz, kaum größer als Garagen. Paul war schon öfter hier gewesen, im vergangenen Sommer.

»Wir fahren zur *Ţigani*-Siedlung?«, fragte er Sorin. »Da hätten wir doch nur durchs Dorf gemusst und die kleine Anhöhe hinauf! Warum fahren wir hintenrum durch den Wald?«

Noch während er fragte, ahnte er die Antwort. Das, was Sorin hier tat, sollte möglichst keiner mitkriegen.

Verdammt, wo war der alte Haudegen da wieder reingeraten? Einen Augenblick lang wünschte Paul, er hätte Sorin nicht so bedrängt und sie könnten wieder gemeinsam unterwegs sein, wie sie es als Jungen gewesen waren, unbeschwert und fröhlich. Doch dazu war es nun zu spät.

Sie stoppten.

Hunde liefen frei herum, ein langer, dünner Kerl, der Paul irgendwie bekannt vorkam, zog an einem Seil eine Horde Kinder in dicken Jacken und Wollmützen auf zwei Schlitten hinter sich her. Als er den Wagen sah, drückte er die Seile einem der größeren Jungen in die Hand und kam auf sie zu. Dunkle, lachende Augen, ein Gesicht, in dem sich ein erster Bartschatten zeigte. Jetzt wusste Paul auch, wer es war. Einer der beiden Brüder von Pušomori. Im Sommer hatten die zwei die Kühe der Dorfbewohner morgens auf die Weide getrieben und abends zum Trinken an den Fluss. Den Heimweg wussten die Tiere dann von ganz allein.

Der Junge war ordentlich in die Höhe geschossen in den letzten Monaten.

»Bună!«, rief er, als er Paul entdeckte. »Hallo! Wie geht's? *Ce faci?*«

»Gut, danke!« Paul war ausgestiegen und schüttelte die

Hand, die ihm entgegengestreckt wurde. Der junge Mann und sein Bruder hatten letzten Sommer einige Unbill erlitten, woran auch Pauls ungeschickte Vorgehensweise schuld war. Er hatte immer noch Schuldgefühle deswegen. »Wie geht es dir?«, fragte er nun. »Was macht dein Bruder?«

»Bestens, alles bestens!«, lachte der andere und gab auch Sorin die Hand. »Er ist dort drüben. Kommt, kommt mit!«

Er führte sie zu einer Art Schuppen, der an das letzte der in einer Reihe stehenden Häuschen angebaut war, schlug eine Decke zurück, die vor einer niedrigen Tür hing, und hieß sie einzutreten. Sorin ging als Erster, Paul folgte ihm.

Es war tatsächlich ein Schuppen mit Regalen an der hinteren Wand, gefüllt mit allerlei Gerätschaften, von denen Paul annahm, dass man sie im Garten und auf dem Feld brauchte. Links vom Eingang stand eine Waschmaschine, mindestens so alt wie der *ARO*, die mit lautem Rumpeln Wäsche schleuderte, rechts ein Tisch, darauf eine altertümliche Waage und ein großer Korb, aus dem es seltsam roch.

Genauso, stellte Paul fest, wie in Sorins Geländewagen.

»Paul! *Ce bucurie!*«, rief ein junger Mann, den Paul ebenfalls sofort wiedererkannte, obwohl auch er seit dem Sommer ein ganzes Stück gewachsen war. Es war Pušomoris zweiter Bruder. »Was für ein Glück, dich wiederzusehen, Paul! Wie geht es dir? Steigst du jetzt auch ins Trüffelgeschäft ein?«

»Ins was …?«

Paul sah genauer hin. Der junge Mann war dabei, dunkle, verschrumpelt aussehende Knollen aus dem Korb zu nehmen und auf die Waage zu legen. Ganz vorsichtig, als fürchte er, sie zu sehr zu quetschen.

»Langsam ziehen sie sich zu weit in die Erde zurück«, hörte er ihn sagen. »Dieser starke Wintereinbruch verdirbt uns ganz schön das Geschäft. Aber heute Morgen hatten wir noch mal Glück. Und wir haben ja auch in den letzten Wochen ordentlich was rausgeholt, nicht wahr?« Damit schlug er Sorin freundschaftlich auf die Schulter.

»Stimmt schon«, murmelte der und zog einen Schreibblock aus seiner Jackentasche, notierte das Gewicht, das die Waage anzeigte, und begann, auf seinem iPhone herumzutippen. Anscheinend rechnete er etwas aus.

»Hier«, sagte er dann, holte ein Bündel Scheine hervor und zählte eine, wie Paul fand, nicht unerhebliche Summe ab. Die Augen der Hirten hatten zu glänzen begonnen.

»Mulţumesc.« Der ältere der beiden, der draußen mit den Kindern gespielt hatte, steckte das Geld ein und zog die Decke, die vor dem Eingang hing, für Sorin und Paul beiseite. »Danke schön. Wir verbleiben wie immer?«

»Wie immer«, antwortete Sorin, ging voraus und machte Paul ein Zeichen, ihm zu folgen.

»Das ist alles?«, fragte Paul, als sie wieder im Wagen saßen. Er verrenkte sich den Hals, während Sorin wendete. Vielleicht konnte er ja irgendwo Pušomori entdecken. »Du kaufst den Jungs die Pilze ab und vertickst sie weiter? Mannomann, und ich dachte schon, du hingest in irgendeinem Mist mit drin!«

»Ich sagte doch, es ist nichts Schlimmes.«

»Aber warum dann die Heimlichtuerei?«, wollte Paul wissen. »Was soll das?«

»Na ja, im Dorf wissen alle Bescheid, aber sicher ist sicher. Mir ist hier einfach zu viel Polizei unterwegs nach all den Toten. Weißt du überhaupt, dass die Hatmanu mit ihren Kollegen zwischendurch bei Toma untergekrochen ist, im Pfarrhaus? Wegen des Schneesturms, heißt es. Sie kamen ja auch nicht mehr zurück nach Sibiu.«

»Nicht wahr! Die Hatmanu und Toma!« Paul stützte sich mit der Rechten am Armaturenbrett ab, das Auto schaukelte ganz schön auf der schneebedeckten Piste. »Was hatten die miteinander zu schaffen?«

»Keine Ahnung. Du weißt ja, von Toma hab ich mich ferngehalten.«

Paul nickte. Dass Sorin Carrys Verlobten nicht hatte ausstehen können, das war sonnenklar.

Für den Bruchteil einer Sekunde kam ihm der Gedanke, dass niemand so sehr von Tomas Tod profitierte wie Sorin. Schließlich war Carry jetzt wieder frei. Dann verwarf Paul den Gedanken schnell wieder. Dazu wäre Sorin niemals in der Lage. Etwas anderes ging ihm durch den Kopf.

»Im Dorf wissen alle Bescheid«, wiederholte er Sorins Worte. »Aber die Polizei soll nicht die Nase drankriegen. Wieso? Irgendwas ist doch illegal hieran, oder?«

»Illegal, illegal!«, schnaubte Sorin. »Hast du gesehen, wie die *Ţigani* leben? Das ist ein schöner Batzen Geld, den sie mit dieser Arbeit verdienen. Und da echauffieren sich Typen wie Oliver wegen ein bisschen Umweltschutz.«

»Das heißt?«

»Das heißt, dass sie die Trüffel in Gegenden ausgraben, die eigentlich unter Schutz stehen. Aber ich kann dir sagen, da treiben andere es viel bunter.«

»Wer denn? Die Firmen, die Holz schlagen? Wo ein Waldarbeiter nach dem anderen tot geborgen wird?«

Sorin antwortete nicht. Wie vorhin, als sie losfuhren, presste er die Lippen fest aufeinander.

»Halt dich da raus, ja?«, war das Einzige, was er sagte.

Paul aber drückte sich an der Seitenscheibe des *ARO* die Nase platt. So weit er sehen konnte, nichts als tief verschneite Bäume und Sträucher.

Was, fragte er sich, verbarg dieser Wald?

Zu Hause angekommen, bat Sorin Paul auszusteigen.

»Ich muss nach Sibiu, solange die Ware frisch ist.«

»Klar. Die Feinschmecker in Hermannstadt sollen heute

Abend etwas Feines auf die Teller kriegen«, lachte Paul, sprang heraus und klopfte zum Abschied auf die Motorhaube. »Bis später. Und vertrink nicht gleich wieder den ganzen Gewinn, ja?«

Sorin verzog den Mund zu einem Flunsch, hob die Hand und fuhr davon.

Dieser Schwerenöter, dachte Paul. Ein Glück, dass er in nichts wirklich Schlimmes verwickelt ist. Kopfschüttelnd wandte er sich zum Haus.

Die Gasse war wie leer gefegt. Paul ahnte, wo die Dorfbewohner waren. Im Pfarrhaus, Totenwache für Toma halten. Kurz überlegte er, sich ihnen anzuschließen, entschied sich aber dann doch dagegen. Er achtete die Bräuche der Rumänen, mit denen seine Vorfahren eine Jahrhunderte währende, gemeinsame Geschichte verband. Immer schon hatten deutsche Einwanderer und Rumänen Tür an Tür miteinander gelebt, sich gegenseitig geholfen. Aber Toma war ihm nun einmal nicht sympathisch gewesen, ganz und gar nicht, und Trauer heucheln wollte er nicht.

Außerdem rumorte da etwas in seinem Kopf, das er einfach nicht zu fassen bekam.

Er betrat das Haus und ging in die Küche, den einzigen Raum, der gut geheizt war und wo schon wieder der Fernseher lief. Wieder eine Diskussionsrunde irgendwelcher älterer Herren, von denen einer eine wirklich unangenehme, piepsige Stimme hatte. Paul stellte den Fernseher aus, nahm von dem Kaffee, den er früher am Morgen gekocht hatte, mittlerweile war er kalt, und setzte sich an den Tisch. Er wusste immer noch nicht, welche Firma für die Waldarbeiten in dieser Gegend zuständig war. Sorin wollte es ihm offenkundig nicht verraten, Maia auch nicht. Ion, den er hätte fragen können, war ganz bestimmt bei der Totenwache. Und Oliver war verschwunden.

Ganz abgesehen von den toten Waldarbeitern, von Petre und Toma. Die konnten auch nichts mehr sagen.

Ob man Tomas Leiche ebenfalls so schnell abtransportieren würde? Damit niemand die Verletzungen genauer untersuchen konnte, die er ganz bestimmt erlitten hatte, nachdem er von einem Pferd mitgeschleift worden war?

Paul trank von dem kalten Kaffee. Erinnerte sich an die Szene mit den Männern, die den so grässlich zugerichteten Waldarbeiter wegschafften.

Im nächsten Moment knallte er die Tasse auf die Tischplatte. Verdammt, wie konnte er das vergessen?

»DD« hatte auf dem Pick-up gestanden, mit dem der Sarg abtransportiert worden war. Damit musste doch etwas herauszufinden sein!

Mit fliegenden Fingern griff er nach seinem Mobiltelefon, begann zu tippen.

Seine Suche dauerte nur kurz.

Paul schnappte nach Luft. Scrollte durch die vielen Webseiten, die ihm angezeigt wurden. Schnappte noch einmal nach Luft. Konnte es so einfach sein?

»DD« stand zweifelsfrei für Dragos Dobre, Paul erkannte das Emblem auf zahlreichen Abbildungen sofort wieder. Dragos Dobre war ein weit über Hermannstadt hinaus bekannter Unternehmer, der sich dort nach dem Ende der Diktatur ein Immobilien-Imperium aufgebaut hatte. Als Sibiu 2007 europäische Kulturhauptstadt wurde, war »DD« eins der Unternehmen, die die mittelalterliche Innenstadt und die hochherrschaftlichen Paläste sanierten. Zugleich war »DD« auch im Holzhandel tätig, Journalisten und Politiker sprachen unisono von einem Vorzeigeunternehmen, das sämtliche Umweltstandards einhalte und seine Mitarbeiter fair bezahle. Sogar von einem üppig ausgestatteten Sozialfonds war die Rede.

Sowieso galt Dragos Dobre als Wohltäter. Es gab zahllose Fotos, auf denen er Schecks an Schulen überreichte oder Brot an Obdachlose verteilte. Auch mit der orthodoxen Kirche schien er eng verbunden, spendete ihr offenbar regelmäßig Geld. Ein Bild zeigte ihn sogar mit dem Patriarchen von Bukarest. Jetzt gerade bewarb Dobre sich um das Bürgermeisteramt in Sibiu.

Paul war sogleich über den Nachnamen gestolpert. Jetzt zog er mit zwei Fingern die Bilder auf seinem Handy ein bisschen größer. Sie zeigten einen Herrn Mitte fünfzig, nicht allzu groß, mit einem markanten Kinn. Trotz der feinen Anzüge, die er trug, war gut zu erkennen, wie athletisch er war, wie muskulös Schultern und Oberarme. Ein attraktiver Mann, wie Paul feststellte, mit dunklen Augen, sehr ebenmäßigen Gesichtszügen und militärisch kurz geschnittenem Haar, an den Schläfen bereits ergraut.

Paul war sich bereits ziemlich sicher, um wen es sich bei Dragos Dobre handeln musste, suchte dennoch weiter. Es konnte doch nicht sein, dass über einen Mann, der so sehr in der Öffentlichkeit stand, nicht berichtet wurde, wenn in seinem privaten Umfeld etwas Gravierendes geschah? Irgendwo musste es doch Bilder vom Vater am Grab seines Sohnes geben, oder zumindest eine Todesanzeige!

Doch er fand – nichts.

»Natürlich kann das sein«, sagte die Chefredakteurin. Er hörte sie im Hintergrund hantieren, offensichtlich drehte sie gerade einen Wasserhahn auf. »Hier bei uns gibt es doch die Sängerin, die irgendwann mal diesen Musikwettbewerb gewonnen hat, ich hab ihren Namen vergessen.«

»Ich weiß, wen du meinst.«

»Dann weißt du ja auch, dass niemand über ihr Privatleben berichten darf. Ständig flattern uns deswegen irgendwelche Schreiben von ihren Anwälten ins Haus. Wer keine Schadenersatzzahlungen riskieren will, lässt es einfach. Und so interessant ist diese Frau dann ja auch nicht.«

»Du meinst …«

»Ich weiß es natürlich nicht, aber Paul, du bist in Rumänien! Auf der Hitliste der Länder mit der am weitesten verbreiteten Korruption steht es ziemlich weit an der Spitze. Da braucht man womöglich nicht mal Anwälte, wenn man nicht will, dass nicht über einen berichtet wird. Beziehungsweise, wie es in diesem Fall scheint, über den eigenen Sohn.«

»Aber wir sind in der EU!«, rief Paul und verbesserte sich sogleich. »Also, ich meine, Rumänien ist in der EU. Ganz bestimmt gibt es hier Journalisten, die sich nicht den Mund verbieten lassen!«

»Vielleicht hast du noch nicht tief genug recherchiert«, antwortete sie. »Und sowieso bist du ja vor Ort. Auch wenn dein Freund Sorin, so heißt er doch, nicht wahr?, nicht mit der Sprache rausrückt und dieser Oliver sich aus dem Staub gemacht hat – irgendeiner wird schon mit dir reden.«

»Ja, schon, aber …«

»Verzeih, ich muss jetzt Schluss machen. Ich muss meine Mutter baden, du machst dir keine Vorstellung, was für ein Angang das ist. Allein sie in die Wanne zu kriegen! Wir haben da extra diesen Lift, aber sie fürchtet sich davor, und sowieso würde ich gerade tausendmal lieber mit dir im hinterletzten rumänischen Dorf hocken, als hier eine widerspenstige Greisin zu versorgen.«

»Ich weiß«, sagte Paul sanft. »Ich weiß.«

Doch schon wieder hatte die Chefredakteurin aufgelegt, bevor er zu Ende gesprochen hatte.

Paul starrte noch eine Weile auf sein Handy. Versuchte, die widerspenstigen Gefühle einzuordnen, die ihn überkamen. Wann hatte es angefangen, dass die Chefredakteurin und er so vertraut miteinander geworden waren? Er wusste es nicht.

Eines aber war klar. Er musste zu Maia. Und sie musste ihm endlich Rede und Antwort stehen.

Pušomori saß auf der Waschmaschine, auf den Knien den Laptop. Die interne Datenseite des Museums, das sie interessierte, verbrauchte so viel Volumen, dass es womöglich noch Stunden dauern würde, bis sie vollständig geladen war.

Wahrscheinlich, dachte Pušomori, hatten die Programmierer bei ihrer Arbeit nicht unbedingt ein Ţigani-*Mädchen vor Augen gehabt, das sich in einem Dorf am Fuße der Karpaten den altersschwachen Laptop seiner Brüder leihen musste. Nein, sie hatten ganz bestimmt an die Museumsmitarbeiter gedacht, die, wenn sie etwas in der Datenbank nachschauen wollten, in ihren schicken Büros in Bukarest vor großen, leistungsfähigen Computern saßen.*

Aber das würde Pušomori nicht aufhalten, das wäre ja gelacht.

Schnell steckte sie die Hand in den kleinen Rucksack, der neben ihr lag, strich mit den Fingern über die Ringe, die sie dort ertasten konnte. Drei Stück waren es mittlerweile, deutlich größer als ein Fingerring, aber doch so eng, dass selbst ihre schmale Hand nicht hindurchpasste. Wenn zutraf, was Pušomori annahm, dann hatten sie einst das Haar einer sehr, sehr wohlhabenden Frau geschmückt. Und Pušomori hätte für ihr Leben ausgesorgt.

Dass der Heruntergekommene mit seinem Kumpel in der Siedlung aufgetaucht war, hatte sie mit großem Interesse beobachtet. Offenkundig konnte er es immer noch nicht lassen, seine Nase überall reinzustecken. Aber ob er den Dingen wirklich auf die Spur kam? Dass er manchmal ziemlich lange falschen Fährten folgen konnte, hatte sich im letzten Sommer gezeigt. Vielleicht, dachte Pušomori, musste sie ihm noch einmal auf die Sprünge helfen.

Die Webseite öffnete sich, endlich. Pušomori probierte eins ihrer selbst geschriebenen Programme, mit denen sie für gewöhnlich die Sicherheitssperre umging, und siehe da, es klappte auf Anhieb.

Damit, dachte sie, haben die Programmierer auch nicht gerechnet – mit einem Zigeunermädchen, das sich vor lauter Langeweile das Hacken beibringt.

Sie klickte sich durch zu dem Dokument, das sie einsehen wollte, und war heilfroh, den Schuppen aufgesucht zu haben. Die einzige Steckdose in der Hütte, in der sie mit der Mutter und den Brüdern lebte, war ständig belegt. Diese hier, immerhin, musste nur die Waschmaschine speisen. Vor allem aber hätten die Brüder ihr über die Schulter geschaut und sie damit aufgezogen, was eine wie sie überhaupt nachzuschauen habe. Und wenn die Summe, die sie suchte, kleiner war, als sie hoffte, womöglich sogar viel kleiner, würde sie ihre Enttäuschung kaum verbergen können.

Lange hatte Pušomori sich deshalb diesen Moment aufgespart. Den einen Moment, der über alles entschied.

So, da war es. Ein Klick noch.

Pušomori las. Las noch einmal, ein drittes Mal.

Sie zog scharf die Luft ein.

DREIZEHN

»Natürlich war Petre der Sohn von Dragos Dobre«, sagte Maia. »Das wissen hier im Dorf alle. Es spricht nur keiner drüber.«

»Und warum nicht?«

»Weil's nicht wichtig war. Außerdem hatte Dragos Petre von Kindheit an aus der Öffentlichkeit herausgehalten. Du machst dir keine Vorstellung, wie bekannt dieser Mann ist. Er kann keinen Schritt tun, ohne dass er umlagert wird. Das wollte er seinem einzigen Sohn ersparen. Und die Leute haben es akzeptiert.«

»Aber es gibt nicht einmal eine Traueranzeige, geschweige denn ein Bild von der Beerdigung! Ich habe gründlich recherchiert und rein gar nichts gefunden!«

»Trauer«, sagte Maia und zog ihre Pelzmütze tiefer in die Stirn, »braucht keine Bekanntmachungen und auch keine Fotos.« Und damit wandte sie sich von ihm ab.

Paul hatte sie draußen auf der Gasse angetroffen, wo sie damit beschäftigt war, das kaputte Tor zu reparieren. Warum sie nicht bei der Totenwache für Toma war, traute er sich nun nicht mehr zu fragen. Maia war offensichtlich selbst in Trauer. Wie konnte er so unsensibel sein!

»Tut mir leid, dass hier alles kaputt ist«, murmelte er und gab ihr aus einer Kiste, die auf dem Boden stand, eine Schraube.

»Mmh.« Sie steckte die Schraube in ein Loch in der Hoftür, sie hielt nicht, und so nahm sie die Bohrmaschine, die Paul ihr reichte, und versenkte sie direkt daneben.

»Mmh, besser.« Sie befestigte eine weitere Schraube, eine

dritte, machte den rechten Teil des eisernen Riegels daran fest, trat zurück und betrachtete ihr Werk. »Was«, fragte sie, »hattest du eigentlich bei mir zu suchen?«

»Wann?«

»An dem Morgen, an dem sie dich verhaftet und dabei mein halbes Hoftor weggesprengt haben.«

»Bei dir? Du hattest mich doch eingeladen!«

»Eingeladen? Dich? Wieso denn?«

»Wie, wieso denn? Sorins Mutter sagte, du wartest mit dem Frühstück auf mich. Da bin ich gleich los.«

»Sorins Mutter hat das gesagt?«

»Ja, wieso?«

Maia sah ihn nun endlich geradeheraus an. Ganz blass war sie geworden.

»Ich hatte dich nicht eingeladen.«

»Nein?«

»Nein.«

Sie schwieg, wandte sich wieder ab, begann, auf der linken Seite der Hoftür weitere Löcher zu bohren.

Paul überkam eine ganz eigentümliche Unruhe. Er lief auf der schmalen Gasse auf und ab, ein paar Schritte in die eine Richtung, ein paar in die andere. Der Wind pfiff ihm um die Nase, seine Stiefel schlitterten übers festgetretene Eis. Und während er lief, konnte er förmlich spüren, wie die Gedanken in seinem Kopf sich ordneten. Wie einiges an seinen richtigen Platz fiel, endlich.

Er stellte sich dicht neben sie.

»Wo warst du an diesem einen Morgen?«, fragte er leise.

»Wo wohl?«, gab Maia zurück. »Früh um fünf klopfte es, ein Waldarbeiter stand vor der Tür, er habe Petre gefunden. Ich verstand gar nichts, zog mir schnell etwas über und ging mit ihm. Als wir ankamen …« Sie stockte. »Nun, die Polizei war schon da. Sie setzten mich in ihren Streifenwagen und verhörten mich an Ort und Stelle, immer und immer wieder. Ich konnte ihnen nicht viel sagen, ich wollte heim, sie ließen mich nicht. Als ich endlich gehen konnte, war es bereits spät. Auf dem Hof fand ich die weggesprengte Tür vor sowie kaputtes Geschirr mit Essen, das ich nicht gekocht hatte. Ich hörte von den Nachbarn, was hier geschehen war, und verstand es nicht. Ich räumte alles auf und putzte, ich war nicht recht bei Sinnen an diesem Tag.«

»Du hast mich nicht eingeladen«, murmelte Paul. »Und du hast auch kein Essen für mich gekocht. Aber irgendjemand hat es getan. Der Tisch war gedeckt!«

»Der Tisch war gedeckt? Im Ernst?«

»Wenn ich es dir doch sage!«

»Ce dracu«, flüsterte Maia. »Was zum Teufel ...«

Den Rest hörte Paul nicht mehr, er war schon losgerannt.

Frau Lupu, Sorins Mutter, stand wieder einmal in der Küche des alten Pfarrhauses und bereitete Essen für die Trauernden zu, diesmal, das erkannte Paul sofort an dem köstlichen Geruch, der sich bis vor die Tür schlängelte, *Sarmale*, jene berühmten Kohlrouladen, die Rumänen und Siebenbürger Sachsen gleichermaßen gern aßen, wobei die der Sachsen oft ein bisschen größer waren.

»Entschuldigen Sie bitte kurz«, er tippte ihr auf die Schulter. »Ich müsste Sie ganz dringend etwas fragen.«

»Mein Junge«, antwortete sie und schaute mit wässrigen Augen zu ihm auf, sie war seit dem Sommer noch kleiner geworden und ging ihm nicht einmal mehr bis zur Brust, »kann das warten? Die Leute sind hungrig!«

»Ja, ja, natürlich«, murmelte Paul, zwang die Unruhe, die er in sich spürte, nieder, und als er sah, wie sie nach einer tiefen, bis oben hin mit *Sarmale* gefüllten Platte griff, da nahm er sie ihr schnell ab. »Warten Sie, ich helfe Ihnen!«

Es dauerte, bis all die Menschen, die sich im Pfarrhaus versammelt hatten, versorgt waren. Wieder einmal mussten auch Leute aus den Nachbardörfern gekommen sein, sonst wäre ein solcher Menschenauflauf gar nicht möglich gewesen. Es wurden Gebete angestimmt und Lieder, es wurde geredet, geschimpft und gelacht, und Paul konnte sich des Eindrucks nicht erwehren, dass der Todesfall für viele, vor allem für die Älteren, eine willkommene Abwechslung war in diesen stillen Januartagen.

Eine Erinnerung drängte sich ihm auf, so überraschend wie unwillkommen. Zur Beerdigung seines Vaters waren damals genau drei Leute erschienen. Ein Nachbar, Pauls damalige Freundin und er selbst. Was auch daran gelegen haben mochte, dass er keine Anzeige in der Zeitung geschaltet und niemandem Bescheid gegeben hatte. Der Pfarrer hatte eine kurze Ansprache gehalten und dann die Urne zu jener Stelle getragen, an der Friedhofsmitarbeiter zuvor ein kleines Loch ausgehoben hatten. Pauls Freundin hatte einen weißblühenden Strauß danebengelegt, nachdem die Urne darin verschwunden war.

»Es tut mir so leid«, hatte sie unter Tränen zu ihm gesagt, »dass du nun ganz allein bist.«

Er hatte sie nur verständnislos angeschaut. Seit er fünfzehn war, seit der Vater und er Rumänien und damit auch Siebenbürgen und Tante Zinzi verlassen hatten, war kein Tag vergangen, an dem er sich nicht allein fühlte.

Paul warf einen letzten Blick auf Toma, der nun auf der ausgehangenen Tür im Speisesaal lag, ganz genau so, wie erst gestern der verunglückte Waldarbeiter dort aufgebahrt gewesen war. Nur dass man bei Toma das Gesicht frei gelassen hatte. Und obwohl jemand sich bemühte hatte, den roten Striemen auf seiner Stirn mit Puder oder Ähnlichem zu überdecken, sah man noch ganz genau, wo die künstliche Glatze in seine Haut eingeschnitten hatte.

Trug er die etwa schon, als er noch lebte?, fragte Paul sich.

Er hatte den Kerl nicht leiden können, aber der Gedanke, dass seine Mörder ihm dieses grässliche Gummiteil übergezogen hatten, bevor sie ihn töteten, erfüllte ihn mit Grauen.

Paul schüttelte sich, wie um all die Bilder und Emotionen, die sich in seinem Innern anhäuften, loszuwerden, und folgte Sorins Mutter in den Flur, wo es nicht ganz so voll war.

»Was wolltest du wissen, mein Junge?«

»An dem Morgen, nachdem ich angekommen bin, sagten Sie mir, Maia warte mit dem Frühstück auf mich.«

»War das so?«

»Ja. Zumindest erinnere ich mich …«

»Jetzt, wo du es sagst, fällt es mir wieder ein!« Sie stupste ihm mit dem Zeigefinger in den Arm, und die vielen feinen Runzeln in ihrem Gesicht verzogen sich zu einem kleinen Lächeln. »Carry war frühmorgens da und bat mich, dir das auszurichten.«

»Carry?«, fragte Paul und beugte sich zu ihr hinab. »Sind Sie ganz sicher?«

»Aber ja doch!« Sie lachte noch ein bisschen mehr, jetzt stupste sie mit dem Zeigefinger gegen ihren eigenen Kopf. »Manchmal dauert es ein bisschen, bis mir etwas wieder einfällt, aber die meiste Zeit tut der's noch!«

»Das weiß ich doch.« Paul streichelte ihr über den Rücken, der von all den Jahren harter Arbeit ganz krumm geworden war. »Ich muss mit Carry reden«, sagte er dann und sah sich suchend um. »Wo ist sie denn bloß?«

»Das arme Ding.« Jetzt lag Schmerz in dem runzligen Gesicht der alten Frau Lupu. »Der Tod ihres Verlobten hat sie hart getroffen.«

Und damit wies sie auf eine halb offen stehende Tür.

Carry war in einem Nebenraum mit anderen Frauen zusammen. Paul sah auch Ions Ehefrau, neben ihr saß Alma, die Sommersächsin. Sie machte ihm ein Zeichen, sich zu ihr zu gesellen.

»Darf ich das denn?«, fragte er und faltete seine eins dreiundneunzig auf einem sehr niedrigen Diwan zusammen.

»Selbstverständlich. Wir sind doch nicht mehr im letzten Jahrhundert!«, antwortete sie. »Auch hier bei uns Frauen ist jeder willkommen, der ein bisschen Trost spenden kann.«

Paul nickte. Carry war kaum wiederzuerkennen. Die Haare unter einem schwarzen Tuch verborgen, kauerte sie ein Stück von ihm entfernt auf einem altertümlich aussehenden Stuhl. Alle Fröhlichkeit war von ihr gewichen, ihre Schultern zuckten, sie schluchzte leise.

Paul fasste sich unwillkürlich ans Herz. Was war bloß aus der lebenslustigen Carry geworden!

»Tomas Tod scheint sie sehr mitzunehmen«, sagte er leise zu Alma.

»Wie man's nimmt«, gab sie zurück. »Es gibt vielerlei Gründe, zu heiraten.«

»Wie meinen Sie das?«

»Kannst du dir das nicht denken?«, wechselte sie ins vertrauensvolle Du, und Paul merkte kurz auf. Ungewohnt fühlte sich das an, er kannte Alma ja kaum, und zugleich sehr wohlig. Er mochte die alte Dame, und in diesen Tagen voller Tod und Schrecken tat es gut, mit jemand Vertrauenswürdigem zu sprechen.

»Ich weiß nicht, worauf du hinauswillst«, entgegnete er.

»Sieh dich doch mal um«, erwiderte sie und machte eine Bewegung, die den ganzen Raum einschloss. Es schien sich um ein Arbeitszimmer zu handeln, um ein sehr repräsentatives, mit hohen Decken, bleiverglasten Fenstern und edlen Teppichen, sie lagen so dicht an dicht, sie überlappten sich sogar. »Für umsonst wird die Kirche dieses Haus dem Verstorbenen nicht überlassen haben.«

Paul betrachtete Alma prüfend. Eine Geste fiel ihm ein, die Sorin am Abend seiner Ankunft gemacht hatte. Der Freund hatte auf die Frage, was Carry und Maia an Typen wie Toma und Petre gefiel, vielsagend Daumen und Zeigefinger aneinandergerieben.

»Von Kindesbeinen an hat sie ihrer Mutter im Laden ausgeholfen«, hörte er Alma neben sich flüstern. »Damals konnte die kleine Familie gewiss davon leben. Aber heute? Die Dörfer sind leer. Die Siebenbürger Sachsen sind fast alle in Deutschland, und die jungen Rumänen zieht es in die Stadt. Die wenigen, die noch hier sind, fahren mit dem Auto in die großen Supermärkte. Zu Carry geht man nur, wenn man eine Kleinigkeit vergessen hat.«

»Ich kann mir nicht vorstellen, dass sie Toma nur wegen des Geldes heiraten wollte«, brach es aus Paul heraus.

»Nicht nur wegen des Geldes.« Alma erwiderte still seinen Blick. »Wegen der Hoffnung! Ein junger Mann, der etwas auf die Beine stellen will. Der ein Hotel plant, ein Restaurant. Der Touristen hierherlocken möchte, der für einen neuen Anfang steht. Was meinst du, wie anziehend das auf eine Frau wie Carry wirkt? Die es liebt, Gäste zu bewirten, die fantastisch kochen kann und die seit dem Tod der Mutter ganz auf sich allein gestellt ist? Die bislang jede Herausforderung, und davon gibt es eine Menge, wenn man so abgeschieden lebt, allein meistern musste?«

Paul dachte an Sorin. Wie gern er Carry beistehen würde, bei was für Herausforderungen auch immer. Der nur leider ein Taugenichts war, der immer wieder in Schwierigkeiten geriet. Nein, auf einen Typen wie Sorin konnte Carry sich kaum verlassen. Aber vielleicht hätte sie sich auf Toma verlassen können.

Paul nickte. Womöglich hatte Alma recht.

Zeit verging. Die Frauen blieben beieinandersitzen, Paul mitten unter ihnen. Tabletts mit Essen wurden herumgereicht, Gläser mit selbst gepresstem Johannisbeersaft, mit heißem Kaffee und, natürlich, mit *Țuică*. Carry war die meiste Zeit stumm, weinte nur ab und an leise. Die Frauen tätschelten ihre Hand, ihren Rücken, unterhielten sich miteinander. Über den Verstorbenen, für den sie nur gute Worte fanden, aber auch über das Wetter, die Kinder, die Ehemänner.

Paul sah sich selbst unter ihnen sitzen, als sei er einer von ihnen. Ein Siebenbürger Sachse, der mit den rumänischen Nachbarinnen gemeinsam trauert. So, wie es seit Jahr und Tag in diesem Landstrich Brauch war.

Wieder drängten sich Erinnerungen auf. Der kleine Paul, vier, fünf Jahre alt, wie er den Vater nach seiner Mutter fragte. Alle Kinder hatten Mamas, nur er nicht. Wo war sie?

»Bei den Engeln«, war alles, was der Vater sagte.

Erst Jahre später erfuhr Paul, dass die Mutter in Bukarest von einem Lkw erfasst worden war. Sie kam von der Arbeit, Paul war gerade einmal zwei Jahre alt. Wer, fragte er sich nun, hatte dem Vater und ihm beigestanden? Wer hatte mit ihnen getrauert? Er wusste es nicht. Und sein Gefühl sagte ihm, dass sie beide damals in Bukarest ganz allein gewesen waren.

In Paul rumorte es. Er musste Carry fragen, wieso sie Sorins Mutter gesagt hatte, Maia warte mit dem Frühstück auf ihn. Und zugleich wollte er nichts anderes, als still hier zu sitzen, ihre Trauer zu teilen.

So, als gehöre er dazu.

Es dämmerte bereits, als zwei der Frauen, eine von ihnen war Ions Ehefrau, Carry aufhalfen und sie hinausbegleiteten. Sie benötige Schlaf, flüsterten sie, sie solle sich ausruhen. Paul verabschiedete sich von Alma und folgte ihnen.

Vor dem alten Pfarrhaus fuhr ihm sogleich ein unbarmherziger Wind unter die Jacke. Er zog den Kopf ein und schloss zu den Frauen auf.

»Entschuldige bitte, Carry, darf ich dich ganz kurz etwas fragen?«

»Ja?«

»An dem Morgen nach meiner Ankunft«, begann Paul und stockte. Wie blass sie war, wie dünn sie mit einem Mal schien! »Du warst bei Sorins Mutter«, zwang er sich weiterzusprechen, »und sagtest ihr, Maia warte mit dem Frühstück auf mich. Wer hatte dir das gesagt?«

»Wer?«, wiederholte sie seine Frage. »Na, Toma natürlich. Er war frühmorgens unterwegs, kam zurück …« Ihre Stimme brach.

»Entschuldige, Carry, entschuldige bitte, dass ich dich belästige, ich wollte nur …«

Sie schaute vor sich hin, fuhr sich mit der Hand übers Gesicht. Paul fühlte sich erbärmlich. »Es tut mir so leid«, sagte er. »Alles.«

Carry nickte, wischte sich noch einmal die Tränen weg und ließ sich von den Frauen ins Haus führen.

Verdammt, dachte Paul. Dafür habe ich sie gequält. Toma hat es ihr gesagt, und der ist tot. Warum bloß? Untersucht das überhaupt irgendjemand? Wahrscheinlich nicht, gab er sich selbst zur Antwort. Diese schreckliche Polizistin Hatmanu hängt ja womöglich selbst mit drin, in all dem, was auch immer hier vor sich geht.

Wie aufs Stichwort fiel ihm nur ein paar Schritte von ihm entfernt ein Auto auf. Es parkte direkt an der Friedhofsmauer, doch bei all dem Schnee war es selbst jetzt, wo die Nacht bereits ihre Schatten warf, gut zu erkennen. Dunkelblau, eine kleine Limousine. Paul hatte es schon zuvor gesehen. Das, er war sich sicher, war das Auto, in dem er verhaftet wurde.

Mit wenigen Schritten war er da, riss, ohne lange zu überlegen, die Fahrertür auf. Ein ihm unbekannter Mann schrak hinter dem Steuer auf, neben ihm, auf dem Beifahrersitz, über ihr Smartphone gebeugt, saß eine Frau. Klein, dünn, das Antlitz sogar in der gelben Innenbeleuchtung unnatürlich bleich.

»Was fällt Ihnen ein!«, giftete die Polizistin Hatmanu sogleich los.

»Was fällt *Ihnen* ein?«, giftete Paul zurück. Allein der Anblick der Frau, die ihn und Maia ins Ehegefängnis gesteckt hatte, trieb ihm die Zornesröte ins Gesicht. Die Erinnerung an die übel zugerichteten Toten und an Carrys Verzweiflung taten ihr Übriges. »Zwei Tote!«, brüllte er. »An zwei Tagen hintereinander! Ganz zu schweigen von Petre! Und Sie sitzen hier rum und starren auf Ihr Telefon! Was sind Sie bloß für Polizisten?«

»Hüten Sie Ihre Zunge!«

»Das könnte Ihnen so passen! Warum sind Sie nicht im Pfarrhaus? Warum laufen Sie nicht durchs Dorf, befragen mögliche Zeugen?«

»Mein lieber Herr Schwartzmüller!« Hatmanu sah nun doch von ihrem Handy auf, das Gesicht wie so oft ohne jede Regung. »Jetzt geht Ihre Fantasie mit Ihnen durch. Ja, es gibt zwei weitere Tote, und das ist bedauerlich, aber beide sind Unfällen zum Opfer gefallen. Wie übrigens auch der arme Petre. Ich entschuldige mich für die Unannehmlichkeiten, die wir Ihnen bereitet haben. Aber so etwas passiert nun mal auf dem Land, wo gerodet wird, wo so mancher noch mit Rückepferden arbeitet, wo man auch mal unglücklich stürzen kann.«

»Ist das Ihr Ernst?« Paul glaubte seinen Ohren nicht zu trauen. »Petres Tod ein Unfall? Und da kommen Sie jetzt drauf?« Er schnappte nach Luft. »Toma war ausstaffiert wie Oliver! Das war eine Warnung an den Tierschützer, eine ziemlich grässliche! Aber das scheint Sie alles gar nicht zu interessieren! Ermitteln tun Sie nämlich nicht! Wissen Sie, was ich glaube? Irgendjemand zieht hier im Hintergrund die Strippen, und dem sind Sie verpflichtet!«

»Jetzt reicht's!« Der Mann, der am Steuer gesessen hatte, sprang aus dem Wagen und packte Paul am Kragen. »Ich verhafte Sie gleich noch mal! Wegen Beleidigung!«

»Tun Sie, was Sie nicht lassen können!«, brüllte Paul, als sich von hinten jemand zwischen sie schob.

»Stai calm«, hörte er eine vertraute Stimme. »Nur mit der Ruhe.«

Es war Sorin, der auf den Polizisten einredete und Paul mit sich zog.

»Spinnst du?«, zischte er. »Was ist in dich gefahren?«

»Ach, alles.« Paul schämte sich mit einem Mal. »Du weißt, ich kann mich gut beherrschen. Aber jetzt sagen sie einfach, Petre sei verunfallt. Die anderen ebenso. Und Carrys Leid hat mein Fass endgültig zum Überlaufen gebracht.«

»Deshalb bin ich hier.« Sorin strich sich die blonden Haare aus dem Gesicht, dabei waren sie im Gegensatz zu sonst kein bisschen strubbelig, offenbar hatte er etwas hineingerieben. Frisch rasiert war er auch. »Ich will nach ihr sehen. Und du reißt dich gefälligst zusammen, verstanden?«

»Mmh.«

»Er macht keine Probleme mehr!«, rief Sorin dem Polizisten zu, der immer noch neben dem Wagen stand, dann lief er zu Carrys Haus und klopfte vorsichtig an die Ladentür.

Der Polizist stieg zurück in seinen Wagen, aber nicht, ohne noch einen abschätzigen Blick auf Paul zu werfen. Das Wort, das er dabei von sich gab, so, als spucke er aus, hatte Paul lange nicht mehr gehört, aber natürlich kannte er es.

»Muie«, was man grob damit übersetzen konnte, Paul solle sein Geschlechtsteil lutschen.

»Jetzt reicht's«, brüllte Paul sogleich wieder los. Mit drei großen Schritten war er am Wagen, riss noch einmal die Tür auf, steckte seinen Kopf hinein. »Mich beleidigen, aber selbst so eine Schlamperei durchziehen! Dabei sind Sie doch die Polizei! Und Sie gucken weg! Direkt vor Ihrer Nase spielt sich alles ab, und Sie gucken weg!«

Er spürte einen heftigen Stoß vor die Brust, dann flog er nach hinten. Der Polizist, der ihn aus dem Wagen befördert hatte, gab Gas, startete, die Räder des Wagens drehten durch.

Paul war sofort wieder auf den Beinen. Mit beiden Fäusten trommelte er auf das Autodach.

»Vor Ihrer Nase!«, brüllte er noch einmal. »Und Sie gucken weg!«

VIERZEHN

Der Riegel an Maias Hoftür war vollständig repariert. Schwer und glänzend prangte er an dem alten, von Wind und Wetter grau geschliffenen Holz.

Warum, dachte Paul, gibt es diesen schweren Riegel hier überhaupt. Letzten Sommer hatte ein Luftzug genügt, und die niemals verschlossene Tür war ganz von allein aufgeschwungen. Was war hier in der Zwischenzeit passiert?

Leise, als sei er sich nicht sicher, ob er erwünscht war, klopfte er gegen das Tor.

Es dauerte nicht lange, und es öffnete sich einen Spalt breit. Eine Hand kam dahinter hervor, zog ihn ins Innere.

»Komm«, war alles, was sie sagte.

Paul folgte Maia über das neu verlegte Kopfsteinpflaster. Ganz in Schwarz war sie gekleidet, ein langes, weites Kleid, ein dunkles Tuch verbarg ihr Haar.

Die Frau, an die ich monatelang gedacht habe, fuhr es Paul durch den Kopf, ist eine Witwe in Trauer. Er fühlte eine Wehmut in sich, die er gar nicht von sich kannte.

Ungewöhnlich still war es hier im Hof. Das Rauschen des Sturmes schien mit einem Mal verstummt. Auch aus dem Stall drang kein einziger Laut. Vielleicht schliefen die Ziegen um diese Zeit schon? Er wusste es nicht. Vor der Tür des Wohnhauses blieb sie stehen, ergriff seinen Arm.

»Geh schon mal hinein, ich komme gleich.«

Kaum hatte er die Schwelle übertreten, schloss sie die Tür hinter ihm.

Sauber und aufgeräumt war es hier, auch die Tischplatte in der Mitte des Raumes blitzeblank geputzt. Keine Spur mehr von der kleinen Hündin. Ob sie an ihren Verletzungen gestorben war? Paul merkte, wie ihn schon wieder ein ganz wehmütiges Gefühl überkam.

Von draußen war nun ein eigentümliches Geräusch zu hören, eine Art Kratzen. Paul war, als käme es ihm vertraut vor, aber zugleich konnte er sich nicht genau erinnern. Was mochte Maia da tun?

Er setzte sich auf die Bank, auf der er schon am Morgen gesessen hatte, versuchte, seine Gedanken zu ordnen. Da war so vieles, was in seinem Kopf herumirrte, was er nicht verstand. Er musste Maia wirklich einiges fragen, und sie musste ihm antworten, darauf würde er bestehen.

Paul streckte sich, lehnte den Kopf an die Wand. Wo sie bloß blieb?

Da, ihre Stimme.

»Hilfst du mir mal?«

Im Nu war Paul auf den Beinen, riss die Tür für sie auf. Maia stand auf der Schwelle, in ihren Armen eine nach oben hin offene Holzkiste. Als sie nun eintrat, sah er, was darin lag. Ein schwarzes Bündel, blutverkrustetes Fell, ein Verband. Die Hündin.

»Ist sie etwa …?«, fragte er und trat einen Schritt zurück.

»Nein, nein, sie lebt, wenn auch nur so gerade noch. Ich hatte sie zuerst im Ziegenstall untergebracht, aber nun, zur Nacht, wird es dort zu kalt. Die Ziegen vertragen die Kälte gut, solange sie es nur windgeschützt haben und einen ordentlich mit Stroh ausgepolsterten Platz zum Schlafen. Aber diese Kleine hier …« Maia stellte die Kiste vorsichtig auf die Bank, auf der bis gerade eben Paul gesessen hatte, und setzte sich dazu. »Nun, ich fühle mich besser, wenn ich sie im Blick habe.«

»Verstehe.« Paul warf noch einen Blick in die Kiste. Die

Hündin lag flach auf der Seite und schien mehr tot als lebendig. Ob sie die Nacht überstehen würde?

»Komm, setz dich zu mir.« Maia wies neben sich.

»Mhm.«

Auf der Bank war nicht mehr viel Platz, und als Paul sich niederließ, mühte er sich, Maia nicht zu nahe zu kommen. Das wäre ihm irgendwie ungehörig vorgekommen.

»Und?« Sie sah zu ihm auf. »Hast du herausgefunden, wie Sorins Mutter auf die Idee kam, ich hätte an dem Morgen, an dem man Petre tot auffand, Frühstück für dich gemacht?«

»Carry hat es ihr wohl gesagt.«

»Carry?«

»Ja. Und sie hatte es von Toma.«

»Im Ernst?«

»Ich denke schon.«

Paul sah, wie Maia blass wurde. Dann stand sie auf, drehte ihm wie so oft schon den Rücken zu, machte sich am Herd zu schaffen.

»Du musst Hunger haben.«

»Nein, überhaupt nicht. Ich war im Pfarrhaus bei der Totenwache, es gab Unmengen an Essen …«

Sie hörte ihm gar nicht zu, schien in Gedanken ganz woanders. Als sei sie eine ferngesteuerte Puppe, die nicht überlegen musste, was sie tat, griff Maia nach einer Pfanne, stellte eine der Herdplatten an, holte Zwiebeln aus einem irdenen Topf hervor und nahm eine gut getrocknete Schinkenscheibe von einem Haken, der in einen Deckenbalken geschraubt war, schnitt Zwiebel und Schinken klein und briet beides an. Sofort zog ein ganz und gar köstlicher Duft durch die Wohnstube. Paul glaubte kurz, in der Kiste mit der Hündin habe sich etwas gerührt, aber nein, da hatte er sich wohl getäuscht. Und obwohl es so verführerisch duftete, jagten ihm Maias mechanische Bewegungen einen Schauder über den Rücken.

Jetzt nahm sie zwei tiefe Teller aus der Kredenz, schnitt von einem großen Laib Brot zwei dicke Scheiben ab, legte sie in die Teller. Aus dem Kühlschrank holte sie eine Kanne mit dicker, saurer Milch hervor, erhitzte auch sie auf dem Herd, während sie sie kräftig verquirlte. Zu guter Letzt gab sie Speck und Zwiebeln auf die Brotscheiben und goss die heiße, saure Milch darüber.

Paul merkte, wie ihm ganz komisch zumute wurde. Maias Stummheit irritierte ihn mehr denn je, gleichzeitig lief ihm das Wasser im Munde zusammen. Sauermilchsuppe. Sie hatte doch tatsächlich Sauermilchsuppe für ihn gekocht, wie einst Tante Zinzi.

Als sie ihm nun ein Zeichen machte, zu ihr an den Tisch zu kommen, da folgte er ihr.

Sie speisten ohne ein weiteres Wort. Anders als sonst hatte das Essen keinerlei beruhigende Wirkung auf Paul. Es musste an Maias Nähe liegen. Eine kupferrote Haarsträhne hatte sich unter dem Tuch gelöst und wippte neben ihrem Kinn, er konnte seinen Blick kaum abwenden. Vor allem aber quälten ihn all die unbeantworteten Fragen.

»Hast du das gewusst?«, fragte er schließlich. »Die Polizei behauptet nun, Petre sei unglücklich gestürzt.«

Maia gab keine Antwort.

»Warum haben sie mich dann verhaftet?«, fuhr er fort. »Es kam mir so vor, als suchten sie einen Sündenbock. Haben sie es sich später anders überlegt? Und warum haben sie zuvor auch dich ins Ehegefängnis gesteckt?«

Maia zuckte mit den Schultern.

»Und welche Rolle spielte Toma in dem Ganzen? Er hat der Polizei das Videoband gegeben, auf dem ich Idiot erkläre, ich würde Petre am liebsten den Hals umdrehen. Und er hat mich hierhergelockt. Aber warum?«

Erneutes Schulterzucken. Verdammt, wie brachte er sie bloß dazu, mit ihm zu sprechen?

»Wie die beiden anderen Toten damit zusammenhängen, begreife ich auch nicht. Der angeblich verunglückte Waldarbeiter. Toma, der aussah wie Oliver. Es gibt einen Zusammenhang, das spüre ich!«

Maia begann, den Tisch abzuräumen, stumm.

»Mensch, Maia!« Paul sprang auf. »Wenn du nicht mit mir redest, hat das alles keinen Sinn! Weißt du was? Ich gehe! Und zwar sofort!«

Er ignorierte, dass sie die Hand nach ihm ausstreckte. Ignorierte den Blick, den sie ihm zuwarf. Zog sich seine Jacke an und riss die Tür auf.

Und da sah er es. Feine Linien, die sich über den Türrahmen zogen. Seltsame Zeichen, frisch hineingeritzt. Er hatte so etwas schon zuvor gesehen. Und mit einem Mal verstand er. Das vertraute Kratzen, das er eben vernommen hatte.

Im letzten Sommer, als er auf der anderen Seite des kleinen Innenhofes im Altenteil geschlafen und sich allerhand Bedrohliches ereignet hatte, hatte Maia dort auch seltsame Zeichen in den Türrahmen geritzt. Fratzenhafte Gesichter, bluttriefende Messer und archaisch anmutende Gegenstände. Paul war erst nach einer Weile darauf gekommen, dass es wohl eine Art Schutzzauber sein sollte. Er hatte zunächst darüber gelächelt. Bis er am eigenen Leib erfuhr, welche Art von bösen Mächten Maia damit abwehren wollte. Da hatte er kein bisschen mehr gelächelt.

Nun ritzte sie also wieder Zeichen in Türrahmen.

Maia, die Tiere heilte, die eigentlich schon dem Tod geweiht waren. Zu der Menschen kamen, wenn sie sich in größter Not befanden. Die ihnen wundersame Beutel mit, wie Paul fand, obskurem Inhalt verkaufte.

Paul strich über die Linien, hauchzarte Späne blieben an seinen Fingern hängen.

Dass er das immer noch nicht kapiert hatte!

Maia hatte Angst. Und sie versuchte, ihn zu schützen.

Er trat zurück über die Schwelle ins Haus, schloss die Tür hinter sich. Zog die Jacke wieder aus, half ihr ohne ein weiteres Wort, den Tisch abzuräumen. Gemeinsam wuschen sie das Geschirr ab.

»Diese neue Wasserleitung, die das Dorf endlich versorgt, ist wirklich ein Segen«, hörte er sie sagen. »Manchmal allerdings ist sie verstopft, dann müssen wir nach wie vor zu den Brunnen. Bloß dass die gerade alle zugefroren sind.«

Paul nickte, betrachtete sie verstohlen von der Seite. Ihre schmale Gestalt, ihre zartgliedrigen Hände, ihr fein gezeichnetes Antlitz. Diese eine Haarsträhne, die unter dem Kopftuch hervorlugte.

Er hatte sich in Maia verliebt im letzten Sommer. Dass sie seltsame Dinge tat, hatte ihn nicht davon abgehalten. Sechseinhalb Monate lang hatte er sich gefragt, ob sie seine Gefühle erwiderte. Er wagte es weniger als zuvor, darauf zu hoffen. Und doch. Sie hatte diese Zeichen für ihn in die Tür geritzt.

Jetzt wrang sie den Schwamm aus, mit dem sie das Geschirr gereinigt hatte, und nahm ihm das Küchentuch aus der Hand.

»Bleibst du noch ein bisschen?« Sie sah zu ihm auf.

»Wenn ich darf.«

»Mhm.«

Wieder saßen sie auf der Bank, die Kiste mit der Hündin hatten sie zwischen sich.

Sie schwiegen, lange.

Hier hat sie also mit Petre gelebt, dachte Paul. Sein Blick fiel auf den Alkoven. Die Decke darin war ordentlich gefaltet, das Kissen aufgeschüttelt. Bei Pauls erstem Besuch hingegen war die Bettnische vollkommen zerwühlt gewesen. Dabei gab es im Schlafzimmer nebenan ein richtiges, viel größeres Bett, das von Tante Zinzi. Waren die beiden so verliebt ineinander gewesen, dass sie sich lieber im gemütlichen Alkoven aneinanderkuschelten? Der Gedanke trieb ihm Schweißperlen auf die Stirn.

Laut fragte er: »Magst du ein bisschen von ihm erzählen?«

»Von Petre?«

»Ja.«

»Nun«, Maia beugte sich über die Hündin, betastete ihren Bauch. »Er war der beste Ehemann, den man sich nur denken konnte. Zumindest für mich.«

»Mmh.« Paul ignorierte den Stich, den er spürte, auch wenn das ganz und gar nicht einfach war. »Und Toma?«, fragte er weiter.

»Sie waren enge Freunde.«

»Aber du mochtest ihn nicht.«

»Wie kommst du darauf?«

»Du warst nicht bei der Totenwache. Als Einzige.«

»Mir war nicht danach.«

Warum war dir nicht danach?, wollte Paul fragen. Weil du in Trauer um deinen Ehemann bist? Oder gibt es einen anderen Grund? Er wusste, er würde darauf keine Antwort erhalten.

»Und Petres Vater?«, fragte er stattdessen. »Wie ist er so?«

»Dragos? Er ist ein Engel, da kannst du jeden fragen.«

»Das klingt, als würdest du deinen«, Paul zögerte, wieder so ein Wort, das ihm schwer über die Lippen kam, »deinen Schwiegervater mögen.«

»Jeder mag ihn.« Sie beugte sich noch tiefer über die Kiste. Unmöglich auszumachen, ob sie meinte, was sie sagte. Die Hündin winselte leise.

Zeit verging. In Gedanken reiste Paul zurück, durchlebte die Tage, die er nun schon hier war, erneut. Versuchte, die losen Fäden miteinander zu verknüpfen. Es gelang ihm nicht.

Stattdessen geschah etwas anderes. Er bemerkte ein wohliges Ziehen in seinem Bauch, und zwar genau da, wo er ihn normalerweise einzog. Mit jedem Atemzug, den er tat, wurde es größer.

Ich habe, stellte er fest, keine Ahnung, in was ich hier hineingeraten bin. Ich weiß auch nicht, ob Maia meine Gefühle auch nur ein kleines bisschen erwidert. Angesichts der Tatsache, dass sie erst kürzlich jemand anders geheiratet hat, ist das eher nicht anzunehmen. Und trotzdem. Ich fühle mich hier, in diesem Dorf, in Tante Zinzis Haus, neben Maia auf der alten Holzbank, so wohl wie nirgendwo sonst.

Und dann fiel ihm noch etwas ein. Eine Erinnerung, die er angesichts der nachfolgenden Ereignisse beinahe vergessen hätte. Aber die konnte er nicht laut aussprechen. Oder doch?

»In der ersten Nacht, als ich bei Sorin auf dem Boden schlief«, sagte er, »hatte ich das Gefühl, du seist bei mir.«

Maia antwortete nicht. Er hatte mit nichts anderem gerechnet. Stattdessen stand sie auf, nahm eine Flasche von der Kredenz und mühte sich, mithilfe eines kleinen Löffels der Hündin die dunkelbraune Flüssigkeit einzuflößen, die sie schon zuvor bekommen hatte.

»Alle zwei Stunden braucht die Kleine das«, hörte er sie vor sich hin murmeln. »Sonst schafft sie es auf keinen Fall.«

Na prima, dachte Paul. Ich mache mich hier gerade komplett lächerlich.

Wieder entstand eine Stille. Und als Paul meinte, die Peinlichkeit, von seinem Traum erzählt zu haben, der doch nur sehnsüchtiger Firlefanz gewesen sein konnte, kaum mehr aushalten zu können, sprach sie doch noch.

»Vielleicht«, sagte sie. »Vielleicht war ich da.«

»Vielleicht?«

»Ja. Vielleicht hatte ich dich vermisst und wollte nach dir sehen.«

»Mhm«, sagte Paul und lehnte sich zurück. Und das wohlige Gefühl wich einem Kribbeln, das ihn vom Scheitel bis zu den Zehen erfasste.

Es war längst tiefe Nacht, die Hündin hatte noch einmal ihre Medizin bekommen, als Maia ihn fragte, ob er bleiben wolle.

»Hier? Bei dir?«

»Ja.«

»Wenn du schon so weit bist …«, stotterte Paul.

»So habe ich es nicht gemeint«, fiel sie ihm ins Wort. »Du kannst den Alkoven haben, ich schlafe nebenan.«

»Ach so, natürlich.« Paul fühlte, wie er puterrot wurde. Maia tat so, als bemerke sie es nicht. Sie schaute auch weg, als er Jeans und Pullover auszog und in die Bettnische kroch. Paul krümmte sich zusammen, so sehr schämte er sich, ihr Angebot falsch verstanden zu haben. Und sowieso hätte er sonst nicht in den Alkoven gepasst, in dem er als Junge so viele Male geschlafen hatte. Mittlerweile war er nämlich ein ganzes Stück länger als das uralte Bett.

»Erschrick nicht, wenn ich ab und zu reinkomme«, hörte er sie noch sagen. »Du weißt ja, ich muss der Hündin alle zwei Stunden ihre Medizin geben. Und nebenan ist nicht geheizt, das will ich ihr nicht zumuten.«

Lass mich in dem ungeheizten Zimmer schlafen, wollte Paul sagen, doch sie bedeutete ihm zu schweigen.

»Morgen musst du nach Hause fahren, versprich mir das.«

Nein, wollte Paul sagen, auf keinen Fall, ich bleibe noch, aber sie hatte die Tür zum Nebenzimmer schon hinter sich zugezogen.

Was sollte das denn?, fragte er sich. Warum schickt sie mich weg?

Vielleicht, dachte er, weil sie mich beschützen will, vor wem oder was auch immer. Diese ominösen Zeichen an der Tür!

Kein Auge würde er zumachen, dachte er noch, mummelte sich fester in die Bettdecke, herrlich weich und warm fühlte sie sich an, und war im nächsten Moment eingeschlafen.

Er träumte, er sei wieder ein kleiner Junge. Es war Sommer, und die ersten Sonnenstrahlen kitzelten ihn morgens wach. Tante Zinzi kam herein und beugte sich über ihn. Aber nein, das war nicht Tante Zinzi, es war Maia. Das schwarze Tuch hatte sie abgelegt, ihr Haar fiel ihr offen über die Schultern. In der Hand hielt sie einen der kleinen Beutel, die sie herstellte, kaum größer als eine pralle Kirsche. Jetzt hob sie seinen Kopf und knotete den Beutel mit einer Schlinge um seinen Hals. Lass das, wollte Paul sagen, aber sie legte ihm den Zeigefinger auf die Lippen, eine Berührung, so zärtlich, dass Paul verzückt die Augen schloss und es geschehen ließ.

Es war ein ganz hohes Stimmchen, das ihn weckte. Nicht besonders laut und doch so durchdringend, dass Paul sich noch im Halbschlaf beide Hände auf die Ohren presste.

Verdammt, wer gab solche Geräusche von sich?

Noch bevor er die Augen öffnete, stieß er sich den Kopf an irgendeinem Balken. Auch sein linkes Bein war unangenehm verdreht. Erst jetzt fiel ihm wieder ein, dass er im Alkoven lag, in Tante Zinzis Wohnküche.

Mühsam krabbelte er heraus, die Glieder steif. Fahles Tageslicht fiel durchs Fenster zum Hof herein, er musste furchtbar lang geschlafen haben. Zum Glück hatte die Hündin ihn geweckt, denn dass das durchdringende Gejaule aus der Kiste kam, die auf der Bank stand, daran gab es keinen Zweifel.

Mit wenigen Schritten war er bei ihr.

Das Tier sah immer noch jämmerlich aus, und nach wie vor schien es kaum in der Lage, sich auch nur aufzurichten. Aber es hatte Hunger, oder nicht?

Suchend sah er sich nach Maia um. Die Tür zum Nebenzimmer war geschlossen. Und obwohl Paul sich kaum vorstellen konnte, dass sie länger schlief als er, beschloss er, sie lieber ausruhen zu lassen. Ob er der Hündin ein Stückchen Schinken geben durfte? Mit schlechtem Gewissen schnitt er ein wenig von Maias an der Decke hängendem Vorrat ab. Es war ruckzuck aufgegessen.

Bloß dass das Tier immer noch keine Ruhe gab, weiter winselte und seltsame Bewegungen mit den Hinterbeinen vollführte.

Oh, nein. Paul griff sich an den Kopf. Die Kleine musste allem Anschein nach pinkeln.

Dafür war aber nun definitiv Maia zuständig. Wo sie bloß steckte?

Mucksmäuschenstill war es, kein Geräusch nirgends. Paul unterdrückte einen Fluch, zog Hose, Pullover und Jacke an, schnürte seine Stiefel, schnappte sich die Kiste mit der Hündin darin und machte, dass er rauskam, in den Hof. Die Eiseskälte, die ihm entgegenschlug, ließ ihn nach Luft schnappen. Aber da musste er jetzt durch, er konnte das kranke Tier kaum in die Kiste machen lassen.

Vorsichtig schob er beide Hände unter den Bauch der Hündin, bemüht, sie nicht dort zu berühren, wo der Verband saß, und hob sie heraus. Kaum hatte er sie abgesetzt, bildete sich im Schnee eine gelbe Pfütze und etwas, das sehr nach Durchfall aussah. Paul rümpfte die Nase und machte, dass er das Tier wieder in die Kiste bekam. Es konnte sich immer noch kaum auf den Beinen halten, drohte, in seine Hinterlassenschaften zu sinken. So, geschafft. Aber wie bekam er den Dreck jetzt wieder weg? Suchend sah er sich um.

Und da geschah es. Das Hoftor, das doch neuerdings so gut verschlossen war, schwang auf. Ein Windstoß hatte gereicht. Denn der Riegel, den Maia erst gestern befestigt hatte, war aufgebrochen. Matt glänzend und vollkommen nutzlos hing er an einem einzigen Haken.

Paul war, als griffe jemand nach seiner Kehle. Im Bruchteil einer Sekunde verstand er alles. Die Totenstille, die ihn beim Aufwachen erwartet hatte. Die Hündin, nach der niemand geschaut hatte.

Zitternd hob er die Kiste hoch, machte, dass er zurück ins Haus kam, und stellte das provisorische Hundekörbchen wieder auf der Bank ab. Er hielt sich nicht lange damit auf, an die Tür zum Nebenzimmer zu klopfen, lief direkt hinein. Tante Zinzis Bett, die Laken noch zerwühlt, der alte Schrank, die Hochzeitstruhe. Alles vertraut seit Kindertagen. Auf einem Stuhl ein schwarzes Tuch, das er ebenfalls sofort wiedererkannte. Maia hatte damit gestern ihr Haar bedeckt.

Aber von ihr keine Spur.

Er rannte zurück in den Hof. Riss bei allen Gebäuden, die vom Hof abgingen, die Türen auf, stürzte hinein.

Das Altenteil, dem Wohnhaus gegenüber, war unverschlossen. Das schöne alte Bett stand darin, in dem er im Sommer geschlafen hatte, der mit Linoleum bezogene Tisch. Alles war ein wenig verstaubt. Nein, hier war sie auch nicht.

Gegenüber, direkt neben dem Wohnhaus, war der *Schopfen*, wo die Geräte aufbewahrt wurden. Heugabel, Schubkarre, Milchkannen. Die Dinge standen akkurat aufgereiht, wie es typisch war für Maia, aber auch hier herrschte die Stille, die ihm den Atem nahm. Nebenan, im Stall, schaute ihm ein halbes Dutzend Ziegen im kniehohen Stroh erwartungsvoll entgegen, so, als hätten sie mit jemand anderem gerechnet.

Paul lief weiter. Jetzt blieb nur noch die Scheune. Wie bei allen siebenbürgischen Höfen stand sie quer zum Eingang, bildete den Abschluss des Ensembles, bevor sich dahinter der Gemüsegarten anschloss. Wie hatte er sich vor Maia geängstigt, als er sie zum allerersten Mal hier antraf! Fürchterlich hatte sie ausgesehen in ihren Armeeklamotten, er hatte sie zunächst sogar für einen Kerl gehalten, wie sie da mit einer toten Krähe hantiert hatte. Die ganze Situation hatte verstörend auf ihn gewirkt. Jetzt wünschte er sich nichts sehnlicher, als sie hier vorzufinden, egal in welcher Aufmachung. Aber auch hier war sie nicht, ebenso wenig im Gemüsegarten dahinter. Kahle Bäume und Sträucher erwarteten ihn dort, die schwarzen Äste wie Gerippe in den grauverhangenen Himmel gereckt.

Was war bloß geschehen?

Zurück in der Wohnstube sank er auf die Bank, fasste sich ans Herz. Und erst da entdeckte er den Beutel, den er dort trug, befestigt mit einer einfachen Schlinge.

Pušomori hatte die Schule besucht, immerhin, denn nicht alle Eltern in der Siedlung hielten das für sinnvoll. Was ihr fürs Leben braucht, lernt ihr zu Hause, pflegte die Mutter ihren Töchtern zu sagen, und Pušomoris ältere Schwestern hatten die Schule nur ab und an von innen gesehen, schnell geheiratet und Kinder bekommen. Die Brüder hatten eh so früh angefangen zu arbeiten, dass für die Schule keine Zeit blieb. Pušomori aber hatte immer schon etwas anderes gewollt.

Ihre Schulnoten waren allenfalls durchschnittlich, nur in Mathematik war sie Klassenbeste. Und als einer der Lehrer einen Informatikkurs anbot, war sie schon bald die einzige Schülerin, die daran teilnahm. Die anderen, allesamt Jungs aus den Klassen über ihr, warfen schnell das Handtuch. Sie hätten keine Zeit mehr für diesen zusätzlichen Unterricht, sagten die einen, sie langweilten sich nur, die anderen. Keiner gab zu, dass sie sich schlicht nicht ausstechen lassen wollten von einem kleinen, dünnen Ţigani-*Mädchen.*

Pušomori war es nur recht. Zum ersten Mal in ihrem Leben entdeckte sie etwas, was sie wirklich faszinierte. Sie war es gewöhnt, am Rande zu stehen, nicht wahrgenommen zu werden. Die Welt der Erwachsenen, ja, sogar die ihrer Geschwister war ihr fremd. Jetzt aber gab es etwas, was sie auf Anhieb verstand. Sie tauchte ein in die Welt der Zahlen und Formeln und stellte zu ihrer Begeisterung fest, dass sich beinahe alles auf Einsen und Nullen herunterbrechen ließ.

Im zweiten Jahr des Kurses begann ihr Lehrer zu zweifeln, ob er ihr noch viel beibringen könnte. Wenig später erwischte er sie dabei, wie sie sich ins Computernetz der Schule einhackte. Das war das Ende des Informatikkurses und der Beginn eines neuen Lebens für Pušomori.

Der alte Laptop, den die Brüder besorgt hatten, war oft zu langsam, auch gab es nicht immer Strom in der Siedlung, um ihn aufzuladen. Doch all dies hielt Pušomori nicht davon ab, sich in Welten herumzutreiben, zu denen sie sonst niemals Zutritt erhalten hätte. Als sie dem Heruntergekommenen im letzten Sommer half, seinen Freund Sorin aus dem Gefängnis freizubekommen, hatte sich dies als sehr nützlich erwiesen.

Jetzt aber wagte sie sich in ein Umfeld, das auch ihr neu war. Sie kannte die Geschichten, die man sich vom Darknet *erzählte, und sie hatte nie die geringste Lust verspürt, sich dort hineinzubegeben. Aber wo sonst fand man Käufer für etwas, was man eigentlich gar nicht besitzen durfte?*

Pušomori rieb sich die Finger, in dem Schuppen mit der Waschmaschine war es wie immer sehr kalt. Sie zog die Decke vor der Tür ein wenig beiseite, spähte hinaus, ob auch niemand kam. Nein, die Luft war rein. Dann nichts wie los. Denn mit drei Haarreifen, und seien sie auch aus purem Gold, das war klar, konnte sie nicht einmal eine Busfahrkarte kaufen.

FÜNFZEHN

Paul tigerte in der Wohnstube auf und ab. Hatte Maia sich davongemacht, genau wie Oliver? Es war ja ganz offensichtlich gewesen, dass sie Angst hatte. Aber dann hätte er ihr doch etwas anmerken müssen!

Noch einmal berührte er den Beutel an seiner Brust. Er wollte gar nicht wissen, was darin war. Einmal war ihm ein solches Säckchen aus Versehen aufgegangen, und er hatte sich furchtbar geekelt vor dem Inhalt. Nun war er versucht, es sich vom Hals zu reißen. Aber dann brachte er es doch nicht über sich.

Er hatte nicht geträumt, dass Maia es ihm um den Hals knotete. Es war tatsächlich geschehen, und er war halbwach gewesen. Dieser elende Zustand, in dem er sonst auch schlafwandelte.

Wie er dieses Schlafwandeln hasste! Nie wusste er, ob etwas real geschehen war oder nicht. Am nächsten Morgen blieb ihm nichts als flüchtige Erinnerungen, schemenhafte Ereignisse, die er nicht einzuordnen wusste.

Paul konnte sich denken, wozu dieses Säckchen gut sein sollte. Normalerweise stellte Maia sie auf Bestellung her, er hatte erlebt, dass die Leute deshalb sogar extra aus Hermannstadt kamen. Es sollte seinen Träger beschützen, genau wie die eingeritzten Zeichen am Türrahmen. Und es war mal wieder typisch für Maia, dass sie mitten in der Nacht zu ihm kam, um es ihm zu geben. Sie hatte Ähnliches schon früher getan. Und auch damals schon hatte sie ihn damit beinahe um den Verstand gebracht.

Schöne, geheimnisvolle Maia. Die ihm gesagt hatte, er solle abreisen, gleich heute.

Vorsichtig hob er den Beutel an seine Nase, schnüffelte daran. Oje, das roch nicht gut. Aber abnehmen würde er ihn nicht, nein.

War der Beutel ein Abschiedsgeschenk?

Er ließ sich schwer auf die Bank fallen. Beinahe sofort begann die Hündin in der Kiste zu winseln. Immer noch sah sie erbarmungswürdig aus, war unfähig, sich auch nur zu erheben.

Sie braucht ihre Medizin alle zwei Stunden, hatte Maia gesagt. Und auch, dass sie sie in ihrer Nähe behalten wollte.

Von draußen, vom Hof her, hörte Paul die Ziegen meckern. Wie sie ihn angeschaut hatten, als er in den Stall kam! Als warteten sie darauf, versorgt zu werden.

Er stand auf, und obwohl es ihm widerstrebte, ging er noch einmal ins Zimmer nebenan, in Maias Schlafzimmer. Er zwang sich dazu, ihre Sachen durchzusehen, viel war es nicht. Wie sie ihn hassen würde, wenn sie davon wüsste!

Am Ende entdeckte er auf dem Nachttisch ein nicht mehr allzu neues, aber funktionierendes und halb aufgeladenes Smartphone, in einer Schachtel im Wäscheschrank eine kleine Menge Geld sowie ein wenig Goldschmuck, Letzterer in einer abgegriffenen Samtschatulle hinter eine Vertiefung im Kopfteil des Bettes geschoben, wie schon Tante Zinzi es gehalten hatte.

Hätte sie nicht wenigstens ihr Smartphone mitgenommen, wenn sie freiwillig verschwunden wäre? Denn dass eine Frau wie Maia mehrere Telefone besaß, das konnte Paul sich beim besten Willen nicht vorstellen.

Er lief zurück in die Wohnstube, tigerte wieder auf und ab. Hörte die Hündin leise winseln.

Die Flasche mit der braunen Flüssigkeit stand noch auf der Kredenz, schnell hatte Paul auch einen kleinen Löffel gefunden. Und siehe da, die Hündin leckte die Medizin im Nu auf.

Die Ziegen im Stall machten sich ebenfalls sogleich über das Heu her, das er ihnen gab.

Maia ist nicht freiwillig weg, hämmerte es in seinem Kopf, allein wegen der Tiere. Und zugleich hoffte er inständig, es wäre anders. Denn wenn man sie gewaltsam entführt hätte …

Er lief abermals zum Tor, sah sich den Riegel ganz genau an. Verdammt, verdammt. Ganz offensichtlich hatte man ihn mit einem Stemmeisen oder Ähnlichem aufgebrochen. Er war so verbogen, er ließ sich nicht einmal mehr provisorisch schließen. Und da war noch etwas, was er vorhin übersehen hatte. Ein Stück Pappe. Es steckte auf Augenhöhe zwischen Tor und Hauswand, scheinbar nachlässig in eine Ritze geschoben. Ohne lange nachzudenken, zog er es heraus.

Bist du weg, stand darauf, *kommt sie zurück*.

Paul schnappte nach Luft. Und plötzlich waren sie alle da, die verstörenden Bilder der vergangenen Tage. Die Männer, die den toten Waldarbeiter ins Dorf trugen, seine grausam zugerichtete Leiche. Das Pferd, das Tomas leblosen Körper hinter sich herzerrte, gekleidet wie der Bärenschützer Oliver, auf dem Kopf die künstliche Glatze.

Wie, fragte er sich und versuchte sogleich, jeden Gedanken daran zu verdrängen, würde Maia wieder auftauchen?

Er konnte nicht anders, für einen Moment musste er sich an die Wand lehnen, um das Zittern, das ihn überkam, zu bezwingen. Dann aber spürte er eine Wut in sich aufsteigen, wie er sie selten erlebt hatte. Maia war fort, man hatte sie aus ihrem eigenen Haus geholt, mitten in der Nacht, um ihn, Paul, einzuschüchtern. Damit er nicht mehr nachforschte, warum ein Toter nach dem anderen aus dem Wald kam.

Na warte. Paul ballte die Hände zu Fäusten, stieß sich von der Wand ab und lief los, ins Dorf. Keinen Augenblick lang würde er sich einschüchtern lassen! Die hatten sich mit dem Falschen angelegt!

Ich gefährde Maia nicht, sagte er sich selbst, während sein Herz wie irre zu klopfen begann. Ich bitte den Menschen um Hilfe, dem ich vertrauen kann. Der mir noch nie einen Wunsch abgeschlagen hat. Sorin, meinen Freund aus Kindertagen.

Im Pfarrhaus brannte Licht, bis zur Gasse hinaus hörte Paul die Stimmen der Menschen, die dort weiterhin Totenwache für Toma hielten. Zu seinem Erstaunen war auch Carrys Laden direkt gegenüber hell erleuchtet. Er sah ihren schmalen Rücken, wie sie sich über ein Regal beugte. Arbeitete sie etwa schon wieder? Wenige Schritte, und er klopfte an ihre Tür.

»Carry? Kann ich dich was fragen?«

Ihr Anblick, als sie öffnete, verschlug ihm für einen Moment die Sprache. Das blonde Haar fiel ihr strähnig auf die Schultern. Unter den Augen hatte sie tiefe Ringe. Der Kittel, den sie trug, reichlich abgewetzt, war voller Flecken.

»Ja?«, fragte sie mit einer Stimme, aus der jedes Leben entwichen schien.

»Oh, Carry!«, stammelte Paul. »Wenn ich etwas für dich tun kann …«

»Danke.« Sie fuhr sich mit dem Handrücken über die Stirn. »Du siehst aus, als wolltest du was.«

»Ja, ja. Maia ist verschwunden. Sag, hast du etwas mitbekommen letzte Nacht?«

»Maia ist weg?«

»Genau.«

»Keine Ahnung.«

»Irgendjemand muss sie aus dem Haus geholt haben. Der Riegel an der Hoftür ist aufgebrochen …«

»Du glaubst ernsthaft, jemand wäre in der Lage, Maia gegen ihren Willen mitzunehmen?«

»Ich weiß, ich kann es auch kaum glauben, aber da war auch noch eine anonyme Nachricht …«

»Beruhige dich.« Sie streckte eine Hand nach ihm aus, strich ihm über den Arm. »Sie ist bestimmt bald wieder da.«

»Ich weiß nicht … Die Tiere. Sie hat sie nicht versorgt. Hast du wirklich nichts mitbekommen?«

»Nein. Und ich muss jetzt auch weiterarbeiten.«

»Okay, gut. Danke.« Paul wandte sich zum Gehen, drehte sich aber dann noch einmal um.

»Carry, meinst du nicht, du könntest dich ein wenig ausruhen? Deine Kunden kommen bestimmt auch einen Tag ohne dich aus …«

»Meine Kunden.« Ein bitteres Lachen, das ganz und gar nicht zu der Carry passte, die Paul kannte. »Weißt du, was ich hier gerade mache?«

»Nein …«

»Ich räume aus! Alles, was sich noch zu Geld machen lässt, verscherble ich übers Internet. Und dann bin ich weg.«

»Wie, weg?«

»Nach Deutschland, nach Österreich, was weiß ich.«

»Und was willst du da machen?«

»Was ganz viele machen, du hast ja keine Ahnung, wer schon alles weg ist aus unserem Dorf. Ich werde alte Menschen pflegen, bei sich zu Hause.«

»Aber warum denn das?«

»Weil ich mich damit über Wasser halten kann! Eine Agentur, von der ich weiß, zahlt für diese Arbeit über tausend Euro im Monat. Wohingegen dieser Laden hier«, sie wies hinter sich, »mich schon lange kaum noch ernährt.«

Paul nickte langsam. Er dachte an das, was Alma ihm erzählt hatte. Warf einen Blick über die Schulter, auf das alte Pfarrhaus. Wenn Toma und Petre wie geplant daraus eine Touristenunterkunft gemacht hätten, wäre Carry gerettet gewesen.

»Vielleicht«, setzte er an, »findet sich ja eine andere Lösung …«

»Lass es gut sein.« Carry schob die Ladentür wieder zu. »Und mach dir keine Sorgen wegen Maia. Die kommt überall durch.«

Paul stand vor der verschlossenen Tür auf der Gasse, die Hand erhoben. Wollte er nicht noch etwas sagen? Dann gab er sich einen Ruck, rannte weiter. Das Herz schlug ihm nun noch mehr zum Halse heraus.

Der Sturm hatte sich gelegt, doch immer noch herrschte eisige Kälte. Pauls Stiefel, vor Wochen gekauft für den Winter im Rheinland, schlitterten über den zu Eis festgetretenen Schnee auf dem Pflaster der Gasse, fanden kaum Halt. Einmal erwischte er sich dabei, wie er sich umsah. Oje, hatte er etwa gerade nach der kleinen schwarzen Hündin Ausschau gehalten? Immer hatte er es als selbstverständlich genommen, dass sie ihm auf Schritt und Tritt folgte, ihr kaum Beachtung geschenkt. Jetzt verfolgte ihn der Gedanke an das blutverklebte Fellknäuel in der Kiste.

Das Haus von Sorins Mutter war still und dunkel. Vom *ARO* keine Spur. Die Haustür war wie immer unverschlossen, drinnen fand Paul nichts als leere Zimmer. Frau Lupu war sicherlich bei der Totenwache. Ob Sorin wieder in Sachen Trüffel unterwegs war?

Paul setzte sich an den Küchentisch. Seine Unruhe wuchs von Minute zu Minute. Irgendetwas musste er doch tun!

Zu Hause in Deutschland hätte er wegen Maias Verschwinden längst die Polizei verständigt. Aber hier in Siebenbürgen, wo die Polizistin Hatmanu zuständig war, schien ihm das keine gute Idee, im Gegenteil.

Gedankenverloren griff er nach der Fernbedienung, stellte den Fernseher an, der sonst immer plärrte. Es liefen gerade Lokalnachrichten. Ein nicht allzu großer, sehr muskulös wirkender Mann wurde zu einem geplanten Ausbau der E68 befragt, der einzigen Schnellstraße weit und breit.

»Sie können sich auf mich verlassen«, sagte er mit einer seltsam hohen, beinahe piepsigen Stimme. »Sobald ich Bürgermeister von Sibiu bin, werden wir alle besser vorankommen.«

Moment mal. Die Stimme hatte Paul schon öfter aus dem Fernseher gehört, anscheinend war der Mann permanent auf Sendung. Und nun, wo er genauer hinguckte, erkannte er ihn auch. Die dunklen Augen, das markante Kinn. Genau wie sein Sohn. Verdammt, das war Dragos Dobre, Petres Vater!

Noch bevor Paul hören konnte, was der Mann sonst noch zu sagen hatte, erklang von draußen Motorengeräusch wie von einem altersschwachen Generator. Das konnte nur Sorins *ARO 240* sein. Paul sprang auf, lief dem Freund entgegen.

»Maia ist verschwunden!«, rief er, da hatte Sorin nicht einmal den Hof betreten. »Du musst mir helfen!«

Doch Sorin antwortete nicht. Er blieb in der Tür stehen und starrte Paul an, als habe der etwas sehr Törichtes gesagt.

»Hast du mich verstanden?« Paul trat ganz dicht auf ihn zu. »Maia ist weg! Ich glaube, sie wurde entführt!«

»Ach, Paul …«, war alles, was Sorin von sich gab, dann schob er sich ziemlich unsanft an ihm vorbei, Paul wäre beinahe ins Straucheln gekommen, und lief zum Wohnhaus.

»Hej! Jetzt hör mir doch mal zu! Ich …«

»Kein Wort!« Sorin fuhr herum, sein rechter Arm schnellte vor, mit der flachen Hand bedeutete er Paul, Abstand zu halten. »Halt einfach den Mund, ja?«

»Bitte, was?« Paul war vollkommen verdattert. »Was ist dir denn über die Leber gelaufen? Du musst mir helfen, ganz dringend …«

»Was mir über die Leber gelaufen ist?«, fiel Sorin ihm ins Wort. »Die Hatmanu ist mir über die Leber gelaufen! Aber das kannst du dir ja wohl denken!«

»Die Hatmanu? Wieso …?«, stotterte Paul, aber Sorin fiel ihm sogleich noch mal ins Wort.

»Na, weil du sie mir auf den Hals gehetzt hast!«

»Ich habe doch nicht …«

»Ach, scheiße!«, fluchte Sorin. »Normalerweise hätte ich ihr, als sie behauptete, du hättest sie auf meinen kleinen Nebenerwerb aufmerksam gemacht, kein Wort geglaubt. Aber ich stand ja daneben, als du gestern Abend rumgebrüllt hast. ›Direkt vor Ihrer Nase spielt sich alles ab‹, hast du gebrüllt. ›Und Sie gucken weg.‹ Hast du das gebrüllt, oder hast du's nicht?«

»Aber«, stotterte Paul, »ich habe doch nicht dich und deine Trüffelgeschäfte gemeint. Ich wollte, dass sie wegen der Toten ermittelt! Und jetzt erst recht, sag mal, könnten wir kurz über Maia reden?«

»Nein!«, brüllte Sorin. »Hab nie verstanden, dass du auf die so abfährst. Komisch ist die. Und die Sache mit dem toten Ehemann stinkt zum Himmel! Warst halt immer schon anders, irgendwie.«

Mittlerweile waren sie in der Küche angekommen, wo immer noch der Fernseher lief. Sorin stellte ihn aus und ließ sich schwer auf einen Stuhl fallen.

»Ich bin so ein Idiot«, murmelte er.

»Bist du nicht.« Paul setzte sich ihm gegenüber. »Was ist überhaupt los?«

»Ich wurde heute ganz früh in die Polizeistation in Sibiu zitiert. Jetzt habe ich eine Anzeige am Hals. Wegen Schmuggel.«

»Was sollst du denn geschmuggelt haben?«

»Na, Trüffel halt!«

»Trüffel?« Paul konnte nicht anders, er musste wider Willen grinsen. »Echt jetzt?«

»Du kapierst es einfach nicht!« Sorin schlug mit der flachen Hand auf den Tisch. »Hast du wirklich gedacht, ich mache hier den Kurier für irgendwelche Köche in Sibiu?«

»Ja, schon …«

»Mensch, Paul! Wir holen hier so viele Trüffel aus dem Wald, sämtliche Restaurants in Sibiu müssten wochenlang nichts anderes servieren, wenn sie die alle verarbeiten wollten. Und Trüffel sind hier gar nicht mal so angesagt. Die gehen natürlich nach Italien!«

»Nach Italien?«

»Du sagst es.« Sorins Stimme klang plötzlich matt.

»Moment mal.« Paul versuchte, sich zu sammeln. »Du schmuggelst Trüffel nach Italien?«

»Nein, ich doch nicht. Also, nicht wirklich. Ich liefere sie nur an die Zwischenhändler in Sibiu.«

»Aber die Italiener haben doch selbst Trüffel!«

»Nicht genug. Zumindest nicht so viele, wie sie verkaufen könnten. Also …«

»… nehmen sie rumänische Trüffel und etikettieren sie um«, beendete Paul Sorins Satz.

»Hm.«

»Und alle verdienen dran, weil italienische Trüffel wahrscheinlich teurer sind als rumänische?«

»Du sagst es. Dabei sind unsere gar nicht schlechter, ich sag's dir, wie liefern Eins-a-Qualität.«

»Okay.« Paul dehnte das Wort. »Euer neues Badezimmer. Dein schickes iPhone. Verdammt, verdammt, verdammt. Ich wusste doch, dass du in irgendwas drinhängst. Kannst du nicht einmal …«

Weiter kam er nicht.

»Geht's noch?«, brüllte Sorin. »Willst du mir jetzt die Leviten lesen, oder was? Ausgerechnet du?«

»Nein, beruhige dich. Das lässt sich bestimmt lösen, also das mit der Anzeige. Aber jetzt brauche ich wirklich dringend deine Hilfe …«

»Auf meine Hilfe kannst du pfeifen!« Sorins Kopf lief puterrot an. »Wie konnte ich so dumm sein, dir zu vertrauen? Du verstehst halt nicht, wie's hier läuft! Alle im Dorf wissen von der Trüffel-Sache. Jeder dreht so sein Ding, man schweigt und lässt sich gegenseitig in Ruhe. Was meinst du, was für einen Ärger die *Ţigani* jetzt kriegen? Die graben, um an die Trüffel zu kommen, den halben Wald um. Ja, ich weiß auch, dass das Naturschutzgebiet ist, aber von irgendetwas müssen die Leute doch leben!«

»Aber, aber …«, stotterte Paul noch einmal. »Das, das wusste ich nicht …«

»Und das ist genau das Schlimme. Dass ich dachte, du bist einer von uns. Aber das bist du nicht, und wahrscheinlich warst du es auch niemals.«

SECHZEHN

Paul stand vor Sorins Haus, in der Hand seine Reisetasche. Selten hatte er sich so beschämt gefühlt, so verletzt.

Du bist keiner von uns.

Wenn Sorin ihn geschlagen hätte, es hätte nicht mehr schmerzen können.

Später, dachte Paul, später werde ich darüber nachdenken, ob ich wirklich so anders bin. Ob ich an diesen Ort gehöre, den einzigen, an dem ich mich zu Hause fühle, oder nicht. Wo Sorin mich so mir nichts, dir nichts vor die Tür setzt.

Später.

Denn nun trieb ihn ein anderer Gedanke um.

Wenn alle von Sorin Trüffelgeschäften wussten, dann auch ganz bestimmt die Polizistin Hatmanu. Denn eins musste man ihr lassen, sie war auf Zack, ihr entging so gut wie nichts. Trotzdem hatte sie Sorin die ganze Zeit gewähren lassen, bis jetzt.

Jetzt aber, dachte Paul, benutzt sie diese Sache. Sie treibt einen Keil zwischen mich und Sorin, meinen besten Freund. Sie isoliert mich hier.

Ganz bestimmt handelt sie auf Anweisung desjenigen, der auch Maia aus ihrem Haus entführt hat. Der will, dass ich mich davonmache. Dass ich aufhöre mit meinen Recherchen.

Verdammt, er musste wirklich dringend herausfinden, was mit Maia passiert war.

Und so schulterte er die Tasche, zog den Kopf ein, wegen der Kälte, und lief die wenigen Meter bis zum Pfarrhaus.

Die Totenwache war immer noch in vollem Gange. Gerade waren die Klageweiber eingetroffen, eine Gruppe ganz in Schwarz gekleideter Frauen, die so herzzerreißende Geräusche von sich gaben, dass es Paul kalt den Rücken herunterlief. Eine Art Sprechgesang war es, begleitet von lautem Schluchzen und Schreien. Dicht an dicht standen sie um den aufgebahrten Leichnam herum, wodurch es in dem Raum noch voller wurde, noch enger.

Paul war schon beim Eintreten die Wärme vieler, nah beieinandersitzender und -stehender Menschen entgegengeschlagen, ihr Geruch, ihre Stimmen, manche schrill und durchdringend, andere leise, zischelnd. Nur Ion, nach dem er Ausschau hielt, konnte er nirgends entdecken. Der gutmütige Ion, der allen und jeden hier im Dorf kannte, würde ihm helfen, Informationen einzuholen, da war Paul sich ganz sicher.

Plötzlich verstummten die Klageweiber, in die Menschen geriet Bewegung. Alles drängte sich Richtung Ausgang. Paul wurde mitgerissen, man schob ihn von allen Seiten. Verdammt, er musste doch Ion finden! Immerhin, dort drüben, nicht weit entfernt, entdeckte er Alma.

»Der Leichnam wird neu eingekleidet!«, rief sie ihm über die Köpfe der anderen hinweg zu. »Deswegen gehen alle für einen Moment hinaus. Wir haben einen Hochzeitsanzug besorgt, magst du dich an den Kosten beteiligen?«

»Selbstverständlich.« Paul schulterte seine Reisetasche, die in dem Menschenpulk furchtbar störte, anders, griff in seiner Jeans nach dem Portemonnaie. Dunkel erinnerte er sich an den alten Brauch, junge Menschen, die unverheiratet verstorben waren, im Brautkleid oder – wie hier – im Anzug eines Bräutigams zu bestatten, damit sie wenigstens einmal einen solchen getragen hatten. Sofort musste er an Carry in ihrem Laden gegenüber denken, schließlich war es ihr Bräutigam, der hier für die Ewigkeit ausstaffiert wurde. Wie ungerecht das Leben sein konnte!

»Hier.« Er war nun nahe genug an Alma herangekommen, um ihr einen *200-Lei*-Schein in die Hand zu drücken. »Hast du Ion irgendwo gesehen?«

»Nein, jetzt, wo du es sagst, heute noch nicht. Weißt du etwas?«

Sie wandte sich an den Mann, der hinter ihr stand. Paul erkannte Eugen, den Vulkaniseur. Selbst nicht allzu groß, breitete er beide Arme aus, um Alma vor dem Gedränge zu schützen.

»Hej, Paul!«, rief er fröhlich. »Schön, dich zu sehen! Ion ist hoffentlich bald zurück. Er musste heute früh nach Sibiu, zur Polizei. Irgendjemand hat ihn wohl hingehangen wegen seiner Schnapsbrennerei. Ich meine, wer macht so was?« Eugen hob seine Arme noch ein bisschen höher. »Wer schwärzt einen rechtschaffenen Mann wie Ion an? Klar ist das illegal, was er macht. Aber das haben schon unsere Väter so gehalten und deren Väter. Das kann nur einer sein, der nicht von hier ist. Von uns würde das keiner machen.«

Alma nickte energisch.

»Diese Polizistin«, setzte sie an, »die hier in letzter Zeit immer unterwegs ist, wie heißt sie noch?«

»Hatmanu«, antwortete Paul und räusperte sich, irgendetwas stimmte plötzlich nicht mit seiner Stimme.

»Hatmanu, ja, genau. Ich sag's dir, wenn die mal jemanden auf dem Kieker hat, dann ist's vorbei. Aber sag mal, was willst du denn von Ion? Vielleicht können wir helfen?«

»Danke.« Pauls Stimme versagte ihm jetzt fast ganz, er musste schwer schlucken, um überhaupt noch etwas herauszubekommen. »Es ist nur so, dass Maia plötzlich weg ist. Und ich mache mir große Sorgen. Und ich dachte … also, ähm …«

»Maia ist weg?« Alma sah aus, als könne sie sich kaum ein Lachen verkneifen. »Armer Paul.« Sie tätschelte seinen Arm. »Ich bin mir sicher, sie mag dich. Wir alle glauben das, nicht wahr?« Ein fragender Blick zu Eugen, der eifrig nickte. »Aber sie ist auch eine sehr eigenständige Frau, das musst du verstehen. Hab ein bisschen Geduld, sie kommt bestimmt bald wieder.«

Paul verschlug es nun endgültig die Sprache.

»Das, das ist es nicht«, war alles, was er herausbekam, aber Alma und Eugen wurden weiter Richtung Ausgang gedrängt, wenn er es richtig sah, hatte der Vulkaniseur jetzt sogar den Arm um die Sommersächsin gelegt.

Und dann traf ihn ein Blick. Er stammte von einer Person, die rechts von ihm stand und die wegen ihrer geringen Körpergröße beinahe unterging in der sich langsam vorwärtsschiebenden Menschentraube. Paul fasste sich an den Hals. Wenn Ions Ehefrau bislang stets sauertöpfisch geguckt hatte, dann war der Blick, den sie ihm nun zuwarf, dazu in der Lage, Bären zu töten.

Paul machte, dass er wegkam.

Maias Haus war so öd und leer, dass Paul am liebsten gleich wieder kehrtgemacht hätte. Dass die Hündin in ihrer Kiste röchelnd auf der Seite lag, machte die Sache nicht besser. Aber wo sollte er sonst hin? Sorin, sein bester Freund aus Kindertagen, wollte nichts mehr mit ihm zu tun haben. Zu Recht, wie Paul ihm im Stillen zugestehen musste. Und sobald herauskam, dass auch der alte Ion seinetwegen Ärger bekommen hatte, würde er sich im ganzen Dorf nicht mehr blicken lassen können. Noch dazu war er keinen Schritt weitergekommen, was Maias mysteriöses Verschwinden betraf.

Paul setzte sich auf die Bank, vergrub den Kopf in den Händen.

Was war er doch für ein Versager.

Fremd fühlte er sich mit einem Mal auf Tante Zinzis Hof, sehr fremd. Wie hatte er sich einbilden können, hierherzukommen, um mit Maia Zeit zu verbringen, gar ihr Herz zu gewinnen? Überflüssig war er hier, vollkommen überflüssig und dazu noch unerwünscht.

Paul stand auf, einem inneren Impuls folgend trat er an den Kühlschrank, fand darin Eier, Milch und Butter, im Schrank daneben Mehl und Backpulver, eine Rührschüssel, einen Schneebesen. Im Nu hatte er einen Eierkuchenteig fertig. Als er nach der Pfanne griff, derselben, in der Maia am Abend zuvor Speck und Zwiebeln für sie beide angebraten hatte, dieselbe Pfanne, die sie danach gespült und die er abgetrocknet hatte, kam es ihm kurz so vor, als schlage ihm jemand fest in den Magen. Paul krümmte sich, richtete sich auf. Zwang sich, den elektrischen Herd anzustellen, ließ Butter in der Pfanne schmelzen, gab einen großen Löffel Teig hinein. Nach nicht allzu langer Zeit hatte er ein halbes Dutzend Pfannkuchen fertig, goldbraun duftend lagen sie auf einem flachen Teller, bereit, mit gerösteten Zwiebeln, Käse oder angebratenen Fleischstückchen gefüllt zu werden.

Tante Zinzi war eine Meisterin darin gewesen, Pfannkuchen auf alle erdenklichen Arten zuzubereiten, Armeleuteessen hatte sie es genannt, und Paul hatte niemals genug davon bekommen können. Bis auf den heutigen Tag kopierte er ihre Rezepte. Selbst die Chefredakteurin, die gern auswärts aß, in schicken Restaurants, in denen Paul niemals satt wurde, liebte seine Pfannkuchen. Pauls Seelenspeise nannte sie sie, wenn sie nach einem langen, oftmals unangenehmen Arbeitstag zusammen an seinem Esszimmertisch saßen und einen Pfannkuchen nach dem anderen verputzten.

So lange Paul denken konnte, hatte er, wenn er traurig war, Trost im Essen gefunden. Aufgewachsen ohne Mutter, hatte er früh gelernt, es sich selbst zuzubereiten. Und sobald er am Tisch saß, sobald er aß, so lange, bis er vollkommen satt war, oft auch übersatt, ging es ihm besser. Als fülle das Essen eine Leerstelle in ihm, die anders nicht zu füllen war.

Damit war es vorbei.

Er konnte sich nicht einmal überwinden, die fertigen Pfannkuchen zu füllen. Lustlos legte er einen auf einen Teller, setzte sich damit an den Tisch, kostete. Er schmeckte nach nichts. Paul nahm noch einen Bissen. Der Teig blieb ihm am Gaumen kleben, nicht mal ganz durch schien er.

Paul schob den Teller von sich weg, sank in sich zusammen. Was sollte bloß werden.

Das Schrillen seines Handys ließ ihn auffahren. *Josef Höfken* stand auf dem Display. Mist, den hatte er total vergessen.

»Hej, Schwartzmüller!«, rief Jupp, Pauls Fußballkumpel, in einer Lautstärke, als wähne er ihn am Ende der Welt. »Hat was gedauert, 'tschuldigung! Aber jetzt hat der Pitter seine Kontakte spielen lassen und rausgefunden, dass du eh schon wieder raus bist aus dem Eheknast. Ein Glück! Wollte trotzdem mal fragen, wie es dir so geht. Können wir sonst noch was für dich tun?«

»Danke«, stammelte Paul. »Vielen Dank. Nett von euch, das alles. Mir geht's …«

»Prima!«, dröhnte Jupp. »Der Pitter kennt echt jeden. Hab auch nicht gewusst, dass der seine alten Lieferwagen nach Rumänien verkloppt. Die nehmen alles, sagt er, auch die letzte Möhre. He, he. Und der Typ, der die aufkauft, der ist ein ganz schlauer Fuchs, sagt der Pitter. Der handelt wohl mit allem Möglichen. Also, wenn du sonst noch was brauchst, 'nen Rennwagen oder 'ne Babuschka … He, he, he!«

Paul überlegte noch, was Jupp mit *Babuschka* meinen könnte, aber der redete schon weiter.

»Muss dann mal wieder, der Herr Sohn macht Ärger. Sonntagmorgen in aller Frühe ist er mit achtzig Sachen mit meinem Wagen durch die Innenstadt. Das muss man sich mal wegtun! Da fährt der mit irgendwelchen Kumpels Autorennen! Wenn der so weitermacht, war's das für mich im Stadtrat. Aber jetzt gleich, meine Holde und ich, wir haben ihn zum Mittagessen einbestellt, jetzt gleich kriegt er 'ne ordentliche Standpauke, he, he. Mach's gut, Schwartzmüller, lass mal von dir hören!«

»Du auch«, murmelte Paul und wollte gerade das Handy beiseitelegen, als es schon wieder klingelte. Die Chefredakteurin.

»Ich kann nicht mehr«, stöhnte sie, kaum, dass Paul sich gemeldet hatte. »Keine Nacht schläft sie durch. Kannst du dir das vorstellen? Keine einzige Nacht. Ich wollte nie Kinder, damit ich sowas nicht durchmachen muss, und jetzt renne ich zwischen drei und fünf Uhr morgens meiner Mutter hinterher, die der Meinung ist, es sei mitten am Tag und sie müsse zur Arbeit. Vorletzte Nacht stand sie bereits fix und fertig angezogen auf der Straße, als ich sie gerade noch rechtzeitig wieder einfangen konnte. Ein Albtraum ist das!« Ein tiefer Atemzug, ein kurzes Husten. »Und du?«, fuhr sie fort, die Stimme mit all ihrer Rauheit ein wenig weicher, »kommst du voran mit deinen Nachforschungen?«

»Nicht wirklich«, antwortete Paul. »Und seit gestern ist auch noch Maia weg.«

»Wie, weg?«

»Na ja, verschwunden. In der Nacht habe ich sie noch gesehen, also nicht wirklich, wahrscheinlich bin ich wieder geschlafwandelt. Aber am Morgen war sie weg. Ich glaube«, verdammt, warum war seine Stimme plötzlich so belegt, er schluckte schnell, »ich glaube, sie wurde entführt.«

»Moment mal.« Er hörte, wie die Chefredakteurin erneut an ihrer Zigarette zog, tief inhalierte.

»Maia ist doch die Frau, die auf deinem Hof lebt, nicht wahr?«

»Ja, genau.«

»Weil sie lebenslanges Wohnrecht hat.«

»So ist es.«

»Und sie ist es auch, deren Ehemann plötzlich tot war.«

»Ja, Petre, er …«

»Weswegen du im Ehegefängnis gesessen hast«, sprach sie einfach weiter.

»Ja …«

»Wo ich dich nicht rausholen sollte …«

»So kann man das nicht …«

»Und bis heute weiß ich nicht, warum.«

Die Chefredakteurin schwieg, auch Paul sagte kein Wort. Er hatte ihr nicht verraten, dass er gemeinsam mit Maia im Ehegefängnis gesessen hatte, und er hatte auch nicht vor, es zu tun.

Diese verwirrenden Gefühle. Er fühlte sie in sich aufsteigen und schob sie schnell weg. Das ging jetzt nicht, das war zu viel, erst recht für einen Tag wie diesen.

»Wie dem auch sei«, fuhr sie fort. »Du klingst ziemlich mitgenommen.«

»Na ja, erschrocken halt«, beeilte er sich zu sagen. »Ist doch klar, wenn so was passiert. Immerhin kommt hier quasi jeden Tag 'n neuer Toter aus'm Wald.«

»Davon hast du mir erzählt.« Sie dehnte das *davon*, als deute sie an, dass es womöglich noch anderes gab, was er ihr nicht erzählt hatte. Ein neuer tiefer Atemzug. Als sie nun weiterredete, klang ihre Stimme betont geschäftsmäßig.

»Und du hast sie in der Nacht das letzte Mal gesehen?«

»Ja«, sagte Paul schnell. »Sie …« Verdammt. Er konnte ihr kaum sagen, dass Maia an seinem Bett gestanden und ihm einen Beutel um den Hals geknotet hatte.

»Du schläfst gar nicht bei deinem Kumpel Sorin.«

»Nein, doch. Also, schon, aber er hat mich rausgeworfen. Also, eigentlich erst später, nämlich heute. Ich habe da, fürchte ich, Mist gebaut, ziemlich großen sogar …«

»Schon gut, du bist mir keine Rechenschaft schuldig.«

Wieder dieser betont geschäftsmäßige Tonfall, wieder ein Zug an der Zigarette.

Paul brach der kalte Schweiß aus. All die Zeit, die er in den letzten Monaten mit der Chefredakteurin verbracht hatte, die Abende, die Samstage und Sonntage. Sogar Weihnachten hatten sie miteinander gefeiert. Er hatte sich wohlgefühlt, sehr sogar. Und zugleich hatte er die nie gestellte Frage, die in all ihren Unternehmungen mitgeschwungen hatte, selbst dann, wenn sie nur gemeinsam *Tatort* guckten, oder vielleicht besonders dann, geflissentlich überhört. Die Frage, wohin das alles führte. Ob mehr daraus werden könnte.

Tatsächlich, es wurde ihm in dieser Minute vollkommen klar, hatte er die Frage sich selbst längst beantwortet. Denn da war Maia. Seit dem letzten Sommer war da immer nur Maia.

Am anderen Ende der Leitung hörte er ein Feuerzeug klicken. Die Chefredakteurin zündete sich eine weitere Zigarette an.

»Ich bin wirklich total erledigt.« Sie klang jetzt nicht mehr geschäftsmäßig, nur sehr müde. Und auch ein bisschen traurig, wobei man das nur hören konnte, wenn man sie gut kannte, so wie er.

»Ich bräuchte für meine Mutter dringend eine neue Pflegerin. Diese Agentur, die die letzte geschickt hat, macht nur leere Versprechungen.«

Ich kenne da jemanden, hätte Paul beinahe laut gerufen, allein, um überhaupt irgendetwas zu sagen, das sie trösten konnte. Doch bei der Vorstellung, dass Carry plante, ihren Laden, ihr Dorf, ihre Heimat zu verlassen, um sich in Deutschland um alte Leute zu kümmern, um Menschen wie die Mutter der Chefredakteurin, die rund um die Uhr versorgt werden mussten, und das für tausend Euro im Monat, drehte sich ihm der Magen um.

»Nun denn.« Ein letzter tiefer Atemzug. »Zeit, Mittagessen zu kochen. Sie wird es nicht mögen, sie mag nichts von dem, was ich zubereite, aber ich krieg's schon irgendwie hin. Melde dich gern mal wieder.«

»Das mache ich«, sagte Paul. »Auf bald.«

Die Erkenntnis traf ihn, als er das rote Telefonsymbol auf

seinem Handy drückte, und sie schmeckte bitter wie Galle. Wenn er zurückkam, würde die Chefredakteurin nicht mehr seine Freundin sein. Er hatte sie verloren.

Ein Blick auf die Uhr zeigte ihm, dass es Zeit für die Medizin der kleinen Hündin war. Sie röchelte noch immer. Nur mit größter Mühe bekam er ihr den kleinen Löffel Flüssigkeit eingeflößt. Den Pfannkuchen, den er ihr reichte, in kleine Stücke geschnitten, schien sie gar nicht wahrzunehmen. Sie machte noch zwei Mal unter sich, ohne vorher auch nur die geringste Unruhe zu zeigen, sodass er sie hätte hinaustragen können. Zum Glück nur Pipi, doch als er den Hahn über der Spüle aufdrehte, um sie zu säubern, röchelte der fast genauso erschöpft wie das Tier. Es kam ein wenig Wasser, dann nichts mehr.

Was hatte Maia gesagt? Manchmal sei die neue Wasserleitung, die zum Dorf führte, verstopft?

Er lief in den Hof zum alten Brunnen, versuchte, dort Wasser zu schöpfen. Aber der Brunnen war eingefroren, warum war er da nicht gleich drauf gekommen.

Paul fluchte leise, füllte einen kleinen Topf mit Schnee, schmolz ihn auf dem Herd, wusch die Hündin vorsichtig und bettete sie schließlich, in eine Decke gewickelt, auf die Bank.

Er war sich sicher, noch bevor der Tag zu Ende ging, würde er sie begraben müssen. Nur dass das kaum möglich schien, wo doch alles gefroren war.

Ihm war übel vor Verzweiflung. Er lief im Wohnraum auf und ab, nahm immer wieder sein Handy zur Hand, googelte, was er zu den Toten finden konnte, zu dem Waldarbeiter, von dem er inzwischen wusste, dass er Voicu geheißen hatte, zu Petre, zu Toma. Doch bis auf eine digitale Gedenkseite, die allem Anschein nach Voicus Familie initiiert hatte, gab es da nichts, absolut nichts.

Die Hündin roch immer schlimmer.

Widerstrebend setzte er sich an den Tisch, griff nach der

Pappe, die neben der Hoftür gehangen hatte, sah sie sich noch einmal genauer an.

Bist du weg, kommt sie zurück.

Immerhin diesmal ohne Rechtschreibfehler. Denn dass derjenige, der diese Botschaft geschrieben hatte, auch die verfasst hatte, die auf der Tür des Wohnhauses gehangen hatte, an dem Morgen, an dem Maia ihn vorgeblich zum Frühstück eingeladen hatte, das war ihm plötzlich klar. Er meinte sogar, die Handschrift wiederzuerkennen.

Wer auch immer sie sind, sie haben mich verarscht, dachte Paul. Seit dem Morgen, an dem man Petre tot gefunden hat, haben sie mich verarscht. Sie haben so viel Macht, dass sie die Polizei in der Hand haben, zumindest die hier vor Ort.

Sie haben ganz gewiss Toma auf dem Gewissen, vielleicht auch Voicu und sogar Petre. Mit dem hat immerhin alles angefangen.

Und jetzt haben sie Maia. Was tun sie ihr an, in diesem Moment?

Die Hündin begann zu winseln, so leise, dass es kaum zu hören war, aber Paul ging es durch Mark und Bein.

Er sprang wieder auf, lief weiter in der Wohnstube auf und ab.

Nichts habe ich ausgerichtet, dachte er, im Gegenteil. Mit meinen Nachforschungen habe ich womöglich alles noch verschlimmert. Wurde Toma nicht ermordet, nachdem ich in Oliver gedrungen war, sich mit mir zu treffen? Und dann trug er eine Jacke, wie Oliver sie hat, sowie diese grässliche künstliche Glatze.

Paul stöhnte. Suchte sein Handy, fand es auf der Bank neben der Hündin. Dieser Geruch!

Sein Rückflug war eigentlich erst in vier Tagen. Aber es gab auch einen am nächsten Morgen. Sibiu – Dortmund. Keine drei Stunden Flugzeit, und er wäre so gut wie zu Hause.

Ich mache das, dachte er. Vielleicht, ja, hoffentlich lassen sie Maia tatsächlich frei, wenn ich weg bin.

Ihm war nach Weinen zumute. Verdammt, das war ihm lange nicht passiert. Er wischte sich über die Augen, schnäuzte sich ausgiebig in ein Küchentuch aus Papier, ein Taschentuch hatte er nicht. Dann loggte er sich in das Portal der Fluggesellschaft ein.

Er war gerade dabei, die Prüfnummer seiner Kreditkarte einzugeben, um den Bezahlvorgang abzuschließen, als es klopfte. Laut und vernehmlich. Draußen im Hof stand jemand. Paul sprang auf, wagte einen vorsichtigen Blick aus dem Fenster und prallte zurück. Es war Ions Ehefrau. Und sie guckte, als wolle sie ihn gleich hier und jetzt in Stücke reißen.

»Na, Sie trau'n sich was!«, keifte Pušomori. Sie war, als sich plötzlich die Decke vor dem Eingang bewegte und sich jemand in den Schuppen schob, vor Schreck beinahe von der Waschmaschine gestürzt. Normalerweise war sie um diese Zeit hier immer allein. Und weil sie wenig Erfahrung darin hatte, wie man mit erwachsenen Männern redete, genau genommen fast gar keine, machte sie es instinktiv so, wie sie es bei ihren älteren Schwestern beobachtet hatte, wenn die ein Gespräch mit ihren Ehemännern anfingen. Sie schimpfte erst einmal.

»Was fällt Ihnen ein, hier einfach so reinzuplatzen!«

»Scuză-mă, te rog«, *nuschelte der Heruntergekommene. »Entschuldigung! Es ist nur so, dass ich Ihre, ähm, deine Hilfe bräuchte.«*

»Wobei denn?«, fragte Pušomori und war selbst bass erstaunt, wie gut sie die herrische Art ihrer Schwestern imitieren konnte. Das kam davon, wenn man zu einem Leben als Beobachterin verdammt war. Man prägte sich alles ganz genau ein.

»Es ist so«, begann der Heruntergekommene.

Er sah erbarmungswürdig aus. Unrasiert, ungekämmt, mit dunklen Schatten unter den Augen. Offensichtlich suchte er nach einem Stuhl oder Ähnlichem, um sich hinzusetzen. Da es aber nur die Waschmaschine gab, und selbst die eigentlich keine Sitzgelegenheit war, beschloss Pušomori, das zu ignorieren. In ihrer Familie und in ihrer Tradition wäre es oberste Gastgeberpflicht gewesen, dem Besucher sofort alles, was man hatte, zu geben, Essen, Trinken, Sitzgelegenheit, das eigene Bett, egal, ob man es selbst entbehren konnte oder nicht. Aber Pušomori war dabei, mit beidem zu brechen, mit der Familie genauso wie mit der Tradition. Also konnte sie auch gleich damit anfangen.

»Nun«, fuhr er fort, immer noch stehend. »Viorica war bei mir, also die Frau von Ion.«

»Und?«

»Na ja, ich dachte immer, sie wäre furchtbar unfreundlich. Dabei …«

»Hatte sie nur als junges Mädchen einen Hirntumor. Und nachdem der rausoperiert war in Bukarest, was damals eine echte Glanzleistung war, blieb ihr Gesicht so zurück, erstarrt in einer Grimasse. Das weiß doch jeder! Sie etwa nicht?«

Der Heruntergekommene senkte den Kopf. Er guckte, als hätte sie ihn geschlagen.

»Nein«, flüsterte er. »Ich wusste das nicht. Wie so manch anderes.«

Pušomori machte Anstalten, jetzt doch von der Waschmaschine runterzurutschen.

»Wenn Sie möchten, können Sie sich setzen.«

»Was? Nein, danke, vielen Dank, ich stehe lieber.«

»Na gut. Möchten Sie etwas trinken?«

»Nein, nein. Es ist nur dieses eine, um das es mir geht.«

»Und das wäre?«

»Ich weiß ja, dass du sehr gut, nun, mit diesen Sachen bist.«

Er wies auf den Laptop auf ihrem Schoß, was Pušomori dazu brachte, ihn schnell zuzuklappen.

»Letzten Sommer«, fuhr er fort, »hast du einige ganz erstaunliche Dinge zutage gefördert. Dinge, an die man sonst nicht rankommt. Für die man besondere Fähigkeiten benötigt.«

Pušomori antwortete nicht, aber sie merkte, wie sie sich ein bisschen aufrichtete. Dass man sie für etwas lobte, kam selten vor, eigentlich so gut wie nie.

»Und deshalb will ich dich fragen, ob du dir vorstellen könntest, noch einmal etwas für mich herauszufinden. Etwas, auf das Viorica mich aufmerksam gemacht hat, ein Problem, das nur du lösen kannst. Aber nur, wenn es nicht zu viele Umstände macht.«

Pušomori spitzte die Ohren. Er schmeichelte ihr ein bisschen sehr. Da galt es, auf der Hut zu sein.

»Was denn?«, fragte sie laut und setzte ihre überzeugendste Unschuldsmiene auf, ein Trick, auf den beinahe jeder reinfiel. Wenn sie so guckte, sprachen die meisten Leute völlig unbedarft weiter und verrieten mehr, als sie ahnten.

»Du vermutest, glaube ich, ganz richtig.« Er betrachtete sie eingehend. »Es könnte dich in Schwierigkeiten bringen. Aber es ist wirklich wichtig. Maia ist verschwunden, und ich muss herausfinden, was hier geschieht. Ich fürchte, sie ist in großer Gefahr.«

Mist. Nicht nur, dass er sie durchschaut hatte. Es ging auch noch um Maia, ausgerechnet. Über ein paar Ecken war Pušomori mit ihr verwandt, denn sie war eine Ţigani *wie sie. Nur dass die eigene Verwandtschaft Maia als Kind verstoßen hatte. Zuvor waren Maias Eltern und Geschwister bei einem Brand zu Tode gekommen. Bis heute sprach hier in der Siedlung niemand über diesen Brand, so wie auch niemand über das sprach, was Maia tat, wozu sie in der Lage war.* Wir wecken doch keine schlafenden Hunde, *hieß es nur.*

Wenn Pauls Tante Zinzi das Mädchen, das Maia damals noch war, und das sie kannte, weil es ihr auf dem Hof half, nicht an Kindes statt angenommen hätte, sie wäre in eines jener berüchtigten Waisenhäuser gekommen, wie sie zu Zeiten Ceauşescus das ganze Land überzogen hatten.

»Ich glaube«, sagte Pušomori und imitierte nun den Tonfall ihrer Schwestern, wenn sie zu etwas ganz und gar nicht bereit waren, »da kann ich dir nicht helfen.«

Jetzt hatte sie ihn doch glatt geduzt, doch es schien den Heruntergekommenen nicht weiter zu stören. Wenn sie genau überlegte, hatte sie dies eigentlich schon letzten Sommer gemacht.

»Ich verstehe schon.« Er nestelte an seiner Jacke herum, schick sah die aus, aber viel zu dünn für einen Winter wie diesen. »Und mir ist eh nicht wohl bei dem Gedanken, dass ich dich mit meinem Wunsch in Gefahr bringe. Ich weiß ja auch, dass ich schuld bin an dem Ärger, den deine Brüder jetzt kriegen.« Er sah sie direkt an. »Wegen dieser Sache mit den Trüffeln. Glaub mir, das habe ich nicht gewollt.«

Pušomori horchte auf. Der Heruntergekommene war schuld daran, dass ihre Brüder heute Morgen aufs Polizeirevier bestellt worden waren? Sie wäre nicht im Traum drauf gekommen, dass er damit zu tun hatte. Was hatten die beiden immer groß getan wegen all des Geldes, das sie mit den Trüffeln verdienten. Na gut, sie gaben der Mutter davon ab, aber nicht allzu viel, für eine neue Waschmaschine zum Beispiel hatte es nicht gereicht. Das Geld floss den beiden nämlich schneller durch die Finger, als man gucken konnte.

Pušomori überlegte. Die Saison war eh vorbei. Beim ersten Schnee hatte man noch nach Wintertrüffeln graben können, aber jetzt nicht mehr. Bei dieser Eiseskälte zogen sie sich tief ins Erdreich zurück. Die Brüder würden eine Geldstrafe aufgebrummt bekommen, die sie eh nicht zahlen würden. Sie kannten da jemanden, dem sie in solchen Fällen einen Gefallen tun mussten, dann war die Sache geregelt. Und im Frühjahr, wenn es losging mit den Sommertrüffeln, wäre längst Gras über die Sache gewachsen, im wahrsten Sinne des Wortes.

Im Grunde war also nicht viel verloren. Nur die Hochmut der Brüder, unter der sie seit Jahr und Tag litt, hatte einen ordentlichen Dämpfer bekommen.

»Nun sag schon.« Sie stupste mit der Fingerspitze in den Bauch des Heruntergekommenen, überraschend weich fühlte sich das an. »Worum handelt es sich denn?«

SIEBZEHN

Viorica erschien, wie sie es angekündigt hatte, abends um sechs.

»Da sind fast alle wieder bei der Totenwache«, hatte sie ihm in knappen Worten erklärt. »Da sieht uns keiner. Außerdem ist Vollmond, also genug Licht.«

Paul hatte nur zustimmend genickt. Jetzt, während er sie hereinbat, musste er an einen Spruch denken, den seine Tante Zinzi immer gesagt hatte. Er stammte von irgendeinem großen Dichter, Paul hatte vergessen, von wem. Vielleicht war es Hölderlin.

Wo Gefahr ist, wächst das Rettende auch.

Viorica rettete ihn. In dem Moment, in dem er aufgeben wollte, war sie aufgetaucht. Mit einer Information, die er kaum glauben konnte. Und mit einem Vorschlag, so tollkühn, dass er erst gar nicht zustimmen wollte.

Diese kleine, alte Frau, die er immer für griesgrämig und abweisend gehalten hatte, mit der er kaum je ein Wort gewechselt hatte, hatte ihn vollkommen überrascht.

Ich Idiot, schalt er sich im Stillen selbst. Ich bin wirklich zu gar nichts zu gebrauchen.

Zugleich musterte er sie besorgt von der Seite. Noch kleiner als sonst kam sie ihm vor, wie sie da in Pelzmantel und gefütterten Stiefeln vor ihm stand, die Kapuze tief in die Stirn gezogen, in der Hand eine große *Mix-Markt*-Tüte.

»Wir müssen das nicht machen«, sagte er laut, um sich sogleich zu korrigieren. »Also, ich meine, Sie müssen das nicht machen. Es könnte gefährlich werden. Und ich möchte niemanden gefährden.«

Nicht noch jemanden, setzte er in Gedanken hinzu. Auch wenn sie die Tatsache, dass Ion seinetwegen Ärger mit der Polizei bekam, mit einer wegwerfenden Handbewegung abgetan hatte.

»Drei Flaschen von seinem Selbstgebrannten für den *Inspector*, den Chef von der Hatmanu, dann hat sich das erledigt.«

Aber mit der alten Frau, und sie war alt, Paul schätzte Viorica auf mindestens siebzig, wenn nicht älter, bei Nacht in den Wald zu gehen war noch einmal etwas ganz anderes. Der Gedanke, ihr könne etwas zustoßen, trieb ihm den kalten Schweiß auf die Stirn.

Doch sie ging gar nicht auf seinen Einwand ein. Im Gegenteil, sie musterte ihn, als überlege sie, ob er, Paul, dem, was sie vorhatten, gewachsen war.

»Das geht so nicht«, stellte sie fest. »Hast du überhaupt lange Unterhosen an?«

»Selbstverständlich!«, antwortete Paul und merkte, wie er rot wurde. Er konnte sich nicht erinnern, jemals mit einer Frau über lange Unterhosen gesprochen zu haben. Tante Zinzi wäre zu so einer Frage in der Lage gewesen, aber sie hatte er immer nur im Sommer besucht.

»Dieser Pullover«, fuhr sie fort, »reicht nicht. Hast du kein Hemd, das du darunterziehen kannst?«

»Ja, schon, aber ich trage ein T-Shirt …«

»Nimm ein Hemd. Eins mit langen Ärmeln.«

»Wenn Sie meinen.« Paul griff nach seiner Reisetasche, verschwand damit in Maias Schlafzimmer. Das wäre ja noch schöner, wenn Viorica ihm beim Umziehen zusehen würde.

Als er wiederkam, holte sie gerade etwas Graues, Zotteliges aus der *Mix-Markt*-Tüte.

»Und das ziehst du drüber.«

Paul kniff die Augen zusammen. Hatte sie ihm da etwa eine Pelzjacke mitgebracht? Alt und verschlissen sah sie aus, und an einigen Stellen konnte man noch Einzelteile der Tiere erkennen, aus deren Fell sie gemacht war, Ohren zum Beispiel oder auch ein paar Klauen.

»Ich brauche das nicht«, sagte er schnell und nahm seinen Anorak vom Haken.

Noch ehe er ihn überstreifen konnte, war sie auf ihren kurzen Beinen zu ihm gelaufen, rieb prüfend den Stoff zwischen den Fingern.

»Zu dünn«, befand sie. Mit einer stummen Geste hielt sie ihm den Pelz hin.

Paul musste an die vielen Male denken, in denen er in seiner Jacke schrecklich gefroren hatte. Und da hatte er sich immerhin noch im Dorf herumgetrieben, in der Nähe menschlicher Behausungen. Er unterdrückte ein Seufzen und nahm ihr das wuchtige Ungetüm ab.

»Wenn Sie meinen.«

Das Kleidungsstück passte erstaunlich gut. Von Ion, der Paul gerade mal bis zur Schulter reichte und der viel kürzere Arme und Beine hatte, war es bestimmt nicht.

Viorica beugte sich unterdessen über die Hündin.

»Ich muss ihr noch Medizin geben«, sagte Paul schnell. »Aber ich fürchte, sie wird nicht mehr.«

Sie zuckte mit den Schultern, und während er dem Tier die Flüssigkeit einflößte, es konnte immer noch kaum den Kopf heben, trat sie unruhig von einem Bein aufs andere. Dann holte sie weitere pelzige Utensilien aus ihrer *Mix-Markt*-Tüte hervor.

»Hier.«

Es handelte sich um ein paar Fäustlinge und um eine Mütze mit Schirm und Ohrenklappen. Eine ganz ähnliche trug Maia, und während Paul sie aufsetzte, Viorica würde keinen Widerstand dulden, das wurde ihm langsam klar, merkte er, wie die bange Angst, die ihn seit dem Morgen im Griff hielt, erneut in ihm aufwallte. Würde das, was sie vorhatten, Maia in irgendeiner Weise helfen oder sie womöglich noch mehr in Gefahr bringen? Er wusste es nicht. Er konnte nur hoffen, dass er das Richtige tat.

Ein letzter Blick auf die Hündin, dann löschte er das Licht und folgte Viorica.

Sie lief in kleinen Schritten vor ihm her, geradewegs aus dem Dorf hinaus. Paul merkte, wie der eisige Wind ihm die Tränen in die Augen trieb. Die Nacht war klar, und der Mond stand hell am Himmel. Schwer lag die Pelzjacke auf seinen Schultern, viel schwerer als irgendetwas, was er jemals getragen hatte. Auch die Handschuhe waren ungewohnt in ihrer Steifheit, und seine Kopfhaut hatte in dem Moment zu jucken begonnen, in dem er die Mütze aufgesetzt hatte. Doch er fror nicht, kein bisschen.

Nach einer Weile bog Viorica scharf rechts ab und folgte einem Trampelpfad mitten durchs freie Feld. Hätten nicht viele große und kleine Füße, die Abdrücke waren im Licht des Mondes deutlich zu sehen, auch Hufe von Pferden waren darunter, eine Schneise geschlagen, sie wären sogleich knietief im Schnee versunken. Paul wunderte sich. Im Grunde liefen sie wieder zum Dorf zurück, allerdings in einem weiten Bogen. Doch er sagte nichts. Seit Viorica heute an seine Tür geklopft hatte, gab es einen unausgesprochenen Handel zwischen ihnen. Vertrauen gegen Vertrauen.

Und wenn alles gut ging, würde sie ihm zeigen, wonach er schon so lange suchte.

Bald schon tauchte zu ihrer Rechten eine hohe Mauer auf, es war, wie Paul schnell erkannte, die äußere Ringmauer der Kirchenburg. Paul hob den Kopf. Tatsächlich, weit über ihnen, im Licht des Mondes gut zu erkennen, thronte das Ehegefängnis. Und nur wenige Meter vor ihnen begann der Wald.

Viorica hielt stramm darauf zu. Paul machte, dass er hinterherkam, aber kaum hatten sie die Baumgrenze erreicht, war der Boden plötzlich uneben, ein Erdloch folgte auf das nächste. Paul musste aufpassen, dass er nicht stolperte. Moment mal. Das war doch genau die Stelle, an der er vom Ehegefängnis aus die Leute im Erdreich hatte graben sehen. Er blieb stehen, bückte sich. Schob den Schnee, der den Boden bedeckte, beiseite. Wurzelwerk kam zum Vorschein, halb abgerissen, verfault. Paul sah sich um. So weit er gucken konnte, schien alles umgegraben. Eine riesige öde Fläche.

»Was, zum Teufel«, flüsterte er vor sich hin.

»Die Bäume«, hörte er Viorica neben sich, »sind über ihre Wurzeln mit den Pilzen verbunden, sie versorgen sich gegenseitig mit Nährstoffen, sie reden sogar miteinander, wenn man das so sagen kann. Aber die Leute wissen das nicht mehr. Sie haben vergessen, was der Wald für uns bedeutet. Welche Schätze er birgt, wenn wir ihm mit Respekt begegnen. Hier werden keine Pilze mehr wachsen und auch sonst nicht viel.«

Paul nickte. Er musste an das *Ţigani*-Dorf denken, die armseligen Hütten. Und er musste an Sorin denken, an dessen iPhone, an das nagelneue Badezimmer mit der teuren Keramik. Verdammt, verdammt.

Er richtete sich auf, sah sich ein letztes Mal um, machte, dass er hinter Viorica herkam, die schon weitergelaufen war. Wegen dieser Sache waren sie nicht hier.

Es gab keinen Weg mehr. Inzwischen stapften sie durch knietiefen Schnee. Das Laufen fiel ihm zunehmend schwer, aber im Traum wäre er nicht auf die Idee gekommen, Viorica zu bitten, langsamer zu gehen. Nicht diese Frau, die so viel älter war als er und zugleich so viel ausdauernder. Die ihm gesagt hatte, sie sei jeden Tag im Wald. Im Sommer sammle sie Beeren und trockenes Reisig, im Herbst Pilze und Maronen. Sie sei so daran gewöhnt, durch den Wald zu streifen, sie könne gar nicht anders.

Kein Wunder, hatte Paul gedacht, wo Ion doch ständig trinkt. So lustig es war, mit ihm und seinem selbst gebrannten Pflaumenschnaps zu feiern, so musste er zu Hause für seine Ehefrau doch eine Last sein.

Mitten durch den Wald ging es, über umgestürzte Bäume oder, wenn das nicht möglich war, um sie herum. Paul keuchte. Die Pelzjacke hielt ihn warm, aber sie erhöhte auch das Gewicht, das er eh schon mit sich herumschleppte.

Wenn ich wieder in Köln bin, dachte er, werde ich Sport treiben. Und abnehmen.

Aber erst galt es, dieses Abenteuer zu bestehen.

Und während er mehr stolperte als lief, während er versuchte, nicht ganz so laut zu keuchen, dachte er an das, was Viorica ihm gesagt hatte.

Ich sehe, du bist ein guter Mann, hatte sie gesagt. Du willst wirklich wissen, warum unsere Männer als Leichname aus dem Wald zurückkehren. Ich werde es dir zeigen.

Und dann hatte sie noch etwas gesagt.

Ich sah Petre, bevor er gefunden wurde. Ich weiß, was wirklich geschah.

Was?, hatte Paul gerufen.

Erst das eine, hatte sie geantwortet, dann das andere.

Sie verfolgte, das war ihm in diesem Moment klar geworden, ihren eigenen Plan. Er hatte nicht die geringste Ahnung, woraus dieser Plan bestand, worauf er sich einließ. Doch was blieb ihm anderes übrig? Und jetzt hastete er mit ihr durch den Wald, mit einer Frau, die er kaum kannte, eigentlich gar nicht. Niemand wusste, dass sie hier unterwegs waren. Niemand würde sie finden, wenn etwas geschähe.

Nur noch wenig Licht fiel jetzt durch das Blattwerk der Bäume. Hätte Viorica nicht ihren dunklen Pelz getragen, der sich deutlich vom Weiß des Schnees abhob, Paul hätte noch größere Mühe gehabt, ihr zu folgen.

War dort vorne etwas vorbeigehuscht? Nein, da war nichts, er musste sich getäuscht haben. Paul dachte daran, wie oft er sich bei seinem letzten Besuch hier, im Sommer, gefürchtet hatte. Gruselige Dinge waren passiert, einmal war er sogar morgens in einem Sarg aufgewacht, auf dem frisch Verstorbenen liegend. Wenn er nur daran dachte, fühlte es sich sogleich wieder so an, als spüre er eine eiskalte Hand in seinem Nacken.

Und nun gab es all die Toten. Und Maia war verschwunden.

Verdammt, ahnte er dort drüben nicht doch einen Schatten? Einen, der sich bewegte? Aber nein, da war nichts.

Paul schüttelte sich, lief weiter.

Ich bin mit Viorica unterwegs, sagte er sich, einer im Grunde vertrauenswürdigen alten Frau, die den Wald, und mag er noch so dunkel und undurchdringlich erscheinen, ganz genau kennt. Und wenn sie sich nicht fürchtet, werde ich das erst recht nicht tun.

Jetzt drang etwas Neues an sein Ohr, etwas, das die Stille des Waldes ablöste. Das Rauschen eines Flusses. Immer näher schien es zu kommen. Viorica verlangsamte ihren Schritt, er schloss zu ihr auf. Und dann standen sie plötzlich davor. Schwarzes Wasser mit weißen Schaumkronen in einem tiefen Bett. Direkt vor ihnen rauschte es über zerbrochenes Holz, sprudelte darum herum, riss es mit sich. Die Reste einer Brücke ragten über den Fluss, begraben unter gewaltigen Felsbrocken. Kaum Schnee lag darauf. So, wie es aussah, war das Gestein erst vor Kurzem aus der Felswand gebrochen, die sich auf der anderen Seite des Flusses befand, und hatte die Brücke mit sich gerissen.

Paul hörte Viorica leise fluchen.

»Diese Bastarde.«

»Wie meinen Sie das?«

»Siehst du denn nicht? Sie haben den halben Berg weggesprengt. Und das nur wegen der Pfaffenlöcher, die eh keiner mehr nutzt. Sie machen, was sie wollen, sie …«

»Moment!« Paul horchte auf. »Hier geht es zu den Pfaffenlöchern?«

»Du kennst sie?«

»Ich war dort. Es gibt einen Geheimgang vom Ehegefängnis dorthin, wussten Sie das?«

Viorica schien zu nicken, aber sicher war er sich nicht.

»Nun ja, ich landete auf einem Felsvorsprung und wusste nicht weiter, es muss gleich hier gegenüber gewesen sein. Oliver kam …«

»Oliver, natürlich.« Jetzt war ihr Nicken deutlicher. »Er kennt sich aus, und er hatte immer alles im Blick.«

»Aber wie ist er in die Höhle gelangt?«

»Über die Brücke.« Sie wies auf die Reste im Fluss. »Und dann die Felswand hinauf. Er klettert ziemlich gut.«

»Aber …« Paul kniff die Augen zusammen, wies auf die Trümmer. »Warum ist hier jetzt alles kaputt?«

»Tja.« Er ahnte mehr, als dass er es sah, wie sich ihr Gesicht verfinsterte. Und noch etwas spürte er, zum allerersten Mal, seit sie am Morgen zu ihm gekommen war.

Viorica fürchtete sich.

Paul fühlte sich gerade bemüßigt, sie zu beruhigen, so eine eingestürzte Brücke war ja noch lange kein Grund, Nerven zu zeigen, als er es hörte, lauter als das Rauschen des Flusses. Das Getrappel von Hufen. Ein Wiehern. Es hielt direkt auf sie zu. Er riss die Augen auf, versuchte, in der Dunkelheit etwas zu erkennen. Verdammt!

»Vorsicht!«, brüllte er. »Ein *Sântoaderi!*«

Er ließ sich der Länge nach in den Schnee fallen, riss Viorica mit sich. Was, dachte er noch, während die Hufe des schauerlichen Wesens keine zwei Meter entfernt an ihnen vorbeitrampelten, hatte Tante Zinzi immer gesagt? Sie suchen dich dann heim, wenn du am wenigsten mit ihnen rechnest.

ACHTZEHN

»Das ist nicht dein Ernst!« Viorica rieb sich die Hüfte, und trotz der Dunkelheit konnte Paul das wütende Blitzen in ihren Augen sehen. »Seit wann glaubst du an *Sântoaderi*?«

»Ich«, stammelte Paul, »ich habe ihn hier schon einmal gesehen …«

»So ein Blödsinn.« Sie richtete sich auf und stützte sich dabei schwer auf ihn.

Um Himmels willen, dachte Paul, hoffentlich habe ich die alte Frau nicht verletzt, als ich sie mit mir zu Boden gerissen habe!

»Ich hätte mir sonst was brechen können«, sagte sie nun, als lese sie seine Gedanken. »Und wir haben noch ein ganzes Stück Weg vor uns.«

»Es tut mir so leid.« Eine Welle heißer Scham kam über ihn. »Ich dachte, ich dachte nur tatsächlich …«

»Was da gerade an uns vorbeigaloppiert ist«, unterbrach sie ihn, »war, wenn ich mich nicht täusche, das Pferd von Toma. Irgendeiner müsste es mal einfangen.«

»Toma hatte ein Pferd?«

»Ja, ja. Allerdings hat er mit dem Reiten erst angefangen, als er ins Dorf zog. Und man soll ja den Toten nichts Schlechtes nachsagen, aber gut war er darin nicht. Meist hing er wie ein Sack Mehl auf dem Pferd und drohte jeden Moment herunterzustürzen.«

Paul merkte, wie er noch röter wurde. Die seltsame Erscheinung, die er beobachtet hatte, als er aus dem Geheimgang getreten war. Von jenem Felsplateau aus, das nun in Trümmern im Fluss lag. Das war natürlich kein *Sântoaderi* gewesen, also ein Wesen in Gestalt eines Pferdes, das statt eines Kopfes einen menschlichen Oberkörper hatte. Nein, wie peinlich, es war vermutlich einfach nur Toma gewesen, der sich, im Bemühen, nicht herunterzufallen, tief über den Kopf seines Pferdes gebeugt hatte. Aber was hatte er mitten in der Nacht im Wald gemacht? Warum hatte er ein so herzzerreißendes Heulen ausgestoßen? Und wieso lief sein Pferd jetzt frei durch die Gegend?

Diesen Fragen würde er ein andermal nachgehen. Jetzt hieß es, Viorica heil nach Hause zu bringen.

»Ich kann nicht ausdrücken, wie sehr ich mich schäme.« Er hielt ihren Arm, während sie sich den Schnee vom Mantel klopfte. »Am besten, Sie bleiben hier, und ich hole Hilfe. Ich denke, ich finde den Weg. Und Sie sollten sich ausruhen. Warten Sie, ich lasse Ihnen die Jacke hier …«

»Bist du von allen guten Geistern verlassen?« Sie stieß ihn brüsk zurück. »Du behältst gefälligst die Jacke an, sonst bist du schneller erfroren, als dieses verrückte Pferd von Toma rennen kann. Und wir gehen weiter. Basta!«

Noch ehe er etwas erwidern konnte, stapfte sie durch den tiefen Schnee davon. Sie hinkte ein wenig, das war unübersehbar. Mit einem Kloß im Hals, so dick, dass er kein weiteres Wort herausbekam, folgte Paul ihr.

Sie hielten sich noch eine Weile am Ufer des Flusses, dann bogen sie ab, und es ging langsam, aber stetig bergan. Der Mond leuchtete nach wie vor so hell, dass es beinahe Tag schien. Bloß dass die Farben fehlten, dachte Paul. Wir bewegen uns durch eine Landschaft in Schwarz und Weiß. Wenn doch nur alles im Leben so eindeutig sein könnte.

Wo, fragte er sich zum x-ten Mal, war Maia? War sie tatsächlich aus ihrem Haus entführt worden, während er geschlafen hatte, so, wie er es annahm? Oder hatte sie alles fingiert, einschließlich der Pappe mit der Nachricht, die am Tor gesteckt hatte? Hockte sie jetzt gerade womöglich mit dem ebenfalls verschwundenen Oliver zusammen und lachte sich über ihn, Paul, halb tot?

Nein, dachte Paul, niemals.

Und auch wenn er keine Ahnung hatte, wie Maia zu ihm stand, so wusste er doch eins ganz genau. Niemals hätte sie die kleine verletzte Hündin zurückgelassen.

Viorica schien keine Müdigkeit zu kennen. Mit jedem Schritt wurden ihre Bewegungen wieder flüssiger, das Hinken ließ nach, und sie sah sich kein einziges Mal nach ihm um. Paul mühte sich, sie einzuholen.

»Das Pfaffenloch«, japste er, als er dicht hinter ihr war. »Ich kannte es bislang nur aus Erzählungen. Wer weiß alles, wo genau es ist?«

»Wenige«, antwortete sie. »Alte Leute wie ich. Als Kinder haben wir uns dort versteckt, wenn wir was ausgefressen hatten. Später geriet es in Vergessenheit.«

»Und der Geheimgang? Wussten Sie davon auch?«

»Klar, der ist uralt.«

»Aber auch er …«

»… ist in Vergessenheit geraten, genau.«

»Wie kann das sein?«, rief Paul. »Wie kann so etwas in Vergessenheit geraten?«

Sie zuckte mit den Schultern und lief weiter.

Sie weiß es, dachte Paul. Sie weiß viel mehr, als sie sagt. Aber sie verfolgt ihre eigene Agenda.

Einmal querten sie eine Straße, oder vielmehr eine Art monströsen Wirtschaftsweg. Wie eine gewaltige Schneise führte er mitten durch den Wald. Deutlich hoben sich im festgefahrenen Schnee die Spuren von Fahrzeugen ab. Tiefe Rillen von mächtigen Reifenprofilen, die Reifen selbst mussten beinahe meterbreit sein, schätzte Paul.

Hier sind große Fahrzeuge unterwegs, dachte er, und das Tag für Tag. Er merkte, wie es in seinem Nacken zu kribbeln begann.

Viorica griff nach seinem Ellenbogen, und er stützte sie, während sie über die vereiste Böschung kletterten. Sie duckte sich dabei, als fürchte sie einen Angriff. Dann tauchten sie wieder ein in den dichten Wald.

Paul warf einen Blick auf sein Handy. Es hatte keinen Empfang hier, was ungewöhnlich war, schließlich war das Netz hier in Rumänien bestens ausgebaut. Aber es verriet ihm die Uhrzeit. Kurz vor zehn. Sie waren nun bereits fast vier Stunden unterwegs, und immer noch wusste er nicht genau, was Viorica ihm zeigen wollte. Aber er ahnte es.

Und plötzlich endete der Wald. Von jetzt auf gleich gab es ihn nicht mehr. Sie traten hinaus auf eine freie Fläche, so groß, dass ihr Ausmaß nur zu erahnen war. Die Bäume, die hier einmal gestanden hatten, waren bis zum Horizont allesamt abgesägt. Eine Baumscheibe reihte sich an die nächste. Manche klein, etwa wie Spaghetti-Teller, andere so groß, dass Paul sich darauf hätte zum Schlafen niederlegen können. Der silberne Schein des Mondes verwandelte sie alle in niedrige Stelen, Kinder von Riesen hätten von einer zur anderen hüpfen können. Nur dass dies kein Spielplatz war. Es war ein Ort des Todes, eine gigantische Wunde mitten im rumänischen Wald.

»Was zum Teufel«, flüsterte Paul zum zweiten Mal in dieser Nacht.

Doch Viorica bedeutete ihm zu schweigen. Die Hände wie zum Gebet vor dem Körper verschränkt, ließ sie ihren Blick schweifen.

Paul betrachtete sie einen Moment, diese stille, stolze Frau. Mit der er kaum je ein Wort gewechselt hatte, und die ihn doch hierhergeführt hatte. An einen Ort, von dem ganz gewiss auch Oliver gewusst hatte. Bloß dass der ihn ihm nicht gezeigt hatte, vielleicht war er auch daran gehindert worden.

Viorica aber hatte es getan.

Paul schluckte. Dann folgte er Vioricas Beispiel, ließ den Blick schweifen.

Während sie durch den Wald liefen, waren ihm die vielen Geräusche kaum aufgefallen. Wie selbstverständlich hatte er da ein Knistern vernommen und dort ein Knarzen, hatte er das Brausen des Windes gehört, der durch die Wipfel der Bäume strich, den Ruf eines Käuzchens. Hier aber gab es all das nicht. Von den Stümpfen, den Hunderten, die er sehen konnte, ging keinerlei Geräusch mehr aus. Im Gegenteil. Sie verbreiteten ein dumpfes Schweigen, das ihm erneut den Hals eng werden ließ.

Noch einmal betrachtete er von der Seite Viorica, ihr unbewegtes Gesicht. Und da verstand er. Sie wollte nicht nur, dass er diesen Ort sah. Sie wollte, dass er ihn spürte. Die Ödnis. Die Wunde. Den Verlust.

Es dauerte, bis sie sich ihm wieder zuwandte.

»Lass uns gehen.«

Sie gelangten zurück zum Wirtschaftsweg, und diesmal querten sie ihn nicht, sondern folgten ihm.

In den Spurrillen der großen Landmaschinen zu laufen war sehr viel leichter als wie zuvor mitten durch den Wald, und doch fasste Viorica wieder nach seinem Ellbogen, stützte sich auf ihn.

Sie muss sehr erschöpft sein, dachte Paul. Sie wird doch nicht noch weiterwollen? Das kann sie ja kaum schaffen.

Laut sagte er: »Sollen wir nicht langsam zurückgehen?«

»Wir gehen zurück.«

»Hier, auf diesem Weg?«

»Ja. Er führt fast bis ans Dorf.«

»Warum«, rief Paul und fasste sich an den Kopf, »haben wir ihn dann nicht gleich genommen? Warum sind wir querfeldein gelaufen, durchs Unterholz und über umgeknickte Bäume?«

»Darum.« Sie wies mit ihrer kleinen, knöchernen Hand nach oben. Paul brauchte einen Augenblick, bis er ihn entdeckte. Ein

Kasten im Geäst eines der Bäume, die direkt am Weg standen, in seiner Mitte ein schwarzer Fleck, mehr zu erahnen als zu sehen im Licht des Mondes. Ein Auge, das auf sie herunterschaute.

Vioricas Hand wanderte weiter. Nur wenige Meter neben dem ersten Kasten hing ein zweiter.

»Kameras«, flüsterte Paul. »Sie kontrollieren den ganzen Weg.«

Er kannte die Begeisterung der Rumänen für elektronische Überwachungssysteme, schon bei seinem letzten Besuch war er deshalb in Schwierigkeiten geraten. Und der Kamera neben Carrys Laden hatte er schließlich seinen Aufenthalt im Ehegefängnis zu verdanken. Aber dass mitten im Wald zig Kameras einen Weg überwachten, das hatte er sich nicht vorstellen können.

»Wir wären niemals bis hierher gekommen«, sagte Viorica leise, »wenn wir gleich den Weg genommen hätten. Man hätte uns vorher gestoppt.«

Wieder betrachtete Paul Viorica von der Seite. Welchen Plan verfolgte sie? Denn dass sie beide aus dieser Sache nun nicht mehr rauskamen, das war klar. Wer immer in diesem Wald das Sagen hatte, wusste nun von ihnen.

Der Weg öffnete sich zu einem Platz, weit genug, dass große Fahrzeuge darauf rangieren konnten. Rechts davon, sie konnten es immer besser erkennen, je näher sie kamen, erhob sich jetzt eine andere Art von Gebirge. Kein Fels, wie unten am Fluss, sondern ein enormer Holzstapel. Dutzende und Dutzende von Bäumen lagen neben- und übereinander, bereit, abtransportiert zu werden.

Paul kannte solche Holzstapel aus der Eifel, wo er ein, zwei Mal in den letzten Monaten am Wochenende mit der Chefredakteurin spazieren gegangen war. Ein Förster, den er mal interviewt hatte, hatte ihm sogar verraten, dass die dort so seltenen Wildkatzen ab und an ihre Jungen zwischen diesen Stapeln aufzogen. Aber er hatte nie zuvor Stapel solcher Größe gesehen. Für die Bäume, die hier lagen, gab es nur ein Wort: gewaltig.

Sie liefen weiter, die Köpfe gesenkt.

»Das kann doch nicht mehr legal sein«, überlegte Paul laut. Und wieder bedeutete Viorica ihm, zu schweigen. Erst nach einer Weile begann sie zu erzählen.

»Als die *Ceauşescu*-Diktatur vorbei war, hat der rumänische Staat den Wald an seine früheren Besitzer zurückgegeben. Nicht immer bekam man genau das Stück Land, das man vorher besessen hatte, oft gab es auch irgendwo, weit weg, ein paar Hektar. Es dauerte nicht lange, und die Holzfirmen kamen vorbei, machten Angebote. Sie wussten genau, welches Waldstück wertvoll war, welches nicht, sie wussten es viel besser als die alten und neuen Besitzer. So mancher ließ sich auf ein Geschäft ein, von dem er nicht ahnte, wie sehr er dabei betrogen wurde. Auf diese Weise gelangten die großen Firmen an Land, an sehr viel Land, das sie rücksichtslos ausbeuteten. Sie machten kurzen Prozess, schlugen alles kahl. Paul, wir reden hier von Urwäldern, den letzten Europas! Lange interessierte das kaum jemanden. In den letzten Jahren hat sich ein bisschen was getan, auch, weil wir mittlerweile in der EU sind. Man kann wohl jetzt mit so kleinen Sendern, ich glaube, es heißt GPS, nachverfolgen, wo das Holz, das geschlagen wird, herkommt. Aber ob das funktioniert, bis auf die letzten Meter? Ich weiß es nicht. Aber ich weiß, was ich sehe, wenn ich durch den Wald streife, eine alte Frau, die niemand beachtet. Manche dieser Buchen sind Hunderte Jahre alt. Andere sind noch jung, müssten eigentlich noch wachsen. Aber sie werden allesamt gefällt. Mit großen Maschinen, die alles zerstören. Früher hat man einzelne Bäume entnommen, mihilfe der Rückepferde, mit Sinn und Verstand. Jetzt wird kahl geschlagen, und dadurch veröden ganze Landstriche. Alles geht kaputt, alles.« Viorica keuchte, das Reden schien sie sehr anzustrengen. »Du fragst mich, ob das alles legal ist. Was soll ich dir darauf antworten? Die Firmen, die hier roden, haben Genehmigungen, das weiß ich von, von …« Sie blieb stehen, rang nach Luft. »Ach, Paul, das ist etwas für einen Journalisten wie dich! Was sind das für Genehmigungen, die so was erlauben? Wer kontrolliert das? Und wird das überhaupt kontrolliert?«

Paul nickte. Er begriff jetzt langsam, warum Viorica ihn hierhergeführt hatte. Und doch waren sie immer noch nicht am Ende ihres Weges.

»Du willst wissen, warum unsere Männer als Leichname aus dem Wald zurückkehren?«, hatte sie gesagt, als sie ihn früher am Tag aufsuchte. »Ich werde es dir zeigen.«

Die alte Frau war inzwischen so außer Atem, dass sie nur noch langsam vorankamen. Paul fragte sie nichts mehr. Er stützte sie und wartete.

Und als sie das Dorf erreichten, lange nach Mitternacht, da hielt sie nicht an ihrem Wohnhaus, das gleich neben dem von Sorins Mutter stand, beide dunkel in der Nacht, sie lief weiter ins Dorf hinein. Paul spürte seine Knie, seine Fußsohlen brannten. Der Pelz hatte ihn warm gehalten, aber er war über alle Maßen erschöpft. Wie mochte es Viorica gehen? Auch wenn sie es gewohnt war, durch den Wald zu streifen, so unternahm sie sonst ganz gewiss nicht solche Gewaltmärsche.

Jetzt aber schien sie noch einmal all ihre Kräfte zu mobilisieren, auf den letzten Metern hatte Paul Schwierigkeiten, mit ihr mitzuhalten.

Erst vor der hölzernen Kirche der orthodoxen Christen kam sie zum Stehen, schlug drei Mal das Kreuzzeichen. Dann öffnete sie ein kleines Tor in der Friedhofsmauer und bedeutete ihm, ihr zu folgen.

Paul zögerte. Dies war der Friedhof, auf dem er eines Morgens in einem geöffneten Sarg erwacht war. Er konnte sich noch gut das Grauen vergegenwärtigen, das ihn damals überfallen hatte. Seitdem hatte er ihn nicht mehr betreten. Aber nun sah er Viorica, wie sie sich nach ihm umdrehte. Wie sie wankte vor Müdigkeit. Also gab er sich einen Ruck.

Der Friedhof war erstarrt unter einer dicken Eisschicht. Die steinernen Platten, die die Gräber bedeckten, sah man nicht mehr. Die Grabsteine schienen geschrumpft, so tief standen sie im Schnee. Von den Tannenzweigen und Plastikblumengestecken, die sie schmückten, war kaum noch etwas zu erkennen. Schmale Trampelpfade führten um die Gräber herum. Auf einem, so, als würde sie von einem unsichtbaren Band gezogen, lief Viorica voraus.

Als er sie endlich einholte, fand er sie vor einem Grab ganz am Ende des Friedhofs. Ein hoch aufragender Stein, ein frischer Kranz hing daran aus echtem Grün.

»Hast du eine Taschenlampe an deinem Handy?«, fragte sie.

»Bitte, was?«

»Alma hat ein Handy mit einer Taschenlampe. Als sie letztens auf dem Heimweg von Carry einen Ring verloren hat, hat sie ihn damit gesucht.«

»Ach so, ja, natürlich. Ich habe eine Taschenlampenfunktion am Handy.«

»Schalt es ein!«

Paul wunderte sich. Seit Stunden waren sie unterwegs. Allein das Licht des Vollmondes hatte ihre Schritte geleitet. Es tauchte auch jetzt den gesamten Friedhof in seinen silbrigen Schein. Es war so hell, er konnte wie schon zuvor sogar Vioricas Gesichtszüge studieren. Dieses Gesicht, über das sie keine Kontrolle hatte. Doch nun entdeckte er etwas Neues darin. Etwas, das, wie er in diesem Moment wusste, immer darin zu sehen gewesen war, versteckt unter der Maske der Übellaunigkeit. Hier, an diesem Ort, schien es sich zu verdichten.

Trauer.

Paul holte sein Handy hervor, schaltete das Licht an.

Ihre knöcherne Hand zeigte ihm, wohin er zu leuchten hatte.

Eine Plakette ganz oben auf dem Grabstein, golden eingefasst. Ein Foto, schwarz-weiß. Es war das Bild eines Mannes, Mitte dreißig vielleicht, mit einem akkurat gestutzten Schnurrbart.

Der Name, der darunterstand, war nicht zu erkennen, ebenso wenig Geburts- und Sterbedatum. Eine Eisplatte verdeckte alles. Doch Paul ahnte auch so, wen das Foto abbildete. Die Ähnlichkeit mit dem alten Ion war unübersehbar. Und die Augen, klein und dunkel, Pauls Blick wanderte kurz zu Viorica, wanderte zurück, waren die seiner Mutter.

»Ich wusste nicht«, sagte er leise, »dass Sie einen Sohn hatten.«

»Er war so groß wie du«, antwortete sie, »du trägst seine Jacke. Schon als Junge packte er überall mit an, war sich für keine Arbeit zu schade. Er hat nie geheiratet. Seine Liebe galt der Natur, dem Wald, vor allem dem Wald. Als er eine Stelle bekam bei einem Forstunternehmen, glaubten wir an eine Fügung des Schicksals. Es waren die Jahre nach der Revolution. Es gab kaum Arbeit, die meisten jungen Menschen zogen in die Städte. Und er war nicht einmal mehr jung. So aber war er von früh bis spät in der Natur. Und er konnte weiterhin bei uns leben, bei seinem *Tată*, seinem Papa, und seiner *Mămică*, seiner Mama.«

Paul nickte. Widerstand der Versuchung, sie zu berühren, ihr über den Arm zu streichen. Er spürte, sie wollte kein Mitgefühl. Sie wollte, dass er das Foto betrachtete. Und dass er ihr zuhörte.

»Es dauerte nicht lange, bis er sich veränderte. Bis er nicht mehr sprechen wollte über das, was er tat. Er brachte einen guten Lohn mit nach Hause, wir haben uns darüber gefreut. Du machst dir keine Vorstellung, Paul, wie klein die Renten sind für unsereins. Aber es war, als verschwinde er vor unseren Augen. Wir hörten von Unfällen, von anderen Waldarbeitern, die ein Bein verloren, einen Arm. ›Es ist ein enormes Tempo, in dem wir arbeiten‹, war alles, was er dazu sagte. Ich spürte, da war noch mehr. Er war nicht mehr stolz auf das, was er tat. Nur einmal noch, kurz vor seinem Tod, kehrte das Leben in sein Antlitz zurück. ›*Mămică*‹, sagte er, ›nächste Woche fahre ich mit ein paar Kollegen nach Bukarest! Wir nehmen an einer Demonstration teil! Und wir sprechen mit einem Parlamentsabgeordneten, er hat sein Kommen zugesagt!‹ Ich hatte keine gute Meinung von Demonstrationen und auch nicht von Politikern, ich riet ihm ab. Tatsächlich ist er nie gefahren, seine Kollegen auch nicht.«

»Was ist passiert?«, fragte Paul, wohl wissend, dass er die Antwort ahnte.

»Sie trugen ihn aus dem Wald heraus. Die Beine zerquetscht von einer der großen Maschinen, mit denen sie dort arbeiten. Er lebte noch zwei Tage, ohne das Bewusstsein wiederzuerlangen.«

Paul betrachtete das Bild des toten Mannes. Ihm war, als müsse er es sich ganz genau einprägen.

Dann knipste er die Taschenlampe aus und schaute wieder zu Viorica. Und er verstand. Es waren nicht nur die Folgen einer Hirnoperation, die ihr Gesicht entstellt hatten. Es war auch der Kummer einer Mutter um ihr totes Kind.

Wieder stellte er eine Frage, deren Antwort er schon zu wissen glaubte.

»Die Firma«, sagte er leise, »für die Ihr Sohn damals gearbeitet hat, gibt es sie noch?«

Ein Nicken.

Jetzt fehlte nur noch das letzte Puzzleteil. Und so stellte er nur noch eine Frage.

»Wie heißt der Mann, dem die Firma gehört?«

»Dragos Dobre«, antwortete sie.

Der Heruntergekommene überraschte sie. Das hätte sie ihm gar nicht zugetraut.

Pušomori studierte die Obduktionsberichte, die sie aus dem Intranet der Polizei in Sibiu heruntergeladen hatte. Es hatte sie nicht allzu viel Mühe gekostet, außerdem besaß sie schon Erfahrung darin. Die Sicherheitsmaßnahmen gegen Cyberangriffe von außen waren ihrer Meinung nach geradezu lächerlich, offensichtlich rechnete man in Sibiu nicht damit, dass sich irgendwer von außen für die Polizeiarbeit interessieren könnte.

Sollten sie aber, bei dem, was sie tun, dachte Pušomori.

Denn dass es für den armen Petre gleich zwei Obduktionsberichte gab, das war schon sehr merkwürdig.

Der erste, offensichtlich angefertigt kurz nach seinem Tod, war nur halb fertig. Seine Verletzungen wurden darin genau beschrieben, viele lateinische Wörter waren dabei, die Pušomori nicht verstand. Aber die abschließende Einschätzung, woran Petre gestorben war, fehlte.

Bei dem zweiten Bericht, Tage später erstellt, waren die Verletzungen nur sehr kursorisch aufgeführt. Dafür aber kam der Arzt, offensichtlich ein anderer, zu einem eindeutigen Schluss: Petre sei gestorben aufgrund von massiver Gewalteinwirkung gegen seinen Hals, hervorgerufen durch einen Unfall.

Wie auch immer das sich zugetragen haben sollte.

Der Heruntergekommene musste so etwas geahnt haben. Bitte, hatte er gesagt, such alles, was sich über die Untersuchung von Petres Leiche finden lässt. Und bitte guck auch, ob es Unklarheiten gibt, irgendetwas, das sich widerspricht.

Nun denn, mit dieser Vermutung hatte er direkt ins Schwarze getroffen.

Pušomori würde ihm die Berichte später bringen, jetzt hatte sie anderes zu tun.

Es war noch schwerer als gedacht, einen ersten Käufer zu finden. Nicht, weil sie etwas besaß, was sie nicht besitzen durfte. Das schien im Darknet, *zu dem sie mittlerweile Zugang hatte, niemanden zu kümmern. Nein, man glaubte ihr schlicht nicht, dass sie das, was sie besaß, in einem transsilvanischen Wald ausgegraben hatte. Dazu fehlte den möglichen Käufern schlichtweg die Vorstellungskraft.*

Es blieb ihr wohl nichts anderes übrig, als zumindest einem von ihnen die Zeitungsberichte aus dem vorletzten Sommer zu schicken. Und den Auszug aus der internen Datenbank des Museums, das das, was damals ausgegraben worden war, verwahrte. Die Archäologen des Museums hatten den Fund nämlich ganz genau untersucht und eine ziemlich exakte Einschätzung abgegeben, was er wert war.

Pušomori zögerte. Was sie vorhatte, barg Risiken. Wenn sie Pech hatte, würde es schon in wenigen Tagen im Dorf nur so wimmeln von Möchtegern-Goldgräbern. Aber was blieb ihr anderes übrig? Sie musste darauf vertrauen, dass ihr Geschäftspartner, und mochte er noch so zwielichtig sein, die Sache für sich behielt.

NEUNZEHN

Paul begleitete Viorica nach Hause, stützte sie. Sie machte nur noch kleine Schritte, stolperte beinahe. Als hätte sie für nichts mehr Kraft nach dieser Nacht.

»Eins noch«, sagte er leise, das Dorf schien in tiefem Schlaf, auch im Pfarrhaus brannte kein Licht mehr. »Wo finde ich diesen Dragos Dobre?«

»Ich habe keine Ahnung«, antwortete sie. »Man sagt, er besitzt Häuser in Sibiu und in Bukarest und angeblich auch eine Hütte in den Karpaten, doch niemand weiß genau, wo.«

»Wirklich niemand?«, fragte Paul. »Dobre hat doch wahrscheinlich Angestellte, ab und zu empfängt er bestimmt auch Besucher …«

»Ich weiß so etwas nicht.« Sie machte eine Geste, die das Dorf umschloss. »Niemand von uns weiß so etwas. Das ist eine Sache für jemanden wie dich, Paul.«

Sie waren angekommen. Mit zitternden Fingern mühte sie sich, das Tor aufzuschieben.

»Lassen Sie mich helfen!« Er nahm ihr die Klinke aus der Hand. »Und die Jacke bekommen Sie auch noch zurück!«

»Nein, nein.« Sie schüttelte den Kopf. »Behalte sie.« Und damit war sie im Dunkel des Hofes verschwunden.

Paul strich mit seinen behandschuhten Händen über seine Brust, berührte die Mütze auf seinem Kopf. Er trug die Sachen ihres toten Sohnes und er spürte deutlich die Verpflichtung, die damit einherging.

Dann lief er los, stapfte so schnell es ging nach Hause, zu

Maias und seinem Hof. Starker Schneefall hatte eingesetzt. Ihm war, als habe ihn ein Fieber ergriffen, das ihn vorantrieb. Zugleich hätte er am liebsten laut geflucht.

Dass er nicht so viel früher draufgekommen war! Dragos Dobre musste derjenige sein, der hinter alldem hier steckte. Der Vater des toten Petre. Der Mann, dessen Firma die Wälder abholzte. Dessen Angestellte tot aus dem Wald getragen wurden. Mit schneidender Schärfe erinnerte Paul sich daran, wie die Leiche Voicus abtransportiert worden war, auf einem Pick-up, auf dem außen das Logo *DD* prangte. Völlig zerschmettert waren seine Beine gewesen, er hatte es mit eigenen Augen gesehen. Und er hatte nicht geahnt, dass vor Jahren der Sohn von Viorica und Ion mit genau denselben Verletzungen aus dem Wald getragen worden war. Was garantiert damit zusammenhing, dass er nach Bukarest fahren wollte, demonstrieren und mit einem Parlamentsabgeordneten sprechen.

So, dachte Paul bitter, kriegt *DD* also seine Kritiker mundtot.

Die ganze Zeit war die Lösung direkt vor seiner Nase gewesen.

Ein Unternehmer, der sich mit einer durch und durch blütenweißen Weste präsentierte, das wusste Paul eigentlich aus Erfahrung, hatte nur allzu oft besonders viel Dreck am Stecken. Aber als er Maia nach Dragos Dobre fragte, hatte die ihn einen Engel genannt. Maia! Die Menschen an sich und insbesondere Männer nicht besonders gut leiden konnte, wie ihm schien.

Sie hat mich belogen, dachte Paul, und ich habe es nicht bemerkt.

Doch Viorica, das wusste er, sagte die Wahrheit.

Einen kurzen Moment lang überlegte er, ob Maia ihn vielleicht schützen wollte. Hatte sie ihn nicht zugleich gebeten, nach Hause zu fahren? Wollte sie ihn in Sicherheit wissen? Viorica hingegen hatte ihn geradezu auf Dragos Dobre gestoßen. Und spätestens, nachdem sie zu zweit an seinen Überwachungskameras vorbeigelaufen waren, hatte er Paul im Visier, das war sicher.

Wenn nicht schon viel früher. Paul zweifelte keinen Augenblick daran, dass Dobre auch dafür gesorgt hatte, dass er und Maia im Ehegefängnis gelandet waren. Er hatte ja mitbekommen, wie die Polizistin Hatmanu per Handy ihre Anweisungen erhielt.

Aber wie passte das alles zusammen? Ein Vater brachte ja wohl kaum seinen eigenen Sohn um und brauchte dann jemand anders als Sündenbock! Oder doch? Und wenn ja, warum? Die Geschichte war noch nicht schlüssig.

Er hielt inne, bevor er die Tür mit dem kaputten Riegel öffnete, in Maias Hof trat. Lauschte. Ob man auch ihm auflauern, ihn verschleppen würde?

Wohl kaum, versuchte er sich zu beruhigen. Bei einem ausländischen Journalisten trauen sie sich das nicht. Doch sein Herz schlug schneller, während er über den Hof hastete. Und als er das Wohnhaus erreicht hatte, machte er, dass er schleunigst hineinkam und die Tür fest hinter sich verriegelte. Geschafft.

Die kleine schwarze Hündin hob den Kopf und beobachtete ihn, während er Licht entzündete, die Stiefel abstreifte, Jacke und Mütze auszog. Sie schien deutlich wacher, ließ sich die Medizin einflößen und aß sogar ein Stückchen Speck.

»Gutes Mädchen«, murmelte Paul, setzte sich neben sie auf die Bank und holte sein Handy hervor. Es war weit nach Mitternacht, aber er dachte keinen Moment daran, sich schlafen zu legen. Wo verflixt noch mal konnte Dobre Maia versteckt halten? Denn dass es so war, daran zweifelte er nicht mehr.

Paul kratzte sich an der Stirn, irgendwie juckte ihn die Mütze auch jetzt noch, wo er sie gar nicht mehr trug. Starrte auf sein Handy. 5G, das Netz war wieder da. Das Jucken wurde schlimmer.

Irgendetwas spukte durch seinen Kopf, das er nicht zu fassen bekam.

Er könnte natürlich die Kollegen vom rumänischen Fernsehen kontaktieren. Bei denen schien Dobre ja ständig zu Gast, sie würden wissen, wie man ihn erreichte. Aber ob die es ihm sagen würden? Eher nicht.

Das Jucken nahm immer mehr zu. Paul kratzte sich fester. Nicht, dass irgendwelche Tiere in der Pelzmütze wohnten, die Viorica ihm gegeben hatte, Flöhe oder so. Oh nein, jetzt begann es auch noch hinten im Ausschnitt seines Pullovers zu kribbeln. Paul schlug sich mit der flachen Hand in den Nacken. Sprang auf, legte das Handy weg, wollte sich den Pullover über den Kopf ziehen. Und verharrte mitten in der Bewegung. Moment mal. Eine Sache gab es, die er noch gar nicht versucht hatte.

Er setzte sich wieder, griff erneut nach dem Handy.

Das Archiv seiner Kölner Redaktion wurde schon lange nicht mehr so aufwendig gepflegt wie früher. Einst hatte sich der Verlag nicht weniger als vier hauptamtliche Archivare geleistet, die eine Vielzahl von in- und ausländischen Zeitungen auswerteten. Damit war es vorbei. Mittlerweile wurde das Archiv von einer studentischen Hilfskraft verwaltet, auch hier waren die Gelder gekürzt worden. Niemand nutzte es noch groß, auch Paul nicht. Er hatte beinahe vergessen, dass es überhaupt noch existierte.

Aber, und das fiel ihm nun siedend heiß ein, die alten Zeitungsartikel waren ausgezeichnet ausgewertet. Sogar die wichtigsten ausländischen Zeitungen waren darunter. Und die studentische Hilfskraft hatte mangels anderer Aufgaben einen Großteil davon digitalisiert.

Oh Mann, stöhnte Paul, da hätte ich längst nachgucken sollen! Er musste an etwas denken, was Alma, die Sommersächsin, einmal zu ihm gesagt hatte.

»Hier bei uns in Siebenbürgen«, hatte sie gemeint, »muss man immer die Geschichte mitdenken. Sie werden uns, die

Menschen, und alles, was hier geschieht, niemals verstehen, wenn Sie das nicht tun.«

Na dann. Paul beugte sich tiefer über sein Handy und loggte sich ins Archiv ein.

Zu Hause hatte er für Bildschirmarbeiten eine Lesebrille, aber die hatte er nicht mit nach Siebenbürgen genommen. Wozu auch? Er hatte sich mit Maia am Feuer sitzen sehen, verliebte Blicke tauschend. Dafür brauchte man keine Lesebrille.

Jetzt ärgerte er sich über seine Eitelkeit. Das Display des Handys war viel zu klein für solch eine Recherche. Die abfotografierten Zeitungsartikel verschwammen vor seinen Augen, die einzelnen Buchstaben tanzten Ringelreigen. Und in seinem Nacken juckte es immer schlimmer. Egal. Paul kniff die Augen zusammen, wählte aus, welche Quellen er einbeziehen wollte, begann mit der Schlagwortsuche.

Und landete sogleich den ersten Treffer.

Der Name Dragos Dobre tauchte auf einer Liste von Funktionären auf, die 1988 den damaligen Machthaber Ceauşescu auf einer Reise in die DDR begleiteten. Paul stieß einen leisen Pfiff aus. Wenn das der Dobre war, nach dem er suchte, und er war sich ziemlich sicher, dass dem so war, dann hatte er zum engsten Umfeld des *Conducător* gehört. Was wiederum kein bisschen verwunderlich war. Im letzten Sommer hatte Paul leidvoll erfahren müssen, wie eng diejenigen, die heute in Rumänien mächtig waren, mit jenen verbunden waren, die damals schon das Sagen hatten. Posten und Ämter wurden von Generation zu Generation weitergegeben, oft folgten die Söhne den Vätern, die Neffen den Onkeln.

Nur Petre passte da offensichtlich nicht hinein. Er hatte hier, im Dorf, völlig abgeschieden gelebt. Und mit Maia hatte er sogar eine *Ţigani* geheiratet.

Paul überlegte noch, was das zu bedeuten hatte, als er auf ein Foto stieß, ebenfalls aus dem Jahr 1988. Eine Gruppe von

Männern stand auf einer Lichtung im Wald, zu ihren Füßen ein toter Bär, die Gewehre im Anschlag. In der Mitte, prominent platziert, Ceauşescu. Am Rand, ein wenig verborgen, aber doch unverkennbar, Dragos Dobre. Paul zog das Foto mit zwei Fingern größer. Der junge Dragos sah seinem Sohn, wie Paul ihn kurz kennengelernt hatte, zum Verwechseln ähnlich.

Paul wurde beinahe schlecht beim Anblick des Fotos. Er wusste, wie Ceauşescu auf die Jagd gegangen war. Seine Helfershelfer fütterten die Bären in der Nähe der Jagdsitze an, hängten kurz vor Ceauşescus Auftauchen tote Ziegen an extra dafür gebastelte Galgen. Wenn die Bären sich auf ihre Hinterbeine stellten, um an deren Fleisch zu kommen, sahen sie besonders groß und gefährlich aus. Der Diktator musste sie nur noch aus nächster Nähe abknallen und schoss häufig dennoch daneben, verletzte die Tiere nur grausam.

Paul zwang sich, trotzdem genauer hinzugucken. Denn da war noch etwas anderes, was seine Aufmerksamkeit erregte. Am rechten Bildrand war eine hölzerne Brücke zu sehen, die über einen Fluss führte, dahinter Fels. Wenn er nicht wüsste, dass es in Rumänien Tausende solcher Brücken gab und noch viel mehr Felswände, er hätte glatt gewettet, die Männer stünden unweit des Pfaffenlochs.

Weitere Treffer gab es nicht.

Paul loggte sich aus, lehnte sich zurück.

Und jetzt?, überlegte er. Was mache ich jetzt?

Ein Jaulen in seinem Rücken. Die kleine schwarze Hündin versuchte, sich zu erheben, scharrte mit den Hinterbeinen. Offensichtlich musste sie mal. Beinahe schon routiniert trug er sie hinaus und, nachdem sie ihr Geschäft im frischen Schnee verrichtet hatte, wieder hinein. Als er sie zurück auf die Bank legen wollte, begann sie an seinem Pullover zu knabbern. Allem Anschein nach hatte die Kleine Hunger. Ein gutes Zeichen, fand Paul, aber er konnte ihr kaum weiterhin von Maias Speckvorrat geben. Also zog er sich den Pelz über, den Viorica partout nicht hatte zurückhaben wollen, und lief hinaus. Maia würde die Hündin auch nicht hungern lassen, sagte er sich. Doch eine innere Unruhe, die ihm bedeutete, dass eigentlich keine Zeit mehr zu verlieren war, ließ ihn schneller laufen.

Es war noch so früh am Morgen, das ganze Dorf war in tiefe Dunkelheit gehüllt. Selbst der Mond hatte sich zurückgezogen. Nur bei Carry brannte schon Licht. Als Paul den Laden betrat, begleitet vom Klingen der Glocke, klebte sie gerade eine Kiste zu.

»Hundefutter?« Sie richtete sich auf und rieb sich den Rücken. »Danach hat noch nie einer verlangt. Die Hunde versorgen sich selbst, weißt du.«

»Ja, ja.« Paul kam sich blöd vor. Carry sah mitleiderregend aus. Die Haare ohne jeden Glanz, trug sie ein weites, schwarzes Kleid, das ihr beinahe bis auf die Füße reichte. Sie hatte viel geweint in letzter Zeit, das war unübersehbar. All die Fröhlichkeit, die sie immer ausgestrahlt hatte, war verschwunden. Er wusste ja, dass sie dabei war, ihre letzten Habseligkeiten zu verscherbeln, um ihre nackte Existenz zu retten. Und er fragte nach Futter für ein Tier, das seit Jahren hier im Dorf lebte und niemals gefüttert worden war.

»Aber vielleicht«, setzte sie an, »habe ich doch was. Für die Touristen, die füttern nämlich, glaube ich, Hunde. Falls mal welche danach fragen.«

Sie verschwand in dem Raum hinter dem Laden und kam nach kurzer Zeit wieder.

»Du hast Glück. Das Mindesthaltbarkeitsdatum ist abgelaufen, ich schenke sie dir.«

»Nein, nein, auf keinen Fall!«

Paul zückte seine Geldbörse, um die beiden Dosen, die sie auf den Tresen gestellt hatte, zu bezahlen, als die Glocke an der Tür ein zweites Mal erklang. Ein Junge und ein Mädchen kamen herein, beide um die zwanzig, gekleidet in teuer aussehende Outdoor-Kleidung. Touristen.

»Ist das zauberhaft!«, rief das Mädchen auf Deutsch. »Ein richtiger kleiner Tante-Emma-Laden! Und alles so schön vintage!« Sie stieß ihrem Freund in die Rippen und wies mit ausgestrecktem Finger auf Carry. »So ein reizendes Kleidchen hätte ich auch gern! Warte, ich schieße schnell ein Foto.«

»Also, ich weiß nicht …«, entgegnete Paul. »Wollen Sie denn nichts kaufen?«

»Nein, danke, wir brauchen nichts. Aber wir machen schnell ein Foto, ja? Bitte lächeln!«

Noch ehe Paul etwas erwidern konnte, hatte sie ihr Handy gezückt.

»Zauberhaft!«, rief das Mädchen noch einmal. »Sie können es sich dann gleich auf Insta angucken! Wir verwenden die Ortsmarke.« An ihren Freund gewandt fügte sie hinzu: »Und du beschwerst dich ständig, dass wir immer nur im tiefsten Hinterland unterwegs sind. Solche Motive findet man halt nicht überall!« Und damit waren sie wieder hinaus.

»Es, es tut mir leid.« Paul wandte sich mit schamroten Wangen an Carry. Er sah ihr an, wie unangenehm es ihr war, einfach fotografiert worden zu sein. Mit verweinten Augen. »Ich, ich hätte schneller reagieren sollen«, stammelte er. »Die können doch nicht so einfach …«

»Schon gut.« Carry versuchte ein Lächeln. »Nimm dein Hundefutter und lass mich weiter ausräumen, ja?«

Paul nickte, legte einen Geldschein auf den Tresen und schlich hinaus. Vor der Tür sah er noch die Touristen davonfahren, in einem schwarz glänzenden Allradwagen mit deutschem Kennzeichen. Nahezu mühelos bretterte das schwere Gefährt über die tief verschneite Gasse.

»Dämliche Lackaffen«, murmelte Paul und machte, dass er zurück zum Hof kam.

Die Hündin roch am Futter, schien kurz zu überlegen, ob sie es probieren sollte, um dann doch den Kopf wegzudrehen. Auch die Ziegen im Stall wollten von dem Heu, das Paul ihnen gab, nicht einen Halm fressen. Sie meckerten ihn an, die irritierend rechteckigen Pupillen auf ihn gerichtet, als machten sie ihn persönlich dafür verantwortlich, dass Maia nicht da war.

Pauls Unruhe wuchs. Niemals, sagte er sich zum wiederholten Mal, ist Maia freiwillig verschwunden. Niemals.

Mittlerweile spürte er die schlaflose Nacht in den Gliedern. Sein Körper sehnte sich danach, in den Alkoven zu kriechen, sich darin auszustrecken, so gut es eben ging, wenn man ein ganzes Stück größer war als das Bett. Doch sein Geist ließ ihn nicht zur Ruhe kommen. Wenn er doch bloß wüsste, was zu tun war!

Ein Geräusch drang an seine Ohren, so grässlich, dass es ihm kalt den Rücken herunterlief, dabei hatte er es jetzt schon öfter gehört. Die Klageweiber stimmten wieder ihren markerschütterten Gesang an. Heute, am dritten Tag nach seinem Tod, würde man Toma zu Grabe tragen.

Der Gedanke an Carry, wie sie hinter dem Sarg ihres Verlobten herging, in ihrem Trauerkleid, das die dümmliche Touristin als reizend bezeichnet hatte, ließ die Wut in Paul aufsteigen. Dass er der nicht Einhalt geboten hatte! Was hatte die blöde Tusse gesagt? Er könne es sich auf Instagram angucken? Na warte.

Paul nutzte Instagram nicht oft, aber er hatte ein Konto. Kaum hatte er die App geöffnet und den Namen des Dorfes eingegeben, erschien auch schon das Foto. Verdammt. Carry sah tatsächlich reizend aus in ihrem schwarzen Kleid. Die verweinten Augen nahm man nur wahr, wenn man sie kannte. Auch das, was man vom Laden sah, war auf eine bezaubernde Weise altmodisch, oder auch vintage, seinetwegen. Die Fotografin hatte ein gutes Auge für Ästhetik, wenn auch kein Gespür für Menschen. Er ging auf das Profil der Frau und wollte gerade auf das Symbol mit dem Papierflieger drücken, um ihr eine Nachricht zu schreiben, von wegen Recht am eigenen Bild und so, als er mitten in der Bewegung innehielt. Das lag an dem Foto, das direkt unter dem mit Carry abgebildet war. Paul zog es mit den Fingern größer und wünschte sich sehnlichst seine Lesebrille herbei. Das, das konnte doch wohl nicht wahr sein! Oder doch?

Da. Ein Schatten draußen auf der Gasse. Eine Hand, ohne Handschuh, ziemlich klein, die an die Scheibe klopfte.

Paul riss das Fenster auf. Eiskalte Luft drängte herein. Das Mädchen, das vor dem Haus stand, verschwand fast komplett in dem riesigen wattierten Mantel, den es trug. Die Kapuze fiel ihm bis über die Augen. Nur die rot gefrorene Nase schaute heraus.

»Pušomori!«, japste Paul. »Du glaubst nicht, was ich gerade entdeckt habe!«

»Mir egal«, antwortete Pušomori. »Ich brauche nur ganz schnell deine Handynummer.« Sie trat von einem Fuß auf den anderen. Nicht, weil ihr kalt war, solche Empfindlichkeiten erlaubte sie sich nicht, sondern weil sie es so eilig hatte. Jetzt gleich würde der Käufer kommen. Was wiederum eine ganze Reihe von Gefahren barg. Sie kannte sich nicht aus in der Welt, die sie nun betreten würde, das war ihr nur zu deutlich bewusst. Zugleich wusste sie genau, was Männer Frauen antun konnten, erst recht einer so kleinen, wie sie eine war. Wenn schon ihre Schwestern, um einiges größer und stärker als sie, nichts ausrichten konnten gegen ihre Ehemänner, was blieb ihr, wenn der Käufer sich als brutaler Betrüger herausstellen sollte? Wenn er nur das Gold wollte, aber nicht bereit war, den ausgehandelten Preis zu zahlen? Pušomori hatte Angst.

Zugleich wusste sie, wie wichtig die Information, die sie besaß, für den Heruntergekommenen war. Wenn ihr etwas passierte, würde sie sie ihm später nicht mehr geben können. Also musste sie ihn treffen, obwohl die Zeit drängte.

»Einen Moment«, sagte der nun überflüssigerweise und wedelte mit seinem Handy vor ihrer Nase rum. »Ich muss dir erst etwas zeigen …«

»Keine Zeit!«, zischte Pušomori. Wie sie es hasste, hier mitten auf der Gasse zu stehen! Die ersten Leute machten sich gerade auf den Weg zum Totengang und schielten neugierig zu ihr herüber. Was kein Wunder war, sie sahen sie ja sonst nie.

»Deine Nummer!«, drängte sie. »Ich habe nämlich etwas für dich. Normalerweise würde ich dir einen Zettel schreiben, aber das musst du im Original sehen. Und sowieso habe ich heute keine Zeit, einen Zettel zu schreiben. Ach, zum Teufel, jetzt gib sie mir halt!«

»Hm, okay.« Er diktierte sie ihr. Pušomori tippte mit fliegenden Fingern, gab als Namen lediglich ein »P« ein, das musste reichen. Flugs hatte sie die beiden Obduktionsberichte an eine SMS-Nachricht gehängt, das war viel sicherer, als sie per E-Mail oder gar per WhatsApp zu schicken. Beim Heruntergekommenen piepste es.

»Danke«, sagte er. »Ich gucke es mir gleich an. Aber schau mal …« Wieder wollte er ihr sein Handy aus dem Fenster reichen, aber Pušomori winkte ab. Worauf auch immer der Heruntergekommene da gestoßen sein mochte, ab jetzt musste er ohne sie klarkommen.

ZWANZIG

Pušomori verschwand so schnell, wie sie aufgetaucht war. Paul schloss das Fenster. Warf einen kurzen Blick auf die SMS. Kein Text, nur zwei Anhänge. Das musste warten. Er öffnete wieder die Instagram-App, navigierte zum Profil der unsensiblen Touristin. Starrte auf das Foto, das ihm den Puls hochtrieb. Noch einmal zog er das Bild mit zwei Fingern größer, so groß, wie es nur ging. Es schien aus ziemlicher Entfernung aufgenommen und war dennoch gestochen scharf. Im Hintergrund war ein Haus zu erkennen, hölzerne Fensterläden, das Dach schien sich zu biegen unter der Last des Schnees. Ein paar Schritte vom Haus entfernt stand ein Mann. Trotz des Winterwetters war er nur leicht bekleidet, trug über Stiefeln und Arbeitshose lediglich ein T-Shirt mit kurzen Ärmeln. Die Arme hatte er weit über dem Kopf erhoben, in den Händen ein Beil. Vor ihm befand sich eine mächtige Baumscheibe, darauf stand senkrecht ein Holzscheit, bereit, gespalten zu werden.

Auch dieses Foto war sehr stimmungsvoll. Die Fotografin hatte genau den Moment eingefangen, in dem der Mann mit der Axt ausholte. Äußerst muskulös war er, trotz seines Alters. Die dunklen Augen hatte er zusammengekniffen, das markante Kinn hoch in die Luft gereckt. Die ganze Szene hatte etwas sehr Kraftvolles, Archaisches. Hätte Paul einen Artikel über Winterurlaub in Rumänien zu bebildern, er würde ein Foto wie dieses wählen.

Aber das war es nicht, was ihn nach Luft schnappen ließ.

Denn bei dem Mann handelte es sich, das war unübersehnbar, um niemand anderen als Dragos Dobre. Allem Anschein nach hatte die deutsche Touristin ihn fotografiert, ohne dass er es überhaupt bemerkt hatte.

Und noch etwas ließ Paul den Atem stocken. Ein winziges Detail an der rechten Bildseite. Eigentlich war es fast gar nicht zu sehen, und er zweifelte, dass die Fotografin bemerkt hatte, was sie da aufnahm. Viel mehr als ein dunkler Schatten war es nicht. Aber wenn man ganz genau hinguckte, erkannte man den Teil eines Hosenbeins. Und darüber, etwa auf Hüfthöhe des Mannes, der genau genommen gar nicht auf dem Bild war, etwas Langes, Schmales. Das könnte, Paul kniff die Augen zusammen, hoffentlich täuschte er sich, der Lauf eines Gewehrs sein.

Dobre hatte also vielleicht einen bewaffneten Bodyguard bei sich. Der allem Anschein nach auch nicht bemerkt hatte, dass er fotografiert wurde. Sonst wäre das Bild niemals auf Instagram gelandet.

Paul ließ sich neben die Hündin auf die Bank sinken. Versuchte, langsam ein- und auszuatmen. Konnte das wahr sein?, fragte er sich zum zweiten Mal. Konnte ihm ein solch unglaublicher Zufall zu Hilfe kommen? Eine tumbe Touristin, die aufs Geratewohl einen Mann in der rumänischen Wildnis fotografierte und ausgerechnet Dragos Dobre erwischte? Den Mann, der seinen Aufenthaltsort stets streng geheim hielt? Und selbst sein Leibwächter kriegte davon nichts mit?

Eigentlich, dachte Paul, war so etwas unmöglich.

Er zog das Foto wieder kleiner, schaute auf den Zeitstempel, mit dem bei Instagram jeder Beitrag automatisch versehen wird. Das Bild war vor sechzehn Stunden gepostet worden, also gestern. Und selbstverständlich hatte die Frau auch die Ortsmarke hinzugefügt, wo sie es aufgenommen hatte. Der Name sagte Paul nichts, doch als er ihn in das Navi auf seinem Handy eingab, sah er, dass es sich dabei um einen See handelte. Er befand sich mitten in den Karpaten. Die Fahrtzeit betrug von hier aus eine Stunde und sechzehn Minuten.

Paul merkte, wie es in ihm vom Scheitel bis zu den Zehenspitzen zu kribbeln begann. Und diesmal kam es nicht von der Pelzmütze, die auf Stirn und Nacken bereits rote Pusteln hinterlassen hatte. Nein, diesmal war es pures Adrenalin, das durch seinen Körper schoss. Er wusste, wo Dobre sich aufhielt. Keinen Augenblick wollte er darüber nachdenken, dass Maia womöglich in den Händen bewaffneter Männer war. Was er tun sollte, wenn er dort ankam. Jetzt ging es nur noch um eins. Wie kam er da hin?

Sorins *ARO* wäre das perfekte Gefährt, um bei solch einem Wetter in die Berge zu fahren. Aber ob er ihn ihm lieh?

»Sorin ist nicht zu Hause«, sagte Frau Lupu, als er bei ihr klopfte, und schlug die Augen nieder. »Die Polizei hat ihn noch einmal nach Sibiu vorgeladen. Du weißt schon, warum.«

Paul spürte die heiße Scham in sein Gesicht kriechen.

»Es tut mir leid«, nuschelte er und machte, dass er weiterkam.

Eugen, der Vulkaniseur, stand aufs Feinste herausgeputzt vor seiner Werkstatt, dunkler Mantel, Hut. Am Arm hatte er Alma, die ebenfalls ganz in Schwarz gekleidet war.

»Klar würde ich dir meinen Wagen leihen«, sagte er. »Aber meine Tochter musste ihre Jüngste zum Zahnarzt fahren, das dauert, bis die zurück sind. Und Almas Wagen habe ich gerade aufgebockt.« Er wies hinter sich. »Der braucht neue Einspritzdüsen, fahrtüchtig ist der im Moment nicht. Sonst hat keiner ein Auto, sind fast alles alte Leute hier, ich übernehme die Fahrdienste. Wohin willst du denn überhaupt bei dem Wetter? Doch hoffentlich nicht schon zurück nach Köln?«

»Nein, nein«, beeilte Paul sich zu sagen. »Ich bin mittlerweile fest davon überzeugt, dass Maia entführt wurde. Ich muss dringend zu ihr.«

»Ach, Paul.« Alma nahm seinen Arm. »Ich weiß ja, wie es ist, wenn man verliebt ist.« Sie zwinkerte Eugen zu, der prompt rot wurde. »Aber manchmal muss man sich in Geduld üben. Bei uns hat es auch gedauert.« Noch ein Zwinkern, Eugen wurde noch röter. »Ich bin mir sicher, Maia ist bald zurück. Und dann machst du ihr nach allen Regeln der Kunst den Hof, versprichst du mir das? Ihr wärt so ein schönes Paar!«

»Nein!« Paul hätte beinahe geschrien, beherrschte sich aber. Überall öffneten sich die Tore zur Gasse, traten schwarz gekleidete Menschen hinaus. »Ich bräuchte wirklich ganz dringend ein Auto«, setzte er etwas leiser hinzu.

»Frag mich später noch mal, mir fällt bestimmt was ein.« Eugen klopfte ihm väterlich auf den Rücken. »Jetzt müssen wir erst einmal den armen Toma zu Grabe tragen.«

»Ja«, murmelte Paul. »Natürlich.«

Er senkte den Kopf so tief wie möglich, als er am Pfarrhaus und den dort bereits versammelten Trauernden vorbei zurück zu Maias Hof lief. Niemand blieb zu Hause, wenn jemand aus dem Dorf beerdigt wurde. Man erwies dem Verstorbenen die letzte Ehre, das gehörte sich so.

Aber Paul hatte keine Zeit mehr zu verlieren.

Er brauchte etwas mehr als zwanzig Minuten, um alle Mietwagenfirmen im weiteren Umkreis abzutelefonieren. Die meisten hatten geschlossen, bei zweien sprach er auf den Anrufbeantworter. Eine, immerhin, schickte eine SMS. Sie könnten ihm ab Mai wieder etwas anbieten, dann zu besonders günstigen Konditionen. Paul fluchte, löschte die Nachricht.

Verdammt, da war ja noch die von Pušomori, ungeöffnet. Er hatte gar nicht geguckt, was sie ihm geschickt hatte.

Jetzt aber.

Eine leere SMS, zwei Anhänge.

Der erste enthielt, Paul stieß einen Pfiff aus, den Obduktionsbericht von Petre. Paul überflog die beschriebenen Verletzungen und kapierte so gut wie nichts, in Latein war er immer der Schlechteste gewesen. Vor allem aber war unten, bei »Todesursache«, nur ein leeres Textfeld. Der zweite Anhang enthielt auch einen Obduktionsbericht, auch von Petre. Paul stieß noch einen Pfiff aus. Pušomori war einfach spitze! Wo sie sich überall reinhackte! Dieser zweite Obduktionsbericht zählte nur sehr kursorisch ein paar Verletzungen auf, wieder auf Latein, und kam dann zu dem Schluss, Petre sei bei einem Unfall zu Tode gekommen.

Zwei Obduktionsberichte, beide nur halb ausgefüllt, verfasst von zwei verschiedenen Ärzten mit ein bisschen Abstand dazwischen.

Pauls Aufregung nahm zu. Er begann im Zimmer auf und ab zu laufen, er konnte nicht mehr still sitzen. Plötzlich kam ihm wieder in den Sinn, was Viorica zu ihm gesagt hatte, gestern, als sie plötzlich vor der Tür stand. Er wollte eigentlich gerade einen Rückflug buchen.

»Ich war an dem Morgen auch im Wald«, hatte sie gesagt. »Ich sah den toten Petre vor dem Waldarbeiter, der ihn dann später angeblich als Erster fand. Und für mich sah es ganz und gar nicht so aus, als habe es sich so abgespielt, wie es die Polizei später dargestellt hat.«

»Was haben Sie gesehen?«, war Paul in sie gedrungen.

»Das wirst du selbst herausfinden«, hatte sie gesagt. »Ich werde dir im Wald etwas zeigen, etwas, das wichtig ist.« Sie hatte ihr Versprechen gehalten.

Aber was war wirklich mit Petre geschehen? Paul brauchte jemanden, der ihm dieses Latein-Kauderwelsch ins Deutsche übersetzte.

»Schwartzmüller, du Jeck!«, dröhnte Jupp Höfken ins Telefon, er hatte nach dem zweiten Klingeln abgenommen. »Ich bin Zahnarzt! Ich versteh doch nichts von Obduktionsberichten! Und dann noch auf Rumänisch!«

»Es geht um das, was da auf Latein steht. Und dein Latein ist ganz bestimmt besser als meins«, beharrte Paul. »Ich habe keine Zeit, einen anderen Arzt zu suchen, einen Internisten oder so. Ich muss zu Maia, auch wenn ich nicht weiß, wie, so ohne Auto …«

»Moment«, unterbrach Höfken ihn. »Es geht um eine Frau?«

»Ja, auch …«

»Was Ernstes?«

»Weiß nicht, vielleicht …«

»Mensch, dass ich das noch erleben darf!« Paul kam es so vor, als höre er ein Geräusch, wie wenn Jupp sich auf die Schenkel klatschen würde. »Schwartzmüller, der alte Hagestolz, ist verliebt! Also, ich kümmere mich. Schick rüber, was du hast.«

»Mach ich.«

»Gern geschehen.«

Zeit verging. Paul tigerte im Zimmer auf und ab. Die Hündin in ihrer Kiste auf der Bank verfolgte jeden seiner Schritte.

Paul kratzte sich, die Pusteln auf seinem Kopf wurden immer schlimmer, versuchte, ein Stück Brot zu essen, bekam es nicht herunter. Kochte sich einen Kaffee und ließ ihn halb ausgetrunken stehen.

So viele lose Fäden. Und immer wenn er glaubte, er habe einen zu fassen gekriegt, flutschte ihm wieder alles aus den Händen.

Vom Pfarrhaus scholl erneut der Gesang der Klageweiber zu ihm herüber, schrill und verstörend.

Ganz bestimmt, überlegte Paul, hat Dragos Dobre dafür gesorgt, dass der Obduktionsbericht seines Sohnes geändert wurde. Aber warum bloß? Was musste so dringend vertuscht werden?

Endlich, das Telefon. Josef Höfken meldete sich zurück.

»Zuerst die gute Nachricht!«, rief er. »Ich habe dir ein Auto besorgt.«

»Du hast was?«

»Ein Auto besorgt. Hast du was auf den Ohren?«

»Nein, aber …«

»Ich sagte doch, der Pitter verscherbelt seine alten Lieferwagen immer nach Rumänien. Der Händler ist nicht weit von dir, er sagt, er macht sich gleich auf den Weg. Gib ihm 'ne Stunde oder so.«

»Das«, stammelte Paul, »also, das ist wirklich …«

»Schon gut, ist doch Ehrensache, dass man sich hilft. Jetzt die weniger gute Nachricht.« Höfken machte eine bedeutungsschwere Pause.

»Ja?«, fragte Paul.

»Die Obduktionsberichte sind totaler Quatsch. Ich hab sie 'nem Kollegen geschickt, der arbeitet in der Gerichtsmedizin am Melatenfriedhof, du weißt schon, das große flache Gebäude.«

Paul nickte, obwohl Jupp das gar nicht sehen konnte. An der Kölner Gerichtsmedizin war er schon oft mit dem Fahrrad vorbeigefahren, und jedes Mal hatte ihm der Gedanke, dass dort Verbrechensopfer obduziert und die Leichen in Kühlkammern gelagert wurden, einen kalten Schauer über den Rücken gejagt.

»Also, ich mach es kurz, mein Junge wartet auf mich. Nächste Woche fängt der 'ne neue Stelle an, hab ich ihm auf die Schnelle bei 'nem Bekannten besorgt. Jetzt gleich kaufen wir ihm was Ordentliches zum Anziehen. Bin ich froh, dass der wieder in der Spur ist! Diese Sache mit den Autorennen hätte mich noch Kopf und Kragen gekostet. Also, wo war ich?«

»Die Obduktionsberichte«, sagte Paul. »Du meintest, die wären totaler Quatsch.«

»Ja, genau. Es ist nämlich so …«

Josef Höfken fasste zusammen, was sein Bekannter ihm erklärt hatte.

»Macht das für dich irgendwie Sinn?«, fragte er, als er zum Ende gekommen war.

»Absolut«, antwortete Paul und holte tief Luft. »Danke. Du hast mir mehr geholfen, als du dir vorstellen kannst.«

»Gern geschehen. Man sieht sich!«

Paul legte auf, ging ans Fenster, schaute hinaus auf die leere Gasse. Endlich hatte er eine Ahnung, wie alles zusammenhängen könnte.

EINUNDZWANZIG

Paul schreckte auf, rieb sich die Augen. Er musste eingenickt sein, während er versucht hatte, die Hündin zu füttern. Allerdings ohne Erfolg, die offene Dose stand immer noch randvoll gefüllt auf der Bank.

Wieso, fragte er sich, war es plötzlich so dunkel im Zimmer? Es war doch längst heller Tag! Die Hündin schien es auch bemerkt zu haben, sie stieß ein jämmerliches Winseln aus. Schnell strich er ihr über den Kopf.

»Keine Angst, ich bin ja da.«

Ein Ton erklang, sehr laut, sehr nah. War das eine Autohupe? Paul stakste mit steifen Beinen zum Fenster.

Direkt davor parkte ein Kastenwagen, feuerwehrrot und, wenn er es richtig sah, mit einem Werbeaufkleber auf der Seite. Der Fensterrahmen schnitt ihn zum Teil ab, aber offenbar war darauf ein Schwein abgebildet. Mit umgebundener Serviette lugte es über einen Tisch, in der einen Klaue eine Gabel, in der anderen ein Messer, vor sich einen Teller mit einer dampfenden Haxe darauf. »Guten App…«, entzifferte Paul auf Deutsch in einer Sprechblase schräg darüber, der Rest verschwand hinter der Hauswand.

Das konnte doch nur … Er sprang in Stiefel und Jacke und lief hinaus.

»Bună ziua!«, rief der Mann, der gerade vom Fahrersitz des Lieferwagens kletterte, ein ziemlich dynamisch wirkender Mittdreißiger. »*Eu sunt David.* Ich bin David, ein Freund von deinem Freund Pitter aus Köln. Und das hier«, er wies auf einen zwei-

ten, etwas älteren Mann, der mit laufendem Motor und offenem Fenster in einem weiteren Auto saß, einem Geländewagen, neben dem Sorins *ARO* modern aussah, »ist Maxim. Du musst Paul sein!«

»*Mă bucur*«, antwortete Paul und gab beiden die Hand. »Wie schön, ich freue mich! Und ihr habt mir tatsächlich einen Wagen vorbeigebracht!«

»*Cu plăcere*. Mit Vergnügen.« David tätschelte das Gefährt, als sei es lebendig. »Ist vom Pitter. Hat schon ein paar Jahre auf dem Buckel, aber es fährt sehr gut. Ist ein Mercedes!«

Paul nickte. Es handelte sich, wenn er das richtig sah, um einen ziemlich alten Mercedes Sprinter mit einigen Beulen und auch Rostflecken. Aber egal. Einst war dieses Gefährt durch seine Heimatstadt Köln gefahren, nun würde es ihn zu Dragos Dobre bringen. Und zu Maia. Hoffentlich.

»*Unde călătoriţi?*«, fragte der Mann, der Maxim hieß. »Wohin fahren Sie?«

Paul überlegte, ob er den Namen des Ortes sagen sollte. Vielleicht wäre es nicht verkehrt, wenn jemand wüsste, wo er abgeblieben war, für den Fall, dass er nicht zurückkam. Andererseits ... Dobre hatte überall seine Leute, das war Paul mittlerweile klar.

»In die Berge«, sagte er deshalb nur und machte eine unbestimmte Armbewegung. »Richtung Karpaten.«

»Mmh«, meinte David und wiegte einen Moment lang den Kopf, als überlegte er, was er von diesem Vorhaben halten sollte. Die Karpaten, eigentlich von der Stelle, an der sie standen, stets gut zu sehen, verschwanden gerade hinter einer Wand aus tief hängenden Wolken. Dann aber drückte er Paul den Autoschlüssel in die Hand, er hing an einem lachenden Plastikschwein.

»*Drum bun!* Gute Reise!« David sprang zu Maxim in den Wagen.

»*La revedere!*«, rief der aus dem offenen Autofenster. »Auf

Wiedersehen! Sag Bescheid, wenn du zurück bist, dann holen wir den Wagen wieder ab!«

»*Mulţumesc!* Danke schön! *La revedere!*«

Paul sah den beiden nach, bis sie hinter der Steineiche am Ortsausgang verschwunden waren. Das Kribbeln, das er empfunden hatte, als er auf Instagram Dragos Dobre entdeckt hatte, war wieder da. Stärker als zuvor.

Als er zurückkam in den Wohnraum, fand er die Hündin über die Dose mit dem Hundefutter gebeugt vor. Laut schmatzend verleibte sie sich gerade den allerletzten Rest ein.

»Gott sei Dank«, murmelte Paul.

Jetzt konnte es losgehen.

Er nahm nicht viel mit. Nur die warmen Sachen, die Viorica ihm gegeben hatte. Die Jacke, die Mütze, die Handschuhe – die Pusteln auf seiner Stirn ignorierte er. Den Juckreiz musste er aushalten. Die Kälte war viel gefährlicher. Eine Thermoskanne mit heißem Tee, ein halbes Brot, eine Scheibe Speck.

Ich bleibe nicht lange, sagte er sich. Es ist nur eine gute Stunde Fahrt. Heute Abend sind wir zurück, Maia und ich.

Der Stimme, die ihn fragte, wie er denn bitte schön Maia aus Dobres Haus holen wollte, falls sie dort überhaupt war, befahl er, still zu sein. Jetzt war keine Zeit für Pläne. Jetzt galt es zu handeln. Einen Moment lang überlegte er, die Chefredakteurin anzurufen. Aber was sollte er ihr sagen? ›Ich fahre zu Dragos Dobre, einem Mann, den ich für einen Kriminellen halte, der über Leichen geht, um die Frau zu befreien, in die ich verliebt bin‹? Nein, das ging nicht.

Sorin wollte nichts mehr mit ihm zu tun haben. Alma und Eugen nahmen ihn nicht ernst. Und Viorica würde im Fall eines Falles nicht viel ausrichten können.

Und so schickte Paul eine SMS an die Person, der er zutraute, ihm im Notfall aus der Patsche zu helfen. An Pušomori.

Er machte ein Bildschirmfoto vom Instagram-Beitrag der unsensiblen Touristin und schrieb darunter: *Dragos Dobre, hat vermutlich Maia. Mache mich jetzt auf den Weg.*

Der rote Kastenwagen sprang sofort an, der Motor schnurrte, als sei das Auto nagelneu. Offensichtlich, dachte Paul, der noch die Rostlaube vor Augen hatte, mit der David und Maxim davongefahren waren, haben sie mir ihr bestes Auto gegeben. Das war wieder einmal typisch für die rumänische Gastfreundschaft.

Im Rückspiegel sah er, wie das Tor zum orthodoxen Friedhof sich öffnete und die ersten Trauernden heraustraten. Toma war zu Grabe getragen worden, nun würden sich alle zum Leichenmahl treffen. Der Gedanke, wie es Carry gehen mochte, versetzte Paul einen Stich.

So viel Leid, dachte er. Und weshalb das alles? Wegen eines Mannes, der sein Vermögen schützen will. Und, wie er nach dem Gespräch mit Jupp vermutete, auch seinen Ruf.

Na warte, knurrte Paul vor sich hin und gab Gas. Mit der Wut rang er die Furcht nieder, die gleich dahinter lauerte. Denn wie sollte einer wie er es mit Dragos Dobre aufnehmen?

Gleich hinter der Steineiche begann das freie Feld. Es war kaum auszumachen, wo die Straße endete und die Äcker begannen. Zum Glück hatten David und Maxim deutliche Reifenspuren hinterlassen, und Paul mühte sich, ihnen zu folgen. Doch er konnte den Blick kaum abwenden von den tief verschneiten Ebenen zu seiner Rechten und zu seiner Linken. Die Sonne war hervorgekommen und brachte das Eis auf Wiesen, Bäumen und Sträuchern zum Funkeln. Die Karpaten allerdings suchte Paul vergebens am Horizont. Sie schienen sich aufzulösen im milchig-weißen Himmel.

Wie anders er diese Gegend in Erinnerung hatte! Paul dachte an die langen Sommertage zurück, an denen er seine Tante Zinzi zu ihrem Stück Land begleitet hatte. Sie spannte den Ochsen vor den Pflug und führte ihn an einem kurzen Strick, dabei war sie selbst kaum größer als das mächtige Tier. Paul hatte immer gebührend Abstand gehalten. Der Ochse mochte noch so gutmütig gucken, seine langen, spitzen Hörner flößten dem Kind, das er damals noch war, eine gehörige Portion Respekt ein.

Tante Zinzi war in Pauls Erinnerung immer ohne jede Furcht gewesen.

Wie hatte er die Sommer bei ihr geliebt! Drei lange Monate, in denen er von früh bis spät mit Sorin über die Felder und durch den Wald flitzte, barfuß und braun gebrannt vom Scheitel bis zu den Zehen. Frühmorgens sprangen sie in den Schwimmteich hinter den letzten Häusern des Dorfes, am Abend erzählte Tante Zinzi in der Sommerküche von *Sântoaderi* und anderen Wiedergängern. Wenn die Schule wieder begann und Paul zurück nach Bukarest musste, fühlte er stets einen Schmerz in sich, für den er lange keine Worte hatte.

Heute, als erwachsener Mann, wusste er, dass dieses Gefühl nichts anderes war als Verlust. Dass es ihn jahrzehntelang gequält hatte. Und dass diese Wunde erst seit letztem Sommer langsam zu heilen begann, seit er zum ersten Mal wieder nach Siebenbürgen gekommen war. Seit er Maia begegnet war.

Paul erlag der Versuchung, fester aufs Gas zu drücken, um schneller voranzukommen. Sofort brach der Wagen zur Seite aus. Paul riss das Steuer herum, spürte, wie die Räder durchdrehten, einen Moment lang keinen Halt mehr fanden auf der vereisten Fahrbahn. Der Kastenwagen rutschte gefährlich nach links, bevor es ihm gelang, ihn wieder in die Spur zu bringen. Uff, geschafft.

Paul wischte sich einen Schweißtropfen von der Stirn. Es würde schon gut gehen. Es musste einfach.

Er gelangte an einen Bahnübergang, an den er sich ebenfalls erinnerte. Es gab wie so häufig in Rumänien keine Schranke, nur ein Warnschild, das im letzten Sommer so schief gestanden hatte, dass es beinahe umfiel. Jetzt war es verschwunden.

Wahrscheinlich, dachte Paul, hatte der Schneesturm dem Schild den Garaus gemacht. Ein Glück, dass das Wetter sich wenigstens beruhigt hatte, auch wenn immer noch eisige Kälte herrschte.

Er bremste, beugte sich vor. Keine Bahn, nirgends. Allerdings kam ihm jemand entgegen, ein Fußgänger. Ein ziemlich kleiner Mann in Jogginghose und Parka. Um die Schirmmütze, die er falsch herum auf dem Kopf trug, hatte er noch einen Schal geschlungen.

Oje, dachte Paul, der Kerl musste ja entsetzlich frieren! Und wo kam er wohl her, noch dazu zu Fuß? Als der Mann auf seiner Höhe war, ließ Paul das Seitenfenster herunter.

»*Pot să vă ajut?* Kann ich Ihnen helfen?«

Der Mann schüttelte den Kopf und lief weiter. Ganz kurz erhaschte Paul einen Blick auf sein Gesicht, blass und mit einem zarten Schnurrbartflaum. Ein halbes Kind schien er noch.

Dann eben nicht, dachte Paul und gab wieder Gas.

Er erreichte die E68 und wandte sich nach Osten. Ab hier lief es besser. Am Rande der Schnellstraße türmten sich haushohe Schneeberge, die Schneepflüge mussten hier viele Male unterwegs gewesen sein. Paul hielt sich rechts, er kannte es schon, ständig von Lkw überholt zu werden, die jede Geschwindigkeitsbegrenzung missachteten. Die halsbrecherische Art, wie sie vor ihm einscherten, ließ ihn trotzdem einige Male hektisch aufs Bremspedal treten. Und zu allem Überfluss zogen die Lkw auch noch enorme Wirbel aus Schnee und Matsch hinter sich her. Wie tote Vögel klatschten die weiß-braunen Brocken gegen die Windschutzscheibe. Paul schaltete die Scheibenwischer ein, stellte fest, dass sie einwandfrei funktionierten, und zwang sich, tief durchzuatmen.

Es wird alles gut, sagte er sich zum wiederholten Mal.

Nach nicht einmal einer halben Stunde führte ihn das Navi von der E68 weg an Dörfern vorbei, die südlich der großen

Straße lagen, Richtung Karpaten. Hier war der Weg mehr schlecht als recht geräumt, und Paul zuckelte eine ganze Weile hinter einem Karren her, vor den ein Pferd gespannt war. Der Mann auf dem Kutschbock, gehüllt in einen dunklen Pelz, auf dem Kopf einen Hut, der ein bisschen an einen Schornstein erinnerte, paffte offensichtlich eine Pfeife. Er zog einen feinen Rauchschweif hinter sich her.

Paul liebte die Beschaulichkeit des rumänischen Landlebens. Aber jetzt wünschte er sich, er käme schneller voran. Die innere Unruhe, die ihn gepackt hielt, seit Maia verschwunden war, wurde immer schlimmer.

Nach einer Weile forderte ihn das Navi auf, links abzubiegen. Paul stoppte, sah sich um. Aber da war kein Weg. Nur offenes Land voller Schnee und Eis.

Paul folgte dem Pferdegespann noch ein paar Meter, schaute, ob ein Stückchen weiter eine Abbiegung kam. Fehlanzeige. Das Navi sagte ihm, er solle umkehren. Paul wendete, was nicht einfach war mit einem so großen Mercedes Sprinter auf einem so schmalen Weg, doch es gelang, fuhr zurück. Das Navi zeigte nach rechts. Ins Nirgendwo.

Paul blieb stehen. Sah sich noch einmal um. Und jetzt?

Ein Pfiff. Er kam von dem Mann auf dem Pferdewagen.

»Salut!«, rief er. »Hallo! *Sunteţi turist?* Sind Sie Tourist?«

»Nu, da.« Paul stieg aus. »Nein, ja. Also, nicht wirklich.« Er wies in die Richtung, in die das Navi ihn schicken wollte. »*Există o stradă acolo?* Existiert dort eine Straße?«

»Ja, ja«, antwortete der Mann, jetzt auf Deutsch. »Eine Straße, ja, ja!«

»Aber ich sehe keine!«

»Straße, ja, ja!«, rief der Mann noch einmal. »Nur viel Schnee, heute früh gefallen. Aber Straße da!«

Paul rieb sich die Stirn. Die Pusteln, die die Pelzmütze dort hinterlassen hatte, juckten immer noch wie verrückt. Er machte ein paar Schritte auf die Stelle zu, von der er annahm, dass das Navi dort die Straße erkannte. Mit ein bisschen Fantasie konnte man sich einbilden, dass es rechts und links unter dem Schnee Büsche gab, in der Mitte aber nicht. Aber ob da wirklich eine Straße war? Eine, auf der man fahren konnte?

Er zögerte kurz, dann rief er dem Mann, der sein Pferd gestoppt hatte und genüsslich an seiner Pfeife zog, den Namen des Sees zu, in dessen Nähe er Dragos Dobre vermutete.

»Kommt man auch auf andere Weise dorthin?«

»Andere Weise?«, wiederholte der Mann. »Nein, nein. Hier Straße. Gute Straße.« Er wies auf den Kastenwagen. »Gutes Auto. Nur ein bisschen Schnee. Kein Problem.«

Paul nickte. Starrte auf sein Handy. Um zum Haus von Dobre zu gelangen, musste man von hier aus gesehen erst ein ganzes Stück geradeaus weiter, bevor es auf einen Pass ging, der sich in Serpentinen hoch in die Karpaten wand. Nur dass die Straße hier unten offenbar der Schnee verschluckt hatte. Wie würde es weiter oben aussehen?

Er zog den Bildschirm größer. Weder von Westen noch von Osten gab es eine Alternative, an den See zu gelangen. Man müsste über einen der Bergkämme, die hier unten, in der Ebene, ausliefen. Ein Ding der Unmöglichkeit.

Der Mann hatte recht. Es gab nur diesen Weg.

Noch fünfzig Minuten Fahrtzeit.

»Okay!« Paul winkte dem Mann auf dem Karren. »Ich versuche es. *Mulţumesc!* Danke schön!«

»La revedere!« Der andere reckte den Daumen. »Ich als junger Mann bei Mercedes-Benz Sindelfingen. Gutes Auto!«

Paul kletterte zurück in den Wagen, fuhr vorsichtig an. Orientierte sich an den vermeintlichen Büschen, als er in die unsichtbare Straße einbog. Kurz drehten die Räder durch, doch dann fanden sie Bodenhaftung, und der Wagen fuhr ohne weiteres Mucken geradeaus.

»Gutes Auto«, murmelte Paul, aber er merkte, wie ihm abermals der Schweiß ausbrach. Ihm war, als fahre er in ein weißes Loch. So weit er auch guckte, gab es nichts als Schnee. Einmal meinte er von fern Rauch aufsteigen zu sehen, als gebe es dort ein Dorf oder zumindest ein einzeln stehendes Gehöft, doch im nächsten Augenblick hatte auch dieses Zeichen menschlicher Nähe sich in Luft aufgelöst.

Nach einer Weile ging es mehr und mehr bergauf, und dann, ganz plötzlich, begann der Wald. So dicht standen die Bäume mit einem Mal, dass Paul die Scheinwerfer einschalten musste. Immerhin, die Straße war jetzt als Schneise besser zu erkennen. Doch zugleich wurde sie offenbar so schadhaft, dass der Wagen zwei, drei Mal hintereinander aufsetzte. Paul schaltete in den zweiten Gang, in den ersten.

Dieses Auto, dachte er, ist ein wirklich gutes Auto, aber eigentlich dafür gemacht, Steaks durch Köln zu transportieren. Und nicht, um mitten im Winter durchs transsilvanische Hinterland zu fahren.

Prompt drehten die Räder durch, und er rutschte das Stück, das er gerade bewältigt hatte, rückwärts wieder hinab. Paul trat auf die Bremse, versuchte, gegenzulenken, und verhinderte in letzter Minute, dass der Wagen gegen einen der Bäume krachte. Als das Gefährt endlich stand, rann ihm der Schweiß bereits in Strömen den Rücken hinab.

Das ist Wahnsinn, sagte ihm eine innere Stimme. Niemals schaffst du es den Berg hinauf. Und selbst wenn du es bis zu Dobre schaffst, wenn du das Haus ausfindig machst, was dann? Was willst du ausrichten gegen einen Mann wie ihn und seinen bewaffneten Leibwächter?

Du musst es versuchen, sagte eine andere Stimme. Du würdest dir nie verzeihen, wenn du jetzt aufgibst.

Und so fuhr er weiter. Sehr langsam, im ersten Gang. Links von ihm wurde die Bergwand immer höher und schroffer, rechts tat sich ein Abgrund auf, dessen Ende nicht zu erahnen war. Denn nun war auch noch Nebel aufgekommen, der die Sicht auf wenige Meter beschränkte.

Die Schranke sah er erst, als er schon beinahe davorstand. Sie tauchte hinter einer der tückischen Kurven auf, bei denen er mehrmals vor- und zurücksetzen musste, um sie zu bewältigen, und sie war geschlossen.

Verdammt. Paul griff wieder nach seinem Handy. Das Navi zeigte doch diese Strecke an! Er tippte auf die Karte, zog sie größer, suchte ein weiteres Mal, ob es nicht doch noch einen anderen Weg hoch zum See gab. Nein, nichts.

Die Touristin, die gestern erst Dragos Dobre fotografiert hatte, überlegte er, musste mit ihrem Freund auch hier langgefahren sein. Da konnte die Schranke nicht geschlossen gewesen sein. Vielleicht ließ sich der Schlagbaum einfach anheben?

Als er die Fahrertür öffnete, fuhr ihm ein so kalter Wind unter den Pullover, dass er sich schnell den Pelz überzog und, weil er schon einmal dabei war, auch die Mütze. Er stiefelte Richtung Schranke, drehte direkt noch einmal um und holte sich auch die Handschuhe aus dem Wagen. Dieser Wind war wirklich unerbittlich.

Tatsächlich. Der Schlagbaum lag einfach nur auf der Stütze auf. Paul stemmte ihn hoch, als er ein ganz eigentümliches Grollen vernahm. Als wenn ein Flugzeug direkt über seinen Kopf fliegen würde. Nein, nicht eins. Ganz viele. Dann begann der Boden unter seinen Füßen sich zu bewegen. Paul war, als risse ihm jemand die Beine weg. Und während er noch versuchte, sich irgendwo festzuhalten, sah er, wie der Berg zu seiner Linken sich auflöste. Es gab keinen Berg mehr, es gab nur noch eine einzige weiße Masse, die sich aufführte, als sei sie lebendig. Eine Lawine. Und sie rollte direkt auf ihn zu.

Niemals hätte Pušomori gedacht, dass der Käufer zu Fuß kommen würde. Sie hatte damit gerechnet, dass er in einem schicken Wagen anreiste. Und weil sie fürchtete, dass ein Fremder in der Ţigani-*Siedlung für mächtig Aufsehen sorgen würde, hatte sie ihn zur Kirchenburg bestellt. Da könnte er zur Not als Tourist durchgehen, auch wenn sich im Winter kaum jemand hierher verirrte. Die beiden jungen Leute am Morgen mal ausgenommen.*

Dann aber kam kein dickes Auto vorgefahren. Stattdessen stand da plötzlich dieser schlaksige Junge. Er schien sehr zu frieren, und mit dem Schal, den er sich um das Basecap gewickelt hatte, fiel er mehr auf als jede Bonzenkarre.

»Tsch!«, machte Pušomori. Sie stand dicht an die schmale Tür in der äußeren Ringmauer gelehnt, die beiden großen Schlüssel griffbereit. Als im Sommer der Pfarrer seinen Unfall erlitten hatte, hatte sie das allgemeine Tohuwabohu, das im Anschluss herrschte, genutzt, um sie sich zu besorgen. Da sich niemand mehr erinnerte, wie viele Schlüssel zur Kirchenburg es eigentlich gab, war das nicht weiter aufgefallen. So konnte sie hier ein und aus gehen, wie es ihr gefiel.

»P1202?«

Er kam auf sie zu und streckte ihr eine rot gefrorene Hand hin.

Pušomori nickte. Das war ihr Tarnname, den sie sich fürs Darknet zugelegt hatte.

»Folge mir«, sagte sie und schloss so leise wie möglich die Tür auf. Direkt nebenan im Pfarrhaus war das Leichenmahl für Toma in vollem Gange, besser, sie standen hier nicht länger als nötig herum. Und so schlüpften sie durch das erste Tor und durch das zweite, stapften über den dick verschneiten Hof am Portal der altehrwürdigen Kirche vorbei.

Nach dem, was mit dem Pfarrer passiert war, mied Pušomori die Kirchenburg eigentlich. Sie hatte sie nur widerwillig betreten, um dem Heruntergekommenen eine Nachricht zukommen zu lassen. Aber als sie in den letzten Tagen darüber nachdachte, wo sie die Transaktion mit einem möglichen Käufer abwickeln konnte, war ihr das Ehegefängnis als der perfekte Ort erschienen. Hierher verirrte sich garantiert niemand.

Verstohlen beobachtete sie den Käufer, wie er neben ihr herlief. Jung schien er ihr, sehr jung. Vielleicht achtzehn oder neunzehn? Auf jeden Fall war er klein für einen Mann, beinahe so klein wie sie. Dünn war er auch. Und diese Klamotten! Ein Wunder, dass er es überhaupt bis ins Dorf geschafft hatte und nicht unterwegs erfroren war.

Sie waren da. Selbstverständlich besaß Pušomori auch einen Schlüssel für das Ehegefängnis. Den hatte sie während der Totenwache für Toma aus dem Pfarrhaus stibitzt, ohne dass irgendjemand wahrgenommen hätte, dass sie überhaupt da war.

»Interessant«, sagte der Käufer, als er hinter ihr eintrat. Pušomori konnte ihm nur recht geben. Das hohe Bett mit den hübschen Malereien war vollkommen zerwühlt. Auf dem Tisch stand wie immer der einzelne Teller, bloß dass noch Essensreste daran klebten. Die Figur, die den Mann in siebenbürgischer Tracht darstellte, war in die hinterste Ecke geschoben. Zu seinen Füßen lagen Lumpen, Kleidungsstücke und etwas Beiges, was wohl eine Art Kopf darstellen sollte. Das, vermutete sie, waren wahrscheinlich die Reste der Frau in siebenbürgischer Tracht. Jemand hatte ein besticktes Deckchen darübergebreitet, immerhin.

Mannomann, hätten Maia und der Heruntergekommene diesen Ort nicht ein bisschen ordentlicher hinterlassen können?

Pušomori hatte sich gefürchtet, dass der Käufer ihr in der Abgeschiedenheit des Ehegefängnisses etwas antun könnte. Dass er ihr ihren Schatz abnahm und ihr kein Geld dafür gab, sie stattdessen niederschlug oder Schlimmeres.

Jetzt schämte sie sich.

»Normalerweise ist es eine Art Museum«, sagte sie schnell.

»Schon okay«, antwortete der Junge und setzte sich auf den einzigen

Stuhl. »Ich habe die gewünschte Summe dabei.« Er klopfte sich auf die Brust, und tatsächlich schien der Parka, den er trug, dort ein bisschen ausgebeult. »Zeigst du mir den Ring?«

»Erst will ich das Geld sehen.«

»Okay.« Er öffnete seine Jacke und holte etwas hervor, das aussah wie eine prall gefüllte Socke. Und tatsächlich, es war eine Socke. Verschlossen war sie mit einer Wäscheklammer. Er löste die Wäscheklammer, zog an dem, was sich in der Socke befand, und legte es auf den Tisch. »Zähl nach, wenn du willst.«

Pušomori riss die Augen auf. Nie im Leben hatte sie so viel Geld auf einmal gesehen. Sie hatte auch noch nie so große Scheine gesehen. Zum Teufel, waren die überhaupt echt? Als sie jetzt danach griff, bemühte sie sich, das Zittern ihrer Hände zu unterdrücken. Sie nahm den obersten Schein, betastete die Plastikbeschichtung, hielt ihn hoch. Durch das kleine Durchsichtfenster des Scheins schimmerte ein Muster, und auch sonst fühlte er sich ziemlich echt an.

Sie holte tief Luft und begann zu zählen, und weil ihre Finger doch stärker zitterten, als sie wollte, zählte sie gleich noch ein zweites Mal. Die Summe stimmte.

Sie legte die Scheine zurück, sagte nun ihrerseits »okay«. Den schmutzigen Teller rückte sie beiseite, mit einer Armbewegung schob sie die Krümel vom Tisch. Dann öffnete sie den Reißverschluss ihres wattierten Mantels ein Stück weit. Den kleinen Rucksack mit den anderen beiden Ringen hatte sie zu Hause gelassen, gut versteckt vor den neugierigen Brüdern. Den einen Ring, den sie verkaufen wollte, trug sie an genau der Stelle, an dem der Käufer das Geld aufbewahrt hatte. In einer kleinen Innentasche an der Brust. Damit der Ring keine Kratzer bekam, hatte sie ihn in ein Stück Stoff gewickelt und eine Socke darübergezogen. Bloß dass ihre nicht mit einer Wäscheklammer verschlossen war, sondern mit einem straffen Knoten.

Der Käufer zog kurz die Augenbrauen hoch, als sie den Knoten löste. Doch als sie den Ring herausnahm, ihn vorsichtig auf den Tisch legen wollte, und als er plötzlich im Dämmerlicht des Ehegefängnisses zu fun-

keln begann, wie ein Ring, der aus purem Gold ist, nun einmal funkelt, da schoss eine Hand vor. Stark wie ein Schraubstock umfasste diese Hand Pušomoris Unterarm, mit einer Kraft, die sie dem dünnen Jungen nie und nimmer zugetraut hätte.

»Hej!«, rief Pušomori. »Lass das!«

Aber er schien sie gar nicht zu hören. Noch fester presste er ihren Arm, Pušomori stieß einen Schmerzenslaut aus. Viel schlimmer aber als der Schmerz war die Art, wie er guckte. Wie sein Gesichtsausdruck sich in Sekundenschnelle verändert hatte. In seinen Augen sah sie eine Gier, wie sie sie nie zuvor bei jemandem gesehen hatte.

Zum Teufel, dachte Pušomori. Als Nächstes dreht er mir den Hals um.

ZWEIUNDZWANZIG

Er sah nichts. Er riss die Augen auf, so weit es nur ging, aber er sah trotzdem nichts. Um ihn herum herrschte Dunkelheit, eisige Dunkelheit. Er konnte sich auch nicht bewegen. Seine Arme und Beine waren auf absurde Weise verrenkt und steckten fest. Und auf seinem Brustkorb lastete, zentnerschwer, der Schnee.

Hilfe, schrie Paul. Hilfe! Ich wurde verschüttet!

Doch kein Wort verließ seine Lippen. Sein Mund war voller Eis. Er keuchte, versuchte auszuspucken. Vergebens. Er röchelte, rang nach Luft. Aber da war keine Luft. Nur Dunkelheit, eisige, nasse Dunkelheit.

Ich sterbe, dachte er. Gleich verliere ich das Bewusstsein.

Und während er noch überlegte, ob nun sein Leben an ihm vorbeiziehen würde wie ein Film, während er an seinen Vater dachte, der vielleicht auf ihn wartete, an seine Mutter, deren Gesicht er nur von Fotos kannte, während er wünschte, er könnte liebevolle Gedanken an Maia senden, statt die Panik zu spüren, die sein Herz zum Rasen brachte, begann die nasse, kalte Masse sich zu bewegen. Als habe die Lawine ihren endgültigen Platz noch nicht gefunden.

Oh nein, dachte Paul. Jetzt zerquetscht es mich wie eine Fliege.

Aber das Gegenteil war der Fall. Der Druck auf seiner Brust ließ ein wenig nach. Und über ihm wurde es plötzlich hell. Nicht sehr, aber ein wenig. Da war Licht, nur etwa eine Armlänge von ihm entfernt.

Er könnte versuchen, sich auszugraben. Wenn er denn die Kraft dafür hätte.

Paul stöhnte. Spannte seine Muskeln, wie es nur ging. Bäumte sich auf. Verfluchte all die Abende, an denen er nichtsnutzig auf dem Sofa gelümmelt hatte, statt sich zu bewegen, wenigstens ein bisschen Sport zu treiben.

Wenn ich das überlebe, schwor er sich, melde ich mich im Fitnessstudio an und gehe zwei Mal die Woche hin, mindestens.

Wie irre versuchte er, mit den Beinen zu strampeln. Mit den Armen vollführte er so etwas wie eine Schwimmbewegung. Nur dass all das lediglich in seinem Kopf stattfand. Sein Körper blieb starr, eingequetscht zwischen Eis und Schnee.

Paul merkte, wie ihm die Luft ausging. Wie sein Herz bis zum Zerbersten schlug. Nein, schrie er innerlich. Nein! Er mobilisierte Kräfte, von denen er nicht wusste, dass er sie besaß. Spannte noch einmal alle Muskeln an. Und bewegte sich ein kleines Stückchen aufwärts, zum Licht.

Im nächsten Moment flutete eine solche Welle Adrenalin über ihn hinweg, dass er es gleich noch ein wenig weiter hinaufschaffte. Sein Arm durchstieß die Schneeschicht, sein Mund japste nach Luft. Paul keuchte. Kämpfte sich weiter. Spürte keinen Schmerz, keine Kälte. Alles, was er wahrnahm, war das Licht.

Und dann war er draußen. Lag rücklings im Schnee, sein Brustkorb ein hektisch pumpender Blasebalg.

Geschafft.

Paul rappelte sich auf, seine Beine gehorchten ihm nicht. Die übermenschliche Kraftanstrengung. Der Schock. Irgendwann stand er, noch wankend, aber er stand. Schaute an sich herab. Er trug immer noch den Pelz, den Viorica ihm gegeben hatte, und sogar noch einen Handschuh. Die Mütze allerdings war weg. Er schaute sich um. Da, da vorne lag sie. Paul stapfte los, sie zu holen, fühlte sich seltsam schwindelig, versank beinahe bis zur Hüfte im weichen Schnee. Griff nach der Mütze. Nicht einmal nass war sie, wie auch immer das möglich war. Er setzte sie auf und sah sich noch einmal um. Wo war denn bloß das Auto?

Es gab kein Auto mehr. Zumindest nicht dort, wo es gestanden hatte. Dort gab es nur noch Schnee. Die Lawine hatte die Schranke unter sich begraben, die Straße und sogar einen Teil der Schlucht neben der Straße. Paul wagte sich ein bisschen vor. Wieder spürte er diesen unangenehmen Schwindel. Beinahe kam es ihm so vor, als bewegte sich das Eis. Moment. Das war nicht nur der Schwindel. Das Eis bewegte sich tatsächlich. Paul erstarrte. Ging langsam rückwärts, in ganz kleinen Schritten. Bekam ein Stück oberhalb des verschwundenen Weges einen Baumstamm zu fassen, hielt ihn fest umschlungen und lehnte sich vorsichtig ein wenig vor. Da. Tief unten in der Schlucht leuchtete ihm ein Stückchen rotes Blech entgegen. Mehr war nicht mehr zu sehen vom Mercedes Sprinter. Die Lawine hatte ihn mit sich gerissen.

Paul merkte, wie ihn ein großes Zittern überkam. Gleichzeitig wurde ihm kotzübel. Verdammt! Er war allein mitten in den Karpaten, der Rückweg abgeschnitten. Nie und nimmer kam er hier wieder raus. Jetzt blieb ihm nur noch eins: Diese völlig irrsinnige Aktion abbrechen und Hilfe rufen. Hektisch klopfte er seine Jacke ab, klatschnass war der Pelz, auf der Suche nach seinem Handy. Ein Wunder, dachte er, wenn ich es nicht verloren habe, als ich verschüttet wurde. Dann hielt er inne. Schlug sich mit der flachen Hand vor die Stirn. Wie konnte er das vergessen! Das Handy lag im Auto. Unter der Lawine.

Jetzt gaben seine Beine endgültig nach. Mit bebenden Knien ging er in die Hocke, hielt sich immer noch am Baum fest. Was, um Himmels willen, sollte er tun? Zurück konnte er nicht. Ein falscher Schritt, und die Lawine könnte erneut ins Rutschen geraten, ihn endgültig unter sich begraben. Hilfe konnte er auch keine rufen.

Es gab nur noch einen Weg. Weiter bergauf.

Paul zwang sich, ruhiger zu atmen. Kämpfte gegen das Zittern in seinen Beinen. Zwang sich, aus der Hocke hochzukommen.

Er kannte sich nicht aus in den Bergen. Er wusste nicht, ob auf die erste Lawine weitere folgen würden. Aber er hatte das Display seines Handys genau vor Augen. Wie oft hatte er es an diesem Tag größer gezogen, auf der Karte nach alternativen Strecken zum See gesucht, an dem er Dragos Dobre und somit Maia vermutete. Jetzt erinnerte er sich an jedes Detail, jede Abbiegung. Eine knappe halbe Stunde Fahrtzeit hätte er noch vor sich gehabt. Wie lange würde er zu Fuß brauchen? Drei Stunden? Vier? Womöglich länger angesichts der Wetterverhältnisse? Er hatte keine Ahnung. Aber wenn er nicht wollte, dass die Dunkelheit ihn überraschte, hier, mitten in den Bergen, dann war keine Zeit zu verlieren.

Paul stieß sich ab vom Baum und lief los, immer der Passstraße folgend.

Die erste Zeit kam er gut voran. Die Kühnheit seines Vorhabens verlieh ihm nahezu Flügel. Er wechselte den einen Handschuh zwischen der rechten und der linken Hand hin und her, zum Glück war es ein Fäustling. Bald schon aber musste er immer öfter anhalten, nach Luft schnappen. Es ging steil bergauf, der Pelz hing ihm schwer auf den Schultern. Noch dazu lag der Schnee hier sehr viel höher als im Tal, oft versank er bis weit über die Knie. Die Jeans, die er trug, war nass, seitdem die Lawine ihn mitgerissen hatte, jetzt begannen die Hosenbeine einzufrieren. Seine Füße in den Stiefeln, die kein bisschen für siebenbürgische Winter gemacht waren, spürte er schon bald nicht mehr.

Du bist vollkommen übergeschnappt, meldete sich eine Stimme in ihm zu Wort. Lauf weiter, sagte eine andere, jetzt hast du eh nichts mehr zu verlieren.

Er keuchte. Er wünschte, er hätte etwas zu essen, doch sein Proviant lag im Auto, begraben unter Massen von Eis. Ab und an blieb er stehen, griff in den Schnee und benetzte seine Lippen. Dann lief er eiligst weiter. Denn die Dunkelheit, vor der er sich mehr und mehr zu fürchten begann, warf schon ihre Schatten.

Bald stolperte er mehr, als dass er ging. Die Beine wurden ihm schwer, die Kraft verließ ihn. Die jeweilige Hand, die ohne Handschuh war, begann entsetzlich zu schmerzen. Dieser eiskalte Wind! Einmal war ihm, als sehe er zwischen den Bäumen etwas vorbeihuschen, einen Hirtenhund vielleicht. So mancher Schäfer überließ sie, wenn sie ihm nicht mehr nützlich waren, ihrem Schicksal. Paul merkte, wie sich ihm die Nackenhaare aufstellten. Mit verwilderten Hirtenhunden war nicht zu spaßen. Gleich darauf meinte er, denselben Hund auf der anderen Seite der Straße zu sehen, so, als habe er seinen Weg gekreuzt und sich dabei unsichtbar gemacht. Warum, verdammt noch mal, kamen ihm jetzt ausgerechnet die Geschichten in den Sinn, die Tante Zinzi ihm einst erzählt hatte, von Untoten und Wiedergängern? Womöglich, dachte er, führen die auch Hunde mit sich. Und wo traf man wohl eher auf sie als hier, mitten im transsilvanischen Wald? Ein Lachen erklang, beinahe hysterisch. Mist, das kam von ihm. Er musste wirklich aufpassen, die Nerven zu behalten. Paul schüttelte den Kopf, richtete sich auf. Nicht aufgeben, sagte er sich, bloß nicht aufgeben.

Wenig später stolperte er über eine Wurzel, fing sich in letzter Minute und wollte schon weiterlaufen, als er sich doch noch einmal umwandte. Eine Wurzel, die oben auf dem Schnee lag? Er ging in die Hocke, schaute genauer hin. Das war keine Wurzel. Das war ein Knochen, ein wenig Fleisch und Fell hingen daran, schwarz von Blut. Etwas weiter verstreut lag noch mehr. Hautfetzen, wie es schien. Etwas Borstenartiges. Noch ein Knochen, größer als der erste und fein abgenagt. Der Rest eines Hufs. Paul merkte, wie ihm schon wieder übel wurde. Und dann war da knapp außerhalb seines Sichtfeldes noch etwas. Etwas sehr viel Größeres. Alles in ihm sträubte sich dagegen, es sich näher anzuschauen. Aber dann guckte er doch hin.

Der mächtige Kopf eines Wildschweines. Die toten Augen geöffnet, lag er auf der Seite und schaute ihn an.

Beinahe hätte Paul sich übergeben. Was, um Himmels willen, war hier passiert? Er fuhr herum. Da, wieder ein Schatten hinter den Bäumen.

Jetzt fasste er sich an die Gurgel. Das Wesen, das ihm vorhin schon aufgefallen war. Das war kein Hund. Und es kreuzte auch nicht unsichtbar den Weg. Nein, sie waren zu mehreren.

Ein Bär, pflegte Tante Zinzi zu sagen, frisst seine Beute bei lebendigem Leib. Er fixierte sie mit den Vorderbeinen auf dem Boden und beginnt vom Bauch an zu fressen, er reißt heraus, was ihm schmeckt. Deshalb findet man die Reste nah beieinander. Ein Wolf hingegen tötet erst und frisst dann. Und weil ein Wolf nie allein ist, findest du die Knochen weit verstreut. Das liegt daran, dass das Rudel sich die Beute teilt. Jeder schnappt sich ein Stück davon und zerrt es mit sich.

Paul merkte, wie seine Knie nachgaben. Er begann zu zittern, trotz des Pelzes. In seinem Nacken spürte er etwas, das sich anfühlte wie eine eiskalte Hand.

Wölfe. Links und rechts des Weges waren Wölfe. Und sie begleiteten ihn nun schon ein ganzes Stück.

Wenn du tief in den Wald gehst, hatte Tante Zinzi gesagt, musst du dich bemerkbar machen. Du musst laut rufen, mit einem dicken Ast gegen die Bäume schlagen. Dann gibt es keine Überraschungen. Denn tatsächlich machen Bären und Wölfe einen Riesenbogen um uns Menschen, sie sind überaus scheu.

Nun, dachte Paul, dafür war es zu spät. Sie waren schon da. Und sie machten keinen großen Bogen um ihn, ganz im Gegenteil. Er konnte ihre Körper durch das Geäst der Bäume schimmern sehen. Da. Schon wieder einer.

Was würde Tante Zinzi in einem solchen Fall raten? Sollte er laut schreien, versuchen, die Tiere davonzujagen? Oder sollte er still weitergehen, hoffen, dass sie das Interesse an ihm verloren? Er entschied sich, er hätte nicht zu sagen gewusst, warum, für Letzteres.

Und so ging er weiter. Lauschend, sich immer wieder umschauend, mit wild klopfendem Herz.

Was macht ihr?, fragte er die Wölfe stumm. Lauert ihr darauf, dass ich noch einmal stürze? Fallt ihr dann über mich her? Oder braucht es nicht einmal das? Spielt ihr lediglich mit mir, bevor ihr der Lust nachgebt, mich zu töten?

Vielleicht, dachte er, haben sie auch einfach nur Hunger. Ich bin am falschen Ort zur falschen Zeit. Dieses ganze Unterfangen ist ein Wahnsinn. Nur ein Schwachkopf macht sich mitten im Winter auf in die Karpaten, zu einem Mann, den er für einen Mörder hält.

Ein Schwachkopf oder einer, der verliebt ist.

Kurz dachte er an Maia, daran, wie sie nebeneinander auf der Bank gesessen hatten, zwischen sich die kranke Hündin. Zum ersten Mal, seit Maia ihn ihm um den Hals geknotet hatte, berührte er den kleinen Beutel, der dort hing. Vielleicht, dachte er, beschützt er mich tatsächlich. Dann verbot er sich solche Fantastereien. Er musste auf der Hut sein, lauschen, ob die Wölfe näher kamen.

Auch wenn er in jedem Fall völlig chancenlos war.

Die Dunkelheit kroch näher an ihn heran. Wie weit war es noch? Er wusste es nicht. Er ahnte nur, er würde es nicht schaffen.

Wenn es doch bloß einen Ort gäbe, an dem er sich ein wenig ausruhen könnte! Ein *Saivan* vielleicht, eine jener einfachen Hütten, in denen die Schäfer mit ihren Schafen Schutz suchten. Aber selbst wenn es so etwas in der Nähe geben sollte, er würde es nicht finden. Dazu war es bereits zu dunkel.

Ich werde erfrieren, dachte Paul. Lange halte ich nicht mehr durch. Meine Beine und Füße fühlen sich jetzt schon an, als seien sie aus Holz. Meine Lunge krampft. Meine Finger spüre ich nicht mehr, ein Handschuh ist einfach zu wenig. Und dieser Schwindel! Wenn mir bloß nicht so schwindelig wäre!

Er ging noch ein paar Meter. Dann sackte er zusammen. Blieb eine Weile liegen, mitten auf dem Weg. Mit letzter Kraft kroch er über den Boden bis zum nächsten Baum. Dort kauerte er sich hin, den Rücken an den Stamm gelehnt. Die Wölfe. Wo waren sie? Würden sie jetzt kommen und ihn töten?

Paul lauschte. Hatte es dort drüben nicht gerade geknackt? Hörte er Pfoten, die durchs Unterholz schlichen? Nein, alles, was er vernahm, war das Rauschen seines eigenen Blutes.

Und dann war da doch etwas. Ein Geräusch wie von Motoren. Lichter. Sie näherten sich. Kamen sie von oben aus den Bergen oder von unten aus dem Tal? Er konnte es nicht ausmachen, ihn schwindelte zu sehr. Doch er stieß sich ab von dem Baum, spürte, wie er Vioricas Pelzmütze verlor, gab nichts darum. Auf allen vieren robbte er zurück auf den Weg.

»Hilfe!«, krächzte er. »Hier bin ich!«

Minuten später waren sie da. Zwei Pick-ups. Ihre Scheinwerfer tauchten den Weg in grelles Licht. Und sie kamen, wie es schien, von oben, vom Berg.

Das Vorletzte, was Paul sah, waren die Männer, die aus einem der Wagen sprangen. Das Letzte das Emblem, das darauf prangte. *DD*. Dann stülpte man ihm von hinten einen Sack über den Kopf.

»Entschuldige bitte.« Der Käufer zog seine Hand zurück. »Es ist nur so, dass ich etwas so Schönes noch nie gesehen habe. Und ich tue den ganzen Tag nichts anderes, als schöne Dinge zu kaufen und zu verkaufen. Das ist es, wofür ich lebe. Aber dies hier …« Er strich mit den Fingerspitzen über den Ring, den Pušomori nach wie vor fest umklammert hielt. »Dies hier übertrifft meine kühnsten Erwartungen.«

Pušomori rieb sich mit der freien Hand den Arm. In Sekundenschnelle hatte sich der Ausdruck in seinen Augen zurückverwandelt. Nun guckte er wieder so harmlos, als sei er einfach nur ein großer Junge. Ein großer Junge, dachte sie, der mit einem Riesenbatzen Geld in einer Socke bei Schnee und Eis zu Fuß in ein siebenbürgisches Dorf gelaufen war, um einen illegal ausgegrabenen Goldschatz zu kaufen. Und mit dem sie nun hier im Ehegefängnis war, wo niemand mitbekommen würde, wenn ihr etwas geschähe.

Einen Moment lang musste sie an den Heruntergekommenen denken, der hier mit Maia eingesperrt gewesen war, einer Frau, vor der man sich ebenfalls fürchten konnte. Er hatte ihr früher am Tag eine ziemlich beunruhigende SMS geschickt, wonach er auf dem Weg zu Dragos Dobre war, ausgerechnet. Dieser Kerl, dachte Pušomori, hat wirklich ein Talent, sich in Schwierigkeiten zu bringen.

Genau wie ich gerade, setzte sie im Stillen hinzu.

»So schön«, murmelte der Käufer und strich mit den Fingerspitzen immer weiter über den goldenen Ring. »So schön.«

Jetzt hatte sein Gesicht einen vollkommen entrückten Ausdruck angenommen.

Zum Teufel, dachte Pušomori, diese Situation entgleitet mir.

DREIUNDZWANZIG

Dunkel war es hier, vollkommen dunkel. Und absolut still.

Paul schnappte nach Luft.

Die Fahrt hatte nicht lange gedauert. Keine dreißig Minuten, schätzte er, sicher aber war er sich nicht. Er hatte, wenn er es richtig mitbekommen hatte, auf der Rückbank eines der Pick-ups gesessen, neben jemandem, der kein Wort sagte. Dann hatte man ihn eine kurze Strecke zu einem Gebäude geschleppt, eine Tür hatte sich geöffnet. Ein Gang, noch eine Tür, jemand drückte ihn auf einen Stuhl. Nahm ihm die Kapuze ab. Was nichts änderte, gar nichts. Paul sah nichts, absolut nichts. Diese Dunkelheit! Verdammt. Wo war er hier gelandet?

Im Haus vom Dragos Dobre, nahm er an. Aber warum ließ man ihn im Dunkeln sitzen? Und was hatte man mit ihm vor?

Er wandte den Kopf nach rechts, nach links. Ihm war, als wäre er nicht allein, als stünde jemand schräg hinter ihm. Jemand, den er leise atmen hörte, dessen körperliche Anwesenheit spürbar war. Ob das der Mann mit dem Gewehr war, den er auf dem Instagram-Foto der Touristin entdeckt hatte? Allein der Gedanke sorgte dafür, dass die Haare in seinem Nacken sich aufrichteten.

Paul versuchte, ruhig zu bleiben. Keine Angst zeigen, sagte er sich. Doch sein Herz schlug ihm zum Halse heraus.

Immerhin, warm war es hier. In seine Beine, die noch vor wenigen Minuten an ihm gehangen hatten, als seien sie aus Holz, kam wieder Leben. Auch seine Füße spürte er wieder. Aber es war kein angenehmes Gefühl. Beine und Füße juckten und brannten so sehr, dass er sich am liebsten die Stiefel ausgezogen und die Jeans vom Leib gerissen hätte. Mit seinen Händen war es genauso. Vorsichtig zog er den einen Handschuh aus, betastete die Rechte mit der Linken. Kam es ihm nur so vor, oder waren beide Hände extrem geschwollen? Ein pochender Schmerz kam dazu, kaum auszuhalten.

Immer heißer wurde ihm. Er musste diesen Pelz loswerden! Paul mühte sich, den obersten Knopf der Jacke zu lösen, aber wie sollte das gehen mit so dicken Fingern? Er stöhnte leise und zuckte gleich darauf zusammen.

»Pscht!«, zischte jemand.

Es kam von schräg hinter ihm, dort, wo er den Mann mit der Waffe vermutete.

Paul ließ langsam die Hand sinken. Kalter Schweiß brach ihm aus.

Da. Noch ein Geräusch. Der Mann hinter ihm bewegte sich. Kam er näher? Nein. Dem Anschein nach verließ er das Zimmer. Die Tür schlug zu. Wenig später ging sie wieder auf, erneut Schritte. Als käme der Mann zurück. Oder war es nun ein anderer? Die Schritte klangen nicht wie vorhin. Sondern leichter. Nein, nicht leichter. Geschmeidiger. Paul hörte einen Stuhl über den Boden schrammen. Jemand setzte sich.

Und dann ging mit einem Mal das Licht an.

Paul kniff die Augen zusammen. Bunte Blitze explodierten vor seinem Blickfeld. Plötzlich war auch der elende Schwindel wieder da, der ihn schon im Wald so gequält hatte. Er öffnete vorsichtig die Augen, blinzelte.

Er saß an einem Schreibtisch, darauf eine Tastatur, ein riesiger Bildschirm, sonst nichts.

Vorsichtig wandte Paul den Kopf. Ein nicht allzu großes Zimmer. Boden, Wände und Decke waren aus dunklem Holz, was dem Raum etwas Niederdrückendes verlieh. Zu seiner Rechten war ein Wandschirm aufgestellt. Edel und alt sah er aus. Ein goldener Rahmen stand auf Löwentatzen, dazwischen war ein halb durchscheinendes Tuch gespannt. Paul kniff noch einmal die Augen zusammen. Nein, er täuschte sich nicht. Dahinter saß jemand. Er erkannte die Silhouette eines Mannes.

Ansonsten war das Zimmer vollkommen leer.

Der Mann hinter dem Wandschirm räusperte sich. Als er nun zu sprechen begann, wusste Paul sofort, mit wem er es zu tun hatte.

»Ich muss mich wirklich entschuldigen für die Umstände«, sagte Dragos Dobre. »Normalerweise lasse ich meinen Besuchern keinen Sack über den Kopf stülpen, bevor ich sie in meinem Chalet empfange. Aber, ganz ehrlich, normalerweise empfange ich hier auch gar keine Besucher. Für Sie, lieber Paul, ich darf Sie doch so nennen?, mache ich eine Ausnahme.«

Ein Lachen, so piepsig, dass es Paul in den Ohren wehtat. Diese Stimme! Schon beim allerersten Mal, als er sie im Fernsehen gehört hatte, war sie ihm unangenehm aufgefallen. In echt klang sie noch piepsiger, noch schriller.

Er kniff erneut die Augen zusammen. War das wirklich Dragos Dobre, der da hinter dem Wandschirm saß? Im Fernsehen hatte er ihn als sehr muskulös, aber doch recht gedrungen wahrgenommen. Der Mann, dessen Umrisse er jetzt sah, wirkte eher hünenhaft, fast so groß wie Paul. Doch die Stimme war ganz unverkennbar die von Petres Vater.

»Wie schön, dass Sie es einrichten konnten«, fuhr Dobre fort. »Es hat mich ein bisschen Mühe gekostet, Sie hierherzulocken. Aber nachdem Sie einfach nicht dazu zu bewegen waren, abzureisen, entschied ich mich für ein anderes Vorgehen und griff zu einer kleinen List.«

Verdammt, dachte Paul. Die unsensible Touristin und ihre Instagram-Posts. Wie hatte er glauben können, jemand könne Dobre vor seinem Ferienhaus fotografieren, ohne dass der es merkte?

Wie um seine Überlegungen zu bestätigen, erwachte der riesenhafte Bildschirm vor Paul auf dem Schreibtisch zum Leben. Ein Foto erschien, in gestochen scharfer Auflösung. Dobre stand vor seinem Haus. Es war beinahe exakt die gleiche Perspektive wie bei Instagram. Nur dass er diesmal nicht allein zu sehen war. Er hielt die Touristin im Arm, beide lachten in die Kamera.

»Die Tochter eines Freundes aus Deutschland«, sagte der Mann hinter dem Wandschirm. »Sie ist wirklich für jeden Spaß zu haben.«

Paul stöhnte. Wie dumm konnte man sein? Er war direkt in die Falle getappt.

»Und Maia?«, fragte er laut. »Ist sie überhaupt hier?«

»Aber ja doch. Meine Schwiegertochter wird zu gegebener Zeit zu uns stoßen.«

Ein Kichern, so höhnisch, dass es Paul kalt den Rücken hinunterlief. Was, dachte er, hat Dobre mit uns vor?

»Warum?«, fragte er. »Warum lockten Sie mich hierher?«

»Sie waren halt nicht loszuwerden. Also entschloss ich mich, ein paar Informationen mit Ihnen auszutauschen.«

»Was für Informationen?« Pauls Kehle entfuhr ein bitteres Lachen. »Ich weiß, was Sie getan haben. Ich weiß von den Waldarbeitern, von Vioricas Sohn. Wer sich gegen Sie stellt, wer es wagt, Ihr ungesetzliches Handeln anzuprangern, wird mit zerschmetterten Knochen aus dem Wald getragen. Ist es nicht so?«

»Das sind schwere Anschuldigungen.«

»Die ich nicht beweisen kann«, fuhr Paul fort. »Noch nicht.«

Er merkte, wie er innerlich zu beben begann. Halt dich zurück, schalt er sich selbst. Er hat dich in der Hand. Dich und Maia.

»Für die unrechtmäßige Verhaftung möchte ich mich übrigens entschuldigen«, tönte es hinter dem Wandschirm hervor. »Unser lieber Toma kam darauf. Wobei das letztlich keine gute

Idee war. Ich muss zu meiner Verteidigung erwähnen, dass ich in diesem Moment gefangen war in meinem Schmerz. Ich handelte als Vater, der seinen Sohn betrauerte, nicht als Geschäftsmann, der die Konsequenzen im Blick haben muss. Aber ein ausländischer Journalist, der zu Unrecht des Mordes bezichtigt wird, das ist keine Lösung. Im Gegenteil, das verspricht eine Menge Ärger. Also habe ich den Fehler korrigiert. Es ist nie gut, zu handeln, wenn man gerade von Gefühlen überwältigt wird. Nicht wahr, mein Freund?«

Paul antwortete nicht. Er würde jetzt nicht noch einmal nach Maia fragen. Diesen Gefallen würde er dem Schurken hinter dem Wandschirm nicht tun.

»Was mich auch schmerzt«, fuhr Dobre fort, »ist die Sprengung des Pfaffenlochs. Das war nun wirklich ein besonderer Ort, den unsereins seit Jahrzehnten zu schätzen wusste. Eine Höhle mitten im Wald, von der ein Geheimgang ins Ehegefängnis der Kirchenburg führte – da ließ sich so manches und so mancher schmuggeln und verstecken. Aber Toma sah Sie in jener Nacht im Pfaffenloch, er sah auch Oliver, wie er zu Ihnen hinaufkletterte. Und aus Gründen, die ich nicht näher erläutern möchte, war es mir wichtig, dass nicht noch mehr Leute dort herumschnüffeln.«

Paul horchte auf. Er schwitzte erbärmlich in seinem dicken Pelz. Seine Arme und Beine, Hände und Füße kribbelten immer noch so sehr, dass es schmerzte. Hinzu kam der Juckreiz auf seinem Kopf, den die Pelzmütze verursacht hatte. Ihn schwindelte schon wieder. Er hätte dringend einen Schluck Wasser gebraucht. Vor allem aber hatte er Angst, furchtbare Angst. Angst um Maia, Angst um sich selbst. Denn hinter dem Wandschirm saß ein Mörder.

Was hatte Dobre da gerade angedeutet? Paul hatte keine Ahnung. Aber er spürte, dem Mann machte es Spaß, alles, was geschehen war, vorzutragen, als säße er auf einer Theaterbühne.

Allein dieser dämliche Wandschirm! Dass Menschen sterben, dachte Paul, was ihnen widerfährt, interessiert ihn einen Dreck. Ausgenommen, vielleicht, sein Sohn. Aber was ich über dessen Tod weiß, das hebe ich mir noch auf.

»Und Oliver?«, fragte er laut. »Ich nehme an, er ist vor Ihren Drohungen geflohen. Denn Sie sagten es ja gerade selbst, er war Ausländer, US-Amerikaner, wenn ich recht informiert bin. Und anders als bei ein paar verunglückten Waldarbeitern hätte sein Tod zu viel Staub aufgewirbelt.«

»Bravo.« Hinter dem Wandschirm war ein kurzer Applaus zu hören, dabei war Paul, als habe der Mann sich gar nicht bewegt. Wie konnte das sein? Oder wurde er langsam irre?

Egal. Dobre wollte mit ihm Informationen austauschen, gut, das konnte er haben.

»Bliebe noch, bevor wir auf Ihren Sohn zu sprechen kommen, Toma«, fuhr Paul fort. »Ein Helfershelfer, das haben Sie ja gerade schon zugegeben. Einer, der dann doch lästig wurde. Ich vermute, es hängt mit seinen wilden nächtlichen Ausritten zusammen. Ich habe ihn ja gesehen, er hat gebrüllt, als hätte ihm jemand das Herz herausgerissen! Der Mann hatte sich offensichtlich nicht mehr unter Kontrolle, warum auch immer. Also musste er weg. Und die makabre Inszenierung seines Todes mitsamt Gummiglatze sollte gar nicht Oliver verschrecken, der war ja schon weg, sondern mich, nicht wahr?«

»Ich sehe, Sie haben Ihre Hausaufgaben gemacht. Aber das habe ich auch nicht anders erwartet. Ein Mann wie Sie, Paul, hätte bei mir was werden können. Vorausgesetzt, wir wären uns unter anderen Umständen begegnet.«

Paul schnaufte. Die Vorstellung, mit jemandem wie Dobre zusammenzuarbeiten, löste bei ihm Übelkeit aus. Er zwang sich, seine schmerzenden Finger, die schon wieder zu Fäusten geballt waren, zu öffnen.

Es war Zeit, zum Kern der Sache zu kommen.

»Ihr Sohn«, begann er. »Wurde nicht ermordet. Weder von mir noch von irgendwem anders.«

»Sie wissen es?«

Zum allerersten Mal, seit sie miteinander sprachen, klang Dobre erstaunt. Paul quittierte es mit einer gewissen Genugtuung.

»Ich habe die beiden Obduktionsberichte gesehen«, antwortete er. »Beide nur halb ausgefüllt. Die Verletzungen, die im ersten Bericht beschrieben werden, passen kein bisschen zu dem Obduktionsergebnis, das im zweiten steht.« Paul machte eine kleine Pause, beobachtete den Mann hinter dem Schirm genau. Würde er sich irgendeine Regung anmerken lassen? Nein, er saß ganz still.

»Zunächst wollten Sie es aussehen lassen wie Mord, deshalb wurde ich verhaftet. Als Ihnen die Konsequenzen klar wurden, mussten Sie umdisponieren, Sie haben es gerade eben selbst gesagt. Deshalb heißt es nun offiziell, Petre sei bei einem Unfall zu Tode gekommen. Was, wie wir beide wissen, eine Lüge ist.«

Immer noch saß der Mann hinter dem Wandschirm ohne jede Regung.

»Ihr Sohn Petre, Herr Dobre«, endete Paul, »hat Suizid begangen. Er hat sich selbst erhängt. Was bei jemandem in Ihrer Stellung keine gute Publicity macht, nicht wahr? Erst recht, wenn man sich gerade für ein politisches Amt bewirbt. Sie wollen Bürgermeister von Hermannstadt werden. Der Vorzeigeunternehmer, der für seine Mitmenschen nur das Beste will, konnte nichts ausrichten gegen den Selbstmord seines Sohnes. Könnte sein, dass das bei den Wählern nicht gut ankommt. Also haben Sie erst einen angeblichen Mörder verhaften lassen und dann einen zweiten, falschen Obduktionsbericht in Auftrag gegeben. Für einen Mann mit Ihren Möglichkeiten ein Leichtes.«

»Puh!«, schnaubte Dobre. »Was Sie nicht sagen! Es stimmt schon, Petres Suizid kam ungelegen. Aber soll ich dafür büßen, dass er sich nicht mit seiner Ehefrau verstand? Eine grässliche Person, wenn Sie mich fragen, wie eine Wilde kommt sie mir bisweilen vor. Wobei, sie mag ihre Qualitäten haben.« Er lachte auf eine obszöne Art, die Paul die Röte ins Gesicht trieb. »Aber, zum Teufel, sie ist eine *Ţigani!* Die nimmt man ordentlich ran, aber die heiratet man doch nicht! Nicht wahr, mein lieber Freund?«

Das war der Moment, in dem Paul aufspringen, den Wandschirm beiseitestoßen und dem Mann eine reinhauen wollte. Aber er kam nicht mehr dazu. Denn nun flog die Tür auf, und eine Frau stürzte herein. Das dunkle Kleid zerknautscht, die kupferroten Haare zerzaust, die grünen Augen funkelten vor Wut.

»Schluss jetzt mit dem Theater!«, brüllte Maia. »Petre war schwul, und du hast ihn in den Tod getrieben!«

»Was«, fragte der Käufer, »ist das hier eigentlich für ein komisches kleines Haus?«

»Das ist ein Ehegefängnis«, gab Pušomori zur Antwort. Der Typ war jetzt schon seit einer gefühlten Ewigkeit dabei, den Ring zu streicheln, und eine innere Stimme sagte ihr, dass sie ihn dabei lieber nicht störte.

»Ein Ehegefängnis? Was soll das denn sein?«

»Das ist so eine Sache der Siebenbürger Sachsen, die hier früher gelebt haben. Wenn ein Ehepaar sich trennen wollte, hat der Pfarrer sie hier so lange eingesperrt, bis sie sich wieder vertrugen.«

»Echt?«

»Echt.«

»Und, hat es funktioniert?«

»Man sagt, ja. Angeblich hat sich nur ein einziges Paar danach getrennt, alle anderen haben sich hier versöhnt.«

»Das ist ja was!« Der Käufer ließ den Ring los und sah sich um. »Deshalb gibt es nur ein Bett? Einen Teller, einen Löffel, einen Stuhl? Sie mussten sich alles teilen?«

»Ganz genau so.«

»Komm, wir machen das auch!«

»Wie bitte, was?«

»Wir spielen ein Rollenspiel!«

»Ich spiele ganz bestimmt nicht …«

»Och, nun sei doch nicht so!« Der Käufer schlug so fest mit der Faust auf den Tisch, dass der Teller darauf in die Höhe sprang und der Stapel Geldscheine sich wie ein Fächer ausbreitete. »Ich mag keine Spielverderber!«

»Aber musst du denn nicht nach Hause?«, rief Pušomori. Sie hörte selbst die Angst in ihrer Stimme und verfluchte sich dafür. Aber das Gesicht des jungen Mannes hatte schon wieder einen Ausdruck angenommen, der ihr ganz und gar nicht gefiel. Verrückt schien er ihr, vollkommen übergeschnappt.

»Ach, ich muss doch noch nicht nach Hause!« Er lachte, als habe Pušomori einen ausgezeichneten Witz gerissen. »Der letzte Bus ist doch längst weg, der nächste fährt erst wieder morgen früh!«

»Der, der Bus …«, stammelte Pušomori. »Du bist mit dem Bus gekommen?«

»Ja, klar, wie denn sonst? Ich bin doch erst siebzehn, ich darf noch gar nicht Auto fahren. Ich habe von Sibiu aus den Schnellbus genommen, den, der die E68 runterfährt.«

Pušomori schluckt. Das erklärte so einiges, wenn auch längst nicht alles.

»Und hast du denn keine Eltern, die auf dich warten?«, fragte sie.

»Die, die warten doch nicht auf mich. Die kriegen gar nicht mit, ob ich da bin oder nicht, oder was ich mache.« Wieder verzog sich sein Gesicht zu einer neuen Grimasse, diesmal war es die eines trotzigen Kindes. »Nun sag schon Ja, ich mag keine Spielverderber!«

Noch ein Faustschlag auf den Tisch. Pušomori zuckte zusammen. Blitzschnell überschlug sie im Kopf ihre Optionen. Sie hatte sich oft mit ihren Brüdern geprügelt, als sie alle noch Kinder waren, sie kannte ihre körperlichen Grenzen. Mit ein bisschen Glück wäre sie dem Käufer gewachsen, aber sicher war sie sich nicht. Und unnötig riskieren wollte sie es auch nicht.

»Na gut«, begann sie und suchte seinen Blick. »Wir spielen ein Rollenspiel. Aber es geht darum, sich zu vertragen, nicht zu streiten. Hast du das verstanden?«

VIERUNDZWANZIG

»Nun sag ihm schon, was du getan hast!«, brüllte Maia. »Zeig's ihm!«

Paul wusste nicht, wie ihm geschah. Maia war bei ihm, endlich. Sie stand an seiner Seite, nicht einmal eine Armlänge entfernt. Aber sie schenkte ihm keinen einzigen Blick. Stattdessen starrte sie auf den Bildschirm, auf dem immer noch das Foto von Dobre und der angeblichen Touristin zu sehen war. Und was hatte sie da gerade von sich gegeben? Er verstand gerade gar nichts mehr.

»In den Tod getrieben hast du ihn!«, polterte Maia. »Dass Petre tot ist, ist ganz allein deine Schuld!«

»Das ist mal wieder typisch meine Schwiegertochter«, sagte Dobre, wieder in einem Tonfall, als mokiere er sich über ein unerzogenes Kind. »Zwei meiner besten Männer waren abbestellt, auf sie aufzupassen, aber sie trickst sie aus, natürlich. Was hast du mit ihnen angestellt, mein Töchterlein, hm? Hast du sie verhext?«

Paul zuckte zusammen. Im letzten Sommer hatte Maia tatsächlich jemanden verhext, er war dabei gewesen, und das war für denjenigen nicht gut ausgegangen. Aber woher wusste Petres Vater von ihren Fähigkeiten?

Maia reagierte nicht auf Dobres Worte. Sie starrte weiterhin auf den Bildschirm.

»Zeig's ihm!«, presste sie heraus.

»Na gut, wenn du mich so lieb darum bittest.«

Wieder dieses höhnische Lachen, das Paul die Nackenhaare

zu Berge stehen ließ. Und während er sich noch wunderte, dass Maia kein einziges Mal zu Dobre hinübersah, der doch gleich neben ihr hinter dem Wandschirm saß, sondern immer nur den Bildschirm fixierte, verschwand das Bild mit der Touristin. Stattdessen tauchte ein anderes auf. Es zeigte Paul und Viorica, wie sie durch den Wald liefen, Paul hielt den Arm der alten Frau.

»Davon habe ich noch ein paar mehr«, gluckste Dobre.

»Wenn Sie meinen, mich damit zu überraschen, täuschen Sie sich!«, rief Paul. »Ich weiß, dass Ihre Kameras den Weg überwachen. Ganz bestimmt haben Sie auch Ihre Leute ständig im Blick!«

»Selbstverständlich.«

Neue Bilder erschienen auf dem Bildschirm, wechselten im Sekundentakt. Paul sah Arbeiter beim Fällen der Bäume und beim Abtransport, er sah sie Butterbrote verzehren und einen Plausch halten, er sah sie sogar ihre Notdurft hinter Büschen verrichten. Auch Oliver war auf einigen Bildern zu sehen, wie er kahl geschlagene Flächen entlangschritt und sie fotografierte. Es gab noch weitere Fotos von Viorica, mit einem Bündel Reisig unter dem Arm oder mit einem Korb voller Pilze. Touristen waren zu sehen, wie sie in Wanderkleidung oder zu Pferd den Wald erkundeten, außerdem *Ţigani*, die offensichtlich nach Trüffeln gruben.

»Das ist abartig«, entfuhr es Paul. »Sie überwachen ja einfach alles!«

»Nun, ich kann nicht ständig überall sein. Trotzdem muss ich einen Überblick behalten«, entgegnete Dobre. »Sie machen sich ja keine Vorstellungen, was für Schätze sich in unseren Wäldern verbergen!«

»Ja, für einen wie Sie, der sie ausplündert«, gab Paul zurück. Verstohlen betrachtete er Maia von der Seite. Sie hatte ihn immer noch keines Blickes gewürdigt.

»Ach, es ist doch nicht nur das Holz, das wir in die ganze Welt exportieren«, hörte er Dobre dozieren. »Vor zwei Jahren erst kam ein Stück von hier entfernt bei Straßenbauarbeiten ein Goldschatz aus der Kupferzeit zutage. Hunderte goldene Haarringe haben die Archäologen letztlich im Grab einer hochgestellten Dame gefunden! Warum sollte es Ähnliches nicht bei uns geben? Ich habe da schon eine Weile ein *Ţigani*-Mädchen im Visier, das so still und leise durch den Wald schleicht, dass man glatt meinen könnte, es würde heimlich nach etwas graben. Haha! Die knöpfe ich mir demnächst mal vor! Haha!«

Paul, dessen Blick immer noch auf Maia ruhte, nahm aus den Augenwinkeln etwas wahr, was ihn herumfahren ließ. Auf dem Bildschirm prangte nun überlebensgroß ein Foto von Pušomoris Gesicht, wie sie sich nach etwas umsah. Als ahne sie, dass sie beobachtet wurde.

»Wusste ich's doch, dass Sie das interessiert«, dröhnte Dobre. »Sie kennen sie, und Ihnen liegt was an dem Mädchen, ich sehe es Ihnen an!«

Wie verdammt noch mal, fragte Paul sich, konnte Dobre das aus seinem Gesichtsausdruck lesen, wo er doch neben ihm hinter dem Wandschirm saß? Dann, mit einem Mal, begriff er. Seine Augen wanderten hoch zum oberen Rand des Bildschirms. Entdeckten ein kleines, rotes Licht, das dort leuchtete. Einen Punkt, den Maia von dem Moment an fixiert hatte, als sie ins Zimmer gekommen war.

Eine Kamera. Dobre beobachtete auch ihn schon die ganze Zeit durch eine Kamera.

Und tatsächlich. Der Mann hinter dem Wandschirm schien über etwas gebeugt, vermutlich ein Handy.

»Das ist doch …«, stöhnte Paul.

Eine Hand auf seiner Schulter, federleicht. Ein Blick, der den seinem begegnete, einen Wimpernschlag lang.

»Ruhig bleiben«, sagte Maia leise. »Er ist noch nicht fertig.«

Und dann, lauter, geradeaus in die Kamera: »Nicht wahr, Dragos? Du hast noch was!«

»Aber sicher, verehrte Schwiegertochter, selbstverständlich. Nicht, dass ich diese Bilder gern zeige. Aber unser Freund Paul muss verstehen, worum es geht, nicht wahr?«

Pušomoris Gesicht verschwand. Stattdessen tauchte ein Bild von Petre auf, wie er durch den Wald lief. Seltsam geduckt schien er Paul, als wolle er sich vor jemandem verbergen. Ein weiteres Foto, wieder zeigte es Petre. Diesmal kletterte er eine Felswand hinauf an eigens dafür in den Stein geschlagenen Eisen.

Moment mal. Paul schaute genauer hin. Diese Felswand kannte er, genau wie das Plateau, auf dem Petre auf dem nächsten Foto stand. Auf dem übernächsten verschwand er in einer Höhle.

»Das Pfaffenloch«, flüsterte Paul.

»Du musst mir glauben«, hörte er Maia neben sich sagen. »Ich wusste nichts von dem Geheimgang. Ich wusste nicht einmal, dass Petre und Toma sich im Ehegefängnis trafen, bis zu dem Moment, in dem ich im Kamin Petres Schlafsack entdeckte …«

»Halt!«, rief Paul. »Petre und Toma? Sie waren ein Paar?«

»Ja.« Maia zuckte mit den Schultern, als sei nichts dabei.

»Und sie trafen sich heimlich im Ehegefängnis?«

»Ich nehme es an. Wahrscheinlich ist Toma vorne durch die Kirchenburg reingegangen, und Petre kam durch den Wald und nahm den Geheimgang. So wurden sie nicht zusammen gesehen.«

»Du, du«, Paul begann zu stottern. »Du wusstest also, dass sie sich trafen, nur nicht wo genau?«

»Ja.«

»Und es hat dir nichts ausgemacht?«

Wieder ein Schulterzucken.

»Wieso sollte es?«, fragte Maia.

Paul fasste sich an den Kopf. Er schwitzte immer schlimmer. Sein ganzer Körper juckte wie verrückt, vom Scheitel bis zu den Füßen. Maia hatte also nicht nur einen Mann geheiratet, den sie nur kurz kannte, sie hatte darüber hinaus auch noch gewusst, dass er homosexuell war? Dass er eine Beziehung mit einem Mann hatte und sich regelmäßig mit ihm traf? Und das alles war ihr egal?

Paul strich sich einen nassen Film von der Stirn.

In wen, fragte er sich, habe ich mich verliebt? Und was erzählt sie da von einem Schlafsack?

Ja, jetzt fiel es ihm wieder ein. Sie hatte eine Art Sack aus dem Kamin gezogen, als sie das Feuer anstocherte.

Und sie hat sich nicht das Geringste anmerken lassen, dachte er. Sie hat geschwiegen, wie so oft.

Maias Hand, die immer noch auf seiner Schulter lag, fühlte sich plötzlich schwer an.

Sie schien es zu merken und zog die Hand weg.

»Das Pfaffenloch«, stöhnte Paul, er sah jetzt wieder zum Bildschirm. »Deshalb haben Sie es in die Luft sprengen lassen. Damit keine Spur übrig blieb von einem Liebespaar, das es offiziell gar nicht gab. Das es nicht geben durfte«, verbesserte er sich. »Denn ist es nicht so, Herr Dobre, dass die gleichgeschlechtliche Liebe in Rumänien immer noch weitgehend ein Tabu ist? Dass viele orthodoxe Würdenträger Homosexuelle lautstark verteufeln? Und die orthodoxe Kirche brauchen Sie für Ihre politischen Ambitionen, nicht wahr? Nie und nimmer würde die einen Bürgermeisterkandidaten unterstützen, dessen Sohn einen Mann liebt!«

Dobre entgegnete nichts. Auch seine Silhouette hinter dem Wandschirm bewegte sich kein bisschen, wie schon die ganze Zeit.

»Ach, Dragos«, stieß Maia hervor. »Du hattest eine solche Angst um dein Renommee, dass du Petre hast verfolgen lassen.

Er hat mir davon erzählt. Ich sehe es geradezu vor mir, wie er am Morgen seines Todes ein letztes Mal versucht hat, deinen Häschern zu entkommen. Aber sie waren immer hinter ihm! Keinen Schritt konnte er machen, ohne dass sie sich an seine Fersen hefteten! So nah, dass er ihren dreckigen Atem in seinem Nacken spüren konnte! Wie verzweifelt muss er gewesen sein, dass er sich als letzten Ausweg am nächsten Baum aufhing. Er wusste, für ihn würde es kein normales Leben geben, niemals. Du, Dragos, du hast ihn in den Selbstmord getrieben!«

Dobre blieb weiter still. Und Paul merkte, wie ein Puzzlestück nach dem anderen in seinem Kopf an die richtige Stelle fiel.

Er erinnerte sich an den Tag seiner Ankunft, wie unwirsch Petre ihn abgewimmelt hatte. Er musste ihn für einen der Leute seines Vaters gehalten haben. Plötzlich tauchten auch die Bilder von Carrys Verlobung wieder auf. Völlig unbeteiligt hatte Toma gewirkt, als ginge ihn das alles gar nichts an.

»Und Carry?«, fragte er, an Maia gewandt. »Wusste sie, was vor sich ging?«

Sie schüttelte den Kopf.

Paul merkte, wie ihm übel wurde. Arme, arme Carry.

»Und Toma?«, fragte er weiter. »Welche Rolle hat er bei dem Ganzen gespielt?«

»Keine Ahnung«, antwortete sie. »Ich glaube, der wusste gar nicht, wie das geht, zu lieben. Geldgeil war er, hat über seinen eigenen Freund Bericht erstattet, und zwar an den da.« Sie blickte hoch zu dem Lämpchen, hinter dem sich die Kamera verbarg, und für einen Moment sah es so aus, als wolle sie ausspucken. »Ein Glück, dass Petre das nie erfahren hat. Als Toma endlich begriff, was er mit Petre verloren hatte, ist er darüber fast verrückt geworden. Ein Schwächling halt, um den es nicht schade ist.«

Paul nickte. Erinnerte sich an den *Sântoaderi*. Er war in jener Nacht tatsächlich einem Schreckgespenst begegnet, nur dass dieses Schreckgespenst da noch höchst lebendig gewesen war.

Eine Traurigkeit überkam ihn, so niederschmetternd, dass er für einen Moment die geschwollenen Fäuste auf seine Augen presste. Was für eine Tragödie. Aber was hatte Maia mit alldem zu tun? Wollte er es überhaupt wissen? Plötzlich sah er wieder Sorin vor sich, wie er ihn im Ehegefängnis aufsuchte. ›Maia erbt einen ganzen Batzen Geld‹, hatte der Freund gesagt. Oh Mann. Paul krümmte sich. Hatte sie Petre etwa des Geldes wegen geheiratet?

»Soweit die Vergangenheit«, hörte er Dragos Dobre sagen. Es klang so, als räuspere er sich. »Kommen wir nun auf die Zukunft zu sprechen. Ich hätte da noch ein paar Informationen für Sie.«

»Was haben Sie vor?« Paul richtete sich auf. Fixierte nun seinerseits das rote Licht über dem Bildschirm. »Werden Sie uns töten, so, wie Sie es mit Toma gemacht haben? Zwei Mitwisser weniger, die sich verplappern könnten?«

»Ach, Paul.« Dobres Stimme wurde so weich, dass es Paul kalt den Rücken hinunterlief. »Wer will denn so pessimistisch sein? Sie allein bestimmen, was geschieht. Sie ganz allein.«

Der Bildschirm wurde schwarz. Dann erschien ein neues Bild. Aber diesmal handelte es sich nicht um ein Foto, das erkannte Paul sofort. Es war das Bild einer Webcam.

Er brauchte einen Moment, um zu begreifen, was er sah. Die Webcam schien erhöht zu stehen und auf ein im Tal liegendes Dorf gerichtet. Längst war es Abend geworden, in der Dämmerung waren nur wenige Lichter auszumachen. Paul zählte genau drei Straßenlaternen in einer schmalen Gasse. Die meisten Häuser waren dunkel. Lediglich in der Mitte des Dorfes, direkt neben der Kirchenburg, die ebenfalls fast vollkommen im Dunkeln lag, schien noch Leben zu sein. In einem Haus, größer und herrschaftlicher als die anderen, waren alle Fenster hell erleuchtet.

Paul zog scharf die Luft ein. Das war ganz unverkennbar Tante Zinzis Dorf, sein Dorf. Und das große Gebäude neben der Kirchenburg war das Pfarrhaus, in dem die Nachbarn zum Totenmahl von Toma zusammensaßen.

»Was soll das?«, fragte er.

»Eine kleine Entscheidungshilfe«, kam es von Dobre zurück.

»Eine bitte was?«

»Eine Entscheidungshilfe. Hören Sie mir etwa nicht zu, mein lieber Freund?«

»Ich verstehe nicht …«

»Vielleicht hilft Ihnen das.«

An einer Stelle im Dorf wurde es plötzlich heller, viel heller. Verdammt, das durfte doch wohl nicht wahr sein!

Paul konnte nicht anders, er sprang auf und riss, eine Geste des hilflosen Erschreckens, beide Arme in die Höhe.

»Was tun Sie?«, brüllte er. »Um Himmels willen, was soll das?«

»Ich«, entgegnete Dobre, »tue gar nichts. Und ich habe auch nichts damit zu tun, dass für das, was sich heute Nacht ereignet, niemals ein Schuldiger gefunden wird. Dafür sorgt diese junge Polizistin, Sie kennen sie bereits …«

»Frau Hatmanu«, flüsterte Paul, die Stimme versagte ihm beinahe.

»Genau die. Und nun schauen Sie genau hin. Jetzt gerade brennt nur ein Haus im Dorf, ich glaube, es ist das Ihres Freundes …«

»So… Sorin«, stammelte Paul.

»Richtig. Und jetzt«, es war etwas zu hören, das einem Fingerschnippen glich, »brennt die Kirchenburg. Genauer gesagt, das Ehegefängnis. Können Sie es gut erkennen?«

»Ja.« Es war mehr ein Krächzen, das aus Pauls Kehle kam.

Neben sich spürte er, wie Maia erstarrte. Vor sich, auf dem Bildschirm, sah er zwei flackernde Feuerbälle. Es brannte im Dorf, es brannte lichterloh.

»Wie dumm aber auch«, war nun wieder Dragos Dobre zu hören, »dass der Löschteich zugefroren ist und auch alle Brunnen. Und die einzige Wasserleitung, Sie können es sich denken, mein lieber Freund, ist heute Nacht mal wieder kaputt. Das kommt ja ab und an vor.«

»Was wollen Sie?«, brüllte Paul. »Was, verdammt noch mal, wollen Sie von mir?«

»Ihr Schweigen«, antwortete Dragos Dobre.

Als das Feuer ausbrach, hatte Pušomori längst die Faxen dicke. Alle möglichen Szenarien hatte sie sich ausgemalt, was schiefgehen könnte beim Verkauf des goldenen Ringes. Dass sie mit einem durchgeknallten Siebzehnjährigen ein zerstrittenes Ehepaar spielen musste, das so tat, als esse es gemeinsam mit einem einzigen Löffel von einem leeren Teller, hatte nicht dazugehört.

»Nun streng dich mal mehr an«, maulte der Käufer. »Meinst du, ich merke nicht, dass es dir gar keinen Spaß macht?«

Dabei guckte er wieder so irre, dass Pušomori schnell nach dem Löffel griff.

»Doch, doch«, versicherte sie und trat von einem Bein aufs andere. »Ich bin nur nicht so geübt in Rollenspielen, ich lerne noch.«

»Na gut«, knurrte er. »Und wenn wir gegessen haben, legen wir uns schlafen, dort vorne in das kleine Bett.«

Pušomori merkte, wie ihr Magen sich entleeren wollte, dabei aß sie die ganze Zeit nichts als Luft. So weit, dachte sie, wird es nicht kommen. Das werde ich verhindern, was auch immer dazu nötig ist. Unter dem Tisch ballte sie die freie Hand zur Faust.

Sie spürte mehr, als dass sie es sah, wie plötzlich etwas über die Mauer der Kirchenburg geflogen kam. Wer auch immer es vom Fuß der Ringmauer hochgeschmissen hatte, musste ziemlich geschickt darin sein, denn es landete mitten auf dem alten Dach des kleinen Hauses. Ein kurzer Aufprall, dann ein Riesenknall, und das Ehegefängnis explodierte. Es gab nichts mehr außer Rauch, Qualm und lodernde Flammen.

»Raus hier!«, brüllte Pušomori, raffte das Geld, das noch auf dem Tisch lag, und, weil der Käufer es nicht tat, auch den Ring, und war mit

einem Satz zur Tür hinaus. Ganz kurz spielte sie mit dem Gedanken, die Tür einfach zuzuknallen und von außen zu verschließen. Um den Kerl, der immer noch wie angewurzelt am Tisch saß, wäre es nicht schade. Aber dann ließ sie die Tür doch weit offen stehen, brüllte noch einmal, er solle machen, dass er verschwand, und rannte davon.

Den Ring steckte sie mitsamt dem Geld im Laufen in ihre Socke.

FÜNFUNDZWANZIG

»Sind Sie wahnsinnig?«, brüllte Paul. »Sie lassen das Haus meines besten Freundes anzünden! Das Ehegefängnis, ein historisches Denkmal! Menschen können sterben, jetzt, in dieser Minute! Sie Dreckskerl sorgen dafür, dass es kein Löschwasser gibt! Und das alles, damit ich den Mund halte? Damit niemand erfährt, was für ein Riesenarschloch Sie sind?«

Dragos schwieg. Maia stand wie versteinert, mit weit aufgerissenen Augen, eine Hand auf ihren Mund gepresst.

Paul hielt es nicht mehr auf seinem Stuhl. Er sprang auf, mit einem Satz war er beim Wandschirm, riss ihn zu Boden. Der Mann, der dahintergesessen hatte, war ebenfalls aufgesprungen. Er war ganz in Schwarz gekleidet, eng anliegende Hose, ein ebensolches Shirt. Über dem Kopf trug er eine Sturmmaske mit Löchern für Augen, Nase und Mund.

Das, dachte Paul noch, ist nicht Dragos Dobre, der Kerl hier ist viel größer und schlanker. Im nächsten Moment ging er in die Knie, ein Schlag hatte ihn getroffen, so hart, dass er hintenüberkippte. Ihm wurde schwarz vor Augen, er bekam nur noch halb mit, wie der dünne, große Mann zur Tür hinausstürmte.

Es dauerte, bis er wieder sehen konnte. Etwas Heißes schoss aus seiner Nase, lief ihm den Hals hinab. Paul nahm es kaum wahr, spürte auch nicht den Schmerz. Alles, was er sah, war die kleine schwarze Kiste, die vor ihm stand, auf dem Stuhl, auf dem bis gerade der Mann gesessen hatte. Er blinzelte. Ihm war, als müsse er seine Augen erst scharf stellen, wie bei einer Kamera. Aber es gab keinen Zweifel. Bei der kleinen Kiste handelte es sich um eine Bluetooth-Box, einen Mini-Lautsprecher, der mit dem Internet verbunden war.

»Dobre«, stammelte Paul, »ist gar nicht hier. War nicht hier. Er hat über den Lautsprecher mit uns gesprochen. Eine Verarsche, das alles, damit man ihm nie etwas nachweisen kann …«

Er wandte sich um, starrte Maia an. Immer noch stand sie stocksteif da, den Blick auf den Bildschirm gerichtet.

»Du hast es gewusst!«, brüllte Paul. »Von Anfang an hast du den Kerl hinter dem Wandschirm keines Blickes gewürdigt, hast immer nur in die Kamera gesprochen. Du hast es die ganze Zeit gewusst!«

Er kam auf die Beine, packte sie am Arm.

»Schau mich an!«, dröhnte er. »Schau mich ein einziges Mal an, und sag mir, was hier vor sich geht!«

Doch sie schaute ihn nicht an.

»Das«, sagte sie und wies mit zitternder Hand auf den Bildschirm. »Das geht vor sich, Paul.«

Er folgte ihrem Finger. Ein dritter Feuerball. Jetzt brannte es auch in der *Ţigani*-Siedlung.

»Oh Gott«, stöhnte Paul.

In diesem Moment teilte sich der Bildschirm. Dragos Dobre erschien.

Ist der nun echt?, fuhr es Paul durch den Kopf. Oder ist das KI-generiert? Irgendwie sieht er künstlich aus, allein die Farbe seines Gesichts, so braun …

»Es freut mich, endlich von Angesicht zu Angesicht mit Ihnen sprechen zu können, lieber Paul«, sagte Dobre und zeigte zwei Reihen künstlicher Zähne. »Ich war in der letzten Stunde sehr beschäftigt, ich wurde ein bisschen zurechtgemacht für die nächste Talkrunde.« Er drehte sein Handy, sodass der Raum zu sehen war, in dem er sich befand, allem Anschein nach der Maskenraum eines Fernsehstudios. Neben ihm stand eine Blondine, in der Hand eine Puderquaste. Sie klimperte mit den Augen und winkte fröhlich in die Handykamera. »Die wunderbare Svetlana hat gezaubert und aus mir altem Mann einen Jüngling gemacht«, meinte Dobre, lachte schrill und entblößte noch einmal seine Zähne. »Nun ja, keinen Jüngling, aber zumindest ein paar Jährchen jünger hat sie mich hinbekommen. Übrigens ist Svetlana Russin und versteht kein Wort Rumänisch. Schade, lieber Paul, dass Sie mir eine Antwort schuldig geblieben sind. Ich verabschiede mich nämlich jetzt, ich muss ins Studio.«

Dobre verschwand. Auf dem Bildschirm war jetzt wieder nur noch das Dorf zu sehen, wo es an drei Stellen brannte.

»Als Nächstes«, flüsterte Maia, »zündet er meinen Hof an. Also unseren. Und das Pfarrhaus. Mit all den Leuten drin.«

»Das macht er nicht«, brachte Paul heraus.

»Natürlich macht er das!«, kreischte sie. »Schau hin! Sieh doch, was er macht!«

»Ich … ich verstehe das nicht«, stotterte Paul.

»Was, verdammt noch mal, ist daran nicht zu verstehen?«, schrie Maia.

»Ich hatte nie vor, über Dragos Dobre zu schreiben!«

»Hattest du nicht?«

»Nein. Also ja, vielleicht, irgendwann mal. Aber deshalb bin ich doch nicht hergekommen, also, ich meine, hierher, in dieses Haus.«

»Ach, Paul!« Maia entfuhr ein Ächzen. »Alles habe ich versucht, um dich aus dieser Sache rauszuhalten. Kein Wort habe ich dir gesagt über Petre und seinen schrecklichen Vater. Wie sehr habe ich gehofft, du würdest abreisen! Aber nein, du musstest deine Nase tief reinstecken, wie immer. Und hast alles noch viel schlimmer gemacht! Verstehst du denn nicht? Gegen Typen wie Dragos Dobre kommt man nicht an! Niemals! Und jetzt sagst du, du hattest nicht mal vor, über ihn zu schreiben. Warum, Himmelherrgott noch mal, bist du dann hier?«

»Deinetwegen«, antwortete Paul.

»Meinetwegen? Spinnst du? Ich wäre hier auch allein wieder rausgekommen! Er hätte mich doch nur so lange festgehalten, bis du abgereist wärst! Und mit den Wachen, die er abgestellt hat, hatte ich kein Problem.« Für den Bruchteil einer Sekunde berührte sie das Beutelchen, das sie an ihrer Brust trug, ganz ähnlich dem, das sie Paul umgebunden hatte.

»Trotzdem«, sagte Paul und merkte, wie seine Stimme kratzig wurde. »Ich bin deinetwegen da, Maia.«

»Elende Scheiße«, flüsterte Maia. »Im Dorf brennt es. Hättest du das nicht gleich sagen können?«

»Hm.« Paul merkte, wie der Schwindel wieder zunahm, ihm kotzübel wurde. Er hatte es vermasselt, gründlich vermasselt. Und womöglich hatte er doch, zumindest im Hinterkopf, darüber nachgedacht, über diesen angeblichen Vorzeigeunternehmer zu berichten. Dobre als den Verbrecher zu entlarven, der er war. Mit so einer Geschichte wäre er als Journalist noch mal ganz groß rausgekommen.

»Ich Idiot«, sagte er leise. »Alles falsch gemacht. Wegen einer Frau, die einen anderen liebt. Liebte.«

»Wie kommst du darauf, dass ich Petre geliebt habe?«, fragte Maia und sah ihn geradeheraus an, zum allerersten Mal.

»Na, du hast ihn geheiratet, obwohl er mit Toma zusammen war, du hast alles hingenommen …«

»Ich habe ihn nicht geliebt«, fiel sie ihm ins Wort. »Ich mochte ihn, sehr sogar, wir waren Freunde. Und ich sah seine Not. Er wollte sich ein neues Leben aufbauen, fernab von seinem Vater. Er hoffte so sehr, die Ehe mit einer Frau würde den Alten besänftigen, er würde aufhören, ihm seine Häscher hinterherzuschicken. Aber weit gefehlt. Ausgerechnet Toma hat ihn verraten.«

»Ist das wahr?« Paul trat näher zu ihr, suchte in ihrem Antlitz Zeichen dafür, dass er ihr glauben konnte. »Du hast Petre aus reiner Freundschaft geheiratet?«

»Nicht nur.«

»Aha.« Wieder musste Paul an das denken, was Sorin gesagt hatte. Dass Maia durch die Heirat reich geworden war.

»Er war für mich der perfekte Ehemann«, hörte er sie sagen. »Einer, der mich so sein lässt, wie ich bin. Der mir gleichzeitig Schutz gibt vor all jenen, die meinen, eine wie ich bräuchte einen Kerl.« Paul sah ein bitteres Lächeln ihre Lippen umspielen und fühlte, wie sich sein Herz verkrampfte. Maia versteckte ihre Schönheit, trug die meiste Zeit grässliche Anziehsachen, und er ahnte, dass es dafür Gründe gab.

»Vor allem aber«, fuhr sie fort, »fand ich bei ihm Ruhe. Er war ein guter, verlässlicher Kumpel. Niemand, der mein Leben durcheinanderbrachte.«

»Aber warum sollte er auch ...«, setzte Paul an und horchte auf.

Maia stand nun ganz dicht vor ihm. Ihr Mund formte Worte, aber es war kein Laut zu hören.

»Ja?«, fragte er leise.

»Seit du gefahren bist, letzten Sommer«, sagte Maia und sah ihm dabei direkt in die Augen, »bin ich nämlich sehr durcheinander.«

Paul merkte, wie sein Herz ihm schon wieder zum Halse heraus schlug, zum x-ten Mal an diesem Tag. Er schwitzte auch wieder, schlimmer als je zuvor. Der Pelz fühlte sich mittlerweile doppelt so schwer an wie noch vor Stunden. Die Röte schoss ihm ins Gesicht. Vor allem aber wich das elende Jucken, das ihn schon die ganze Zeit quälte, einem herrlichen Prickeln. Es begann unter den Fußsohlen und schoss hoch bis unter seine Schädeldecke.

Maia war durcheinander, seitdem er abgereist war.

»Dobre!«, brüllte Paul und schoss herum zum Bildschirm. Er vermied so gut es eben ging, auf das zu gucken, was die Webcam zeigte, auf das Dorf, in dem es brannte. Er fixierte stattdessen den kleinen roten Punkt oberhalb des Bildschirms, das Lämpchen, hinter dem die Kamera war. Es blinkte. Vielleicht war die Kamera noch an. Vielleicht hörte Petres Vater noch zu.

»Dobre!«, brüllte Paul noch einmal. »Hör mir verdammt noch mal zu! Ich werde über nichts schreiben, was heute Abend geschehen ist. Und auch nicht über das, was wir besprochen haben. Hörst du? Über nichts! Und dein armer Sohn nimmt das Geheimnis, dass er schwul war, mit in sein Grab. Und warum werde ich nichts schreiben? Das sage ich dir! Erstens, weil ich verliebt bin! Sehr sogar! Zweitens, weil ich die Menschen im Dorf, die du Arschloch in Lebensgefahr bringst, mag, alle! Sie sind meine Freunde! Und drittens, weil ich ein Siebenbürger Sachse bin! Das hier ist auch mein Land, meine Heimat! Und wenn ich mein Dorf beschützen kann, dann tue ich das, auch wenn ich einen hohen Preis dafür zahlen muss. Also, hast du das gehört? Hast du, verdammt noch mal, zugehört?«

Kaum hatte Paul geendet, wurde der Bildschirm schwarz. Direkt darauf flimmerte ein Fernsehprogramm über die Scheibe. Eine Talkshow, die Eingangsmusik lief bereits, die Gäste hatten auf tiefen Sesseln Platz genommen. In der Mitte saß, das Gesicht zu einem huldvollen Lächeln verzogen, Dobre.

Die Moderatorin, eine sehr schlanke Frau in den Vierzigern mit platinblondem Haar, kam gerade von rechts ins Studio, in der Hand ihre Moderationskarten, als gleichzeitig von links jemand ins Bild huschte. Ein Mann, tief gebückt lief er zu Dobre, flüsterte ihm etwas ins Ohr. Das huldvolle Lächeln auf Dobres Gesicht wurde ein klein wenig breiter, für jemand Uneingeweihtes, dachte Paul, wahrscheinlich kaum wahrnehmbar. Zugleich machte Dobre eine winzige Bewegung mit der Hand, auch die hätte man für ein nervöses Zucken halten können. Paul aber sah sofort, was sie darstellen sollte. Dobre tat so, als drehe er einen Hahn auf.

Die Wasserleitung zum Dorf funktionierte wieder.

SECHSUNDZWANZIG

Paul wischte sich den Schweiß von der Stirn und betastete vorsichtig die Stelle hoch oben auf seinem Kopf, dort, wo sein Haar zu seinem großen Verdruss dünner zu werden begann. Der März war gekommen und mit ihm die ersten warmen Frühlingstage, und wenn er weiterhin von Sonnenauf- bis Sonnenuntergang an der frischen Luft arbeitete, hatte er dort bald seinen ersten Sonnenbrand. Ion, der neben ihm auf der Leiter stand, hatte es natürlich gesehen und konnte sich ein Schmunzeln nicht verkneifen.

»Ich werde Viorica fragen, ob sie dir ein Mützchen strickt«, rief er. »Das macht sie bestimmt gern!«

»Untersteh dich!«, gab Paul zurück. »Und sowieso ist jetzt langsam Feierabend, meinst du nicht auch?«

»Hm, hm«, grummelte der Alte, kletterte von der Leiter herunter und stellte sich neben ihn. Gemeinsam betrachteten sie ihr Tagwerk.

Der vordere Teil des Häuschens von Sorins Mutter war nicht nur wieder aufgebaut, auch die der Gasse zugewandte Mauer strahlte in einem hellen Taubenblau. Als hätte hier niemals ein Feuer gewütet. Zufrieden nickten sie sich zu.

»Bis morgen.« Der Alte klopfte Paul auf den Rücken, bis hoch zur Schulter kam er nicht, dazu war er zu klein, und schlurfte nach nebenan, in sein Zuhause.

»Bis morgen!«, rief Paul und machte, dass er ins Bad kam.

Er duschte ausgiebig, betrachtete seinen Bauch, der trotz all der körperlichen Arbeit nicht weniger wurde, spielte ein bisschen mit seinen Armmuskeln. Die, immerhin, gefielen ihm von Tag zu Tag besser. Er trocknete sich schnell ab und begann sich zu rasieren. Zum Glück waren die Pusteln auf seinem Kopf verschwunden. Dass man so allergisch auf Pelz reagieren konnte!

Draußen im Hof war Sorin gerade dabei, den neu angereisten Gästen, drei jungen Frauen aus Deutschland, ihre Zimmer zu zeigen.

»Willkommen in Transsilvanien«, hörte Paul ihn durch das gekippte Fenster dozieren. »Zu Ihrer eigenen Sicherheit liegt unter jedem Kopfkissen eine Knoblauchzehe, die sollten Sie nicht entfernen, auf gar keinen Fall. Falls Sie nachts Geräusche hören, die Ihnen seltsam vorkommen, bleiben Sie in Ihren Zimmern, öffnen Sie nicht und rufen Sie mich an. Sie haben ja meine Nummer.«

Gekicher erklang, und Paul verdrehte still die Augen. Sorin, der alte Schwerenöter! Er konnte es einfach nicht lassen.

Die Gästezimmer im Hof befanden sich im früheren Ziegenstall und waren nagelneu. Paul, Sorin und Ion hatten sie in Windeseile gebaut, und zwar mit dem Geld, das die Gebäudeversicherung nach dem Brand überwiesen hatte. Dass ausgerechnet Sorin, der sonst nur Flausen im Kopf hatte, eine Versicherung besaß, und dann noch eine, die so großzügig zahlte, kam Paul immer noch wie ein Geschenk des Schicksals vor. Fast genauso wichtig war, dass Sorin ihm verziehen hatte, ebenso wie der alte Ion.

Paul zog Jeans und Schuhe, Hemd und Pullover an, strich sich vergebens die Haare über die kahle Stelle auf dem Kopf und machte sich auf den Weg. Auf das, was er jetzt vorhatte, freute er sich schon den ganzen Tag.

Auf der schmalen Gasse saßen Eugen und Alma vor ihrem Haus. Paul hatte verpasst, wann genau Alma eingezogen war, dazu war einfach zu viel los gewesen in den vergangenen Wochen, doch jedes Mal, wenn er die beiden sah, spürte er eine Sehnsucht in sich, die er gar nicht von sich kannte.

Vielleicht, dachte er, sitzen wir auch eines Tages so vor unserem Hof. Vielleicht.

Als Nächstes kam ihm Carry entgegen, unter dem Arm einen Korb, aus dem es verführerisch duftete.

»*Salut*, Paul!«, rief sie. »Sag, sind Sorins Gäste schon angereist?«

»Ja, ja, sie beziehen gerade ihre Zimmer.«

»Dann komme ich ja mit dem Abendmahl genau richtig!«, lachte sie und lief weiter, ihr kunstvoll aufgestecktes Haar funkelte im Licht der untergehenden Sonne.

Das, dachte Paul, ist auch typisch für Sorin. Dass er Carry fürs Catering engagiert. Sorins Mutter hätte das auch gern übernommen, aber Sorin hatte sich darauf versteift, dass sie dafür zu alt sei. Auf diese Weise, überlegte Paul, hat Carry ein zusätzliches Verdienst, die Touristen genießen das beste Essen weit und breit, und Sorin selbst behält Carry in seiner Nähe. Denn davon, dass sie nach Deutschland geht, um alte Leute zu pflegen, ist keine Rede mehr.

Er war beinahe da, als sein Telefon klingelte.

»Du hast es dir nicht überlegt, oder?«, fragte die Chefredakteurin.

»Nein«, antwortete Paul. »Es tut mir leid, aber ich komme nicht zurück. Erst einmal nicht.«

»Hm.« Ein tiefer Zug an der Zigarette. »Und wie geht es so voran? Also, ich meine mit der Beseitigung der Brandschäden?«

»Das Haus von Sorins Mutter ist so gut wie neu, das Ehegefängnis auch. Stell dir vor, das war als Allerersten wieder aufgebaut. Alle haben geholfen, die Rumänen genauso wie die Sachsen. Und bei den *Ţigani* steht da, wo die abgebrannte Hütte war, jetzt ein nagelneues Fertighaus. Angeblich haben sie am

Morgen nach dem Brand ein Bündel Geldscheine in den Ruinen gefunden.«

»Wer's glaubt!«, lachte die Chefredakteurin, und einen Moment lang überkam Paul eine leise Wehmut. Wie hatte er es geliebt, in dieses heisere Lachen einzufallen. Die Abende mit dieser Frau zu verbringen, die Wochenenden. Die Chefredakteurin war der beste Freund gewesen, den er je hatte. Abgesehen von Sorin natürlich.

»Und dieser seltsame junge Mann, den man nach dem Brand in der Kirchenburg gesehen hat?«, fragte sie weiter. »Weiß man mittlerweile, wer das war?«

»Nein, keine Ahnung. Angeblich wurde er noch mal gesehen, mehr weiß ich nicht.«

»Bizarr, das alles.« Noch ein langer Atemzug. Eine Pause. Paul wappnete sich, er ahnte, was nun kam.

»Ich weiß, ich habe es schon einige Male gesagt. Aber das, was du erlebt hast, was du herausgefunden hast, das muss an die Öffentlichkeit! Einem Typen wie Dobre muss man doch das Handwerk legen! Und ja, ich weiß, du fürchtest um das Leben der Leute im Dorf. Das verstehe ich, natürlich. Aber da kann man Vorsorge treffen. Man kann mit anderen Polizisten reden als mit dieser Hatmanu. Wir könnten uns direkt nach Bukarest wenden oder, noch besser, nach Brüssel. Ich kenne Leute bei Europol, die weihen wir ein, und dann …«

»Lass mir Zeit«, unterbrach er sie. »Ich überlege mir was. Der Tag wird kommen, an dem ich diesen Artikel schreibe. Aber noch bin ich nicht so weit.«

»Wie du meinst.« Ein kurzes Husten. »Lass mal wieder von dir hören, ja?«

»Mach ich, auf bald.« Paul legte auf. Für einen Moment meinte er, Pušomori die Gasse hinunterhuschen zu sehen, aber da musste er sich wohl getäuscht haben. Sowieso hatte er es jetzt ziemlich eilig. Maia wartete auf ihn.

Und so öffnete er das äußere Tor der Kirchenburg, seit dem Brand war niemand mehr auf die Idee gekommen, es zu verschließen, wozu auch, lief über den ringförmigen ersten Hof, schlüpfte durch das doppelflügelige Tor in der zweiten Mauer. Zwischen den uralten Platten, blank gewetzt von all den Füßen, die im Lauf der Jahrhunderte über sie zum Kirchenportal geschritten waren, wuchs der erste Löwenzahn. Ein Wind fuhr ihm um die Nase, so süß duftend, wie er es nur von hier kannte, von Siebenbürgen. Dann ein kurzes, freudiges Bellen, ein Bündel, kaum kniehoch, das auf ihn zugeschossen kam. Die kleine schwarze Hündin. Seit Maia wieder da war, war sie stets in ihrer Nähe. Was Paul ein klein wenig eifersüchtig machte, auch wenn er das niemals zugegeben hätte.

Jetzt war es nur noch ein kurzes Stück. Aus dem Ehegefängnis war Gesang zu hören. Sofort fühlte Paul es schon wieder überall kribbeln, von den Zehen bis in die Haarspitzen. Er hielt trotzdem kurz inne, wandte den Kopf Richtung Karpaten. Die Gipfel immer noch schneebedeckt, darunter kahler Fels. Doch an ihren Ausläufern begannen die Wiesen zu blühen. Bald schon würden Pušomoris Brüder die Tiere des Dorfes wieder auf die Weiden treiben.

Und irgendwo dort, zwischen blühenden Wiesen und schroffem Fels, stand die Web-Kamera, ihr Auge stets auf das Dorf gerichtet.

»Wart's ab«, sagte Paul. »Der Tag wird kommen.«

Dann bückte er sich und nahm mit einem langen Schritt die Stufe, die ins Ehegefängnis führte.

EPILOG

Der Heruntergekommene bemerkte sie nicht, natürlich nicht. Er stand vor der Ringmauer und sprach in sein Handy. Pušomori überlegte kurz, ob sie ihn auf sich aufmerksam machen sollte. Ob es nicht ganz nett wäre, sich voneinander zu verabschieden. Sich überhaupt von irgendjemandem zu verabschieden. Doch dann war er auch schon im Innern der Kirchenburg verschwunden. Das Letzte, was sie von ihm sah, war der dümmlich-glückliche Gesichtsausdruck, mit dem er jeden Abend um diese Zeit dort verschwand. Zu seinen heimlichen Stelldichein, von denen er annahm, dass niemand davon wusste.

Du meine Güte, dachte Pušomori. Das ganze Dorf weiß davon. Nur dass alle zu diskret sind, dir das zu verraten. Was zwischen euch läuft, ist offensichtlich seit dem Morgen nach dem Brand. Als ihr zu Tode erschöpft ins Dorf getorkelt kamt, halb erfroren und zugleich mit diesem entrückten Grinsen im Gesicht.

Für Pušomori war es nun Zeit zu gehen. Der Käufer war noch zwei Mal im Dorf aufgetaucht und hatte nach ihr gesucht. Erfolglos, natürlich. Aber verrückt, wie er war, würde er wiederkommen. Außerdem hatten zwei Typen ihre Brüder auf sie angesprochen. Das konnten nur Männer von Dragos Dobre sein. Pušomori hatte immer darauf geachtet, all den Kameras, die im Wald aufgestellt waren, auszuweichen. Aber ob es ihr auch jedes Mal gelungen war?

Ich habe zu viel Zeit vertrödelt, sagte sie sich. Ich hätte nicht warten sollen, bis das neue Haus aufgebaut ist.

Aber die Mutter in ihrer halb abgebrannten Hütte zurücklassen, das hatte sie auch nicht gekonnt.

Sie schulterte den Rucksack etwas enger. Viel war nicht darin. Das

Nötigste zum Anziehen. Ihr Handy. Darauf das Ticket für den Bus und das für die Fähre.

Ihre Socke trug sie am Bauch, fest verknotet mit dem Hosengürtel. Das Bündel mit den Geldscheinen war nun etwas dünner, aber immerhin besaß sie noch alle drei Ringe. Mehr als genug für das, was sie vorhatte.

Pušomori lief vorbei an Maias Hof, an der Steineiche. Jetzt blieb sie doch stehen, warf einen Blick zurück. Das Dorf lag so verlassen da wie immer. Sie hätte über jeden, der dort lebte, Geschichten zu erzählen. Vor allem über Maia. Von der es hieß, sie habe zwei von Dobres Wachleuten ausgetrickst, die bis heute nicht wieder aufgetaucht seien. Nun denn, das war alles nicht mehr ihr Problem. Damit sollte sich der Heruntergekommene rumschlagen.

Pušomori hielt die Nase in den Wind und lief weiter. In den nächsten zweiundsiebzig Stunden würde sie mit dem Bus einmal quer durch Europa fahren, vom Südosten bis in den Nordwesten. Durch Ungarn, Österreich, Deutschland, Belgien und Frankreich. In Calais würde sie zum allerersten Mal in ihrem Leben das Meer sehen. Und dort würde sie auch die Fähre besteigen, auf dem Weg nach England. Ein vollkommen neues Leben lag vor ihr, und sie konnte kaum erwarten, dass es endlich anfing.

NACHWORT

Winter in Siebenbürgen. Wie hatte ich mich darauf gefreut, diesen besonderen Landstrich auch einmal zu dieser Jahreszeit erleben zu dürfen! Von früh bis spät durch tief verschneite Wälder zu stapfen, abends all die Köstlichkeiten zu genießen, die ich in Rumänien schon probieren durfte, und des Nachts, wenn der Wind ums Haus streicht, vor dem knisternden Kamin Pauls Abenteuer zu ersinnen. Dann brach ich mir den Fuß. Aus der Traum. Statt mit dem Schlitten durchs transsilvanische Hochland zu düsen, rollte ich nun auf meinem Bürostuhl zwischen Arbeitszimmer und Küche hin und her. Reisen konnte ich nur noch in Gedanken. Was mir half, war meine überbordende Fantasie. Meine Erinnerungen an das Ehegefängnis in der Kirchenburg Birthälm. Meine Lust, zu recherchieren. Und, vor allem, Menschen, die mich teilhaben ließen an ihrer Geschichte. Ihnen allen gebührt mein großer Dank.

Renate Göckler-Timoschenko öffnete mir zu Beginn meiner Recherchen die Welt der siebenbürgischen Märchen. Als der Krimi fertig war, warf sie einen liebevoll-kritischen Blick auf meine Bemühungen, mich im Rumänischen zu versuchen – ebenso wie Aspazia Schuster. Ulrike und Jonas Schäfer vom *Valea Verde Retreat* halfen mir weiter, als ich mit meinen Recherchen zu rumänischen Trüffeln an meine Grenzen kam.

Doch mit jedem Tag, den ich an meinem Schreibtisch verbrachte – der Fuß war komplizierter gebrochen als zunächst festgestellt –, wuchs meine Sehnsucht, wieder einzutauchen in siebenbürgisches Leben.

Kurz vor Pfingsten schließlich bestieg ich einen Zug Richtung Dinkelsbühl. Alljährlich treffen sich in diesem fränkischen Kleinod die Siebenbürger Sachsen zu ihrem Heimattag, und ich durfte dort aus *Tod in Siebenbürgen* lesen. Ich humpelte noch. Dass im mittelalterlichen Stadtkern alle Straßen mit Kopfstein gepflastert sind, machte meine Lage nicht besser. Doch ich war kaum angekommen, als ich meinen wehen Fuß auch schon vergessen hatte.

Ich hatte nämlich so viel Spaß und so viele beglückende Begegnungen, dass sich mein Notizbuch wie von allein füllte.

Ich traf Christoph Schindler und Marc Fernolend, zwei junge Siebenbürger Sachsen, die mir von frohen Ferientagen in Siebenbürgen erzählten, vom Schicksal ihrer Vorfahren und von den Pfaffenlöchern unweit des Heimatdorfes ihrer Familien.

Von Doris Hutter wollte ich wissen, wie sich der siebenbürgische Winter anfühlt. Wir redeten bis tief in die Nacht, und am Ende hatte ich eine ziemlich genaue Vorstellung davon. Vor allem aber weitete sich mein Blick auf das Zusammenleben verschiedener Kulturen. Danke dafür, liebe Doris!

Hildrun Schneider ließ mich erspüren, was es für die wenigen alten Siebenbürger Sachsen, die noch in Rumänien leben, bedeutet, zurückzubleiben, wenn fast alle Nachbarn gegangen sind.

Doris Roth moderierte meine Lesung so vortrefflich, dass ich mich entspannt auf Buch und Zuhörende konzentrieren konnte.

Ein Glücksfall war es auch, Alina und Robert Borger zu begegnen mit all ihrer Herzlichkeit. Robert hat lange als Bergführer in den Karpaten gearbeitet und kann aus dieser Zeit so lebendig erzählen, dass ich meinte, ich sähe die Wölfe, die neben uns den Berg hochlaufen, und ich stolperte selbst über den abgebissenen Kopf des Wildschweines, der mitten auf dem Weg liegt.

Der Fotograf Manfred Broich führte mich durch seine Ausstellung und ließ mit seinen Bildern ein Rumänien auferstehen, das es scheinbar nicht mehr gibt, in den Erinnerungen der Menschen jedoch höchst lebendig ist.

Ich saß schon im Sammeltaxi auf dem Weg zurück zum Bahnhof, als auch der nette Herr neben mir sich als ausgezeichneter Gesprächspartner erwies. Michael Städter hat nämlich als junger Mann mit dem Rückepferd Holz aus dem Wald geholt und konnte mir genau erklären, wie das funktioniert.

Die großartige Dagmar Seck, Bundeskulturreferentin der Siebenbürger Sachsen in Deutschland, fand auf jede meiner Fragen eine Antwort. In Dinkelsbühl sah ich sie von früh bis spät übers Kopfsteinpflaster rennen, trotzdem nahm sie sich die Zeit, mich mit allen Menschen bekannt zu machen, von denen sie dachte, sie könnten mir etwas erzählen. Und das konnten sie.

Ein großes Dankeschön gilt zu guter Letzt Heike Mai-Lehni, Landeskulturreferentin der Siebenbürger Sachsen in NRW, und Rainer Lehni, Bundesvorsitzender der Siebenbürger Sachsen in Deutschland. Sie begegneten mir von Anfang an mit großer Aufgeschlossenheit. Heike organisierte meine erste Lesung vor Siebenbürger Sachsen in Köln, Rainer lud mich zum Heimattag nach Dinkelsbühl ein. Danke für eure Gastfreundschaft, danke, dass ich mit euch beiden siebenbürgisches Leben in Deutschland erleben durfte!

Nun ist Hochsommer. Der Krimi ist fertig, der gebrochene Fuß geheilt. Ich danke Friederike Achilles vom Eichborn Verlag für ihre Geduld und Christiane Branscheid für ihre hilfreichen Anmerkungen, die den Roman um so vieles besser gemacht haben. Und ich träume mich nach Siebenbürgen … Der nächste Winter kommt.

Herzlich, Lioba Werrelmann